그대 고운 1

초판 1쇄 찍은 날 | 2015년 7월 2일
초판 1쇄 펴낸 날 | 2015년 7월 9일

지은이 | 우영주
펴낸이 | 서경석

편집책임 | 조윤희
편   집 | 나정희
         주은영
디 자 인 | 신현아

펴낸곳 | 도서출판 청어람
등록번호 | 제387-1999-000006호
등록일자 | 1999. 5. 31
어람번호 | 제5-0416호

주소 | 경기도 부천시 원미구 부일로 483번길 40 서경B/D 3F (우) 420-822
전화 | 032-656-4452 팩스 | 032-656-4453
http://www.chungeoram.com
E-mail | chungeorambook@daum.net

ⓒ 우영주, 2015

ISBN 979-11-04-90293-2 04810
ISBN 979-11-04-90292-5 (SET)

그대 고운

1 MHz.

Chungeoram romance novel

우영주 장편 소설

도서출판 청람

Contents

하나.
Who are you?

　창으로 들어오는 아침 햇살에 주방이 환했다.

　먹음직스럽게 담긴 빨간 김치에 파릇하고 바싹하게 구워진 김, 그 옆으로는 얌전하고 도톰하게 썰어진 달걀말이와 담백한 산나물, 그리고 맑은 동치미와 우엉조림이 차곡차곡 놓였다. 고슬고슬하게 지어진 밥을 푸고 식탁에 놓자 아침 식사가 완성되었다. 순간 뒤에서 '아야' 하는 탄성이 늘려왔다.

　"아이구! 냄새 좋다. 우리 딸, 아침부터 솜씨 발휘 톡톡히 했네?"

　"어서 와서 앉으세요. 아침 다 됐어요."

　정식이 자리에 앉자 고운이 김이 모락모락 나는 국을 퍼 정식의 앞에 놓았다.

"짠! 아빠가 좋아하는 새우국!"

"이야! 맛있겠는데?"

"얼른 드셔보세요. 간이 맞아야 하는데."

고운의 말에 정식이 숟가락을 들어 국을 한 숟가락 떠먹었다.

"어때요?"

기대 반, 걱정 반으로 쳐다보는 딸을 향해 정식은 씩 웃으며 엄지손가락을 번쩍 들어 보였다.

"진짜?"

"그럼! 누가 해준 건데! 세상에서 제일 맛있지."

고운의 입꼬리가 그제야 다행이라는 듯 배시시 올라갔다.

"나도 우리 아빠가 내가 해준 음식 맛있게 드시는 게 세상에서 제일 좋더라."

정식은 너털웃음을 지으며 딸아이의 볼을 가볍게 집고 장난스럽게 흔들었다.

"아야! 아빠 아직도 내가 애긴 줄 아나 봐!"

"그럼 네가 애지 어른이냐! 네가 시집가서 애 열둘을 낳아도 여전히 내 눈에는 코흘리개 애로만 보일 걸?"

십여 년을 정식 혼자 애지중지 키워 온 딸이 바로 고운이었다. 그래서인지 유난히 돈독한 부녀지간을 자랑하는 두 사람이었다.

정식이 흐뭇한 얼굴로 밥을 가득 퍼 국에 말아 먹는 걸 보고 고운은 앞치마를 벗어 차곡차곡 접어 싱크대 서랍에 넣었다. 그러고는 곧바로 식탁 의자에 놓아둔 가방을 어깨에 멨다.

밥을 먹다 말고 정식이 의아한 얼굴로 그런 딸을 보았다.

"넌? 아침 안 먹고 가?"

"오늘 처음으로 학생회 회의가 있는 날이거든요. 일찍 가서 청소해야 해요."

그 역시 더욱 신경을 쓴다고는 했지만 일이 바빠 마음만큼 잘 챙겨주지 못할 때가 많았다. 한데 고맙게도 고운은 무슨 일이든 간에 그의 기대를 훌쩍 뛰어넘을 만치 저 혼자서도 참 잘 해나가고 있었다. 공부도, 학교 생활도, 집안일도 혼자서 버찰 텐데 힌 번도 힘든 내색조차 않았다. 그런 딸이 대견하기도 했지만 더욱 안쓰러운 것도 사실이었다. 도우미 아줌마가 매일 와서 집 청소며 빨래 등을 도와주고 있었지만 아침 식사만큼은 정식과 고운이 당번을 정해 번갈아 준비했다. 그건 둘이 함께하는 식사가 아침밖에 없었기 때문이었다.

"그래도 배가 고파서 어쩌려고 그래. 그럼 아침 차리지 말고 너나 챙겨 먹도록 하지, 아니면 어제 밤에 아빠한테 미리 말했으면 아빠가 했을 거 아냐."

"아줌마가 다 해놓은 거 그릇에 덜기만 한 건데 뭐. 그리고 오늘은 아빠가 아니라 내가 아침 당번인데?"

"그깟 딩빈이 뭐가 숭요해서, 우리 딸 배 굶을까 봐 이쁜 그게 애가 타는구먼."

정식의 걱정에 고운은 방긋 웃는 얼굴로 도시락 가방을 번쩍 들어 보였다.

"아빠 딸 배고픈 거 못 참잖아. 아침, 점심, 저녁 도시락 세 개나 쌌어요. 청소 빨리 하고 나중에 수업 시작하기 전에 먹음 괜찮아요."

"그러지 말고 아빠랑 먹고 가. 얼른 먹고 아빠가 차로 데려다줄 게. 그럼 금방이잖아."

"아빠 하루 종일 일해야 하는데 급하게 드시다 혹시 체하기라도 하면 어떡해. 음식 빨리 드시면 꼭 체하시잖아요."

"거 참, 녀석하곤."

기어이 거절을 하고 마는 딸을 보며 정식은 난처한 웃음을 지었다.

"아빠, 그럼 학교 다녀오겠습니다!"

"그래, 오늘 하루도 수고!"

"예썰! 아빠도!"

고운은 씩씩한 마린보이처럼 손 인사까지 해보이고는 급히 현관을 나섰다. 그리고 마당으로 나오자마자 시간부터 확인했다.

여섯 시 이십 분.

"……안 늦었다."

혼잣말을 중얼거리는 고운의 입꼬리에 안도의 미소가 번졌다.

사실 정식과 함께 아침을 먹고 정식이 차로 태워준다고 가정하면 그다지 늦은 시간도 아니었다. 학교까지 걸어가는 데 이십 분, 가서 청소하는 데 한 시간. 아니, 청소도 혼자 하는 게 아니니까 아마 그보다 일찍 끝날 게 분명했다. 어쨌거나 아침 자율학습이 시작되는 여덟 시까지 무사히 끝마칠 수 있다는 결론이 나왔다. 그런데도 굳이 이 시간에 나온 건……

딩동—

빙고.

바로 이 특별한 손님 때문이었다.

초인종 소리가 울리기 무섭게 고운은 이내 환해진 얼굴로 대문 쪽으로 뛰어갔다. 대문을 열기 전, 바깥에 보이지 않게 머리를 손으로 한 번 쓸어 넘기는 것도 잊지 않았다. 두근두근 가슴이 뛰었다. 가볍게 심호흡까지 하고서야 고운은 미소 지으며 대문을 열었다. 여느 때처럼 이환이 웃는 얼굴로 고운을 반겨 주었다.

"좋은 아침."

"응, 오빠도 좋은 아침."

인사를 나누며 이환은 자연스럽게 고운의 손에서 무거운 도시락 가방을 가져갔다. 고개를 갸웃거리던 이환이 걱정스레 물었다.

"오늘은 더 무겁네. 설마 아침 안 먹은 거야?"

"늦잠 자서 먹을 시간이 없었어."

걱정스러운 듯 미간을 살짝 찡그린 채 이환은 시계를 보았다.

"안 늦었어. 얼른 들어가서 먹고 와. 기다려 줄게."

"아냐. 도시락 싼 걸, 뭐. 오빠 아침 먹었어?"

"나야 먹었지. 그나저나 배 안 고프겠어? 오늘 학생회실 청소까지 해야 하잖아."

고운은 생글생글 웃으며 도리질을 쳤다.

"괜찮아, 괜히 늦으면 2반 반장 혼자서 청소해야 하는데 미안하잖아."

남에게 폐 끼치는 걸 워낙에 싫어하는 고운이었다. 아마 더 말을 한다고 해도 듣지 않을 것이다.

이환이 고운의 머리를 가볍게 헝클어뜨렸다.

"내일부턴 아침 꼭 먹어. 좀 늦더라도 상관없으니까. 알았지?"

고운은 예쁘게 웃으며 고개를 끄덕였다. 이환도 그런 고운과 눈을 맞추고는 장난스럽게 머리를 한 번 더 헝클이며 미소 지었다.

"그럼 갈까?"

고운의 도시락까지 넣자 이환의 자전거 바구니가 꽉 찼다. 자신의 도시락과 나란히 놓인 이환의 도시락 가방에 고운은 괜스레 웃음이 났다. 밥을 안 먹어도 배가 부르다는 말은 이럴 때 쓰는 걸까. 자전거가 고장 나서 정말 다행이었다. 잔뜩 설렌 고운의 마음을 아는지 모르는지 이환은 그새 자전거에 타 고운을 돌아보았다.

"안 타?"

"어? 어, 타."

고운은 얼른 이환의 뒷자리에 앉아 그의 허리춤을 잡았다.

"꽉 잡아, 빨리 갈 거니까."

"응."

고운의 대답 소리와 함께 자전거가 출발했다. 3월, 이른 봄바람이 고운의 뺨을 스쳐 지나갔다.

상쾌한 아침이었다.

이른 시간이라 그런지 학교는 유난히 조용했다. 더군다나 본관 뒤에 자리 잡은 별관은 도서관과 매점, 미술실, 음악실, 학생회실이 고작이라 이 시간에 사람이 있을 리가 없었다. 햇살이 비스듬히 기운 별관 앞에서 고운은 이환과 실랑이를 벌이는 중이었다.

"정말 안 도와줘도 괜찮아?"

"괜찮다니까 그래. 오빠가 있으면 2반 반장 애가 불편해 할 거야. 그러니까 오빠 얼른 들어가서 공부 해."

고운이 손사래 치는 걸 보다 이환이 문득 궁금한 얼굴로 물었다.

"아까부터 궁금했는데 왜 2반 반장이야? 너희 반 부반장은 뭐하고? 원래 반장, 부반장 한 반에 2명씩 하는 거잖아."

"우리 반 부반장이 어젯밤에 제사라서 할아버지 댁에 갔다가 오늘 좀 늦을 지도 모르겠다고, 2반 반장한테 부탁해서 바꿨거든. 2반 반장 애랑은 같은 중학교 나와서 잘 아는 사이래."

"그래? 그럼 나중에라도 혹시 힘들다 싶음 우리 교실로 와. 몇 반인지 알지?"

"응, 얼른 가. 오빠, 그럼 나 들어간다."

"그래, 청소 끝나면 밥 꼭 먹고."

이환과 헤어진 후 고운은 학생회실이 있는 별관 3층으로 올라갔다. 아침이라 그런지 인기척조차 없는 터라 어쩐지 으스스한 느낌이 들었다. 발걸음을 빨리 하다 나중에는 아예 뛰어 올라갔다, 어찌나 빨리 뛰었는지 숨이 턱 끝까지 차올랐다.

몇 차례 숨을 고르고서 고운은 학생회실 열쇠를 주머니에서 꺼냈다. 철컥하는 소리와 함께 자물쇠가 열리자 고운은 곧장 학생회실 안으로 들어갔다.

창가에 드리워진 흰 모슬린 커튼 너머로 이른 아침 햇살이 뿌옇게 들어오고 있었다. 작은 책상이 줄지어 서 있는 여느 교실과는 달리 도서관에서나 쓸 법한 커다랗고 널찍한 책상 세 개가 학생회실 가운데 나란히 놓여 있었다. 그리고 앞쪽에는 음악을 들을 수 있는 작은 컴포넌트 플레이어가 자리하고 있었고 그 옆으로 제법 많은 CD와 카세트테이프 등이 책장에 차곡차곡 진열되어 있었다.

창가로 가는데 문득 발밑에 뭔가 툭 걸렸다. 빈 우유갑이었다. 책가방과 도시락 가방을 책상 위에 내려놓은 뒤 고운은 빈 우유갑을 집어 들고 학생회실 안을 휘둘러보았다. 학생회실 뒤쪽 왼편에 쓰레기통이 있었다. 고운은 우유갑을 들고서 대충 거리를 가늠해 보았다.

조준. 하나, 둘, 셋.

고운은 손에 힘을 실어 쓰레기통을 향해 우유갑을 던졌다. 우유갑이 우아한 포물선을 그리며 학생회실 뒤편으로 날아갔다. 하지만 쓰레기통으로 들어가기에는 거리가 턱없이 짧았던 모양이었다.

"아야!"

생각지도 못한 소리에 고운의 눈이 휘둥그레졌다. 무슨 소리인가 싶어 그쪽으로 천천히 걸어가는데 별안간 책상 뒤쪽에서 누군가 불쑥 몸을 일으켰다.

"엄마야!"

화들짝 놀란 고운이 짧게 비명을 지르며 급히 뒷걸음질을 쳤다.

웬 남학생이었다. 커다란 손으로 이마를 가린 채 그는 긴 팔을 뻗어 바닥에 떨어져 있던 우유갑을 집었다. 그러고는 나직이 한숨을 내쉬며 고운을 보았다. 아니, 노려보았다는 말이 더 정확했다.

하얀 교복 셔츠를 입고 있었는데, 햇살을 등진 탓에 얼굴은 그늘져 잘 보이지 않았다. 하지만 남학생의 불편한 심기는 고운에게도 고스란히 감지가 되었다.

"너냐?"

막 자다 깼는지 목소리는 잔뜩 잠겨 낮고도 묵직했다.

"……네?"

"지금 이거, 네가 던졌냐고."

고운은 머뭇거리며 고개를 끄덕였다. 낮은 한숨 소리와 함께 남학생은 이마를 짚은 손으로 얼굴을 쓸어내렸다. 한데 맙소사……. 그의 손끝에서 우유방울이 뚝뚝 떨어지는 게 아닌가.

"이건 또 뭐야."

남학생이 나지막이 욕설을 중얼거리며 손끝을 털더니 고개를 숙였다. 손도 모자라 매끄러운 턱선을 따라 우유 방울이 또다시 뚝뚝 떨어지고 있었다.

……어떡해.

고운은 놀라 입을 막았다. 빈 우유갑인 줄 알았는데 우유가 조금 남아 있었던 걸까.

햇살을 등진 채 고운을 물끄러미 바라보던 남학생이 자리에서 일어섰다. 키가 굉장히 컸다. 올 설에 정확하게 180㎝가 되었다던 이환과 비슷하거나 아니면 아주 조금 더 큰 것 같았다. 남학생이 고운을 향해 성큼 걸음을 뗐다. 고운은 저도 모르게 움찔거리며 뒤로 물러섰다. 한데 고운이 물러선 만큼 남학생이 다시 한 걸음 다가왔다. 고운도 다시 물러섰다. 하지만 탁 트인 넓은 공간도 아닌 좁은 학생회실 안이었다. 더 물러서고 싶어도 그럴 만한 공간이 없었다.

세 발짝, 두 발짝, 그리고 한 발짝.

지척이다. 숨소리가 들릴 만큼이나.

고운은 조심스럽게 시선을 들었다. 온통 커튼이 쳐진 데다 남학생의 커다란 키가 그나마 들어오는 햇빛까지 모두 가리고 있으니 그늘이 져 얼굴도 잘 보이지가 않았다.

애써 마른 침을 삼키며 고운이 입술을 달싹였다.

"저기……."

그때였다. 남학생이 갑자기 허리를 숙이는가 싶더니 고운의 가슴팍을 빤히 들여다보았다.

"이, 고, 운."

듣기 좋은 묵직한 목소리가 또박또박 이름을 읽었다. 이름표에 있는 이름을 확인한 뒤, 남학생이 고개를 들었다. 그리고 나지막이 말했다.

"일단 이거 씻고 와서 보자고."

햇살 때문에 얼굴이 잘 보이진 않았지만 어쨌거나 평온한 목소리였다. 마치 친구와 다정한 담소를 나누는 듯한 말투랄까. 한데도 이상하게 오싹한 기분이 들었다. 아니나 다를까.

"도망가면 죽는다. 이고운."

순간 그의 입에서 나온 자신의 이름에 고운은 흠칫했다. 그토록 담담하고 평온한 목소리가 그렇게 위압적일 수가 있다니. 등 뒤로 식은땀이 주르륵 흘러내렸다. 남학생이 문을 열고 나간 뒤 고운은 저도 모르게 바닥에 주저앉았다.

"아, 진짜……."

하필이면 우유갑이 떨어져도 거기에 떨어질 건 뭐람. 아니, 애초에 던지기 전에 안에 우유가 있는 걸 알았으면 얼마나 좋았을까. 고운은 제 머리를 마구 쥐어박으며 무릎 사이에 이마를 박았다.

그렇게 얼마나 지났을까. 째까째까 시계 초침 흘러가는 소리만 들리던 와중에 드르륵 문이 열이 열리고 남학생이 들어왔다. 머리까지 몽땅 씻었는지 머리에서 물이 뚝뚝 떨어졌다. 고운에게는 시선 한번 주지 않고 그는 거침없이 사물함으로 가 수건을 꺼내 머리를 닦았다. 그리고 파란색 체육복을 꺼냈다.

"……어."

쭈그리고 앉아 잔뜩 겁을 집어먹고 있던 고운이 주춤거리며 일어섰다.

1학년이 파란색 체육복, 2학년이 초록색 체육복, 3학년이 암적색 체육복이었다. 그렇다면 저 남학생은 1학년이 분명했다.

문득 고운의 머릿속에 누군가가 반짝 떠올랐다.

이 시간에 학생회실에 아 있을 만한 사람은 오늘 청소 낭번인 1학년 1반 반장인 고운과 나머지 한 명인 1학년 2반 반장일 터.

고운의 표정이 확 밝아졌다. 누군지 알 것 같았다.

"저기, 그럼 혹시 네가 2반……."

이내 눈앞의 풍경에 고운의 말문이 막혔다.

남학생이 셔츠를 획 벗고 있었다. 아니, 이미 벗어버린 뒤였다.

그러고는 너무도 태연하게 체육복으로 갈아입고 있었다. 아예 고운이 있다는 것조차 잊어버린 모양이다.

"혹시 뭐?"

머리에 덮고 있던 수건을 치우며 남학생이 뒤돌아서 고운에게 물었다. 너무 당황한 터라 눈만 깜빡거리고 있던 고운의 시선이 남학생의 얼굴로 옮겨갔다. 남학생이 젖은 머리를 툭툭 털며 고운에게로 다가왔다. 그러고는 책상에 걸터앉더니 고운을 빤히 보았다.

살짝 날카로워 보이는 쌍꺼풀이 없는 긴 눈매가 제일 먼저 눈에 들어왔다. 깨끗한 흰자위와 대비되는 까만 눈동자가 고운을 향하고 있었다. 그리고 그 아래 곧은 콧날과 붉은 입술이 보기 좋게 자리하고 있었다. 전체적으로 단정하면서도 영민해 보이는 인상이었다.

"혹시 뭐? 할 말 있던 거 아닌가?"

미쳤어, 이고운. 이 상황에 남자 얼굴 감상이라니.

고운은 서둘러 머릿속 생각을 지우고 조심스레 물었다.

"혹시…… 2반 반장이야?"

고운의 말에 남학생은 머리를 툭툭 털던 손을 멈췄다. 맞구나 싶어 고운은 안도의 한숨을 내쉬었다.

"나 1반 반장 고운이야, 이고운. 반갑다."

한결 밝아진 얼굴로 고운이 다가가 웃으면서 손을 내밀었다. 한데 남학생은 고운이 내민 손을 잡는 대신 눈썹만 비죽 추켜올렸다. 마치 지금 장난 치냐는 듯한 눈빛이다. 아무래도 화가 많이 난 모양이겠지. 고운은 콧잔등을 살짝 찡그리고서 얼른 사과를 건넸다.

"참, 미안해. 사과부터 했어야 하는 건데. 난 또 혹시나 선배면 어쩌나 했는데 너라니까 너무 반가워서 그랬지 뭐야. 갑자기 우유갑이 날아와서 많이 놀랐지? 있는 줄 알았으면 조심했을 텐데…… 정말 미안해."

하지만 그 아이는 여전히 고운이 사과를 받아들일 생각이 없는 것 같았다. 어색한 침묵이 감돌았다. 무심한 눈으로 고운을 빤히 보던 남학생이 확인하듯 물었다.

"1학년 1반…… 반장이라고?"

"응."

고운은 가볍게 고개를 끄덕였다.

"넌 태훈이지? 박태훈."

남자 아이는 대답 대신 눈썹만 비죽 올렸다.

"어제 상미한테 얘기 들었어. 반갑다, 정말."

고운은 활짝 웃으며 다시 손을 내밀었다.

정적이 흘렀다. 이상하게 긴장이 되어 고운은 마른 침을 삼키며 남자 아이를 물끄러미 올려다보았다. 그는 여전히 무표정한 얼굴로 고운을 내려다 볼 뿐이었다. 한숨이 자그맣게 새어 나왔다. 이번에도 거절인가 싶어, 고운이 손을 거두려던 찰나.

그 아이가 고운이 내민 손을 잡았다. 물기가 조금 남아 있는 손은 차가웠지만 이내 따뜻해졌다.

한 학기 동안 자주 볼 사이인데 하마터면 좋지 않은 첫인상으로 남을까 염려했었다. 정말 다행이다. 고운은 그제야 한시름 놨다는 듯 그 아이의 손을 꼭 잡고서 위아래로 흔들었다.

"앞으로 우리 잘 지내보자. 잘 부탁할게."

고운을 빤히 보던 그 아이가 문득 피식 웃었다. 마주 보고 있던 고운도 방긋 웃었다. 악수하고 있던 손을 풀고서 고운은 그제야 홀가분해진 얼굴로 주변을 둘러보았다.

"그럼 우리 청소부터 해야겠다."

"……청소?"

"응. 청소하러 온 거니까 얼른 해야지. 그래도 오늘이 첫 학생횐데 우리 깨끗하게 하자. 음, 빗자루로 바닥 대충 쓸고 걸레로 책상만 닦아도 될 것 같으니까…… 그럼 태훈이 네가 바닥 쓸래? 내가 걸레 빨아 와서 다 닦을게."

고운의 말에 그 아이는 눈썹만 슬쩍 추켜 올린 채 아무 반응이 없었다.

"별로야? 그럼 네가 걸레로 닦을래? 내가 빗자루질 할까?"

고운을 빤히 보던 그 아이가 한쪽 입꼬리만 말아 웃었다. 그러고는 책상에서 내려와 고운의 앞에 섰다.

"아냐, 됐어."

"괜찮겠어? 괜히 나중에 후회하지 말고 미리 말해. 난 어떤 거든 상관없으니까."

그 아이가 별안간 고운의 어깨를 탁 짚었다.

"아냐. 너야말로 절대 후회하면 안 된다, 이, 고, 운."

그 말을 끝으로 그 아이는 이내 몸을 휙 돌려 학생회실 뒤편으로 걸어갔다. 빗자루가 어디 있나, 중얼거리면서.

잠시 고개를 갸웃거리다 고운도 창가로 가서 커튼을 걷고 창문을 활짝 열었다.

후회하면 안 된다?

이상하게 왠지 묘한 기분이 들어 고운은 뒤를 돌아보았다. 그 아이는 벌써 빗자루를 쥐고 학생회실 뒤편을 쓸고 있었다.

"……난 또."

괜한 걱정을 했다. 고운은 '핏' 하고 작게 웃으며 고개를 설레설레 젓고는 걸레로 창틀을 닦기 시작했다.

"정말 미안해. 아침에 늦잠을 자서 허겁지겁 학교 오다보니 어제 상미랑 약속한 걸 깜빡 잊었지 뭐야. 그냥 당연히 다음 주라고만 생각해서."

자신을 1학년 2반 반장 박태훈이라고 소개한 안경 쓴 남자 아이가 뒷머리를 벅벅 긁으며 고운에게 연방 사과를 건넸다. 고운은 눈을 깜빡거리며 눈앞에 있는 '박태훈'을 보았다. 키도, 얼굴도, 체격도 모두 게 아침에 본 그 '박대훈'과는 너무도 달랐다.

"네가 징말…… 박태훈이라고?"

"진짜 미안해. 대신 다음 번 청소 때는 내가 혼자 다 할게."

말도 안 돼.

고운은 당장에라도 목구멍으로 튀어나오려는 말을 꾹 삼키고 다시 한 번 더 물었다.

"그러니까 네가 정말 박태훈이란 거야? 나랑 오늘 아침에 학생회실 함께 청소하기로 한 1학년 2반 반장?"

"그렇다니까? 왜?"

재차 물어보는 고운이 이상했던지 자칭 '박태훈'이란 남자애가 얼떨떨한 얼굴로 고개를 끄덕였다.

"누가 내가 1학년 2반 반장 아니래?"

"어? 그게…… 아니, 그런 게 아니라……."

무슨 말을 해야 할지 몰라 당황스럽던 찰나, 고맙게도 수업 종이 울렸다.

"아! 수업 종 쳤다. 그럼 나 가볼게. 이따가 학생회실에서 보자. 그리고 다음 번 청소도 내가 네 차례에 한 번 더 할게! 미안해, 정말! 그럼 수업 잘 들어!"

박태훈이 2반으로 들어가는 걸 고운은 멍하니 쳐다보았다.

꼭 귀신에게 홀린 기분이었다.

……아침에 본 그 남학생은 1학년 2반 반장이 아니었다. 그럼 대체 그 남학생은 누구란 말인가.

고운은 아침나절의 일을 천천히 되짚어 보았다.

"넌 태훈이지? 박태훈. 어제 상미한테 얘기 들었어. 반갑다, 정말."

아뿔싸.

그러고 보니 그 남자애가 먼저 자기가 박태훈이라고 한 적은 없었다. 태훈이라 부르자 그저 비딱하게 눈썹 끝만 올렸을 뿐.

그럼 대체 누굴까? 1학년 2반 반장이 아니라면 그 시간에 대체 왜 거기에 있었단 말인가?

처음에는 셔츠를 입고 있다 씻고 온 후에 사물함에서 파란색 체육복을 꺼내 갈아입은 걸 보면 분명 1학년이란 말이다. 그리고 그 시간에 학생회실에 있었으니 학생회 사람일 것이다. 그렇다면 다른 반 반장이나 부반장?

"……어?"

생각을 차근차근 정리해 보다 고운이 문득 인상을 찡그렸다. 그러고 보니 분명히 자물쇠로 문을 열고 들어갔는데 그 아이는 어떻게 미리 학생회실에 들어가 있었던 걸까? 설마 거기서 밤을 샌 건가?

이상한 점이 한두 가지가 아니었다.

"잘 가라. 다음에 또 보자. 아, 참. 그리고 다음에 볼 때, 인사 꼭 해라. 1학년 1반 반장. 이고운."

청소를 끝내고 난 뒤 그 아이가 헤어질 때 한 말이었다.

머리가 복잡해졌다.

어쨌든 임원이면 오후에 있을 회의 시간에 모습을 보일 테고, 그때가 되면 그 아이가 누군지 알 수 있으리라.

"그럼 지금부터 43기 학생회 3월 회의를 시작하겠습니다."

이환이 올해 학생회의 첫 회의 시작을 알렸다.

고운은 몰래 목을 빼서 학생회실 안 여기저기를 둘러보았다. 하지만 아무리 찾아봐도 없다. 보이지가 않는다. 하나, 둘, 셋, 넷, 다섯……. 고운은 학생회실 안에 있는 사람들의 머릿수를 일일이 세어보았다. 한 학년당 열 반씩이니 반장, 부반장을 합하면 스무 명. 3학년 전체를 따져보면 육십 명.

56, 57…… 58.

고운의 시선이 학생회실 앞으로 향했다. 회장인 이환과 부회장인 손지은. 정확하게 딱 육십 명이었다.

그럼 대체…… 누구지? 누구이기에 그 시간에 학생회실에 있었던 걸까?

"고운아!"

누군가 어깨를 탁 치는 바람에 고운은 화들짝 놀라 옆을 돌아보았다. 짝 보라였다.

밥을 한 숟가락 가득 퍼서 입에 넣고 우물거리며 보라가 물었다.

"무슨 일 있어? 밥 먹다 말고 왜 얼이 빠져서 그래?"

"어? 아니, 그냥 좀."

고운은 고개를 젓고 반찬을 깨작거리다 이내 다시 보라를 보았다.

"왜?"

아직 3월이지만 명진고의 유명한 남학생은 모두 다 꿰고 있는 보라였다. 그런 보라라면 분명히 알지도 모른다.

"혹시 말이야, 1학년 학생회 임원 중에 키가 180㎝ 좀 넘고 피부가 하얀 편이고 깔끔하고 단정하게 잘생긴 남자애 있어?"

"키가 180㎝ 좀 넘고 피부가 하얗고 깔끔하고 단정하게 잘생긴 남자 학생회 임원? 1학년 중에?"

"응. 눈매가 이렇게 긴데 쌍꺼풀은 없고. 왜, 있잖아. 조금 날카롭게 생긴 스타일?"

"쌍꺼풀 없이 날카롭게 생긴 타입이라……."

1초, 2초, 3초, 4초, 그리고 정확하게 5초 만에 보라가 단호하게 고개를 저었다.

"없어?"

고운이 묻는 말에 보라는 짧게 고개를 끄덕였다.

"응, 절대 없어."

"정말?"

"그렇다니까 그래. 1학년 반장, 부반장 뿐 아니라 학생회 전체를 다 통틀어도 그렇게 잘생긴 남자는 2학년 8반 학생회장 서이환 선배님밖에 없어."

보라가 저렇게 확신에 차 하는 말이라면 분명 믿을 만한 거였다.

"그럼 깔끔하고 단정하게는 빼고 그 키에 피부 하얗고 좀 차갑게 잘생긴 사람은?"

"당연히!"

"있어? 누군데?"

고운이 서둘러 물었다. 보라가 당연하지 않냐는 듯 어깨를 으쓱이며 대꾸했다.

"누구긴, 없지."

허무한 대답이 아닐 수 없다.

잠시 멍하니 보라를 바라보다 고운이 다시 물었다.

"그럼 혹시 학생회 임원 아닌 사람 중에서는?"

"1학년 중에? 음…… 그럼 갠가? 노국?"

"노국?"

"혹시 안경 썼어?"

"아니."

고운의 대답에 보라가 에이, 하며 도리질을 쳤다.

"그럼 아냐. 1학년 중에 괜찮은 녀석이라곤 10반에 노국 하나밖에 없는데, 갠 안경 쓰거든. 것도 엄청 두꺼운 거. 그런데 갑자기 그건 왜?"

"아니, 아침에……."

"아침에 뭐?"

보라가 눈을 동그랗게 뜨고 고운을 뚫어져라 바라보았다. 말을 하려다 말고 고운은 그냥 고개를 젓고는 젓가락으로 밥을 떠서 입에 넣었다.

"아니, 그냥 좀……."

"그냥 좀 그런 일이 뭔지 말을 해줘야 그냥 좀 그런 일이려니 하지."

달리 할 말이 없었다. 그렇다고 보라에게 미주알고주알 아침에 있었던 일을 모두 이야기하기도 어려웠다.

"그러게."

고운이 싱거울 정도로 쉽게 수긍을 하자 보라가 피, 입술을 비죽이며 웃었다.

"그나저나 고운이 넌 동아리 뭐 들 거야? 다음 주부터 동아리 모집하잖아."

"동아리?"

고운이 밥을 먹다 말고 교실 앞을 보았다. 그러고 보니 보라의 말처럼 칠판 옆 게시판에 붙여진 한 달 일정표에 '동아리 모집일' 이란 표시가 되어 있었다.

"너, 설마 어디 들지 아직 생각 안 했어?"

"응. 동아리, 그거 꼭 들어야 하나?"

별 관심 없는 듯 심드렁한 고운의 대답에 보라가 버럭 소리를 내질렀다.

"당연하지! 우리 학교가 CA를 얼마나 중요하게 생각하는데!"

"그럼 보라 넌 어디에 들지 생각했어?"

고운이 묻는 말에 당연하다는 듯 보라가 고개를 끄덕이고는 손가락을 위로 향해 들었다.

"씨기."

"여기?"

고운이 쉬이 알아듣질 못하자 보라가 답답한 듯 한숨을 푹 내쉬고 다시 말을 해줬다.

"방송반."

"방송반?"

그러고 보니 저녁 방송이 흘러나오고 있었다.

"내가 오랜 시간을 두고 곰곰이 생각해 봤는데 우리 학교 동아리 중에 유명한 게 방송반이랑 미술부, 배드민턴부, 아! 그리고 밴드부랑 연극부가 있잖냐. 그런데 내가 미술이랑 체육에는 도무지 소질이라곤 보이지 않으니 그건 패스. 그리고 나머지 밴드부랑 연극부는…… 뭐, 어떻게 노력해 보면 할 수야 있겠지만 별로 내키지 않으니 패스."

"그래서 남은 게 방송반이라고?"

"그래서 남는다기보다는, 솔직히 우리 학교 동아리 중에 제일 유명한 곳이잖아. 멋있고 폼 나고. 그리고 무엇보다 중요한 건!"

보라가 포크로 소세지를 쿡 찍어 들고는 비장한 눈빛으로 고운을 보았다.

"우리 학교 명물, 쓰리에이치(3H)가 바로 방송반에 있잖아."

"쓰리에이치?"

생전 처음 들어보는 말에 고운의 눈이 동그래지자 보라의 눈도 따라 커졌다.

"얘 봐! 너, 쓰리에이치가 뭔지도 몰라?"

화학 기호냐고 물으려다 고운은 그냥 고개만 저었다. 아마 저 말을 꺼냈다가는 두고두고 보라에게 비웃음을 당할 것 같았다.

"고재희의 희, 차현석의 현, 서이환의 환, 쓰리에이치!"

픕!

하마터면 밥알이 다 튀어나올 뻔했다. 고운은 간신히 입을 틀어막고서 보라를 보았다. 설마 보라의 말 속에 나오는 그 유치한 '쓰리에이치'에 나오는 '이환'이 내가 아는 '이환'은 아니겠지.

"이환이라면 설마 2학년 학생회장 이환 오…… 아니, 서이환을 말하는 거야?"

"그럼 그 서이환 말고 어떤 이환이 있어?"

설마 했더니 진짜였다. 이환이 작년 연말에 있었던 학생회장 선거에서 전교 여학생들의 절대적인 지지를 받았다는 건 귀띔으로 들어 알고 있었지만 저런 명칭으로까지 불리는 줄은 몰랐다.

"그럼 그 나머지는 누군데?"

"고재희. 3학년 1반. 작년 방송반 캡틴. 아주 전설적이지. 학생회장 서이환에 비견할 만한 유일한 인물이랄까. 아니다, 재희 선배가 1년 선배니까 서이환이 고재희에 대적할 만한 인물이라 해야겠다."

"또?"

"차현석 선배? 고재희 선배랑 같은 반이고 둘이 제일 친한 친구 사인데 뭐, 재희 선배나 이환 선배처럼 눈에 띄게 잘생긴 얼굴은 아니지만 볼수록 잘생겼다 해야 하나? 그리고 성격이 엄청 좋아서, ㄱ 선배 좋아하는 여학생들이 장난 아니게 많대."

이환에 비할 만한 인불이라…….

문득 아침에 본 그 정체불명의 남자아이 얼굴이 떠올랐지만 고운은 이내 고개를 저었다. 그 애는 분명 1학년 체육복을 입은 1학년생이었다.

"아, 맞다! 고운이 네가 아까 말한 그 남학생, 혹시 고재희 선배 아냐? 고재희 선배가 되게 무섭게 잘생긴 타입인데?"

"아냐, 1학년이었어. 파란색 체육복 입고 있었단 말이야."

"그래? 이상하네. 1학년 중에 아무리 생각해봐도 그런 인물이 없는데."

"네가 아직 못 찾은 거 아냐?"

고운이 슬쩍 떠보는 말에 보라가 펄쩍 뛰며 자신의 눈을 가리켰다.

"야! 못 찾긴. 내가 설마하니 그런 보석을 못 알아볼까. 그리고 우리 학년에 그런 인물 있었으면 소문이 나도 벌써 났지. 장동건이나 원빈 보면 너나 나나 둘 다 잘생겼다고 하잖아. 똑같은 거라니까? 내 눈에 보석은 남들 눈에도 보석인 법!"

일장 연설을 끝내고서 보라는 포크로 찍어둔 소시지를 입에 날름 집어넣었다.

"아무튼 난 무조건 방송반 시험 볼 거야. 고운이 너도 딱히 생각 안 했으면 같이 보자. 우리 둘이 같이 방송반 하면 좋잖아."

"시험까지 봐야 해?"

"당연하지. 거기가 아무나 들어갈 수 있는 곳인 줄 알아? 작년 경쟁률이 얼마였냐면 무려 37대 1이었어."

말도 안 된다는 듯 쳐다보는 고운을 보며 보라가 다시 한 번 힘주어 말했다.

"진짜라니까, 37대 1."

"전교생 모두가 방송반 시험을 보는 것도 아니고…… 대체 무슨 그런 경쟁률이 다 있어?"

"그러니까 다들 들어가려고 줄서서 기다리는 동아리지. 우리 학교 최고의 동아리. 아무튼 너도 시험 같이 봐. 알았지?"

보라가 약속하라는 듯 새끼손가락을 내밀어 보이고는 다시 부지런히 밥을 먹기 시작했다.

그러고 보니 이환도 작년 1학년 신입생 때 방송반에 들어갔다. 그래서 만약 명진고에 배정을 받게 되면 방송반에 꼭 들고 싶다 생각한 적이 있다. 하지만 정작 고등학교에 입학을 하고 난 이후로는 정신없이 바빴던 터라 방송반에 대해 까맣게 잊고 있었다.

흐음, 고운은 밥을 먹다 말고 턱을 괸 채 스피커를 올려다보았다.

"나, 방송반 시험 볼까?"

고운의 말에 자전거를 끌고 가던 이환의 걸음이 우뚝 멈춰 섰다. 야간자율학습을 마치고 함께 집으로 오는 길이었다.

"방송반?"

"응. 내 친구 보라 말이야, 방송반 시험 볼 거라고 나보고 같이 보자 그러더라고. 나도 볼까?"

고운의 진지한 표정에 이환이 잠시 생각을 하는가 싶더니 이내 흔쾌히 고개를 끄덕였다.

"내 생각에도 괜찮을 것 같은데? 고운이 너랑도 잘 맞을 거 같고."

"그런데 방송반 엄청 바쁠 거 같아서. 학급 임원 맡아서 정신도 없는데. 두 개 같이 병행하는 거 힘들지 않을까?"

"아냐, 뭐. 지금 학기 초라서 반장 일이 바쁘다 싶어도 시간 좀

지나면 괜찮아질 거야. 반장이라고 매일매일 일거리가 많고 그런
건 아니니까. 그리고 2학기 때는 반장 새로 뽑잖아."

"그런가?"

"한번 해 봐. 고운이 너라면 충분히 붙을 수 있을 거 같은데."

"하지만 난 방송반에 대해 아무것도 모르잖아. 보라한테 듣기
로는 경쟁률이 어마어마하다며. 그럼 중학교 때 방송반이었던 애
들도 꽤 될 거고 걔들이 다 붙을 거 아냐. 아무래도 아무것도 모르
는 애들보다야 유경험자가 훨씬 더 잘할 거니까 방송반 선배들도
더 편할 거고. 가르칠 것도 덜 할 테니까."

미간에 주름을 만든 채 고운이 이런저런 걱정을 늘어놓기 시작
하는데 문득 옆에서 웃음소리가 들렸다. 고운의 시선이 이환에게
로 향했다.

"또 걱정부터 한다. 그러지 말라니까 그러네. 고운이 너답지 않
게 왜 겁부터 내? 봐, 나도 중학교 때까지 방송에 '방' 자도 몰랐는
데 방송반 합격했잖아."

"피, 오빠야 뭐든 잘하니까."

어릴 시절부터 한 동네에서 함께 자랐고, 그 오랜 시간 동안 고
운의 눈에 비친 이환은 그야말로 슈퍼맨이었다. 단 한 번도 흐트
러진 모습을 보인 적도, 부모와 학교, 주변의 기대에 어긋난 적도
없었다. 공부도, 운동도, 노래도, 심지어 미술까지 이환이 못하는
건 하나도 없었다.

"너도 뭐든 잘해. 그러니까 걱정하지 말라고."

이환이 해주는 칭찬에 그제야 고운의 입가에 작은 미소가 고였

다. 둘이서 눈빛을 마주하고 꼭 닮은 웃음을 짓다 다시 걸음을 옮겼다.

이른 봄, 조금 쌀쌀하긴 했지만 밤공기가 참 좋았다.

"시험 꼭 봐. 그래서 나랑 같이 방송반 하자."

이환과 함께 방송반 활동을 한다. 생각만으로도 근사하다.

금세 기분이 좋아져 고운의 입꼬리가 둥근 호를 그리며 올라갔다. 고운이 밤하늘을 향해 기지개를 켰다.

"아! 나도 진짜 그렇게 되면 좋겠다."

"그럴 수 있어."

이상하게도 이환에게서 할 수 있다는 말을 들을 때면 고운은 정말 뭐든지 다 잘 할 수 있을 것만 같은 기분이 들었다.

"참, 오빠."

기지개를 펴다 말고 고운이 이환을 휙 돌아보았다.

"오늘 학생회에 온 사람들이 다야?"

"응, 왜?"

"그래? 이상하네."

학생회 임원도 아닌데 어떻게 그 시간에 학생회실에 있었던 걸까. 그것도 문이 잠겨 있었는데 말이다. 누가 뒷문을 열어 놓았던 것일까? 그래서 거기로 들어갔던 걸까?

"왜? 무슨 일 있어? 갑자기 그건 왜 물어?"

"어?"

차라리 말할까. 다른 사람은 몰라도 학생회장인 이환은 알아야 하는 게 아닐까. 학생회 임원도 아닌 사람이 학생회실에 들어가 있었던 건데.

"나중에 또 보자, 1학년 1반 반장 이고운."

누군지는 모르겠다만 그렇다고 나쁜 짓을 저지를 것 같지는 않았다. 괜히 이환에게 말했다 학교에까지 알려지고, 그래서 벌점이나 징계 같은 거라도 받게 되면 어쩌지. 거기다 고의는 아니었다만 어쨌거나 아침부터 우유갑을 던져 머리까지 감게 했지 않은가. 그래, 어차피 별다른 사건도 없었으니까 이대로 그냥 묻고 넘어가도 되리라. 잠시 망설이다 결국 고운은 미소를 지으며 고개를 저었다.

"아냐, 그냥."

비가 온다던 일기예보처럼 아침부터 봄비가 추적추적 내리고 있었다. 이른 시간이라 그런지 별관은 고요했다. 고운은 복도를 지나 학생회실 앞에 멈춰 서고는 주머니에서 열쇠를 꺼냈다. 어제 저녁에 이환에게 부탁해서 미리 받아둔 것이었다.

드르륵.

고운은 문을 열고 안으로 들어갔다. 커튼이 쳐진 학생회실 안은 적막만이 가득했다. 혼자 연습하기에 이보다 좋은 곳은 없다. 비가 오는데다 커튼까지 쳐져 있어 그런지 어두웠다. 문 옆에 있는 형광등 스위치를 눌렀는데 불이 들어오지 않았다.

"고장 났나?"

미간을 찌푸린 채 형광등을 올려다보다 고운은 창가 자리로 가서 커튼을 살짝 걷고 의자를 당겨 앉았다. 가방에서 필통과 신문을 꺼냈다. 필통을 열자마자 제일 위에 넣어 둔 인터뷰 번호가 적힌 종이가 보였다. 고운은 종이를 꺼냈다.

—22번

드디어 오늘이 결전의 날이었다. 방송반 3차 시험인 인터뷰가 있는 날.

1차 서류 심사를 통과하고 2차 필기시험을 치러 다행스럽게도 3차 인터뷰 심사 대상자에 이름이 올랐다. 3차 시험을 칠 수 있는 사람은 모두 서른 명. 그중에서 딱 여섯 명만 올해의 방송부원이 될 수 있었다. 지원 분야는 프로듀서, 아나운서, 엔지니어 세 군데로 각 두 명씩 뽑는다고 했다. 그중에서 고운이 지원한 부분은 아나운서였다.

"고운이 넌 일단 발음이 정확하고 목소리가 좋으니까 아나운서를 해보는 게 어떨까."

방송반에 시험을 보겠다 생각한 그날부터 근 이 주간 하루도 빼먹지 않고 날마다 몇 시간씩 소리 내 신문을 읽어 왔다. 그런데 막상 오늘이 시험이라 그런 걸까. 그동안 그렇게 열심히 기사를 읽어왔는데도 도무지 신문 기사에 적힌 글자가 눈에 들어오지 않았다.

후, 고운은 눈을 감고 숨을 깊게 내쉬었다 들이마셨다.

"……열심히 했잖아."

정신 차려, 이고운.

고운은 다시 한 번 심호흡을 크게 하고서 눈을 떴다. 그리고 신문을 양손으로 야무지게 쥐었다.

"베이비시터 업체 카챠카포마……."

신문을 얼마 읽지도 못하고 고운이 인상을 썼다. 신문을 바짝 가까이 대 들여다보며 고운은 다시 한 번 또박또박 읽었다.

"카, 챠, 카, 포, 마, 니, 또, 라, 나? ……무슨 회사 이름이 이래?"

고운은 못마땅한 듯 미간을 찌푸리고 있다 다시 허리를 펴고 반듯하게 앉았다.

"베이비시터 업체 카, 챠, 카, 포, 마, 니……."

고운은 기사를 읽다 말고 인상을 찡그렸다. 가만히 눈으로만 기사를 읽다 다음 장으로 넘겼다. 평소에 징크스를 딱히 따지는 편은 아니지만 왠지 기분이 그랬다. 당장 오늘이 시험인데 하필이면 이런 혀 꼬이는 회사 이름 때문에 불안해하기가 싫었다. 고운은 열심히 신문을 눈으로 읽으며 문화면에서 가장 쉬울 듯한 기사를 골랐다.

—아라비안나이트

고운의 입가에 만족스러운 미소가 스몄다. 큼, 목을 가다듬고 고운은 허리를 꼿꼿이 펴고 신문을 양손으로 쫙 잡아당겨 폈다.

"큼, 험상궂은 사내들에 의해 손이 묶인 형은 애원하는 목소리로……."

"나야말로 애원 좀 하자."

순간 어디선가 꽉 잠긴, 낮고 아주 무서운 목소리가 들려왔다.

……뭐야?

신문을 쥐고 있던 고운의 손이 움찔거렸다. 고운은 숨소리조차 내지 못하고 조용히 눈만 크게 떴다. 너무 놀란 탓에 차마 고개도 돌리지 못했다. 그저 눈만 굴렸다. 학생회실 왼쪽부터 오른쪽까지 천천히 훑었다. 아침이라고 해도 비가 오는데다 뒤편은 여전히 커튼이 쳐져 있어 어두컴컴했다. 들어올 때도 보았지만 이곳에 고운 말고 다른 사람이 있을 리가 없었다.

잘못 들었나 싶은 순간,

툭.

어디에선가 또 다른 소리가 들려왔다. 둔탁했다. 그리고 이어서 쓰윽 쓰윽 슬리퍼 끄는 소리가 들려왔다.

고운의 얼굴이 하얗게 질렸다. 잘못 들은 게 아니었다. 분명 무슨 소리가 났다.

"혼자 정말 괜찮겠어?"

별관이다 보니 이 시간에 사람이 있을 리가 없다며, 무서우면 같이 와 주겠다던 이환을 극구 말렸던 사람이 바로 자신이었다.

괜찮다고, 있으면 오히려 번거롭기만 하다고, 내가 다 알아서 할 수 있으니 오빠는 염려 붙들어 매라고. 설마 학교 안인데 무슨 일이 있겠느냐고.

"야, 너 그거 알아? 학교마다 비밀이 하나씩 꼭 있는 거."

문득 아주 어릴 적, 초등학교를 다닐 때 친구가 해줬던 학교 괴담이 떠올랐다.

"그리고 밤이 되면 그 비밀이 하나둘 밝혀진다는 거 있지? 우리 학교에도 몇 가지가 있는데, 옛날에 말이야, 어떤 애가 납치를 당해서……."

……아니!
고운은 눈을 질끈 감았다 떴다. 지금은 밤이 아니다. 비가 와 흐리기는 했지만 어쨌거나 아침이었다. 고운은 천천히 신문을 내려 놓고 주먹을 꽉 말아 쥐었다. 어느새 손바닥이 축축해져 있었다.
괜찮다, 별일 아니다. 그냥 잘못 들은 소리일 것이다.
고운은 마른 침을 꿀꺽 삼키고 시선을 내리깔았다. 오래된 마룻바닥이 눈에 들어왔다.
무서울 거 하나 없다. 그냥 허리를 굽혀서 보면 되는 거다. 그러면 아무것도 없다는 걸 두 눈으로 똑똑히 확인할 수 있을 것이다.
고운은 심호흡을 했다.

공포 영화를 볼 때면 꼭 이런 순간이 있다. 잔뜩 무서운 분위기를 조장해 놓고 막상 보면 아무 일 없는 장면. 괜히 관객들에게 겁을 주기 위해 쓸데없이 만들어 넣은 장면. 결국 알고 보면 전혀 겁먹을 거 없었던, 그냥 그런 아주 심심한 장면.

고운은 천천히, 조심스럽게 허리를 굽혔다. 그리고 책상 아래를 보았다.

……없다. 고운은 우측을 보았다. 역시나…… 없다.

안도의 한숨을 내쉬며 고운이 허리를 펴려던 순간이었다. 어디선가 기분 나쁜, 정말 소름끼치는 소리가 들려왔다.

끼익, 덜그럭, 끼익, 덜그럭, 끼익, 덜그럭.

고운의 시선이 소리가 나는 곳으로 움직였다.

발이 있었다. 아니, 두 개의 다리가 있었다. 보다 정확하게 말하면 그 다리 두 개가 고운에게로 성큼성큼 다가오고 있었다. 그것도 아주 빠른 속도로.

순간적으로 심장이 철렁 내려앉으며 등허리에 소름이 쫙 돋아났다. 도망가야 했다. 한데 사람이 너무 놀라면 움직일 수도 없다더니 그 말이 사실이었나 보다. 머리에서는 빨리 도망가라고 하는데 몸이 돌이 된 것처럼 도무지 발이 떨어지지가 않았다. 아니, 겁이 나 허리를 펼 수조차 없었다. 바로 그때, 다리 두 개가 고운의 앞에 와서 멈춰 섰다.

고운이 숨을 들이키며 눈을 질끈 감던 찰나, 뭔가가 고운의 어깨에 닿았다.

"아악!"

고운은 기겁해 비명을 지르며 몸을 웅크렸다.

……뭐지? 방금 분명 뭔가가 어깨에 닿았는데?

당장에라도 뭔가가 덮쳐들어 목덜미를 낚아챌 것만 같았다. 고운은 몸을 웅크린 채 겁에 질려 덜덜 떨었다.

신이시여, 제발 저를 지켜주세요. 앞으로는 정말 착하게 살겠습니다. 지금까지 제가 잘못을 저지른 게 있다면 부디 용서하시고 절 이 위험으로부터 지켜주세요, 제발!

고운은 두 손을 꼭 잡고서 흐느끼며 아주 간절하게 자신의 안녕을 빌었다.

그렇게 얼마나 시간이 흘렀을까. 이상하게도 주위가 너무 잠잠했다. 바들바들 떨다 고운은 겨우 눈을 떴다. 고동빛 나무 바닥이 보였고 그 너머로 슬리퍼를 신은 발이 보였다.

"……아주 쇼를 하는구나, 쇼를 해."

한심한 듯 혀를 차는 소리에 고운의 시선이 그제야 위로 향했다. 큰 키에 고운과 똑같은 교복을 입은 누군가가 그녀를 내려다보고 있었다. 너무 놀라 눈물에 시야가 뿌옇게 흐려져 얼굴이 제대로 보이진 않았지만 분명 귀신은 아니었다.

고운은 그렁그렁하게 차오른 눈물을 닦아내고 눈앞에 서 있는 이의 얼굴을 똑바로 보았다. 비로소 얼굴이 보인다.

"뭐야, 또 너냐?"

눈을 가늘게 뜬 채 못마땅한 듯 인상을 찌푸리며 자신을 바라보는 사람은 고운도 아는 이였다.

가짜 박태훈.

갑자기 시야가 뿌옇게 흐려지는가 싶더니 저도 모르게 울음이 터졌다. 왠지 모르겠지만 아마도…… 그 아이가 너무 반가운 탓일 것이다. 어쨌든 그 아이는 사람이 분명하니까.

"야, 너 왜 그래?"

황당해하는 가짜 박태훈의 목소리가 들려왔지만 고운은 좀처럼 울음을 멈출 수가 없었다.

쓰윽 쓰윽.

딱 그 소리다. 슬리퍼를 바닥에 대고 밀어대던 가짜 박태훈이 어이없다는 표정으로 고운을 바라보았다.

"나 원 참, 기가 차서. 그러니까 이 소리가 귀신 소린 줄 알았다고?"

고운은 고개를 끄덕였다. 한심한 듯 바라보던 가짜 박태훈이 이번에는 자리에서 일어나 몇 발자국 걸었다.

끼익, 덜그덕, 끼익, 덜그덕, 끼익, 덜그덕.

걸음을 뗄 때마다 마룻바닥이 체중에 눌리며 끼익 소리를 만들어냈다. 그리고 슬리퍼가 마룻바닥과 마찰하며 덜그덕거렸다. 사리에 멈춰 선 가짜 박태훈이 고운을 돌아보았다.

"이것도 귀신 소린 줄 알았다는 거지?"

부끄럽다. 민망하다. 어디 쥐구멍이라도 있으면 그대로 달려가 머리부터 숨고 싶다.

창피한 마음에 고운은 고개를 숙이며 구시렁거렸다.

"진작에 인기척이라도 냈음 좋았잖아."

"······좋았잖아?"

가짜 박태훈의 눈썹이 묘하게 치켜 올라간다.

"사실이 그렇잖아. 그랬음 내가······."

"그랬으면 네가 뭐."

네 말마따나 적어도 아침부터 이런 쇼는 안 했겠지.

"아침부터 쇼는 안 했겠다고?"

뭐야.

고운이 화들짝 놀라 앞을 바라보았다. 어느새 가짜 박태훈이 맞은편 자리로 와서 앉아 있었다. 고운의 놀란 표정에 그 녀석이 피식 입꼬리를 말아 올렸다.

"부끄러운 줄은 아니 다행이네."

설마 독심술 같은 걸 할 줄 아나?

고운은 미간을 찡그리며 앞에 앉은 녀석을 노려보았다.

"너, 대체 뭐야?"

고운이 제법 호기롭게 따져 물었다. 한데 대답은커녕 녀석은 오히려 또 피식 웃는다. 고운이 발끈했다.

"뭐야, 지금 사람 비웃는 거야?"

가짜 박태훈이 어디 한번 해보란 듯 느긋하게 등을 기대고 앉아 다리를 척 꼬았다. 그러더니 너무도 태연한 표정으로 짧게 말했다.

"응."

"······뭐?"

"네가 생각해도 웃길 텐데?"

사람 면전에 대놓고 태연하게 '난 널 비웃고 있노라' 라는 말을 하는 놈이라니. 고운은 어이가 없어 입이 떡 벌어질 지경이었다.

정신 똑바로 차려야 한다.

고운은 미간에 힘을 줘 최대한 싸늘한 표정을 지었다.

"남을 비웃기 전에 가슴에 손을 얹고 자신의 잘못부터 반성해야 하는 거 아냐?"

녀석이 눈썹을 슬쩍 치켰다. 무슨 소리냐는 듯한 얼굴이다.

"분명히 난 열쇠로 잠긴 문을 열고 들어왔는데, 도대체 어떻게 여길 들어와 있었던 거야? 지난번에도 그랬잖아. 보니까 학생회도 아닌 것 같은데 상습적인 무단 침입, 그거 분명히 잘못한 거 아냐?"

녀석이 이번에는 팔짱을 꼈다. 고운도 눈을 부릅뜨고 녀석을 노려보았다.

"그리고 너, 대체 누구야? 내가 아는 1학년 2반 반장 박태훈은 네가 아니거든."

"⋯⋯."

"너야말로 해명해야 할 일이 여러 가지인 것 같지?"

학생회실 안에 정적이 흘렀다. 팔짱을 낀 채 무표정한 얼굴로 고운을 바라보던 녀석이 자리에서 일어났다.

고운은 긴장했다.

"또 할 말 있어?"

녀석이 묻는 말에 고운은 눈을 동그랗게 뜨고서 고개를 저었다. 가짜 박태훈이 이윽고 뒷문으로 나갔다. 대답하기 힘드니 도망이라도 간 건가 싶던 찰나, 누군가 창문을 톡톡 두드렸다. 녀석이다. 고운에게 이쪽으로 오란 듯 손가락을 까딱거리고 있었다.

"……왜 저래."

어쩐지 조금 불안한 기분이 든다.

톡톡.

어서 오라고 성화였다. 고운은 조심스럽게 일어났다.

"도대체 왜."

구시렁거리며 그쪽으로 가는데 녀석이 갑자기 창문틀을 툭 쳤다. 그러고는 창문을 거세게 밀었다. 너무 놀라 고운은 가다 말고 자리에 멈춰 섰다.

덜커덩!

녀석이 다시 한 번 창문을 밀었다. 나무 창문이 거세게 흔들리며 달그락 소리를 냈다. 창문틀의 중앙 홈에 들어가 있는 잠금 장치도 눈에 띄게 흔들렸다.

그렇게 한 번, 두 번, 세 번, 네 번, 다섯 번.

그 다섯 번 만에 거짓말처럼 창문이 활짝 열렸다. 그리고 녀석이 사뿐하게 학생회실 안으로 뛰어넘어 들어왔다.

"……이게 무단 침입인가? 창문이 이렇게 잘 열리는 건데?"

고운은 멍한 눈으로 활짝 열린 창문을 보다 다시 녀석을 보았다. 녀석이 고운에게 이리 오라는 듯 손가락을 까닥거렸다. 고운이 주춤거리며 다가갔다. 녀석이 긴 손가락으로 책상을 톡톡 두드렸다. 앉으라는 뜻이겠지. 녀석의 얼굴은 무표정 그 자체였다. 솔직히 겁은 났지만 그렇다고 겁먹었다는 걸 녀석에게 보여주기는 싫었다. 고운은 부러 턱을 치켜든 채 자리에 앉았다.

"그리고 내가 누구냐고?"

고운은 경계하는 눈빛으로 녀석을 보았다.

"알려줘?"

고운은 녀석의 가슴팍을 보았다. 재킷과 조끼는 어디다 두고 그냥 하얀색 셔츠 하나만 달랑 입고 있다. 당연히 이름표 같은 게 있을 리가 없다.

"몇 반이야?"

"……5반."

"그런데 왜 2반이랬어?"

"내가? 네가 그랬지. 나더러 1학년 2반 박태훈 아니냐고."

고운은 순간 말이 막혔다. 그건 사실이었다. 그냥 1학년 체육복을 입었다는 이유만으로 2반 반장 박태훈인 줄 알고 말을 건넸으니까.

녀석이 씩 웃었다.

"아직도 궁금해? 이름, 가르쳐 줘?"

"……아니, 별로."

고운은 자리에서 일어났다.

"네가 누군지 하나도 안 궁금하니까 나가 줘. 학생회 임원도 아니잖아."

더는 말 섞기도 싫다는 얼굴로 냉정하게 말하고서 고운은 다시 자기 자리로 돌아갔다. 그리고 신문을 펼쳤다.

5반 이랬나.

내년에 반이 어떻게 바뀔지는 모르겠지만 적어도 1년 동안에는 같은 반일 리가 없으니 그냥 무시하는 게 나을 것 같았다.

고운은 아까 읽다 만 아라비안나이트 부분을 소리 내 읽어 나갔다. 하지만 도무지 집중이 되질 않았다. 발소리가 저벅저벅 들려왔다. 그것도 점점 더 가까이. 그리고 바로 옆에서 발자국 소리가 멈췄다.

"너, 설마……?"

고운이 신문을 확 내렸다. 고개를 들자 어느새 그 녀석이 떡하니 와서는 고운의 방송반 인터뷰 시험 수험표를 들고 있었다. 녀석이 피식 웃으며 고운을 내려다보았다.

"방송반 들어가려고?"

고운은 벌떡 일어나 신경질적으로 녀석의 손에서 수험표를 뺏어 들었다.

"왜, 나는 방송반에 들어가면 안 돼?"

고운은 필통과 신문을 가방에다 쑤셔 넣고 문으로 향했다. 문을 열려다 고운이 문득 자리에 멈춰 서서 뒤를 돌아보았다. 시선이 마주치자 녀석의 입꼬리가 씩 말려 올라간다. 녀석이 했던 말이 불쑥 떠올랐다. 있는 힘껏 눈에 힘을 주고 있던 고운이 자못 비장한 걸음으로 녀석에게 걸어갔다. 그리고 고개는 숙이고 대신 눈을 위로 치켜떴다. 최대한 매섭게.

"야."

고운이 나지막이 말했다.

"내가 충고 하나 하겠는데."

고운의 위협적인 말에 녀석의 눈썹 끝이 비죽 올라갔다. 그런 녀석을 똑바로 올려다보며 고운은 손을 들어 주먹을 꽉 쥐었다.

"너, 한 번만 더 내 앞에 나타나면 내 손에 죽는다. 알았냐?"

살벌한 말을 끝으로 고운은 바람이 일 정도로 휙 돌아서 밖으로 나갔다.

띠리리리리리리리리.

익숙한 차임벨 소리에 책에 박혀 있던 이환의 시선이 떨어졌다. 이제 곧 수업이 시작된다는 소리였다. 책을 덮으며 이환은 시계를 보았다.

"연습은 잘 했나 모르겠네."

방송반 시험 준비를 하느라 오늘 역시 새벽같이 학교로 온 고운이었다. 봐준다고 해도 극구 혼자 연습한다기에 하는 수 없이 학생회실 열쇠를 주고 교실로 온 터였다.

"무슨 연습?"

누군가 옆에 앉으며 어깨를 탁 쳤다. 순태였다.

"왔어?"

이환이 반갑게 웃었다. 순태와는 1학년 방송반 활동을 하면서 가까워졌고 지금은 학교 내에서 가장 가까운 친구라고 해도 모자람이 없었다.

"왔지. 수업은 빠지면 안 되잖냐. 우리 담탱이, 얼마나 깐깐해."

"담탱이가 뭐냐, 담탱이가. 방송반 부장이란 놈이 말본새하고는."

"아이구, 시정하겠습니다, 학생회장님. 자식, 꼭 그렇게 범생이 티를 내. 우리끼린데 좀 어떠냐."

순태가 구시렁거리며 가방에서 책을 꺼냈다.

"준비는 잘 했어?"

"그래, 인마. 너도 묻지 말고 와서 좀 도와. 가뜩이나 손 딸리는데."

"미안. 일이 좀 있어서."

사실 도와줄 시간이야 넉넉했다. 허나 그럴 수가 없었다. 뻔히 고운이 시험을 치르는 걸 아는데 아무런 사심 없이, 객관적으로 심사를 볼 자신이 없었기 때문이다.

"그래, 인마. 너 바쁜 놈인 거 내가 아니까 넘어가 주는 거야. 생각 같아서는 그냥 확!"

순태의 말에 이환이 웃으며 뒷말을 이었다.

"왜, 자르기라도 하게?"

이환의 대꾸에 순태가 눈을 흘기다 장난스럽게 어깨를 확 끌어 안고 조르는 시늉을 했다.

"그래, 확 그러려다가 그 놈의 정이 뭔지, 내가 참아주기로 했다! 참, 너 오늘 언제 올 거냐?"

장난을 치다 말고 순태가 궁금한 듯 물었다.

"글쎄."

"인마, 너 오늘도 빠지면 정말 국물도 없는 줄 알아! 가뜩이나 손 딸리는데 와서 좀 도와."

"3학년 선배들은?"

"야, 모의고사가 코앞인데 어떻게 이런 데까지 신경쓰라 그러냐? 3학년 첫 모의고사가 얼마나 중요한지 너도 알고 나도 알고 선배들도 다 아는데. 안 그래?

이야기를 나누는데 앞문이 드르륵 열리고 담임이 들어왔다. 순태가 툭 치며 이환에게 말했다.

"암튼 이따 같이 가자, 알았지?"

순태의 채근에 이환은 대답 대신 미소만 지었다.

오전을 지나면서 어느새 비가 그치고 하늘은 화창하게 개어 있었다.

문이 드르륵 열리고 인터뷰를 본 아이들이 울상을 지으며 나왔다. 한숨 반, 자책 반. 수군거리는 소리에 복도에서 자신의 순서를 기다리던 아이들의 얼굴에는 더욱 짙은 긴장감이 어렸다.

"다음 21번, 22번, 23번, 24번, 25번 준비하세요."

인터뷰 시험을 진행하는 2학년 방송반 선배의 말이 끝나기가 무섭게 보라가 낮게 비명을 지르며 고운을 보았다.

"어떡해! 다음이 우리지? 그지?"

"응."

인터뷰 순서는 공평하게 무작위 추첨이었는데 운 좋게도 보라는 25번, 고운은 22번이어서 같은 조에서 시험을 치를 수 있었다.

"나 막 떨려서 죽을 거 같아. 갑자기 머릿속이 하얗게 되면서 아무 말도 생각이 안나. 어쩌지?"

보라가 발을 동동 구르더니 갑자기 조끼 주머니에서 무언가를 주섬주섬 꺼냈다. 그러더니 고운의 코앞에 손을 내밀었다.

"이거 우리 반씩 나눠 먹자."

뭔가 했더니 노란 금박에 쌓인 청심환이었다. 한껏 긴장하고 있던 고운은 그만 웃음이 났다.

"난 됐으니까 너나 먹어."

"왜? 안 떨려?"

"떨리는데 그거 먹을 정돈 아냐. 그러니까 그냥 너 먹어."

"진짜? 그래도 돼?"

"그래, 대신 얼른 먹어. 이제 우리 부를 거 같은데."

고운의 말이 끝나기가 무섭게 문이 열리며 방송반 선배가 밖으로 나왔다.

"21번, 22번, 23번, 24번, 25번. 들어오세요."

보라가 얼른 껍질을 까 청심환을 입에 넣었다. 고운은 그런 친구를 보며 웃다 퍼뜩 정신이 들어 숨을 크게 들이마셨다. 아닌 척했지만 사실은 아주 많이 떨렸다.

잘할 수 있다, 이고운.

고운은 비장한 얼굴로 주먹을 꽉 쥐고서 씩씩한 걸음으로 교실로 들어갔다.

"21번은 여기."

조금 전 응시 번호를 일러주었던 선배가 지원자들의 명단을 들고서 각각의 자리에 앉을 수 있도록 도와주었다. 교실 안에 있는 선배는 모두 여섯 명이었고 나머지 다섯 명은 각각의 자리에 앉아 인터뷰를 준비하고 있었다. 그리고 그 가운데 한 명은 고운도 아는 이였다.

이환이 고운과 눈이 마주치자 슬쩍 웃어 보였다. 고운도 입꼬리를 살짝 끌어당겨 미소 지었다. 그래도 이환이 있는 걸 보니 떨리는 마음이 조금은 가시는 것 같았다. 그때 고운의 응시 번호가 불리었다.

"22번."

"네."

고운이 손을 들었다.

"음, 넌 여기."

명단을 보던 선배가 가리킨 자리는 이환의 앞이었다. 고운은 애써 표정을 관리하며 이환의 맞은편 자리에 앉았다.

"자, 그럼 5조 인터뷰를 시작하겠습니다."

"잠깐만, 네 명이 전부야?"

제일 끝자리에 앉아 있던 이의 질문에 다른 이들도 의아한 얼굴로 인터뷰를 진행하는 동기를 쳐다보았다.

"어, 한 명이 안 왔네."

"그래? 뭐, 할 수 없지. 그럼 인터뷰 시작하겠습니다."

드디어 인터뷰 시작이었다.

고운은 큼, 헛기침을 하고서 이환에게 깍듯하게 인사를 건넸다.

"안녕하세요."

"네, 반갑습니다."

이환도 고운에게 정중하게 인사를 건넸다. 눈이 마주치자마자 이환의 눈매도 싱긋이 휘어진다. 한데 바로 그때였다.

드르륵.

노크도 없이 교실 뒷문이 열렸다. 그리고 누군가 교실로 들어왔다. 교실 문에 머리가 닿을 정도로 껑충하니 큰 키에 호리호리한 체구, 하얀 얼굴, 쌍꺼풀이 없는 긴 눈매에 단정한 이목구비.

"어?"

고운은 저도 모르게 소리를 내버렸다. 고운도 아는 이였다. 바로 오늘 아침에 학생회실에서 보았던 그 재수 없는 녀석, 가짜 박태훈.

그런데 저 녀석이 대체 여긴 무슨 일일까. 설마 저 녀석도 인터뷰를 보러 온 걸까.

……뭐야?

고운이 미간을 찌푸리고서 그 녀석을 보고 있던 그때, 거짓말처럼 책상 앞에 앉아 있던 2학년생들이 우르르 동시에 일어났다.

……뭐야?

고운이 어리둥절한 얼굴로 2학년생 선배들을 보는데, 제일 처음 자신을 방송반 부장이라고 소개했던 순태가 갑자기 허리를 꾸빅 숙였다. 바로 그 재수 없는 녀석을 향해.

"오셨습니까! 선배님!"

선배? 누가, 저 녀석이?

고운은 도무지 이해가 안 되는 얼굴로 눈만 깜빡거렸다. 고운의 시선이 앞에 앉은 이환에게로 옮겨갔다. 이환 역시 어느새 자리에서 일어나 그 녀석을 보고 있었다. 한데 표정이 이상하다. 가짜 박태훈을 바라보는 이환의 눈빛이 너무도 따뜻하다. 게다가 만면에 반가운 미소가 가득이었다. 순간 이상하게 불안한 기분이 온몸으로 엄습해 왔다.

"잘 되어 가?"

"그럼요. 이제 딱 두 조 남았습니다."

가짜 박태훈이 묻는 말에 명색이 방송반 부장이라는 순태가 옆에 딱 붙어 서서 마치 내시 같은 포즈로 공손하게 대답했다.

"그래? 잘 되어가고 있단 말이지."

어디 보자, 하는 얼굴로 녀석이 1학년들을 둘러보았다. 고운은 기겁해서 얼른 등을 돌렸다.

선배? 2학년들이 선배라 하면…… 설마 3학년?

"너, 한 번만 더 내 앞에 나타나면 내 손에 죽는다. 알았냐?"

아침나절, 그 녀석에게 했던 말이 떠올랐다. 있는 대로 눈을 치켜뜨고 진짜 살벌한 얼굴로 말했었다. 갑자기 등허리로 소름이 쭉 돋았다. 한데 사위가 너무 조용하다.

고운은 조심스럽게 뒤를 힐끔 돌아보았다.

씨익.

녀석이 웃는다. 그것도 아주 사악하게. 마치 고운과 눈이 마주치길 기다렸다는 듯이.

고운은 기겁해서 다시 돌아앉았다. 가슴이 두근 반 세근 반 미친 듯이 뛰어대고 있었다.

설마, 알아봤을까?

고운의 머릿속이 하얗게 질려가던 그때, 녀석의 목소리가 등 뒤에서 들려왔다.

"여태 수고했으니까 내가 조금 도와줘야겠네. 괜찮지?"

"예, 그럼요! 당연히 괜찮죠!"

녀석의 말에 순태가 환호라도 지를 듯 반갑게 대답했다.

"그래, 그럼……."

뚜벅뚜벅, 슬리퍼 소리가 들려왔다. 점차 가까이. 고개를 숙이고 앉아 있던 고운의 눈썹이 날갯짓을 하는 비둘기의 모습과 똑같아질 무렵, 나직한 말소리가 귓가에 내려앉았다.

"서이환, 수고했으니 잠깐 쉬어."

고운이 화들짝 놀라 고개를 들었다.

……맙소사. 녀석이다.

녀석이 고운의 앞에 서 있었다. 위풍당당한 자세로, 마치 제왕처럼 서서 내려다보고 있다.

고운은 다급해져 이환을 보았다. 설마하니 이환이 선뜻 그러겠다고 하진 않겠지.

"네. 그럼, 형. 잘 부탁드릴게요."

이환이 웃으며 자리에서 일어났다.

"……오."

저도 모르게 '오빠'란 말이 튀어나오는데 이환이 그런 고운의 속도 모르고 빙긋 웃었다.

"작년 방송반 부장이셨던 선배니까 나보다 훨씬 더 좋은 질문으로 인터뷰 잘 해줄 거예요. 그럼 면접 잘 봐요."

이환이 힘내라는 듯 주먹을 살짝 쥐어보이고는 자리를 떠났다. 그리고 그 자리에 그 녀석이 앉았다. 녀석이 한 손에는 펜을, 나머지 한 손에는 고운의 지원서를 들었다.

"이, 고, 운."

녀석의 입에서 또박또박 흘러나오는 제 이름 석자에 고운은 흠칫했다. 고운에게 눈길 한 번 주지 않고 녀석이 나지막이 물었다.

"내가 누군지 물었지?"

녀석의 손 위에서 펜이 휙휙 돌아가고 있었다. 왠지 그 손 위에서 돌아가는 펜이 된 것만 같은 기분이라 고운은 마른 침을 삼켰다. 아차 하는 순간 굴러 떨어져 바닥에 나뒹굴고 말 것이다.

녀석이 비로소 고개를 들었다.

"난 현재 방송반 고문을 맡고 있고 명진고 방송반 18기 부장이었던 3학년 고재희다."

……고재희. 고운이 그토록 궁금했던 녀석의 이름이었다.

"너, 설마 방송반 들어가려고?"

이제야 저 녀석이 왜 그렇게 웃었는지 이유를 알 것 같았다.

"그럼 이제 인터뷰 시작해볼까? 이, 고, 운."

고운은 그저 눈만 깜빡거리며 눈앞에 앉은 재수 없는 녀석, 아니 명진고 18기 방송반 부장이었다던 고재희를 바라보았다.

뭐라 대답을 해야 하는데 머릿속에 떠오른 말이라고는 딱 한마디.

……어떡해.

아니, 사실은…… 젠장, 이었다.

고운은 울고 싶어졌다.

셋.
Yes or No

딩동댕동—

야호! 아이들이 환호성을 지르며 일제히 책을 덮었다.

"수업 끝났다고 책 덮지 말고 오늘 배운 거 복습 철저히 해오고 다음 시간에 배울 거 한번 읽어 보고. 누누이 말하지만 복습이 60, 예습이 40이다, 알았어?"

"네!"

선생님이 혼을 내거나 말거나 아이들은 그저 쉬는 시간이 반가워 신이 나 대답했다. 그런 아이들이 귀여운 듯 교사도 결국은 너털웃음을 짓고 말았다.

"아, 배고파."

선생님이 나가자마자 보라가 책상 위에 털썩 엎드렸다. 수학책을 넣고 다음 시간 과목인 문학책을 꺼내 펼치다 고운이 보라를 보았다.

"그럼 우리 밥 먹을까?"

고운의 말에 보라가 눈을 반짝이며 벌떡 일어났다.

"진짜?"

하지만 그것도 잠시, 고운의 책상에 펼쳐진 문학책을 본 뒤 보라가 김빠진 듯 입을 비죽 내밀었다.

"근데 다음 시간 문학이잖아. 개코라서 밥 먹은 거 알면 엄청 신경질 낼 텐데. 지난번에도 왜, 막 누가 도시락 까먹었냐고 아주 가방 검사 할 태세였잖아."

"괜찮아."

고운이 손을 뻗어 창문을 활짝 열었다. 1분단에 앉으면 칠판이 잘 안 보이긴 했지만 그래도 이렇게 언제든 창문을 열 수 있어서 좋았다.

"나 김밥 싸왔거든."

"진짜?"

고운이 고개를 끄덕이고는 가방에서 작은 통 하나를 꺼냈다.

"일단 이거 먹고 나머진 점심시간에 또 먹자."

"오케이!"

보라가 얼른 자신의 도시락 가방에서 수저통을 꺼냈다. 고운이 책상을 앞으로 밀고 창가 쪽으로 자신과 보라의 의자를 당겼다. 둘이 나란히 앉아 창밖을 보며 김밥을 하나씩 입에 집어넣었다.

"음! 내가 좋아하는 참치 김밥이네? 맛있다. 네가 싼 거야?"

"아니, 오늘은 아빠가. 맛있지?"

"어, 완전 죽인다. 우리 엄마가 싼 거 보다 더 맛있는 거 같아. 고운이 너희 아빠는 진짜 못하시는 게 없다."

보라가 '짱'을 외치며 다시 김밥 하나를 입에 넣었다. 고운도 또 하나를 입에 넣는데 보라가 문득 창밖을 보며 말했다.

"참, 나 아침에 오다가 영화감상반에 갔다 왔어. 입회 신청서도 가지고 왔다?"

"영화감상반?"

고운의 시선이 옆으로 향했다.

"응. 어차피 괜찮은 CA는 죄다 다 찼고, 제일 늦게 마감하는 곳이 보니까 독서감상반, 영화감상반, 뭐 그렇더라고. 어차피 방송반이야 떨어질 게 뻔하니까 거기라도 들어가야지. 다른 애들은 다 CA 활동하는데 난 어디 갈 데 없어서 혼자 반에 남아서 자습하고 그런 거 딱 싫단 말이야."

보라가 시무룩한 얼굴로 김밥을 집어 입에 넣었다.

CA 활동이 필수는 아니지만 학교에서 워낙에 장려하는 터라 보라의 말처럼 대부분의 학생들이 모두 CA 활동을 하는 편이었다. 그리고 그 대다수에 속하지 못한 소수의 아이들은 그 시간에 보통 반에서 개인 자습을 한다고 했다.

"봐봐, 나중에 축제 때 CA 부서별로 무슨 일일 찻집을 하니, 미술 전시회를 하니, 시화전을 하니 그런다는데, 혼자 덩그러니 자습이라니…… 그것만큼 처량한 게 어디 있어. 그리고 어디 그것뿐

이야? 축제 마지막 날 CA 부서 대항 체육대회도 한다잖아!"

"정말?"

"응. 그런데 CA 활동 안 하면 그런 행사에 하나도 못 끼고. 생각만 해도 재미없지 않니?"

고운도 시무룩한 얼굴로 고개를 끄덕였다.

"그러게."

"암튼 이따 수업 끝나고 한번 가보려고. 거기는 방송반처럼 딱히 들어가기 어려운 곳도 아니고, 지원서 써내기만 하면 바로 가입시켜준대."

둘이서 나란히 김밥을 하나씩 집어 입에 넣고 창밖을 보다 고운이 문득 보라에게 말했다.

"그럼 이따 나랑 같이 가자."

"너도?"

"응. 나도 보나마나 떨어졌을 텐데, 뭐."

"왜, 고운이 넌 그때 시험도 잘 봤잖아. 보니까 다른 애들은 다 더듬거리고 난리 났는데 넌 그런 것도 없었잖아."

보라의 말에 고운은 대답 대신 한숨을 내쉬며 김밥을 우물우물 씹었다. 억지로 생각하지 않으려고 했는데 막상 이야기를 하고 보니 그날의 기억이 또다시 떠올랐다.

❋

"응시 분야, 아나운서."

재희가 건조한 투로 말했다. 책상 위에는 인터뷰 시험 중 아나운서 분야 지원생들을 시험하기 위한 신문이 놓여 있었다. 그중에서 어떤 걸 읽어 보라고 할지 몰라 고운은 사자 앞에 양이 된 심정으로 바짝 긴장해 있었다.

"이게 무슨 뉴스 아나운서 뽑는 것도 아니고. 이딴 것들을 갖다 놓고 뭐하자는 거야."

혼잣말을 하듯 혀를 차며 나직이 한 소리였지만 왠지 모르게 무시무시했다.

아니나 다를까, 옆에서 면접을 보던 순태를 비롯해 2학년생들이 일제히 재희 쪽을 보았다. 모두들 긴장한 얼굴이다. 고운 역시 제대로 숨도 못 쉬고 눈에 힘을 준 채 정자세로 앉아 있었다.

재희가 신문 뭉치를 들어 바닥에 내려놓고는 대신 책상 위에 있던 책을 집어 들었다. 그가 교실로 들어올 때 가지고 왔던 책이었다. 책 안을 살피던 재희가 어느 한 곳을 펼치더니 고운의 앞에 내밀었다.

"읽어 봐."

수필집이다.

고운도 언젠가 교과서에서 본 적 있는 유명한 승려의 수필집이었다. 고운은 떨리는 마음을 가다듬고 짧게 심호흡했다. 그리고 또박또박 한 글자씩 읽어 나갔다. 한 페이지, 두 페이지, 세 페이지, 네 페이지, 다섯 페이지, 그리고 여섯 페이지 중간쯤 읽었을 때,

"그만. 됐어."

재희의 말에 고운은 책을 내려놓고 숨을 뱉었다. 하지만 잠시 쉴 여유도 없이 재희가 질문을 이었다.

"원래 방송하기로 되어 있던 2학년 선배가 갑자기 아파서 방송이 펑크 나게 생겼어. 원고도 없고, 방송할 다른 사람도 없어. 하는 수 없이 네가 해야 하는 상황이야. 그러니까 지금 방송 시작해 봐."

"……예?"

생각지도 못한 시험 문제에 고운의 눈이 화들짝 커졌다.

"말 못 알아들어? 아무도 방송할 사람이 없어서 부득이하게 네가 방송을 해야 한다고. 점심 방송. 지금."

"……."

"다시 또 설명해?"

"아…… 아뇨."

알아듣기는 했다만 딱 미쳐 버릴 지경이었다.

고운의 시선이 저도 모르게 창가에 서 있던 이환에게로 향했다. 이환이 할 수 있으니 힘내라는 듯 눈짓을 보냈다.

"학생회장 얼굴만 쳐다보면 점심 방송이 저절로 뇌나 보지?"

재희의 말에 주변에서 쿡쿡 웃는 소리가 났다. 고운의 얼굴이 빨개졌다. 황급히 시선을 거둬들이는데 책상 아래로 길게 쭉 뻗은 다리가 보인다. 생각 같아서는 저 놈의 다리를 시원하게 확 걷어차 버리면 원이 없겠다.

"어떡할 거야. 방송 펑크 낼 거야? 그럼 지금 여기 앉아 있을 이유가 없고."

재희가 펜을 들었다. 금방이라도 지원서에다 가위표를 칠 것만 같아 고운은 다급하게 외쳤다.

"합니다!"

펜뚜껑을 열던 재희의 손이 멈췄다. 재희가 물끄러미 고운을 건너다보았다.

"할 거예요. 할 수 있어요."

재희의 눈썹 끝이 비딱해지는가 싶더니 그가 팔짱을 끼며 의자 뒤로 몸을 기대었다. 어디 한번 해보란 뜻일 터.

고운은 숨을 고르며 머릿속으로 재빨리 할 말을 골랐다. 정신만 바짝 차리면 호랑이한테 물려 가도 산댔다. 그래, 정신만 바짝 차리자.

고운은 자세를 바로 하고서 나직이 심호흡을 했다. 그리고 고개를 똑바로 들고 재희에게 시선을 고정했다.

할 수 있다. 할 수 있어, 이고운.

"안녕하세요. 아침에 봄비가 부슬부슬 오더니 금세 또 이렇게 날이 맑게 개었네요. 여러분은 주말 동안 어떤 계획을 가지고 있으세요? 설마, 주말에도 책상 앞에 앉아 책만 들여다볼 생각은 아니겠죠? 일주일 동안 정말 열심히 공부했으니 모처럼 쉬는 날엔 친구들과 축구나 농구도 하고, 아니면 가족들과 가까운 곳으로 봄나들이를 다녀오는 건 어떨까요? 그동안 보고 싶었던 영화를 한 편 보는 것도 좋을 것 같구요. 그래야 다음 일주일, 또 열심히 지낼 수 있지 않겠어요? 자, 여러분. 우리, 이번 주말엔 따뜻한 봄의 기운을 한번 느껴 보자구요. 그럼 오늘 점심, 싱그러운 봄 햇살이 생각나는 노래로 시작해 볼까요? 마로니에의 '칵테일 사랑'."

웃는 얼굴로 말을 맺고서 고운은 나직이 숨을 뱉었다.

교실 안이 지나치게 고요해졌다. 고운은 조용히 눈만 굴려 옆을 힐끔 보았다. 옆에서 질문을 하던 2학년생들도, 질문에 대답하던 1학년생들도 모두 고운만 바라보고 있었다.

혹시 목소리가 너무 컸나. 아니면 멘트가 너무 식상하고 유치했던 건가?

고운은 조심스럽게 맞은편에 앉아 있는 이의 얼굴을 보았다. 팔짱을 낀 채 무표정한 얼굴로 고운을 응시하고 있었다.

"……저기."

"틀렸어."

딴에는 그래도 큰 실수 없이 마무리했다 생각했는데 그게 아닌 모양이었다. 하긴 한 번만 더 눈에 띄면 죽여 버리겠다고까지 했는데 좋게 봐줄 리가 만무하지. 고운의 어깨가 움츠러들었다.

"그렇게 방송을 하면 사람들이 네가 누군지 어떻게 알아? 기본 중의 기본 아냐. 자기가 누군지 밝히는 거. 아나운서 이고운입니다. 쉬 뻬미이?"

"……예."

한심한 듯 혀를 차며 하는 말에 고운은 기어들어가는 목소리로 겨우 대답했다. 그냥 빨리 이 자리에서 나갔으면 좋겠다는 생각뿐이었다. 고운을 쏘아보던 재희가 펜뚜껑을 열며 짧게 말했다.

"됐어. 나가 봐."

"……네."

고운은 자리에서 일어나 인사를 하고 밖으로 나갔다.

❋

그게 끝이었다. 그날을 끝으로 고운은 더 이상 방송반에 대한 미련을 가지지 않기로 했다. 간절하게 기다려 봤자 어차피 결과는 정해져 있었다. 그래도 '혹시'라든가, '만에 하나'라든가 그런 기대조차도 없었다. 그래봤자 나중에 더욱 실망할 게 뻔했다.

"그래도 우리 조에서 너만큼 시험 잘 본 애가 없잖아. 근데 설마 떨어지려고."

"아니, 내가 알아. 분명히 떨어질 거야."

"왜? 무슨 일 있었어?"

고운은 대답 대신 김밥 하나를 입에 넣고 열심히 씹기만 했다.

애초에 그 녀석을 거기서 만난 게 잘못이었다. 첫 단추를 잘못 꿰었으니 뒤가 잘 여며질 리가 있겠는가. 그리고 따지고 보면 이건 오로지 고운의 살못이라고만 할 수도 없었다. 처음부터 자신이 누군지 밝혔으면 최소한 후배가 되어서 3학년에게 감히 내 눈에 띄지 마라, 안 그럼 죽이겠다, 그런 식의 말은 하지 않았을 것 아닌가. 하여튼 아무리 생각을 해 봐도 고재희, 그 자식이 문제였다.

"……치사한 놈 같으니라고. 진작 말을 하든가."

"누가?"

"어? 어, 아냐. 아무것도."

아무 일 없단 듯 웃어 보이고, 고운은 김밥을 얼른 집어먹었다.

"참, 고재희 선배 말이야."

풉!

고운이 사래가 들어 기침을 해댔다.

"어머, 야! 괜찮아?"

물을 벌컥벌컥 마신 뒤, 고운이 눈을 가늘게 뜨고서 보라를 보았다. 설마 아까 그 자식 욕을 하며 저도 모르게 이름이라도 꺼낸 걸까. 난데없이 보라의 입에서 나온 '고재희'란 이름 석 자에 고운은 가슴이 쿵덕쿵덕 뛰었다.

"괜찮아? 너무 급하게 먹은 거 아냐?"

"그, 그러게. 그런데…… 그 선배는 왜?"

"어? 아, 맞다. 왜, 고재희 선배 있잖아. 고운이 너 면접 때 질문했던 선배."

"……어."

"우리 둘째 언니가 이 학교 나온 거 알지?"

작년에 이 학교를 졸업했단 소리를 듣긴 했다. 고운은 고개를 끄덕였다.

"우리 언니한테 들었는데 고재희, 그 선배 진짜 대단하대. 있잖아, 우리 학교 점심 방송, 원래 클래식이랑 가요만 틀게 되어 있었는데 그 선배가 1학년 때 방송반 대표로 교장이랑 담판 지어서 장르 불문하고 틀 수 있게 됐다는 거 있지. 거기다 그 바쁜 방송반 활동하면서도 맨날 전교 1등이고, 모의고사 보면 막 전국 등수로 놀고…… 또 뭐라더라?"

보라의 구구절절한 칭찬이 이어질수록 고운의 표정은 점점 더 구겨져만 갔다.

"그러면 뭐해. 사람이 성격이 좋아야지. 너 저번에 나 면접 볼 때 못 봤어?"

"하긴 그 선배, 성격이 장난 아니긴 하다더라. 우리 언니가 그랬는데, 그 선배 1학년 때 입학하자마자 학교가 발칵 뒤집어졌다는 거야."

"왜?"

"잘생겼잖아."

너무도 당연한 걸 왜 묻냐는 듯한 보라의 표정에 고운은 못마땅한 듯 눈썹을 치켜 올려 응수했다.

"같은 1학년뿐만 아니라 막 2, 3학년 여자 선배들까지 좋다고 선물 공세에 편지에…… 진짜 장난 아니었대. 그런데 어느 날 드디어 일이 벌어진 거야."

"무슨 일?"

"2학년 중에 제일 예쁘게 생긴 언니가 좋아한다고 고백을 한 거지. 직접 적은 편지와 직접 접은 장미꽃 백 송이를 수면서."

"장미꽃 백 송이를 직접 접었다고?"

고운이 놀라 되묻는 말에 보라가 고개를 크게 끄덕였다.

쓸데없는 짓에 정성이 뻗쳤구먼. 하마터면 속말이 밖으로 튀어나올 뻔했다.

고운이 근질근질한 입을 꾹 다물고 있는데 보라가 말을 이었다.

"그런데 그 고재희 선배, 어떻게 했다는 줄 알아?"

보라가 묻는 말에 고운이 못마땅한 표정으로 어깨를 으쓱했다.

"그 직접 접은 장미꽃 백 송이를 보는 앞에서 그대로 다 버려버렸대."

헉! 마치 자신이 그 자리에 있기라도 한 것처럼 고운의 입이 떡 벌어졌다.

"버려? 자기 좋다고 고백하는데 그 앞에서?"

"왜 아니래. 그러면서 앞으로 이딴 일로 사람 귀찮게 하지 말라고 쏘아붙이기까지 했다잖아. 진짜 대단하지 않냐?"

"그건 대단한 게 아니라 싸가지가 없는 거지."

"암튼 그 언니 이후로도 수도 없이 많은 여자애들이 계속 고백했는데도 한 번의 오케이도 없이 다 칼같이 잘랐다더라고. 우리 언니 말로는 그 선배 때문에 울었던 우리 학교 여자애들이 아마 몇 트럭은 될 거래."

고운은 혀를 쯧쯧 찼다.

안 봐도 뻔하다. 딴에는 고민에 고민을 거듭하다 큰마음 먹고 고백했을 텐데, 그런 여자애들 앞에서 얼마나 면박을 줬을까. 그녀석의 얼굴에 잠시 혹했던 이유로 사춘기 시절, 누구보다 순수한 마음에 깊은 스크래치를 입었을 그 여학생들에게 고운은 진심어린 위로를 전하고 싶었다.

"딱 봐도 싸가지 없게 생겼어."

"에이…… 그렇게는 안 생겼지. 잘생겼는데 좀 차갑게 생긴 거지."

"아냐. 왜, 어른들이 그러잖아. 얼굴값 한다고. 딱 그거라니까?"

고재희의 외모를 두고 이러쿵저러쿵 이야기를 나누는데 누군가 뒤에서 고운과 보라의 등을 동시에 탁 쳤다. 깜짝 놀라 돌아봤더니 상미였다.

"아, 뭐야! 난 또, 선생님인 줄 알았잖아!"

보라가 놀란 가슴을 쓸어내리며 투덜거렸다.

"너희만 몰래 김밥 먹고 있었어? 어우, 계집애들."

상미가 히히 웃으며 김밥을 하나 집어 날름 입에 넣었다.

"참, 니네 진짜 대단하다. 경쟁률 장난 아니었다던데."

"뭘?"

고운과 보라가 의아한 얼굴로 상미를 돌아보았다.

"방금 화장실 갔다 오면서 보니까 복도에 방송반 합격자들 붙어 있던데? 너희 둘 다 붙었더라."

"뭐?"

어리둥절한 두 사람을 보며 상미가 다시 한 글자 한 글자 똑똑히 말해 주었다.

"너희 둘 다 붙었다고!"

고운과 보라가 시선을 마주했다. 그리고 두 사람의 동공이 약속이나 한 것처럼 휘둥그레 커졌다.

"……붙었다고?"

"우리 둘 다?"

누가 먼저랄 것도 없이 동시에 벌떡 일어난 두 사람이 이내 교실 밖으로 뛰어나갔다. 복도에는 상미의 말처럼 아이들이 바글바글 모여 있었다. 도무지 볼 엄두가 안 나는지 보라가 입을 떡 벌렸다.

"뭐야, 저래서 어떻게 봐?"

"있어 봐. 내가 보고 올게."

고운이 아이들을 헤치고 겨우겨우 앞으로 갔다. 그리고 까치발을 들고 벽보를 올려다보았다.

"……1학년 1반 이고운, 황보리."

고운이 환하게 웃으며 사람들 틈을 빠져나왔다. 보라가 얼른 다가와 물었다.

"있어?"

"어! 있어!"

"진짜? 진짜 우리 붙은 거야?"

꺄악! 고운과 보라가 서로를 부둥켜안고 환호성을 질렀다.

"누구누구 붙었어?"

"누구냐면……."

벽보에 붙은 합격자의 이름을 떠올리다 고운이 문득 뒤를 돌아보았다.

"왜? 기억 안 나?"

"아니…… 그게 조금…… 이상해서."

분명히 합격자 수는 여섯 명으로 알고 있었다. 한데 벽보에 붙은 사람들의 수는 열 명이 넘었다. 고운이 의아한 눈빛으로 보라를 보았다.

"너무 많아."

"뭐가?"

"합격자 수가."

아무래도 이상했다.

※

"말도 안 돼!"

불길한 기분은 항상 들어맞곤 하더니 이번에도 역시나였다.

"그게 방송부 부장 마음이긴 한데, 확신이 들지 않았을 땐 간혹 2배수를 뽑아서 이주일쯤 지켜보다 그중에서 반을 떨어뜨리고 나머지 반만 데리고 가는 경우가 있어."

"그럴 거면 애초에 말을 그렇게 해주든가 해야지! 아무 말도 없다 갑자기 이러는 게 어디 있어."

"그러게. 정말 좀 심했다."

"누가 아니래. 앞으로 떨어질 사람들은 뭐가 돼. 붙었다고 좋아하고 있을 텐데."

고운 외 항의에 정시과 혜영도 옆에서 거들었다. 고운의 방송반 합격 소식에 작게나마 파티를 하자고 동네 치킨집으로 모인 네 사람이었다.

"그래도 그 많은 사람들 중에 열두 명 안에 든 게 어디야. 우리 딸, 장하네. 저번에 인터뷰 보고 와서 떨어질 거라고 막 그러더니만."

정식의 말에 이환이 조금 의외라는 얼굴로 끼어들었다.

"그랬어요? 고운이 시험 정말 잘 봤어요."

"그래?"

"네. 저 말고 다른 동기들도 다 고운이보고 똘똘하고 야무진 후배 들어왔다 그랬는걸요."

"에이, 뭐야. 그럼 우리 딸 엄살 부린 거였어?"

"그게 아니라……."

고재희의 이야기를 꺼내려다 고운은 그냥 시이디민 미셨다. 정식이 들으면 3학년 선배와 그런 안 좋은 일이 있었다고 괜히 걱정할 게 뻔했다. 고운이 입을 꾹 다문 채 시무룩하게 앉아 있자 정식이 그런 딸의 손에 치킨 한 조각을 쥐어주며 다정히 말했다.

"아무튼 우리 딸, 이거 먹고 힘내. 알았지?"

"그래, 고운이 잘 할 거야. 아줌마도 믿어."

정식과 혜영의 격려에 고운은 한숨을 푹 내쉬다 이내 옆에 앉은 이환을 보았다.

"기운 내, 잘 할 수 있어."

이환의 미소에 기우누 섬수 뀌, 유은 수박에 없었다. 그런 두 아이를 지켜보다 정식이 흐뭇한 미소를 지으며 혜영에게 밀했다.

"그러고 보니 벌써 10년도 더 되었네. 혜영이네가 우리 동네로 이사 온 게."

"벌써 그렇게나 됐나? 하긴 이환이 7살 때였으니까. 세월 정말 빠르다. 아무리 생각해 봐도 그때, 이 동네에 온 건 정말 잘한 거 같아. 선배 아니었으면 정말 어떻게 버텨냈을지……. 아마 지금 같지는 않았겠지?"

혜영의 남편이자 정식의 친구였던 성준까지 해서, 한의대 시절 늘 함께 붙어 다니다시피 했었다. 십여 년 전, 사고로 성준이 세상을 떠나고 혜영이 정식의 동네로 이사를 오게 되면서 두 사람은 이웃사촌으로 더욱 가까워지게 되었다. 거기다 한의원도 함께 운영하고, 아이들이 초등학교부터 고등학교까지 쭉 같은 학교를 다니고 있는 터라 거의 한 가족이나 다름이 없었다.

"내가 해준 게 뭐가 있다고. 네가 잘 해온 거지."

따뜻한 눈빛으로 혜영을 보다 정식이 맥주잔을 들었다.

"그럼 우리 오랜만에 건배 한번 할까?"

"그럴까?"

혜영도 웃으며 맥주잔을 들었다. 고운과 이환도 서로를 마주보며 빙긋 웃다 사이다가 든 컵을 나란히 들었다.

"자! 그럼……."

정식이 맥주잔을 든 채 고운과 정식, 그리고 혜영의 얼굴을 차례대로 보았다. 매번 단합 대회를 할 때마다 한 사람씩 돌아가며 응원의 말을 하곤 했는데 이번은 누구 차례인지 찾는 눈치였다.

"이번은 아빠 차례야. 저번에 내가 했단 말이야."

고운의 말에 모두들 웃음을 터뜨렸다.

"그랬나? 이 녀석, 너도 아빠 나이 되어 봐. 맨날 깜빡깜빡하지. 자, 그럼 모두 잔 들었지?"

"네!"

장난기 어린 대답 소리가 시원하게 흘러나왔다.

"이정식, 최혜영, 서이환, 이고운."

정식이 한 사람씩 이름을 불러 주며 시선을 맞췄다. 그러고는 잔을 높이 들며 힘차게 외쳤다.

"화이팅!"

"아자!"

네 개의 유리잔이 경쾌하게 부딪쳤다. 웃음이 넘쳐나는 밤이었다.

가게를 나오자 시원한 밤공기가 다가왔다. 병원 증축 문제로 요즘 골머리를 앓는 터라, 혜영과 정식은 심각한 표정으로 이야기를 주고받으며 먼저 길을 나섰다. 자연스레 이환과 고운이 조금 떨어져 그 뒤를 따라갔다.

"드디어 내일이 우리 고운이가 명진고 방송반에 첫 입성하는 날이구나."

"입성은 무슨. 한 달도 안 돼 쫓겨날 수도 있는걸?"

"이고운, 너답지 않게 또 그러네. 충분히 붙을 수 있는 걸 왜 자꾸 안 된다고 생각해."

아무래도 이상했던지 이환이 기던 걸음을 멈추고 물었다.

"혹시 나 모르게 무슨 일 있었어?"

고운도 걸음을 멈추고 이환의 얼굴을 가만히 올려다보았다. 고재희와 있었던 일 때문에 마음이 쓰이노라, 차라리 말을 할까?

"그게……"

신뢰 가득한 얼굴로 재희에 대해 이야기하던 이환이었다. 게다가 아직까지는 고재희가 딱히 고운에게 나쁜 짓을 했다고 보기도 어려웠다. 비록 한 차례 더 시험을 치르긴 해야 하지만 일단은 인터뷰에 합격을 하긴 했으니까. 이런 상황에서 고재희에 대해 나쁜 말을 늘어놓아 봤자 이환이 오히려 이상하게 생각할 것 같았다. 그리고 무엇보다 이환에게 남 험담이나 하는 사람으로 보이고 싶지가 않았다.

후, 고운은 나직이 한숨을 내쉬다 결국 고개를 저었다.

"왜? 무슨 일인데?"

이환이 걱정 어린 말투로 다시 물었다.

"없어. 아무 일도."

자꾸 물으면 못 참고 말을 할 것만 같아 고운은 얼른 몸을 돌려 걸음을 뗐다.

"지난번에 오빠가 그랬잖아. 3학년들 바빠서 방송반 활동 잘 안 한다고."

"응, 그랬지."

"그럼 3학년들이 방송반에 오는 일은 잘 없겠네?"

"아마? 워낙 공부하느라 바쁘니까."

고운의 표정이 살짝 밝아졌다. 그렇다면 고재희도 더 이상 볼 일이 없는 걸까?

"혹시 재희 형 때문에 그래?"

고운이 화들짝 놀라 이환을 보았다. 어떻게 안 걸까. '역시 그랬구나' 하는 얼굴로 이환이 따뜻하게 미소 지었다.

"하긴 지난 번 인터뷰 볼 때, 재희 형 좀 무섭긴 했겠다. 형이 겉보기에는 좀 쌀쌀맞아 보이는데 속은 안 그래. 얼마나 멋진 사람인데."

고재희를 이야기하는 이환의 얼굴에 미소가 한가득 번져 있었다.

"오빠 그 선배가 좋아하나 보네?"

"그럼. 내가 제일 좋아하고 존경하는 형인데."

고운이 묻는 말에 이환은 1초의 머뭇거림도 없이 바로 말했다. 그것도 아주 환하게 웃으면서.

"사실은 1학년 때, 형이 너무 멋있어서 2학년이 되면 나도 방송반 부장이 되면 좋겠다 그랬었어. 생각지도 못하게 학생회장이 되는 바람에 어쩔 수 없이 포기해야 했지만."

"……그랬어?"

생각했던 것보다 훨씬 더 좋아하는 선배인 모양이었다. 아까 고재희의 험담을 하지 않길 잘했다면서 고운은 조용히 속으로 안도했다.

"응. 1학년 때, 방송반 처음 시험 볼 때, 나도 너처럼 재희 형한데 인터뷰 봤었거든."

"오빠한테도 그랬어?"

"그럼, 나한테도 그랬지. 그런데 그게 나쁜 뜻이 있어 그런 건 아니니까. 형 입장에서는 신입부원을 잘 뽑는 게 우선이니까 당연히 엄격하게 볼 수밖에 없는 거잖아."

"……그건 그렇지."

"형, 알고 보면 엄청 좋은 사람이니까 그때 인터뷰 본 걸로 너무 겁먹지는 마. 그리고 아무리 방송반에 애착이 많긴 해도 솔직히 3학년이라 바빠서 방송반에 예전처럼 자주는 못 나올 거야, 아마."

　제발 그렇게 되면 좋겠다. 고운은 밤하늘에 뜬 달을 보며 간절히 빌었다.

넷.

Welcome

"반갑다. 나는 명진고 방송반 19기 부장인 홍순태라고 한다."

순태가 자신을 소개하자 힘찬 박수 소리가 흘러나왔다.

"난 점심 방송을 맡고 있고 이쪽은 나와 같은 점심 방송 맡고 있는 엔지니어 2학년 남용준. 그리고 그 옆은 저녁 방송 엔지니어 2학년 임진호."

한 사람씩 소개를 할 때마다 책상에 앉아 있던 1학년생들이 손에 불이 나라 열심히 박수를 쳤다.

"그리고 이쪽에 앉은 첫 번째 미녀 분은 우리 점심 방송 아나운서 조상미."

"안녕."

상미가 싱긋 웃으며 손을 들어 손가락을 가볍게 흔들었다.

"그리고 저쪽에 앉은 조금 덜 미녀인."

순태의 말이 채 끝나기도 전에 여기저기서 쿡쿡 웃음이 새어 나왔다.

"시끄러. 이 자식들이, 감히 선배님 말씀하시는데. 자, 저쪽은 조금 덜 미녀인, 우리 저녁 방송 아나운서 황연주."

1학년생들은 몰래 웃느라 정신이 없는데 정작 당사자인 연주는 무덤덤한 표정이다.

"그래, 지금은 많이 웃어라. 언제까지 웃을 수 있을지는 잘 모르겠다만."

연주의 말에 거짓말처럼 웃음소리가 뚝 그쳤다. 순태가 피식 웃고는 제일 끝에 서 있던 이환을 가리켰다.

"자, 그리고 마지막으로 우리 저녁 방송 PD 서이환. 누군지 알지?"

"네!"

1학년생들의 우렁찬 대답 소리에 순태는 흐뭇하게 고개를 끄덕이며 이환을 보았다.

"반갑습니다. 앞으로 힘들고 이려운 일 있으면 언제든 선배들한테 말하도록 해요. 그럼 잘 부탁하겠습니다."

이환의 따뜻한 인사말에 박수 소리와 환호성이 동시에 터져 나왔다.

"어쩜 저 선배는 머리끝에서 발끝까지 버릴 데가 하나 없다. 그치? 역시 서이환 하나만으로 이 방송반에 들어온 보람이 있단 말이야."

두 손으로 턱을 괴고 있던 보라가 황홀한 얼굴로 감탄사를 뱉었다.

보라뿐만이 아니었다. '잘생겼다', '진짜 멋지다', '키 되게 크다' 등등 이환에 대한 찬사가 1학년들 사이에서 소곤소곤 흘러나왔다. 괜히 뿌듯한 마음에 고운은 웃음이 배시시 나왔다.

"원래는 3학년 선배님들도 모두 오시는 게 맞지만 너희들도 알다시피 고3은 그럴 만한 여유가 없는, 아주 바쁘고 예민한 존재들이다. 그러므로 나중에 차차 보는 대로 깍듯하게 인사를 드리면 된다. 3학년 선배들, 이름표, 슬리퍼 색깔 알지?"

순태가 조끼에 달린 명찰을 흔들어 보이며 설명했다. 1학년은 파란색, 2학년은 초록색, 3학년은 빨간색. 명진고 학생이라면 누구나 아는 사실이었기에 실수할 일은 없었다. 물론 세상일이란 게 가끔 예상할 수 없는 일이 일어나기도 하는 법이지만.

"무조건 방송반에 들어오는 3학년 선배들 보면 인사하도록. 실수하지 말고. 알았나?"

"네!"

아이들의 대답 소리기 우렁친 가운데 고운민 혼자 구시렁거렸다.

"……작정하고 옷을 다르게 입고 다니면, 그걸 무슨 수로 알아."

누구처럼.

"그럼 이제 본인들 지원한 분야대로 나와서 선다. 이쪽은 PD, 그리고 이쪽은 엔지니어, 그리고 제일 끝이 아나운서."

순태의 말이 떨어지기가 무섭게 1학년 아이들이 우르르 자리에서 일어나 각자가 지원한 분야 쪽에 가서 일사분란하게 줄을 맞춰 섰다. 고운과 보라도 아나운서 쪽에 차례대로 섰다.

"어, 셋이 없네?"

순태의 말에 1학년들이 주위를 두리번거렸다. 아나운서 쪽에 세 명, PD 쪽에 세 명, 엔지니어쪽에 세 명. 모두 아홉 명. 순태의 말처럼 세 명이 비어 있었다.

"사이좋게 하나씩들 없네. 잘 됐네. 일단 3명 탈락."

순태가 명단을 들고서 아이들의 이름을 하나씩 부르고는 없는 사람의 이름을 체크했다. 그러더니 뒷짐을 지고 아이들의 얼굴을 하나씩 훑어보았다.

"원래 생각했던 것보다 마지막 한 단계의 시험이 더 있어서 짜증이 나는 사람도 있을 거다. 하지만 이건 우리 방송반에 조금이라도 더 적합한 신입회원을 뽑기 위해 그런 거니까 너희들이 이해를 해주었으면 좋겠다. 그럼 본격적으로……."

똑똑똑.

노크 소리가 들려왔다. 순태가 말을 멈추고 문 쪽을 바라보았다.

"네, 들어오세요."

드르륵.

문이 열리고 키가 큰 남학생이 안으로 들어왔다. 명찰에 달린 파란색 이름표가 선명하게 반짝였다. 안경을 추슬러 올리자 안경알이 유리창에 반사되어 하얗게 빛났다.

"뭐야, 넌?"

"1학년 10반 노국입니다."

키가 커서 그런지 사람 하나가 늘었을 뿐인데 방송실 안이 꽉 차는 느낌이 들었다. 그러고 보니 고운도 면접 볼 때 본 것 같은 기억이 났다.

"쟤가 노국이야. 내가 전에 말했지?"

고운의 앞에 서 있던 보라가 뒤를 돌아보며 아는 체를 했다

"이번에 1학년 반 배치고사 본 거, 쟤가 1등 했대."

"진짜?"

보라의 말에 고운은 순태 앞에 서 있는 큰 키의 남학생을 다시 한 번 쳐다보았다. 조금 쌀쌀맞아 보이기까지 한 무표정한 얼굴이었다.

"그런데 너, 왜 늦었어?"

"선생님께서 심부름 시키신 일이 있어서요."

"그래? 아무튼 다음부터는 일찍 다녀. 보자, 지원분야가……."

순태가 명단을 들고 이름을 찾는데 국이 재빠르게 말했다.

"PD입니다."

"알았어. 그럼 저기로 가서 서."

순태에게 인사를 꾸벅하고는 국이 주르륵 서 있는 1학년들 쪽으로 걸어왔다. 줄이 세 개다 보니 어디에 서야 할지 잠시 망설이기에 고운이 손가락으로 옆을 가리켰다.

"이쪽에 서면 되는데. 여기가 PD 줄이거든."

국이 고맙다는 듯 고개를 살짝 끄덕이고는 고운의 옆줄로 와서

섰다.

"자, 그럼 모두 왔다 치고. 아까 말하던 걸 계속하자면."

순태가 1학년들 앞에 와서 아까처럼 뒷짐을 지고 섰다.

"지금부터 본인이 방송반에서 맡을 분야를 차근차근 배워보도록 할 텐데 한 번 말하면 알아서 머릿속에 잘 입력해 놓도록. 세 번까지는 괜찮지만 네 번부터는 벌점이 들어간다."

순태가 아차 하며 손가락을 딱 튕겼다.

"참, 벌점 말이 나와서 말인데. 보다시피 이 주 후면 지금 너희 중 3명, 아니지. 하나가 더 왔으니 네 명은 중도 탈락해서 아쉽지만 우리 방송반에 남을 수가 없게 된다. 그러므로 보다 객관적으로 너희들의 점수를 체크해 합격, 불합격자를 결정할 수 있도록 상벌점에 대해 자세하게 표를 만들어 저쪽에 붙여 놓을 테니까 각자 알아서 숙지하도록. 본인이 잘못해 벌점을 받아놓고 나중에 딴소리 하는 일 없길 바란다. 알겠나?"

"멘트 전에는 마이크 음량을 조절하고 멘트 후에는 노래를 스타트 시키고…… 노래 끊고 멘트할 때는 믹서에 있는 데크 음량을 조절해서 내리면서 마이크 뮤트를 풀고 말하고, 노래랑 같이 멘트를 할 때는…… 아우, 이게 다 무슨 말이야. 외계어도 아니고."

저녁 방송 전에 밥을 먹고 오라고 하기에 도시락 가방을 들고 운동장으로 나오는 길이었다. 지금 다른 학생들은 자율학습 시간이라 모두 교실에서 공부하는 중이었다. 빽빽하게 적어 놓은 노트를 운동장 계단에 내려놓으며 보라가 울상을 지었다.

"넌 좀 이해했어?"

"너랑 똑같이 들었는데 한 시간도 안 지나서 내가 그걸 어떻게 다 알아."

고운도 마찬가지였다. 노트를 들여다보기만 해도 절로 한숨이 나올 지경이었다.

"아까 중학교 때 방송반 했던 애들은 다 아는지 건성건성 듣더라 필기도 안 하고, 부러워 주겠어."

"그러게."

"아까 들었지? 상벌제로 점수 체크한다는 거. 분명히 걔들은 다 붙을 거야. 우리보다 한참 앞서서 시작하는 거 아냐. 근데 걔들이 실수를 할 리가 있겠어?"

고운도 보라처럼 한탄하고 싶은 마음이야 굴뚝같았지만 그럴 시간도 없었다.

"얼른 먹어. 저녁 방송 전에 밥만 후딱 먹고 오랬잖아. 사십 분도 안 남았어."

"벌써?"

노드에 적어 놓은 걸 틈틈이 보면서 부리나케 밥을 먹고 고운과 보라는 운동장 계단에서 일어났다. 그리고 교실에 조용히 도시락 가방만 가져다 놓고 방송실로 뛰어 올라갔다.

"우리가 제일 꼴찌로 온 거 아냐?"

"설마. 삼십 분이나 남았는데?"

조심스럽게 방송실 문을 열고 들어가자 다행히 1학년들은 아무도 없었다. 2학년들도 밥을 먹으러 간 건지 자리를 비운 채였다.

"어? 우리가 제일 먼저 왔네? 그럼 고운아, 나 화장실 좀 다녀올게."

"그래, 다녀와."

보라가 나간 뒤, 고운은 노트를 펼쳐 아까 적어 놓은 것들을 다시 한 번 읽어 보았다.

"로우는 하이와 다르게 부드러운 소리를 내니까 멘트할 때 방송 성격에 따라 하이와 로우를 적당히 조절할 것. 음, 이건 알겠다."

혼자 고개를 끄덕거리며 외우고 있는데 뒤에서 드르륵 문이 열렸다.

"벌써 왔어? 빨리 왔네?"

보라인가 싶어 고개도 돌리지 않고 필기한 걸 눈 감고 외우고 있는데 발자국 소리가 다가왔다. 그리고 똑똑, 누군가 책상을 두드렸다.

"이게 누구야."

낮고 묵직한 목소리. 불길한 느낌이 엄습했다. 고운은 미간을 찌푸리고서 조심스럽게 눈을 떴다. 큰 키의 누군가가 바지 주머니에 양손을 찔러 넣은 채 우뚝 서서는 고운을 내려다보고 있었다.

"이, 고, 운."

……고재희였다.

얼이 빠져 보고 있다가 고운은 벌떡 일어섰다. 너무 당황해 인사를 해야 하는데 말도 잘 나오지가 않아 고개부터 꾸벅 숙였다.

"오랜만이지? 인터뷰 때 보고 처음인 거 같은데."

재희가 아무렇지 않은 표정으로 고운의 맞은편 자리에 앉았다. 그러고는 아무 양해도 없이 손을 뻗어 고운이 보고 있던 노트를 가져가더니 앞뒤로 휙휙 넘겨 보았다. 조끼에 달린 빨간 명찰이 빛에 반짝인다.

저걸 처음부터 봤다면 그런 실수를 하는 일도 없었을 텐데.

새어 나오는 한숨을 꾹 삼키고서 고운은 우거지상을 한 채 조심스럽게 입을 열었다.

"……저기."

고운이 부르는 말에도 재희는 고개를 들지 않고 여전히 노트만 읽을 뿐이었다.

어우, 진짜.

고운은 주먹을 불끈 쥐었다 풀고는 짧게 숨을 뱉었다. 그리고 다시 한 번 재희를 불렀다.

"저기, 선배님."

"말해."

여전히 고개도 들지 않은 채, 감정 없는 목소리로 재희가 대답했다. 사과를 하려고 해도 저런 식으로 구는데 어떻게 사과를 하나. 도무지 입이 떨어지지지 않았다. 느긋하게 노트를 뒤적이던 재희가 혼잣말 하듯이 고운에게 말했다.

"그새 할 말 까먹은 건 아니지?"

어차피 보지도 않겠다, 고운은 눈에 힘을 잔뜩 주고 재희를 노려보았다. 하지만 그 순간, 어이없게도 재희가 고개를 들었다. 그리고 시선이 딱 마주쳤다. 피식, 재희의 입꼬리가 올라갔다.

"지난번에 한 번만 더 눈에 띄면 죽여 버리겠다고 하더니. 근데 그렇게 노려본다고 어디 죽겠어?"

속에서 화가 부글부글 끓어올랐다. 차라리 그냥 대놓고 뭐라 하는 게 낫지, 저렇게 비아냥대는 건 정말 참아줄 수가 없었다.

"선배님, 지난번에 선배님이 누구신지 모르고 제가 실수했던 건 정말 잘못했는데요."

"그래."

너무도 순순히 '그래' 라고 대답하는 바람에 고운은 잠시 멈칫했다. '잘못한 걸 알긴 아냐?' 라든가 '참 빨리도 한다, 그 놈의 사과' 이런 식의 대답을 예상했지 저렇게 짧고 순한 대답이 나올 거란 예상은 전혀 못 했다. 이런 상황에서는 뭐라고 얘기를 해야 하지? 미안하다고 사과를 했고 '그래' 라고 하는데 '비꼬지 마세요. 선배가 쪼잔하게!' 라고 할 수도 없는 노릇 아닌가.

"왜? 뭐, 더 할 말 있어?"

"⋯⋯그게."

원래대로라면 '내가 실수한 건 잘못이지만 그 실수가 솔직히 나 혼자만 저지른 거 아니지 않느냐. 애초에 3학년 신분을 밝혔으면 그런 일이 벌어지지 않았을 거 아니냐' 라고 할 생각이었는데 이 상황에서 그 말을 해도 되는 걸까? '그래' 라고 저렇게 순순히 대답을 하는데?

노트를 들고 휘리릭 넘겨보던 재희가 무표정한 얼굴로 고운을 보았다.

"할 말 있으면 해 봐, 어려워 말고."

어려워 말라는 그 말에 고운은 어리석게도 그만 용기를 얻고 말았다.

"그러니까…… 제가 선배님께 잘못을 한 건 사실이지만요."

"그래. 방금 그렇게 얘기했잖아."

"그런데 저번에도 말씀드렸지만 처음부터 선배님이 누군지 밝혔더라면 그런 실수…… 하지 않았을 거라고요."

고운을 무표정한 얼굴로 빤히 보다 재희가 뭔듯 피식 웃었다.

"그러니까 네 실수에는 내 책임도 있다?"

"그렇다기보다는 애초에 말씀을 해주셨으면……."

"글쎄. 내 기억은 너랑 좀 다른 거 같은데."

재희가 보고 있던 노트를 덮으며 고운의 말을 잘랐다.

"지난번에 분명히 네가 나한테 누구냐 묻기에 내가 누군지 말해 줄까 물었던 것 같은데, 기억 안 나?"

"……아니, 별로. 네가 누군지 하나도 안 궁금하니까 나가줘. 학생회 임원도 아니잖아."

그러고 보니…… 그랬다. 고운의 입에서 절로 한숨이 새어 나왔다.

"대답 없는 걸 보니 네 기억도 내 기억과 별반 다르지 않는 것 같고."

재희가 손에 들고 있던 고운의 노트를 내려놓았다.

"그럼 간단하게 정리를 해볼까? 처음부터 내가 1학년이라 오해한 것도 너였고. 그렇다고 내가 누군지 말해 준다는데 싫다고 한 것도 너였고. 고로 처음부터 끝까지 전부 다 네 실수인데 거기에 왜 내 책임이 포함되어 있다는 건지 모르겠네. 안 그래?"

"……죄송합니다."

고운이 고개를 숙이며 사과를 건넸다. 그런 고운을 물끄러미 응시하다 재희가 자리에서 일어났다.

"이제 갓 학교에 입학한 1학년짜리 꼬맹이가 감히 하늘같은 3학년 선배님에게 우유갑을 던지질 않나, 반말을 찍찍 하질 않나, 그것도 모자라 한 번만 더 눈에 띄면 죽여 버리겠다 협박을 하질 않나."

평온한 어조로 고운이 이제껏 저지른 잘못을 하나하나 일러주며 걸어오던 재희가 고운의 앞에서 멈춰 섰다.

"그런데 말이야, 그게 다야?"

퍼뜩 이해가 가질 않아 고운은 고개를 들어 재희를 보았다.

"네가 잘못한 게 그게 다냐고. 더 있을 텐데."

도대체 무슨 말을 하는 건지 전혀 알 수가 없었다. 고운을 가만히 지켜보던 재희의 눈썹이 못마땅한 듯 비딱하게 기울어졌다.

"그런 짓을 하고도 모르겠다는 표정이네? 진짜 뻔뻔하구나, 너."

도대체 무슨 잘못을 했다는 건지 영문도 모르겠는데 뻔뻔하다는 말까지 들었다. 고운으로서는 그저 황당할 노릇이었다. 아니, 황당함을 넘어서 불쾌해지기까지 했다.

"선배님."

재희를 부르는 고운의 목소리에도 날이 섰다.

"정말 무슨 말인지 모르겠으니까 그렇게 돌려 말하지 말고 차라리 똑바로 말씀해 주세요. 제가 또 뭘 잘못한 건지."

냉랭한 표정으로 고운을 빤히 보던 재희가 한 발짝 앞으로 다가섰다. 겁이 났지만 이번엔 고운도 물러서지 않고 재희를 똑바로 노려보았다.

"스스로 깨닫고 반성해두 무자랄 판에 뭘 잘못했는지 알려 달라. 그런데 어쩌지? 그러기 싫은데."

고운을 싸늘히 노려보던 재희가 몸을 돌렸다.

……허!

사람이 하도 어이가 없으면 말문이 막힌다더니 지금 고운이 딱 그랬다.

재희는 아무 일 없었다는 것처럼 평온한 얼굴로 방송실 한쪽에 놓인 책을 들어 뒤적일 뿐이었다. 속에서 부글부글 화가 끓어올랐지만 고운은 애써 꾹 참고 최대한 정중하게 말했다.

"선배님. 제가 뭘 그렇게 잘못한 건지 말씀해주시면 사과드리고 앞으로 안 그러도록 주의하겠습니다."

"뻔뻔한데 당돌하기까지. 대단하네, 이고운."

태어나 처음 들어본 말에 고운의 눈에도 쌍심지가 켜졌다. 정말 뭐 저런 인간이 다 있어?

사사건건, 처음부터 끝까지 빈정대면서 말투 하나, 표정 하나 흔들림 없었다. 그게 더 얄미웠다. 고운은 저도 모르게 주먹을 꽉 쥐었다.

그래. 차라리 그냥 확 한 대 때리고 방송반 나가버릴까? 독서반과 영화감상반은 1년 내내 가입이 가능하다지 않은가. 책 읽는 것도 좋아하고 영화 보는 것도 좋아하니 까짓것 나쁠 거 없었다.

하지만 고운이 미처 행동으로 옮기기도 전에 2학년들이 우르르 들어왔다. 그중에는 이환도 있었다.

"어, 선배! 안녕하세요!"

재희를 발견한 2학년들이 깍듯하게 인사부터 했다. 보고 있던 책을 내려놓고 재희가 고개를 들었다. 역시나 무표정한 얼굴이었다. 아니나 다를까.

"정신 안 차려?"

싸늘한 말 한마디에 방송실로 들어오던 2학년들의 얼굴에서 웃음이 싹 사라졌다.

"방송실 꼴이 이게 뭐야? 테이프고 CD고 누가 정리 이따위로 하라 그랬어?"

낮고 차분한 목소리였지만 소리 지르는 것보다 훨씬 더 무섭게 느껴졌다.

"저녁 방송 담당."

저녁 방송 아나운서 연주와 엔지니어 진호, 그리고 담당 PD인 이환이 앞으로 나섰다. 자리에 앉아 팔짱을 끼고 있던 재희의 시선이 이환에게로 향했다.

"서이환, 너 뭐야? 학생회장 일이 그렇게 바빠?"

"아닙니다."

"자신 없으면 미리 빠지라고 했지. 둘 다 할 수 있다고 한 건 너야. 그런데 이따위로 할 거야?"

"……죄송합니다."

"정신 똑바로 차려. 그 동안 내가 너 잘못 본 건 아닌지 후회하게 만들지 말고."

"예, 주의하겠습니다."

열중쉬어 자세로 서 있던 이환이 깍듯하게 고개를 숙였다.

괜히 자신 때문에 이환에게까지 불똥이 튀고 말았다. 고운은 억울하고 분해서 눈물이 나올 것만 같았다.

"저녁 방송 원고, 선곡 리스트 가지고 와."

"예."

재희가 이환이 건네준 원고와 선곡 리스트를 대충 훑어보는 동안 방송실 안은 오로지 종이 넘기는 소리만 존재했다.

"홍순태. 청소 언제 했어?"

"예? 오늘 아침에 했습니다만."

"그런데 곳곳에 왜 저렇게 먼지가 많아. 먼지 많으면 기계 고장나기 쉬운 거 몰라? 똑바로 안 할 거야?"

"죄송합니다. 주의하겠습니다."

"내일부터 내가 직접 와서 확인해 볼 거니까 1학년들한테 청소하는 법 똑바로 가르쳐 놔."

"예."

재희가 시계를 힐끔 보고는 한마디 툭 던졌다.

"그렇게 서 있을 시간들 있어? 저녁 방송 안 해?"

"아닙니다!"

순태의 대답 뒤로 2학년생들이 바쁘게 자신의 자리로 돌아가 움직이기 시작했다.

"왜 저래?"

언제 왔는지 보라가 옆구리를 쿡 찔렀다. 그러고 보니 보라의 등 뒤로 어느새 1학년들이 몇 명 와 있었다. 다들 살벌한 분위기에 눌려 안절부절 못하고 눈치만 보고 있었다.

"몰라. 진짜 별……."

고운은 말을 하다 말고 입을 꾹 다물었다. 한 마디만 더 하면 정말 입에서 욕이 나올 것 같았다. 차마 밖으로 내뱉지 못하는 속상한 마음을 혼자 구시렁거리는데, 원고를 내려놓고 자리에서 일어서던 재희와 또 시선이 부딪쳤다.

서늘하고 차갑고 쌀쌀맞다.

한마디로 못됐다.

정말 못된 놈이었다, 고재희는.

※

[그럼 오늘 마지막 곡으로 '지누션'의 '말해줘' 띄워드리며 전 인사 드리겠습니다. 지금까지 디제이 아나운서 황연주, 엔지니어 임진호, 프로듀서 서이환이었습니다.]

짧은 엔딩 멘트와 함께 흥겨운 노래가 흘러나왔다. 재희는 교실로 들어와 창가 자리 제일 끝에 위치한 자리에 앉았다. 저녁 시간이었음에도 불구하고 대부분 고3이라는 마음의 짐 때문에 이 시간조차 도서관에서 공부를 하고 오는 경우가 많았다. 그래서인지 야간자율학습이 시작하기 10분 전인데도 교실 책상 대부분은 비어 있었다. 책상 서랍에서 책을 꺼내는데 누군가 옆자리에 앉았다.

"도서관에서 안 보이던데."

3년째 같은 반이 현석은 방송반 동기이자 재희의 단짝이기도 했다.

"방송반 갔었냐?"

"어."

재희의 대답에 그럴 줄 알았다는 듯 현석이 웃었다.

"엉망이지?"

"알면 가서 뭐라고 좀 하든가."

"야, 내 말은 무서워하지도 않아. 너나 되니까 말발이 먹혀드는 거지."

방송부 부장으로 늘 엄한 역할을 자처했던 재희와 달리 차장이었던 현석은 주로 아이들을 다독이고 기를 살려주는 역할을 맡았다. 그러다 보니 현석의 말마따나 그를 무서워하는 후배들은 아예 없다고 보는 게 맞았다.

"이것들이 1학년 들어왔다고 어깨 힘 잔뜩 들어갔겠는데?"

마치 본 것처럼 정확하게 집어내는 현석의 말에 비로소 재희의 시선이 책에서 떨어졌다. 그런 재희를 보며 현석이 당연하지 않냐는 듯 어깨를 으쓱였다.

"뻔하지. 우리도 그랬잖아."

그러고 보니 그랬던 것 같기도 하다.

"……그랬었나."

"어디 지금 2학년만 그렇겠냐? 매년 새 신입생 들어오면 또 똑같겠지."

문제집을 풀던 재희가 씩 웃으며 친구의 말에 동의의 뜻을 나타냈다. 그런데 그것도 잠시, 재희의 입가에 스몄던 미소가 흔적도 없이 사라졌다. '신입생'이라는 말을 듣자마자 또다시 저녁나절, 불쾌한 기분이 떠올랐기 때문이었다.

"정말 무슨 말인지 모르겠으니까 그렇게 돌려 말하지 말고 차라리 똑바로 말씀해 주세요. 제가 또 뭘 잘못한 건지."

빙글, 재희의 손 위에서 샤프가 원을 그리며 돌아갔다.

차라리 말을 해줄 걸 그랬나. 그랬다면 그렇게 뻔뻔하게 제 잘못을 이야기해 달라, 말했을까?

순간 재희의 손 위에서 팽팽 돌아가던 샤프가 책상 위로 굴러 떨어졌다. 샤프를 집어 든 재희가 문제집을 하릴없이 노려보는데 문득, 며칠간 그를 기분 나쁘게 했던 그날 일이 또다시 떠올랐다.

"오빠 진짜 면접 들어올 거야?"

—이고운.

문제집에 고운의 이름 석 자를 적어 놓고 재희는 못마땅한 듯 미간을 찌푸렸다.

　그러니까 지난주 토요일 오후였다. 그리고 그날은 방송반 신입 부원 인터뷰가 있는 날이기도 했다. 원래는 그냥 2학년들에게 맡기고 집에 갈 생각이었는데 아침나절, 학생회실에서 본 그 특이한 아이 때문에 구경이나 가보기로 마음을 바꾼 참이었다.

　토요일이다 보니 학교 안 매점도 문을 닫았고, 도시락을 싸오지도 않은 터라 대충 빵이나 먹자 싶어 학교 밖 문방구로 향했다. 오전 수업을 마치고 모두들 집에 간 뒤라 학교는 조용했다. 운동장을 가로질러 가면 조금 더 빨리 갈 수 있을 테지만 한창 햇볕이 쨍한 시간이라 조금 둘러가더라도 그늘이 있는 길을 택했다. 학교 교문을 10m쯤 앞뒀을 때였을까. 어디선가 말소리가 들려왔다.

　"잘 보기만 하면 뭐해. 붙어야지."

　"잘 보면 당연히 붙지."

　"나만 잘 봤다고 생각할 수도 있잖아. 면접관이 잘 봤다 생각해야지."

　여학생의 목소리도, 남학생의 목소리도 모두 귀에 익었다. 재희의 시선이 자연스럽게 소리가 나는 곳으로 향했다. 어딘가 했더니 등나무가 우거진 운동장 스탠드 아래, 가장 구석진 곳이었다. 재희의 걸음이 학교 교문이 아닌 그쪽으로 향했다.

　"괜찮았는데 얘기하다 보니 갑자기 막 떨려서 심장이 터질 거 같아! 왜 이러지?"

남학생은 등을 돌리고 있었던 터라 얼굴을 볼 수 없었지만 여학생은 조금 먼 거리에서도 한눈에 알아볼 수 있었다. 이상하게 어디서 들어 본 목소리다 싶었더니 아침에 학생회실에서 본 그 특이한 이름을 가진 여자 아이였다. 이고운이랬던가.

"뭐야, 왜 웃어. 남은 심각한데."

"으이그, 진짜."

방송반 인터뷰를 앞두고 많이 떨린 모양인지 연방 크게 심호흡을 하는 모습이 퍽 귀여웠다. 앞에 있던 남학생 역시 마찬가지인 모양이었다. 손을 내밀어 그 아이의 머리를 장난스럽게 헝클며 남학생이 소리 내 웃었다. 사이가 꽤 가까워 보였다.

"편하게 해. 면접관이 널 잡아먹기라도 한대? 거기다 너 말도 잘하잖아."

"오빠…… 면접관이 오빠 같으면 나도 편하게 말을 잘 하지. 그런데 생전 처음 보는 선배들이 눈 이렇게 뜨고 이것저것 막 물어볼 텐데 어떻게 편하게 해?"

대체 어떤 사이일까. 오빠라는 걸 보면 2학년이나 3학년이란 소리인데, 신입생이 학교 들어온 지 한 달도 안 되어 생면부지의 선배와 저렇게 빨리 친해지기는 힘들 테고…… 그렇다면 친오빠?

아무래도 그런 듯했다. 재희의 입꼬리가 피식 올라갔다.

22번이랬지.

어쨌든 나중에 인터뷰 때 들어가면 볼 수 있을 터.

다른 사람들의 사적인 이야기를 더 듣고 싶은 생각은 없어 재희는 걸음을 돌렸다.

한데 이상하게 그 남학생의 목소리가 너무나 귀에 익었다. 변성기를 아주 무사히 잘 넘긴, 신뢰감을 주는 따뜻하고 무게감 있는 목소리. 저런 목소리는 학교에서 흔치 않았다.

"그럼 내가 인터뷰 보러 들어갈까?"

순간, 등 뒤에서 들려온 남학생의 말에 재희는 걸음을 멈추었다. 뒤를 돌아보았다.

……누구지? 인터뷰에 들어온다면 분명 재희도 아는 사람이었다. 그리고 역시나 재희의 생각이 맞았다.

"가지 마? 뭐야, 이고운. 나 안 들어간다니까 그렇게 좋아?"

이환이었다. 서이환.

재희는 눈살을 찌푸린 채 이환의 등을 보았다.

"방금 표정이 그런 거 같은데?"

"아냐! 왜 생사람을 잡고 그래. 그런데 오빠 진짜 면접 들어와?"

"넌 싫다며."

"내가 언제. 근데 진짜 들어올 거야?"

사이좋게 투닥거리던 두 사람은 금세 자리를 떠났다. 하지만 그 두 사람이 자리를 떠난지 한참이 지나도록 재희는 불쾌한 마음을 숨처럼 시울 수가 없었다.

서이환, 이고운.

성이 다르니 친형제일 리는 없다. 그럼 대체 무슨 사이일까? 아니, 그보다 지금 중요한 건 그게 아니었다. 그가 알기로 이환은 방송반 신입부원을 뽑는 내내, 학기 초라 학생회 일이 바빠 방송반 일을 돕지 못한 걸로 알고 있었다. 순태가 허구한 날 손이 부족하다며 재희에게 와서 하소연을 했던 터라 똑똑히 기억하고 있었다. 한데 그런 녀석이 '이고운'이란 아이를 위해 인터뷰에 들어가겠다고 했다. 그러니까 지금, 감히 방송반 시험에 사적인 관계를 이용하겠다는 건가?

"……이 자식들이 지금 뭐하는 거야?"

눈썹을 치켜 올린 채 재희는 두 사람이 있던 자리를 노려보았다.

그래도 설마 했다. 이제껏 지켜봐 왔던 이환이라면 절대 그러지 않으리라. 무언가 그가 모르는 오해가 있었겠지. 처음에는 그리 생각했다. 그리고 제발 그렇기를 바랐다. 비록 학생회장직 때문에 방송반 부장이 되진 못했지만 이환은 재희가 다음 기수 방송반 부장으로 점찍어 놓고 1학년 때부터 이것저것 가르쳐 왔던 후배였기 때문이다.

그러니 이런 일로 그를 실망시키는 일 따위는 없을 거라 굳게 믿었다. 차라리 인터뷰 장소에 이환이 아예 없기를 바라면서 그곳으로 갔다. 하지만 이환은 그곳에 있었다. 그리고 그런 이환의 앞에 이고운도 있었다. 인터뷰를 보기 위해서.

몰랐으면 모를까, 재희가 아는 이상 절대 있을 수 없는 일이었다. 그래서 이고운의 인터뷰를 직접 본 것이었다. 원래대로라면 그 자리에서 바로 아웃시켜 버릴 생각으로 까다로운 질문을 낸 것이었는데 예상외로 고운이 시험을 너무 잘 봤다. 2학년 부원들 모두가 높은 합격점을 줬을 만큼. 하지만 그렇다고 해서 그 아이를 방송반에 들일 수는 없었다. 아무리 실력이 있다 한들 절대 해서는 안될 짓을 한 거였으니까. 해서 작년과 똑같이 올해도 2주간의 유예 기간을 둔 것이었다. 조금만 삐끗해도 가차 없이 쫓아내 버리려는 생각에.

하나, 그럼에도 불구하고 혹시나 그 일에 대해 먼저 사과를 하고 반성을 한다면 다시 한 번 생각해 봐 줄 용의도 있었다. 한데 그 아이는 아무 잘못한 게 없으니, 자신이 잘못한 게 있으면 둘러 말하지 말고 똑바로 말해 달라며 뻔뻔하게 말했다.

어쨌든 이환이 아닌 재희한테서 시험을 치렀으니 아무 잘못이 없다고 하고 싶은 걸까?

아니, 그건 아니었다. 만약 그가 그 자리에 가지 않았더라면 이고운은 이환에게 인터뷰를 봤을 것이다. 그리고 누구보다 손쉽게 방송반에 들어오게 되었겠지.

문제집에 적힌 고운의 이름 석 자를 노려보다 재희는 글자 위에 줄을 쭉 그었다. 단호하게.

다섯.
침묵은 금이다

드르륵.

방송실 문을 열고 고운과 보라는 안을 힐끔 들여다보았다. 쉬는 시간 종소리가 울리자마자 미친 듯이 뛰어온 길이라 둘 다 숨을 헉헉대고 있었다.

"들어가자."

고운이 먼저 들어가고 보라가 그 뒤를 따라 들어갔다. 아직 아무도 오지 않았는지 아침에 청소하고 간 그대로였다.

"아무도 안 왔지?"

"그런 거 같은데?"

서로의 얼굴을 바라보며 심호흡을 한 차례 하고서 고운과 보라는 나란히 손을 잡고 책상 뒤에 위치한 벽으로 향했다. 벽에 붙은 흰 종이에 글자가 일렬로 적혀 있었다. 고운과 보라는 서로의 손을 더욱 꽉 잡았다. 보라가 간절하게 중얼거렸다. 고운 역시 가슴이 두근두근 뛰었다.

"……제발 오늘은 꼭 합격이어야 하는데."

하지만 두 아이의 바람과 달리 4월 2일, 그러니까 오늘 날짜 옆에 적혀 있는 글자는 어제와 똑같은 것이었다.

—× 고재희

"아, 진짜!"

보라가 짜증스럽게 소리를 지르며 머리를 감쌌다. 고운은 입술을 꾹 다문 채 주먹만 불끈 쥐었다.

오늘로 벌써 열흘째였다.

"청소는 1학년이 돌아가면서 하되 자기 당번 날 아침에 일찍들 와서 자율학습 전에 하고 간다. 감독은 청소 후, 방송실에 제일 먼저 온 선배들이 돌아가면서 할 건데 청소가 깨끗이 되어 있다면 여기 이 표에 동그라미를 그려 놓을 테고, 만약 청소가 깨끗하게 되어 있지 않다면 가위표를 그려 놓을 거다. 그리고 그 가위표가 적힌 날은 담당이 청소를 제대로 하지 않았다는 뜻이기 때문에 다음 날 다시 청소를 해야 한다. 알았나? 순서는 반 순서대로 하자. 1학년 1반 이고운, 황보라부터."

벽에 '청소 감독 표'라고 적힌 이 종이를 붙이며 방송부 부장인 순태가 한 말이었다. 그리고 그때만 하더라도 고운과 보라는 동그라미와 가위를 표시하는 저 작은 빈칸이 이렇게나 끔찍하게 느껴질 줄은 몰랐다.

"아, 진짜. 이 선배, 우리한테 무슨 악감정 있어?"

보라가 '청소 감독 표'를 손가락으로 훑으며 짜증을 냈다. 제일 위칸부터 오늘까지, 열 칸 전부 다 '고재희'란 이름으로 도배가 되어 있었다.

망할 놈 같으니라고. 진짜 어이가 없었다. 아마 이런 식으로 괴롭히면 제 발로 나갈 줄 아는 모양인데 절대 그럴 일은 없을 거였다. 열흘 전, 고재희와 방송실에서 부딪쳤을 때만 하더라도 차라리 한 대 확 때려 버리고 방송실을 나가면 그만이다 싶었지만 지금은 아니었다. 이까짓 청소? 얼마든지 참고 또 참을 것이다. 그래서 어떻게든 아득바득 살아남아 꼭 방송반 신입부원이 된 다음, 매일 매일 '선배님'이란 호칭을 써가며 고재희에게 자신의 얼굴을 보여 주고 말리라. 고운은 눈에 힘을 잔뜩 주고 '고재희' 이름을 보며 콧방귀를 크게 꼈다.

"보라야, 내일부터는 나 혼자 청소할 테니까 넌 좀 늦게 와."

"왜?"

"그건……."

왜냐하면 고재희의 목표는 황보라가 아닌 이고운을 괴롭히기 위해서니까. 이딴 유치하고 치사한 괴롭힘에 너까지 희생양이 될 필요는 없으니까.

하지만 보라에게 그 말을 곧이곧대로 할 수는 없었다. 그랬다가는 재희와의 악연에 대해 보라에게 처음부터 끝까지 다 설명해야 할 테고, 입이 그다지 무겁지 않은 보라에 의해 그 이야기는 얼마 지나지 않아 모든 방송부원의 귀에 들어가게 될 것이다. 하나 그렇다고 한들 고운을 도와줄 선배는 이환을 재외하고 딱히 없어보였다. 그렇잖아도 학생회 일 하랴, 방송반 일 하랴, 공부하랴 바쁜 이환에게 그런 걱정까지 시키고 싶지는 않았다.

"그냥, 아무래도 내가 청소를 잘못해서 그런 거 같아서."

"에이, 무슨 그런 말이 다 있냐? 그리고 솔직히 탁 까놓고 말해 이보다 어떻게 더 깨끗하게 청소를 해? 봐봐, 완전 파리가 미끄러질 수준이잖아."

보라의 말처럼 햇살이 들어오는 방송반 안은 그야말로 기름칠이라도 한 듯 반짝반짝 빛이 나고 있었다.

"……그러게."

"아무래도 고재희 저 선배, 결벽증 같다니까. 어떻게 이걸 보고도 저래?"

어차피 고재희의 눈에는 청소 상태 따위 들어오지도 않을 거였다. 어떻게든 꼬투리를 잡아 고운을 괴롭힐 생각만 가득할 테니까. 고운이 한숨을 푹 내쉬는데 방송실 문이 열렸다.

"어? 니네 와 있었네?"

순태와 이환이었다. 고운과 보라는 꾸벅 인사를 건넸다. 이환의 시선이 고운에게 와 닿았다 이내 벽으로 향했다. 순태도 곧바로 '청소 감독 표'가 붙은 벽으로 향했다.

"뭐야, 니네 또야?"

"아, 진짜 너무한 거 같아요. 선배님이 보시기에도 이게 청소가 덜 된 걸로 보이세요? 아니, 이보다 어떻게 더 청소를 해요!"

보라의 볼멘소리에 순태도 난처한 듯 뒷머리를 쓱쓱 긁었다.

"그러게. 청소 엄청 깨끗하게 했는데."

"그냥 내일부터 선배님이 일찍 오셔서 하면 안 돼요? 그래도 방송부 부장은 선배님이잖아요."

"아니, 나도 그러고는 싶은데……."

순태가 머리를 긁적이며 뒷말을 흐렸다. 1학년들이 청소를 시작한 날, 재희가 직접 2학년 방송부원들에게 청소 감독은 자신의 몫이라며 단단히 일러두었던 터라 방송부 부장인 순태라 할지라도 그 말을 거스르기가 어려웠다.

"혹시 너희, 재희 형한테 뭐 잘못한 거 있냐?"

순태가 묻는 말에 보라가 억울하다며 팔짝 뛰었다.

"잘 알지도 못하는 선배님인데 잘못할 일이 뭐가 있어요. 아예 얼굴조차 못 보는데."

"하긴 그것도 그렇지."

순태가 고개를 끄덕거리다 이환을 보았다. 이환 역시 걱정스런 얼굴로 고운을 보고 있었다.

"아무튼 이따가 재희 형한테 내가 슬쩍 물어보기는 할게. 어쨌든 오늘도 고생했다."

순태가 보라와 고운의 어깨를 툭툭 두드리며 위로의 말을 건넸지만 그것만으로는 전혀 위로가 되질 않았다. 고운도, 보라도 힘이 쭉 빠져 있자 순태가 얼른 화제를 돌렸다.

"참, 너희 조 테스트 준비는 잘 해가고 있어? 테스트 날짜가 언제지?"

이번 주 금요일이 방송반 신입부원 최종 합격자가 발표되는 날이었다. 그 때문에 네 개 조로 나눈 1학년생들은 목요일까지 각 조별로 30분짜리 테스트 방송을 해야 했다.

자신들의 당락이 결정되는 중요한 과제가 화제로 나오자 고운과 보라는 언제 기운이 빠졌냐는 듯이 씩씩하게 대답했다.

"내일 저녁 야자 시간에요."

"그래? 아무튼 준비 잘 해서 잘 만들어 와. 모르는 건 미리미리 물어보고."

"선배님, 그래서 말인데요. 이따 저녁 방송 끝나고 나면 야자 시간에 방송실에서 저희 조 연습 좀 해봐도 될까요?"

"여기서?"

"네. 테스트 대비해서요. 우리끼리 멘트랑 시간 같은 거 맞춰보고 하려고요. 물론 장비는 눈으로만 보고 절대 안 건드릴게요."

순태가 흔쾌히 고개를 끄덕였다.

"그렇게 해. 어차피 오늘 저녁은 시간이 비니까."

고운과 보라가 활짝 웃으며 고개를 꾸벅 숙였다.

"감사합니다!"

"그래, 얼른 가 봐. 이제 곧 수업 시작하겠다."

고운과 보라는 순태와 이환에게 인사를 하고서 방송실을 나갔다. 순태가 도무지 이해가 가지 않는다는 표정으로 이환을 보았다.

"거 참, 이상하네. 이환이 넌 재희 형한테 뭐 들은 말 없어?"

이환이 대답 대신 고개를 저었다.

"그럼 뭐지? 도대체 무슨 생각인지 모르겠네. 형이 아무 이유 없이 이러진 않을 텐데."

"……그러게."

그 이유가 대체 뭘까. 이환은 답답한 표정으로 청소 감독 표에 적혀 있는 재희의 이름을 보다 한숨을 내쉬었다.

❋

째깍째깍.

규칙적인 시계 초침 소리와 사각거리며 글씨 쓰는 소리, 책장 넘어가는 소리만이 존재하는 시간이었다. 가끔 복도를 통해 야간 자율학습 시간을 감독하는 선생님만 왔다갔다할 뿐, 모두 차분히 앉아 각자 공부를 하고 있었다. 고운도 수학 문제를 열심히 풀고 있는데 옆에서 톡톡 소리가 났다. 고개를 돌리자 보라가 고운의 연습장에 샤프로 글자를 썼다.

―지금 가자.

지금? 고운의 시선이 벽에 붙은 시계로 향했다. 일곱 시 사십오 분이다.

톡톡. 보라가 뭘 또 연습장에다 썼다.

—물리도 십 분 전에 교무실로 갔어. 롸잇나우!

부반장에게 미리 양해를 구해 두었으니 오 분 정도는 먼저 가도 괜찮을 것 같았다. 고운은 핏, 웃으며 고개를 끄덕였다. 책을 덮고 보라와 함께 조용히 일어나 교실 뒷문으로 향했다. 고개를 빠끔히 내밀어 복도를 살피자 보라의 말처럼 감독을 보러 다니던 물리 선생님이 보이지 않았다.

"것 봐, 내 말 맞잖아."

보라가 소곤거렸다.

둘이서 복도를 나와 발뒤꿈치를 들고 살금살금 계단을 올라갔다. 2층, 3층, 그리고 4층. 방송실로 들어와 문을 닫자마자 '딩동댕딩' 차임벨이 울렸다. 쉬는 시간이었다. 고운과 보라가 서로의 얼굴을 보다 이내 박장대소했다.

"이럴 거면 그냥 쉬는 시간에 나왔어도 됐잖아."

"그래도 오 분이라도 일찍 나온 게 어디야. 아까 앉아 있는데 막 놈이 여기저기 쑤셔서 얼마나 괴로웠다고. 어? 그런데 누가 있었나 봐."

보라의 말처럼 방송실 중앙에 있는 책상 위에 책과 연습장이 펼쳐져 있었다. 고운도 책상에 앉으며 궁금한 얼굴로 책을 건너다보았다. 필기가 꼼꼼하게 되어 있었다.

"그러게. 2학년 선배 책인 거 같은데?"

"누구지?"

보라가 궁금한 얼굴로 책을 앞뒤로 들추어 보는데 문이 드르륵 열렸다.

"어? 너희 왔구나?"

저녁 방송 아나운서인 연주였다. 고운과 보라는 얼른 자리에서 일어나 묵례를 했다.

"됐어, 됐어. 우리끼리 있는데 무슨. 앉아."

연주가 워크맨과 화장지를 책상 위에 내려놓으며 자리에 앉았다. 화장실에 다녀오는 모양이었다.

"너희, 오늘 야자 시간에 방송실에서 미리 입 한 번 맞춰 보기로 했다며."

"네."

"그런데 왜 너희 둘이야? 하나 더 있어야 하잖아."

"이따가 8시에 오기로 했어요. 저희는 같은 반이라서 조금 먼저 온 거고요."

고운의 대답에 보라가 고개를 끄덕였다.

"그래, 그럼 원고랑 선곡 리스트 봐줄 테니까 이리 줘 봐. 참, 신곡한 건 테이프에 녹음했어?"

"아뇨. 이따가 하려고요."

"그래? 그럼 아예 선곡 리스트도 녹음하고 가. 집에서 따로 하려면 번거로우니까."

"네!"

연주가 도와준다는 말에 고운과 보라가 신이 나 대답했다. 일주

일이 넘도록 방송하는 걸 지켜보고 배우긴 했다지만 그래도 아직까지는 헷갈리는 것들 투성이였다. 한데 연주가 옆에서 직접 봐주고 도와준다고 하니 이보다 좋은 일이 어디 있겠는가.

"내가 너희 둘, 요새 청소하느라 수고한다기에 도와주는 거야. 다른 애들한테는 내가 봐줬다는 거, 비밀. 알지?"

연주가 눈을 찡긋거리며 입에 손을 가져다 댔다. 고운과 보라도 덩달아 고개를 끄덕이며 작게 말했다

"네. 고맙습니다, 선배님!"

"아유! 자식들, 귀엽다니까. 그래, 그럼 한번 볼까?"

연주가 펜을 입에 물고 원고를 읽어 가는데 갑자기 노크 소리가 들려왔다.

똑똑똑.

머리를 맞대고 앉아 있던 세 사람이 동시에 문을 돌아보았다.

"수고들 하네."

누군가 했더니 바로 이환이었다. 그리고 그 뒤로 부학생회장인 지은이 따라 들어왔다.

"어? 회장, 부회장님께서 니린히 웬일이아?"

연수가 일어나기에 눈치를 보던 고운과 보라도 따라 일어섰다.

"안녕하세요."

"그래, 고생이 많네."

지은이 상냥한 미소를 지으며 고운과 보라의 인사를 받아 주었다. 지은의 옆에 있던 이환도 평소처럼 자연스럽게 손을 내밀어 고운의 어깨를 토닥였다.

"힘들지? 저녁은 먹었어?"

순간, 방송실 안에 정적이 감돌았다. 고운은 당황해서 서둘러 이환의 손을 치웠다. 그제야 아차 했는지 이환도 얼른 손을 거두었다. 고운은 슬쩍 눈을 돌려 옆을 보았다. 모두의 시선이 이환과 자신에게 쏠려 있었다. 그 가운데 보라는 정말 눈이 튀어나올 것처럼 놀라서 보고 있었다. 사실 연주나 지은의 표정도 별반 다를 바는 없었지만.

"둘이 뭐야?"

연주가 물었다.

……어쩌지?

이환과 잠시 눈빛을 교환하다 고운이 얕게 한숨을 폭 내쉬었다. 더는 어쩔 수 없었다.

"오빠랑 저, 어릴 때부터 같은 동네에 살았거든요."

"어머, 정말? 그런데 왜 말 안했어?"

연주가 깜짝 놀라 되물었다. 보라나 지은도 많이 놀란 눈치였다.

"그게 실은……."

"아무래도 방송반 시험 치는데 오빠랑 아는 사이라 그러면 좀…… 그럴 것 같아서요."

이환이 곤혹스러운 듯 말끝을 흐리자 고운이 얼른 대신 말을 이었다. 사실 이환은 처음부터 말하자고 했는데 고운이 극구 싫고, 나중에 방송반에 정식으로 입부하게 되면 그때 말하자고 우긴 것이었다.

"아! 혹시 특혜 같은 거 받을까 봐? 흐응. 하긴 뭐, 시험 치는데 좀 그렇긴 했겠다. 이환이 동생이라 그럼 아무래도 우리 눈길이 한 번 더 가긴 했을 테니까."

연주가 팔짱을 낀 채 이해가 간다는 얼굴로 연방 고개를 끄덕거렸다. 고운은 어색한 미소만 지으며 이환을 힐끔 보았다. 이환이 미안하다는 듯 콧잔등을 살짝 찡그렸다.

"그건 그렇고, 두 사람, 무슨 볼일 있어 온 거 아냐?"

연주의 말에 이환이 아차, 하며 얼른 말했다.

"참, 안내 방송 한다는 거 깜빡했네."

"안내 방송? 뭐하려고?"

"축제 때문에. 각 CA 부서 부장들 지금 학생회실로 호출."

"아, 맞다. 중간고사 끝나면 바로 축제구나? 한동안 또 정신없이 바쁘겠네. 알았어. 들어가자."

연주가 이환과 지은을 데리고 녹음실로 들어가고 난 뒤, 고운이 그제야 보라에게 사과를 건넸다. 처음에는 많이 놀란 듯하더니 지금은 많이 서운한 얼굴이었다.

"너무한다. 나한테는 살짝 귀띔이라도 해주지 그랬어."

"진짜 미안. 저음에 말하려고 했는데 어쩌다 보니 자꾸 말할 기회를 놓쳐서. 나중에 정말 방송반에 들어오면 그때 말해주려 그랬어."

"치, 됐어."

보라가 입을 비죽이며 고개를 휙 돌리자 고운이 보라를 껴안고 팔을 간질였다.

"에이, 화 풀어라. 응?"

"싫어!"

하지만 말과 달리 보라는 이미 웃고 있었다. 둘이서 장난을 치는데 연주가 녹음실 문을 열고 두 사람을 불렀다.

"너희도 와서 봐. 참, 아까 선곡 리스트도 가지고 오고."

"네!"

고운과 보라도 선곡 리스트를 들고 얼른 녹음실로 따라 들어갔다. 연주가 자리에 앉아 마이크를 잡았다.

"어라? 쉬는 시간 다 끝나가네. 방송 빨리 해야겠다."

딩동댕딩. 차임벨이 울렸다.

[잠시 안내 방송 드리겠습니다. 각 CA 부서 부장들은 한 사람도 빠짐없이 여덟 시까지 학생회실로 모여주시기 바랍니다.]

두 번의 안내 방송과 함께 다시 차임벨이 울렸다. 마이크를 끄고서 연주가 이환을 올려다보았다.

"다른 건 없지?"

"그래. 그럼 우린 가볼게. 고맙다."

지은과 이환이 나간 후, 연주가 고운과 보라를 불렀다.

"보자, 일단 그럼 선곡 리스트대로 테이프에 녹음을 해야 하는데. 공테이프가…… 아우."

말을 하다 말고 연주가 갑자기 자리에서 급히 일어났다.

"아우, 야. 잠깐만. 나 화장실 좀 다녀올게. 잠깐만 기다려!"

연주가 녹음실을 후다닥 나가더니 워크맨과 휴지를 들고 급히 방송실을 나갔다. 그리고 거의 동시에 쉬는 시간이 끝났음을 알리는 '엘리제를 위하여' 멜로디가 흘러나왔다. 고운이 허리를 굽혀 데크를 이리저리 살펴보는데 보라가 옆에서 툭 쳤다. 고운의 시선이 보라에게로 향했다.

"너, 솔직하게 말해 봐."

"뭘?"

한데 보라의 표정이 어딘가 모르게 조금 수상했다. 아니나 다를까.

"너, 서이환 선배랑 무슨 사이야?"

의미심장한 미소를 지으며 보라가 은근한 목소리로 물었다.

"혹시 사귀는 거야?"

고운은 눈도 깜빡이지 않고 보라를 보다 별안간 펄쩍 뛰었다.

"무, 무슨 소리야, 그게?"

"아니야?"

"당연히 아니지!"

"그런데 왜 그렇게 펄쩍 뛰어?"

"아니, 갑자기 이상한 걸 물으니까."

그럼에도 불구하고 의심의 눈초리를 풀지 않는 보라였다.

"진짜 아냐. 그냥 오빠 엄마랑 우리 아빠랑 대학교 선후배이기도 하고, 두 분 지금 동업도 하고 있고, 아무튼 그러다 보니 어릴 때부터 친하게 지낸 거야."

뺨이 화르륵 달아오르는 것만 같아 고운은 연방 손부채질을 하며 괜히 시선을 다른 데로 돌렸다.

"정말? 정말?"

보라가 다가와 묻는 말에 고운은 얼른 연주가 앉았던 의자를 당겨 앉았다.

"그래. 정말. 정말."

고운이 괜스레 마이크를 잡아 보는데 보라가 갑자기 뒤에서 와락 껴안으며 간지럼을 태웠다.

"진짜 나한테까지 숨기고, 내가 확 삐쳐 버리려다 이번 한 번만 넘어간다?"

"알았어. 앞으로는 안 그럴게."

고운이 안 그러겠다며 손가락을 내밀자 보라도 못이긴 척 손가락을 내밀어 꼭 걸었다. 이내 손을 풀고 두 사람 모두 웃었다.

"그런데 국이, 얘는 왜 안 와? 여덟 시까지 온댔잖아."

보라의 말에 고운도 시계를 보았다. 그러고 보니 벌써 오 분이나 지나 있었다.

"오겠지, 뭐. 그리고 연주 선배도 안 와서 어차피 와도 기다려야 하잖아."

"하긴. 선곡 녹음하는 게 먼저랬으니까."

보라가 심심한 듯 벌떡 일어나더니 마이크를 잡고 앉았다.

"나도 그냥 아나운서 할 걸 그랬나? 여기 앉으니까 되게 폼 나고 멋있다."

엔지니어 쪽을 지원한 보라가 신기한 듯 내려다보다 단추를 이것저것 눌렀다.

"보라야! 손대지 마. 잘못 만졌다 일 나면 어떡해."

고운이 기겁해서 말렸다.

"무슨 일은? 봐봐, 다시 눌렀잖아. 됐지?"

보라가 마이크를 놓고 자리에서 일어났다. 고운도 그제야 안심이 되는 듯 녹음실 바닥에 앉았다. 문이 열린 너머로 방송실 풍경을 보다 고운이 보라를 올려다보았다.

"보라야, 그러지 말고 우리 이따가 연습 끝나면 아예 청소 다 하고 갈까?"

"그럼 축제 때 각 부서별로 뭘 할 건지 다음 주 금요일까지 제출하는 걸로 하겠……."

지이잉.

벽에 달린 스피커에서 커다란 잡음이 들리는가 싶더니 여자 말소리가 들려왔다.

[어차피 오늘 밤에 하고 가나 내일 아침에 일찍 와서 하나 똑같잖아. 그 사이에 사람도 없을 거고.]

[그럴까?]

이환이 당황해 스피커를 보았다. 고운의 목소리였다.

"어머, 이거……."

지은도 놀랐는지 눈을 동그랗게 뜨고 스피커를 올려다보다 이환을 보았다.

"방송실 아냐?"

"그런 거 같은데."

이환의 시선이 반사적으로 자리에 앉아 있던 2학년 부장들 사이를 훑었다. 아니나 다를까.

"이 자식들이 미쳤나!"

순태가 백짓장처럼 허옇게 질린 얼굴로 벌떡 자리에서 일어나더니 그대로 학생회실을 뛰쳐나갔다. 우당탕탕탕, 요란스런 발소리가 복도를 울리다 금세 사라졌다.

[응. 어차피 그래 봤자 그 고재흰지 고쟁인지가 또 퇴짜 놓을 건데. 너, 요즘에 청소한다고 맨날 아침잠 모자라서 피곤하다며. 미리 해놓고 가면 내일 아침에 삼십 분이라도 더 잘 수 있고.]

픕.

황당한 듯 서로를 쳐다보던 각 부서의 부장들이 스피커에서 흘러나오는 소리에 너도 나도 웃기 시작했다.

"미치겠다, 고쟁이라니. 고재희 선배 말하는 거지?"

"그러니까. 아, 진짜, 뭔 일이야, 이게? 완전 코미디네?"

여기저기에서 흘러나오는 웃음소리에 지은이 걱정스러운 듯 이환을 보았다.

"······이환아."

"회의, 계속하자."

딱딱하게 굳은 표정으로 이환은 칠판을 두드렸다.

"회의 계속하겠습니다."

[우하하하하!]

난데없이 스피커에서 터진 여학생의 웃음소리에 3학년 1반 학생들도 웃음을 터뜨렸다. 처음에는 이게 뭔가 싶어 멍하니 서로를 쳐다보다 이내 황당한 표정으로 바뀌었고, 그리고 얼마 지니지 않아 금세 다들 폭소를 터뜨리고 있었다. 그것도 다들 약속이나 한 듯 교실 제일 뒤에 앉아 있는 누군가를 돌아보면서.

[왜?]
[아니, 고운이 네가 고쟁이라며.]
[어?]
[고재흰지 고쟁인지, 그랬잖아.]
[아, 그거?]

웃음소리가 더욱 커졌다. 옆 반에서노 조금의 시간차를 두고 똑같이 웃음이 터져 나왔다.
"이게 뭐야. 저기, 방송에서 나오는 고재희가 설마 너야?"
현석이 묻는 말에 재희는 미동도 없이 굳은 표정으로 책을 보고 있었다. 습관처럼 돌리던 펜도 어느새 손에 꽉 잡고 있었다.

[고운아, 근데 그 고재희 선배 좀 이상하지 않아? 내가 암만 생각해

봐도 도무지 이해가 안 되는 거 있지? 그 선배, 결벽증이나 청소 강박증 같은 거 있나? 아니, 도대체 왜 그렇게 청소에 집착을 하지?]

[청소 강박증이 아니라 그냥 싸가지가 없어서 그래. 다른 사람 배려를 못하는 거지. 왜, 내가 처음부터 그랬잖아. 싸가지 없이 생겼다고. 얼굴에 딱 써놨잖아. 나는 왕싸가지입니다.]

스피커에서 흘러나오는 소리에 누군가는 아예 책상에 엎어져서 눈물을 흘리며 웃어댔다.

[그러게. 아니 멀쩡하게 그렇게 잘생겨서 도대체 심보가 왜 그래? 도대체 우리가 뭘 잘못했다고 그러나 몰라.]

[내 말이. 진짜 어이가 없어서! 우리가 맨날 아침에 청소하듯이 그 인간은 매일 아침마다 장 청소로 폭풍 설사나 해버렸음 좋겠어! 아주 그냥 평생 폭풍 설사 하라고 내가 매일 정화수 떠놓고 빌고 싶은 심정이라니까?]

푸하하하하!

그야말로 폭풍, 아니 허리케인 같은 거대한 웃음소리가 교실 안팎을 미친 듯이 휘젓고 지나갔다. 오로지 현석만이 핼쑥해진 얼굴로 재희를 두렵게 볼 뿐이었다.

"너, 애들한테 도대체 무슨 짓을 했기에…… 아니, 무슨 짓을 하려고."

현석이 말을 채 끝내기도 전에 재희가 자리를 박차고 일어나 그 대로 교실을 나갔다.

"난리났네, 난리났어. 오늘 누구 하나 죽었다."

현석은 고개를 설레설레 저으며 재희의 의자를 책상에 얌전히 밀어 넣었다. 하지만 일 분도 되지 않아 그 역시 자리에서 일어나 재희를 따라 나갈 수밖에 없었다.

"야, 재희야! 같이 가!"

죄는 미워도 일단 사람은 살리고 봐야 하지 않겠는가.

여섯.
오호통재라!

제일 먼저 달려온 건 저녁방송 엔지니어인 2학년 진호였다. 다짜고짜 녹음실로 뛰어 들어온 진호가 고운과 보라를 밀치고서 마이크를 껐다. 얼마나 급하게 뛰어왔는지 연방 가쁜 숨을 몰아 내쉬며 말도 제대로 하지 못했다. 이윽고 허겁지겁 순태도 뒤따라 들어왔다.

"뭐야, 껐어?"

순태가 급히 묻자 진호가 대답 대신 거친 숨을 몰아쉬며 고개를 끄덕였다. 순태가 다행이란 듯 한숨을 크게 내쉬며 자리에 쭈그리고 앉았다. 갑자기 선배들이 미친 사람들처럼 정신없이 뛰어 들어온 터라 고운과 보라는 엉거주춤 자리에서 일어났다.

무슨 일이지.

고운과 보라가 잔뜩 겁을 먹고 눈치를 보고 있는데 마침 연주가 이어폰을 낀 채 콧노래를 부르며 들어왔다.

"어? 뭐야? 니네 여기 왜 왔어?"

"아우씨, 진짜!"

머리를 감싼 채 쭈그리고 앉아 있던 순태가 연주를 보자마자 벌떡 일어나 버럭 소리를 내질렀다.

"야! 황연주!"

"깜짝이야, 왜?"

"왜에? 지금 왜 소리가 나오냐! 설마 너, 지금 쟤들 방송 사고 낸 거 몰라서 그래? 아니, 전교에 쩌렁쩌렁 울렸는데 넌 뭐한다고 못 들었어?"

방송 사고? 고운의 눈이 휘둥그레졌다. 그러고 보니 아까 녹음실 안에서 보라와 장난쳤던 일이 생각났다.

"보라야! 손대지 마. 잘못 만졌다 일 나면 어떡해."

"다시 눌렀잖아. 됐지?"

고운이 기겁해서 보라를 보았다. 보라의 얼굴도 하얗게 질려 있었다.

"바, 방송 사고? 아니, 무슨……."

연주가 당황해 고운과 보라를 보았다.

"설마 니네 마음대로 마이크 건드린 거야?"

고운과 보라가 당황해서 입도 벙긋 못하던 그때, 문이 거세게 열렸다.

"너희들, 지금 뭐하는 거야!"

방송반 담당 교사이자 1학년 1반 담임인 규현이 황당한 얼굴로 들어왔다. 담임의 등장에 고운은 가슴이 더 철렁 내려앉았다. 순태가 서둘러 다가가 고개를 꾸벅 숙이며 사과부터 했다. 열린 문 너머로 2학년 방송부원들이 서 있었다.

"죄송합니다, 선생님."

"그래, 이 녀석들아. 이게 무슨 짓이야? 어? 나, 원 참 어이가 없어서. 누구야? 고운이, 보라 어쩌고 하던데."

방송반 안을 둘러보던 규현의 시선이 고운과 보라에게서 멈췄다.

"너희 둘이 그런 거야?"

"……죄송합니다."

어찌할 바를 모르고 있던 고운과 보라는 얼른 고개를 숙였다.

"아니, 똘똘한 녀석들이 어쩌자고 이런 실수를 했어? 교장 선생님이 듣기라도 했음 어쩌려고!"

규현이 어이가 없는 듯 혀를 차고 있는데 문득 저만치 뒤에서 차분한 목소리가 들려왔다.

"선생님."

고운과 보라의 곁에 있던 순태의 낯빛이 시커매졌다. 연주도 마찬가지였다.

"……죽었다, 이제."

순태가 한숨처럼 중얼거리는 말소리에 고운과 보라는 고개도 못 들고 그저 겁먹은 얼굴로 서로를 힐끔거렸다. 규현이 뒤를 돌아보더니 방금 방송실로 들어온 이를 반갑게 맞았다.

"어! 그래. 야, 인마. 이게 무슨 소동이야? 어?"

"죄송합니다. 면목 없습니다."

규현에게로 걸어오며 깍듯하게 고개를 숙이는 이는 바로 재희였다. 재희를 보자마자 고운과 보라도 '히익' 급하게 숨을 들이켰다.

"아무튼 재희, 네가 알아서 정리해. 앞으로 이런 일 두 번 다시 없도록 단단히 주의 주고. 알았어?"

규현이 재희의 어깨를 툭툭 두드려 주고는 이내 자리를 떠났다. 하지만 규현이 떠나고 난 이후에도 방송실 안의 분위기는 좀처럼 가벼워지지 않았다. 아니, 오히려 더 무거워졌다. 폭풍전야처럼 위태로운 분위기가 이어지던 그때, 경쾌한 노크 소리가 똑똑 들려왔다.

"오랜만이다, 순태, 연주. 오늘 거하게 한 건 했던데?"

현석이 싱긋 웃는 얼굴로 방송실 안으로 들어왔다.

"형! 오셨어요!"

"오냐."

도살장에 끌려가는 소처럼 죽을상을 하고 있던 순태의 얼굴이 현석을 보자마자 마치 구세주라도 본 것처럼 환해졌다. 이곳에서 고재희를 말릴 수 있는 단 한 사람, 그게 바로 차현석이다. 하지만 그런 순태의 속마음을 훤히 꿰뚫어 본 것처럼 현석이 씨익 웃으며 재희의 곁으로 가서 섰다.

"어쩌냐. 이번에는 날 그렇게 봐도 소용이 없는데."

순태와 연주의 표정이 일시에 굳어 버렸다.

"야, 내가 암만 속이 좋다고 해도, 감히 1학년이 3학년 선배를, 그것도 방송에다 대고 평생을 '폭풍 설사' 하라며, 무시무시한 저주를 퍼부었는데. 그걸 봐줘?"

싱글싱글 웃던 현석의 눈길이 이번에는 고운과 보라에게로 향했다. 생전 처음 본 3학년 선배인지라 고운과 보라는 주춤거리며 꾸벅 인사를 건넸다.

"오호라! 오늘, 한 건 한 녀석들이 너희구나? 많이 후회스럽겠네. 그런데 소녀들아, 인생이란 게 그런 거다. 무슨 일이든지 후회란 놈은 아무리 빨리 해도 영원히 한 발 늦을 수밖에 없는 것이거든."

"……."

"그러니까 내가 너희한테 해주고 싶은 말은, 아무쪼록 오늘의 이 고비를 무사히 잘 넘기고 부디 살아남길 바란다는 거란다."

현석은 말을 끝내고 재희에게 알아서 하란 듯 어깨를 툭툭 두드렸다. 순태가 제발 살려 달라는 얼굴로 현석을 바라보았지만 현석은 예의 그 빙글빙글한 미소를 지으며 어깨를 으쓱일 뿐이었다.

"모두."

가만히 주머니에 양손을 집어넣은 채 서 있던 재희가 드디어 입을 열었다. 그리고 그와 동시에 순태를 비롯한 방송실 안의 모든 사람의 어깨가 움찔거렸다. 단 한 명, 빙글거리며 웃고 있는 현석만 빼고. 질식할 것만 같은 무시무시한 분위기 속에서 순태가 조심스럽게 말문을 열었다.

"혀, 형…… 아니, 저기, 선배님."

"입 닥아."

재희의 나직한 말에 순태는 입을 다물고 후다닥 차렷 자세로 섰다. 방송실 안에 있던 이들을 차례대로 훑어보던 재희의 시선이 마침내 고운에게로 향했다.

뚜벅뚜벅, 재희가 걸음을 옮기자 슬리퍼 소리가 방송실 안에 차갑게 울렸다. 고운은 겁이 나 고개를 숙이고 싶었지만 그럴 수도 없었다. 재희가 뚫어져라 자신을 쳐다보며 한 걸음, 한 걸음 다가오고 있었으니까. 그리고 마침내 고운의 앞에서 발자국 소리가 멈췄다.

쿵쿵쿵쿵. 심장이 무섭도록 뛰어댔다. 고운은 숨도 제대로 못쉬고 겨우 재희를 보았다. 검은 눈동자와 마주치자마자 등허리로 식은땀이 주르륵 흘렀다.

"……홍순태."

고운에게서 시선을 떼지 않고서 재희가 순태를 불렀다.

"방송부 전원, 지금 당장 운동장으로 집합시켜."

저녁 9시가 다 되어가는 시간이었다.

"이게 갑자기 무슨 일이야."

"내 말이. 진짜 짜증나. 다다음주가 시험인데 이게 뭐냐고."

"쟤들이지? 진짜 미친 거 아냐? 어떻게 그런 짓을 했대?"

"그러니까. 정말 정신이 어떻게 됐나 봐. 방송 사고도 모자라서

3학년 선배 욕을 하질 않나. 기가 차서. 쟤들 때문에 우리까지 이게 뭐야? 암튼 그러니까 애초에 방송반 경험 있는 사람들로만 뽑았으면 됐잖아. 번거롭게 이 시험, 저 시험 다 칠 것도 없이."

"야, 그래도 쟤들 떨어질 거니까 차라리 잘 됐지. 열 명 중에 두 명 떨어지면 이제 두 명만 더 떨어지면 되는 거 아냐."

난데없이 불려 나온 1학년 아이들이 여기저기서 투덜거렸다. 그리고 그중, 몇 명이 유독 들으란 듯이 큰 소리로 떠들고 있었다.

"저것들이 진짜!"

지은 죄가 있어 고개를 푹 숙인 채 훌쩍이던 보라가 더는 못 참겠는지 주먹을 쥐었다.

"됐어. 쟤네도 당연히 짜증나겠지. 그리고 틀린 말도 아니고."

"그래도 너무하잖아. 우리가 그러고 싶어 그런 것도 아닌데."

"어쨌거나 우리가 잘못한 게 맞잖아."

고운이 보라를 다독이는데 바로 옆에서 인기척이 들렸다.

"저기."

고운이 고개를 들었다. 국이었다.

"……미안하다, 정말. 시간이 그렇게 된 줄 몰랐어."

"뭐가 미안해. 네가 뭘 잘못했다고."

"내가 제시간에만 갔더라면……."

고운이 괜찮다고 하는데도 국은 마음이 편치 않은 모양이었다.

"정말 아냐. 그리고 그나마 너라도 없어서 다행이지. 안 그랬으면 너도 우리처럼 벌점 받았을 건데. 안 그래?"

고운이 애써 웃으며 괜찮다 말하는데 그런 고운이 서운한지 보라가 끼어들었다.

"야, 이고운. 넌 지금 이 상황에 얘 벌점 걱정이 돼? 너랑 나는? 우린 떨어지면 어떡하냐고."

"우리는 뭐……."

말을 하다 말고 고운도 결국 한숨을 내쉬었다. 아무리 괜찮다 하긴 했어도 솔직히 마음이 좋을 수는 없었다. 하지만 상황이 이 렇게 된 건 전적으로 자신과 보라의 탓이지 다른 누구의 잘못도 아니었다. 고운은 애써 밝게 웃으며 보라를 다독였다.

"어쩔 수 없잖아. 어쨌거나 우리가 잘못한 건데."

그때였다.

"부장이다!"

누군가의 말소리에 웅성거리던 주변이 순간 고요해졌다.

남자 셋이 중앙 현관 쪽으로 나오고 있었다. 그 가운데 가장 키가 작은 이가 먼저 재빠르게 뛰어오더니 운동장으로 내려왔다. 순 태였다. 걱정스러운 얼굴로 서 있던 2학년 부원들이 우르르 그쪽 으로 향했다.

"어떻게 됐어?"

연주가 급히 물었다.

"다행히 오늘 회식이라서 학년별로 감독 선생님들 한 분씩만 남고 없더라고. 사과드리고 앞으로 이런 일 없게 하겠다고 빌고 왔지, 뭐."

"네가?"

"나만 했겠냐, 형들도 싹싹 빌었지. 그래도 형들 때문에 선생님들이 교장, 교감한테 말 안하고 그냥 넘어가 준다 그러더라. 아, 진짜…… 죽는 줄 알았다. 이만하길 천만 다행이야."

안도의 한숨을 내쉬며 순태가 가슴을 쓸어내리는데 옆에 있던 진호가 겁에 질린 얼굴로 말했다.

"아니, 이제 곧 죽을 지도 모르지. 우리 전부 다."

그리고 그 말이 끝나기가 무섭게 등 뒤에서 한기가 느껴졌다. 자박자박, 모래 밟는 소리에 모두들 흠칫하며 얼른 흩어져 앞을 보고 바로 섰다. 천천히 걸어온 재희와 현석이 1, 2학년들 앞에 섰다. 모두들 잔뜩 긴장한 얼굴로 두 사람을 보았다.

"다 모였어?"

재희의 말에 순태가 얼른 대답했다.

"서이환은 다른 CA 부장들과 회의가 있어서 참석하지 못했고 나머지는 모두 모였습니다."

방송부원들을 쭉 훑어보다 재희가 나직이 입을 열었다.

"고맙게도 선생님들께서 더는 일 키우지 않고 그냥 여기서 넘어 준다고 하셨다. 그러니 추후, 두 번 다시 오늘과 같은 일이 없도록 모두들 주의할 것. 알았나?"

휴우.

너 나 할 것 없이 여기저기에서 안도의 한숨 소리가 터져 나왔다. 순태를 비롯한 2학년들은 물론이고 1학년들의 얼굴에도 비로소 미소가 번졌다.

"고운아, 들었어? 그냥 넘어가나 봐. 웬일이야?"

보라가 잔뜩 신이 나서 고운에게 소곤거렸다.

"그러게. 다행이다."

고운도 어색하게나마 웃었다. 한데 왠지 모르게 기분이 영 개운하지가 않았다. 처음 만났을 때 실수한 걸 가지고 잊지 않고 두고두고 괴롭히는 사람이, 오늘 그 망신을 당했는데 그냥 넘어간다? 그럼 도대체 운동장에 집합은 왜 시킨 걸까?

아무리 생각해 봐도 앞뒤가 맞지 않았다. 자꾸 뭔가 불안한 느낌이 들었다.

아니나 다를까.

방송부원들을 가만히 지켜보고 있던 재희가 차분한 목소리로 폭탄과도 같은 말을 투하했다.

"그럼, 이제 시작해 볼까?"

역시 그냥 넘어갈 리가 없다. 재희의 말을 듣자마자 고운은 인상을 썼다. 하지만 고운을 제외한 다른 이들, 아니, 고운과 2학년들을 제외한 나머지 1학년들은 무슨 소리인지 퍼뜩 감이 오지 않는 모양이었다. 어리둥절한 얼굴로 서로를 보다 그중 한 아이가아주 용감하게 물었다.

"뭘요?"

잠시 정적이 맴돌았다. 2학년들이 아차 하는 얼굴로 돌아보았지만 이미 늦은 뒤였다.

"뭐냐니?"

재희가 오히려 피식 웃으며 되물었다. 너무도 당연한 걸 왜 묻느냐는 것처럼.

"오늘 벌어진, 이 웃기지도 않은 일에 대한 책임은 져야지. 다들 그럼 그냥 밤공기 쐬라고 여기로 집합시킨 줄 알았나?"

운동장 분위기가 금세 험악해졌다. 순태를 비롯한 2학년들은 '그럼 그렇지' 하는 얼굴로 다들 어깨를 축 늘어뜨린 데 반해 1학년들 사이에서 불평이 수군수군 흘러나왔다. 팔짱을 끼고 있던 재희가 팔을 풀며 주머니에 손을 집어넣고는 앞으로 한 걸음 나섰다.

"불만 있는 사람, 똑바로 말해. 구시렁거리지 말고."

담담한 재희의 목소리 뒤로 한 여학생의 불평어린 목소리가 터져 나왔다.

"저희가 잘못한 게 아니잖아요. 잘못을 저지른 당사자만 책임을 지면 되는 거 아닌가요?"

10반 한주연이었다. 그리고 그 옆에 있던 3반 김희태와 2반 이영훈의 불만도 뒤따라 이어졌다.

"저도 같은 생각입니다. 저희가 잘못한 것도 아닌데 왜 같이 벌을 받아야 하는지 도무지 이해가 안 갑니다."

"저도요! 그리고 다음 주가 시험인데 왜 이러고 있어야 하는지 모르겠습니다."

아까 고운과 보라를 향해 짜증을 내던 세 명의 아이들이었다. 점심, 저녁 방송 시간마다 얼굴을 보면서도 사실 다른 친구들에 비해 별로 말을 해본 적은 없는 이들이긴 했다. 듣기로는 김희태와 한주연이 같은 중학교 방송반 출신이고, 이영훈은 중학교 때부터 김희태와 같은 학원에 다녔다고 했다. 그러다 보니 주로 셋이 뭉쳐 다닐 뿐, 다른 아이들과 이야기를 나눈다거나 시간을 함께 보내는 경우가 거의 없었다. 하지만 따지고 보면 그들의 말이 다 맞았다. 잘못한 사람은 따로 있는데 아무 잘못도 없는 자신들까지 피해 입는 게 싫은 건 당연했다.

그들의 항변을 듣고 있던 재희가 주머니에 꽂고 있던 손을 빼 관자놀이를 슬쩍 문질렀다. 잠시 곰곰이 생각하는 듯하더니 그는 이내 가벼운 투로 말했다.

"그래, 그럼 들어가."

정적이 맴돌았다. 재희의 대답이 의외였는지 2학년들이 놀란 얼굴로 뒤를 돌아보았다. 반대로 1학년들 가운데 이야기를 꺼낸 세 명의 표정은 의기양양해졌다. 하지만 그것도 아주 잠시였다.

"대신 오늘 이 시간 이후로 방송반에서 영원히 나가는 걸로 알 겠다."

순간, 운동장에 서 있는 방송부원들 전체가 술렁였다.

"너무 비합리적인 처사 아닌가요? 저희가 잘못한 것도 아닌데. 그 벌 안 받겠다고 방송반을 나가라니요?"

재희의 말에 당황했는지 한주연이 따지듯 물었다.

"뭘 착각하고 있나본데 너희들은 아직 정식 부원이 아냐. 그러 니 선배 말 듣기 싫으면 그냥 나가는 거지. 뭐, 특별한 절차리도 밟아줄 줄 알았어?"

"하지만……."

"그리고."

말을 잠시 멈춘 뒤, 재희가 운동장 교단으로 가더니 불을 켰다. 노란 불빛이 순식간에 사방을 밝혔다. 재희가 방송부원들의 얼굴을 하나씩 찬찬히 훑어보다 피식 웃었다.

"잘못이 없다? 글쎄. 내가 생각하기엔 아닌 것 같던데. 홍순태."

재희가 부르는 소리에 순태가 얼른 대답했다.

"예!"

"방송반에서 가장 중요한 게 뭔지, 신입생들한테 말 안 해줬어?"

"아닙니다! 성실성과 협동심. 이야기 했습니다."

순태의 우렁찬 말소리가 끝나자마자 재희가 조금 전 항변한 세 아이들을 향해 고개를 갸웃거렸다.

"협동심이 왜 중요한 건지는 이야기 해줬고?"

"네! 방송반이란 게 절대 나 혼자 잘나서 굴러갈 순 없기 때문에 서로가 부족한 점, 힘든 점들을 잘 보완해주고 도와줘야 한다고 말했습니다!"

"그래. 저렇게 미리 말해줬다는데 왜 생전 처음 들어봤다는 얼굴로 그러고 멍청하게 쳐다보고들 있지?"

재희가 한 발짝, 한 발짝 천천히 걸음을 떼더니 그 아이들 앞에서 멈춰 섰다.

"아까 방송반으로 올라온 1학년들이 몇 없던데. 그때 너희들은 거기 없었던 것 같고."

"……."

"방송 사고가 났으면 일단 바로 뛰어 올라와야 하는 게 방송부원으로서 당연히 해야 할 일일 텐데. 내가 낸 사고가 아니니까 난 아무 상관없다, 그건가?"

조금 전까지만 해도 재희에게 불만을 토로하던 아이들이 지금은 꿀 먹은 벙어리처럼 입을 다물고 있었다.

"내가 지금 여기 있는 모두를 오리걸음으로 운동장 10바퀴 돌릴 예정이야. 아, 물론 여기서 함께 돌지 말지는 너희들이 결정하는 것이겠지만."

참으로 평온하기 그지없는 담담한 말투였다. 하지만 그 말이 떨어진 순간, 방송부원들의 얼굴에서는 핏기가 싹 사라졌다. 재희이 앞에서 직접 그 말을 들었던 1학년 셋의 얼굴 역시 마찬가지였다.

"아, 또 미리 말해줄 게 있구나. 설사 너희들이 지금 여기서 함께 기합을 받는다고 해도 명진고 20기 방송반 신입부원 명단에 너희들 이름이 있을 거라고는 장담할 수는 없어."

"……."

"그러니까 내키지 않으면 지금 가는 편이 낫고. 시험공부 해야한다 그러지 않았나?"

"지금 1학년 방송부원들 중에서 중학교 때 방송부 활동을 한 사람은 우리 셋뿐인데 우리가 나가면 오히려 선배들 손해 아닌가요?"

오만하기까지 한 1학년 후배의 말에 무표정하던 재희의 입꼬리가 피식 허물어졌다. 진심으로 우습다는 얼굴이었다.

"그거야 너희들이 상관할 바 아니고."

그렇게 얼마쯤 지났을까. 재희의 눈빛을 받아 내던 아이들 셋이 서로 눈짓을 주고받더니 약속이나 한 듯 콧방귀를 세게 뀌었다. 마치 이까짓 방송부는 필요 없다는 것처럼. 그리고는 이내 미련

없이 운동장을 떠났다.

"……뭐야, 쟤네. 진짜 가는 거야?"

보고도 믿기지 않는지 보라가 입을 떡 벌렸다. 고운도 마찬가지였다. 운동장 위에 모인 사람들 가운데 평소와 별반 다르지 않은 이는 재희와 현석 정도였다. 마치 그럴 거라고 미리 예상이라도 한 사람처럼 재희가 태연하게 말을 이었다.

"앞으로 너희 가운데 누구 하나가 잘못을 저질렀어도 그건 너희 전체의 잘못과 같다. 나는 아무 잘못 없으니까 책임도 없다는 식의 이기적인 행동은 용인될 수 없다. 물론 오늘과 같은 어이없는 실수를 저질러 남에게 피해를 입히는 멍청한 녀석들이 앞으로는 없어야 한다는 게 우선이겠지만 말이다."

재희의 시선이 고운과 보라에게로 잠시 닿았다 이내 다시 사라졌다.

"그러니까 나머지 중에도 들어가고 싶은 사람은 들어가도 좋다."

하지만 어느 누구도 제자리에서 움직이지 않았다. 잠시 시간을 주고 기다리다 재희가 시계를 보았다.

"그럼 이제 본격적으로 시작해야지."

재희의 말에 순태를 비롯한 2학년 부원들이 먼저 운동장에 쭈그리고 앉았다. 그리고 1학년들이 주춤거리며 따라 앉을 때였다.

"선배님."

고운이 손을 들었다. 재희의 눈길이 고운에게로 향했다.

"드릴 말씀이 있는데요."

20여미터 정도 갔을 즈음, 재희가 걸음을 멈추고 고운을 돌아보았다. 고운도 멈춰 서서 재희를 올려다보았다. 재희의 뒤를 따라오는 내내, 머릿속으로 할 말을 정리했었다.

자신이 저지른 일 때문에 다른 사람들까지 피해를 입게 할 수는 없었다. 오리걸음으로 운동장 10바퀴? 말이 쉽지. 그랬다가는 근육통 때문에 오늘 밤, 집에 가는 거 물론이고 내일 아침에 학교에 나오기도 힘들 것이다. 그렇게 할 수는 없었다. 하지만 '죄송하다' 그런 말 한마디 정도로 마음이 움직일 재희가 아니었다. 어떻게 해서든 일을 벌인 자신이 책임져야만 했다. 고운은 나직이 심호흡을 하고서 담담히 입을 열었다.

"제가 그만두겠습니다."

"네가 그만두면 뭐?"

표현은 달랐지만 '너 따위가 뭔데 그런 말을 나한테 하는 거냐'는 뜻이었다. 고운은 꾸벅 고개를 숙이며 진심을 전했다.

"방송 사고, 그리고 무엇보다 뒤에서 선배님 험담한 거 정말 죄송합니다. 당연히 기분 나쁘셨을 겁니다. 제가 책임지고 그만두겠습니다. 그러니 다른 방송부원들에게 기합 주는 건 말아주셨으면 합니다."

"그러니까 네가 그만두는 것과 다른 방송부원들이 기합을 받는 게 대체 무슨 상관이 있는지 묻고 있잖아."

재희를 올려다보던 고운의 눈에 힘이 들어갔다.

"제가 잘못해서 그런 거잖아요. 제 잘못으로 다른 사람들까지

힘들어지는 거 싫습니다. 그러니까 제가 책임지고 나갈 수 있게
해주세요."

"조금 전에 내가 했던 말, 안 들었어? 일은 네가 쳤지만 관리 감
독 못한 2학년들 책임도 있다고 했잖아."

"그래도⋯⋯."

"나가고 싶으면 나가. 안 붙잡아. 하지만 그렇더라도 쟤들은 기
합 받을 거야. 됐지?"

"선배님, 저 쫓아내려고 그 동안 애쓰신 거 알아요."

고운은 결국 그동안 속으로 꾹꾹 눌러왔던 마음까지 내비치고
말았다.

"그러니까 더는 그런 수고 않으실 수 있도록 제가 제 발로 나가
드리겠다고요."

"⋯⋯뭐?"

재희의 표정이 살짝 흔들렸다. 그리고 고운은 그걸 간파했다.
바늘로 찔러도 피 한 방울 안 나올 것 같은 사람을 조금이나마 당
황하게 만든 것이다. 고운은 다시 한 번 더 힘주어 말했다.

"잘못한 건 저니까 제가 책임지고 나가겠습니다. 그러니까 다
른 방송부원들, 이만 교실로 들여보내 주시면 정말 고맙겠습니
다."

고운은 한껏 비장한 마음으로 진지하게 말을 한 것이었다. 그런
고운을 뚫어져라 응시하다 재희가 갑자기 픽 웃음을 지었다.

맹랑한 녀석 보게. 지난번 학생회실에서 '한 번만 더 앞에 나타
나면 가만두지 않겠다'고 할 때 알아보긴 했다만 역시 보통은 아

니었다. 1학년은 물론이고 2학년들도 재희가 인상 한 번만 쓰면 눈조차 못 맞추는 게 대다수였다. 한데 이 여자애는 겁도 없이 제 하고 싶은 말을 다 하고 있었다.

"너 뭔가 착각을 하고 있나 본데, 너 따위가 그만두든지 말든지 내 알바 아니고. 다른 방송부원들 기합 받는 것까지 네가 상관할 바는 아니니까 나가고 싶으면 얼마든지 나가. 사실, 애초부터 넌 방송반에 들어와서는 안 될 사람이었으니까."

얼마나 냉랭한 표정으로 무섭게 말을 하는지 고운은 하마터면 눈물이 찔끔 나올 뻔했다. 아무리 처음 만났을 때 잘못을 했어도 정말 해도 해도 너무했다.

그래, 어차피 나갈 거. 차라리 속 시원하게 할 말이나마 하고 나 가리라.

"애초에 방송반에 들어와서는 안 될 사람이라니요?"

"몰라서 물어?"

"네. 정말 몰라서 묻는 건데요."

고운이 눈에 가득 힘을 주고서 재희를 똑바로 쳐다보았다.

니, 정말 싫다.

대놓고 말을 하진 않지만 재희의 눈빛이 저절로 읽혔다. 태어나 누군가에게 이유도 모른 채 이렇게 무작정 미움 받는 건 처음이라 저도 모르게 울컥 눈물이 나올 것 같았다. 고운은 입술을 꾹 깨물고서 감정을 다스렸다. 절대 울지 않으리라, 저 사람 앞에서는 더더욱.

"처음에 학생회실에서 선배님 보고 잘못했던 거, 지난번에 사과드렸잖아요. 그리고 그때 선배님도 괜찮다고 하셨고요. 그런데 정말 왜 그러세요? 선배님, 저번에 방송실에서 제가 잘못한 게 하나 더 있다고 하셨죠? 그런데 아무리 생각해 봐도 전 도무지 모르겠어요. 그러니 말씀해 주세요. 그래야 앞으로는 다른 사람에게 똑같은 실수하지 않을 거 아니에요."

말을 하다 보니 억눌렸던 감정이 다시 튀어 오르며 목이 메었다. 고운은 눈물을 애써 참으며 재희를 노려보았다.

도대체 무슨 잘못을 저질렀기에 이렇게 사람을 몰아붙이는 건지, 뻔뻔하다는 말까지 들어야 하는지 알아야 했다. 아니, 꼭 알고 말리다.

"서이환이랑 너, 무슨 관계야?"

재희가 눈썹을 비딱하게 치켜 올린 채 입을 뗐다. 난데없는 소리에 고운은 미간을 찌푸렸다. 지금 이 상황과 이환이 무슨 상관이 있다고 이환의 이름을 꺼내는 걸까?

"너랑 서이환, 아는 사이 맞지? 학교 들어오기 전부터."

고운은 눈을 가늘게 뜬 채 고개를 끄덕였다.

"그런데 그게 제가 잘못한 것과 무슨 상관인데요?"

고운이 묻는 말에 재희가 피식 코웃음을 쳤다. 팔짱을 끼더니 그가 고운에게 한 발짝 다가섰다.

"인터뷰 시험 있던 날."

인터뷰 시험이 있던 날? 고운은 천천히 고개를 끄덕였다.

"그날 점심에 네가 이환이랑 이야기하던 거, 내가 들었거든."

재희의 자신만만한 소리에 고운은 그날의 기억을 떠올렸다.

대체 그날, 무슨 일이 있었다는 걸까?

✳

"괜찮았는데 얘기하다 보니 갑자기 막 떨려서. 심장이 터질 것 같아! 왜 이러지?"

떨려서 말하기도 힘들다는 듯 손사래를 치고서 고운은 심호흡을 크게 여러 번 했다. 후, 가슴을 연방 쓸어내리는데 웃음소리가 들려왔다.

"뭐야, 왜 웃어? 남은 심각한데."

"으이그, 진짜."

이환이 손을 내밀어 고운의 머리를 가볍게 헝클었다.

"편하게 해. 면접관이 널 잡아먹기라도 한대? 거기다 너 말도 잘하잖아."

"오빠…… 면접관이 오빠 같으면 나도 편하게 말을 잘 하지. 그런데 생전 처음 보는 선배들이 눈 이렇게 뜨고 이것저것 막 물어볼 텐데 어떻게 편하게 해?"

지, 입을 비죽이고서 고운이 헝클어진 머리를 정리하는데 이환이 허리를 굽혀 눈을 맞췄다.

"그럼 내가 면접 들어갈까?"

고운의 눈이 동그래졌다. 맑고 깨끗한 고동빛 눈동자가 빙긋이 웃음을 담은 채 자신을 보고 있었다. 그것도 숨소리가 닿을 만큼 가까이에서.

단정하던 이환의 미간에 옅은 주름이 비죽 진다. 이환이 허리를 펴고 고운을 내려다보았다.

"가지 마?"

이환의 얼굴이 조금 멀어지고 나서야 고운은 나직이 숨을 내쉬었다. 하마터면 심장이 터져나가는 줄 알았다.

"뭐야, 이고운. 나 안 들어간다니까 그렇게 좋아?"

"무, 무슨 소리야. 내가 언제."

"방금 표정이 그런 거 같은데?"

"아냐! 왜 생사람을 잡고 그래……."

달아오른 뺨을 식히느라 손부채질을 하며 고운은 말끝을 흐렸다. 이환의 웃음소리가 조금 더 커졌고 고운은 괜히 이환의 팔을 확 때렸다.

"어쭈. 이고운, 컸다고 오빠를 패기까지 하네? 어?"

시답잖은 농을 주고받다 고운이 갑자기 생각난 듯 손뼉을 쳤다.

"참, 그런데 오빠 진짜 면접 들어와?"

"넌 싫다며."

"내가 언제. 진짜 와?"

"글쎄. 보고."

아리송한 이환의 말에 고운은 핏 하고 입을 비죽이다 손가락을 내밀어 이리저리 흔들었다.

"아무튼 들어와도 절대! 나 아는 척하면 안 돼, 알았지?"

"왜?"

"우리 학교 여학생들한테 오빠가 어떤 존재인지 몰라서 그래?

난 학교 편하게 다니고 싶거든요. 그리고 혹시 인터뷰 들어와서 나한테 질문할 일 생기면 어려운 거 물어. 아는 사이라고 쉬운 거, 그런 거 묻지 말고."

"정말?"

"당연하잖아. 아는 사이라고 특혜 같은 거 받는 거 싫단 말이야. 정정당당하게 내 힘으로 들어갈 거니까 어려운 거 물어. 아니다. 그렇다고 너무 어려운 건 말고, 그냥 남들이랑 똑같은 거 물어. 오빠가 다른 사람한테 내고 싶은 문제 똑같이. 그럼 공정하지?"

"자식. 기특하네?"

"내가 언제 안 기특한 적 있었어?"

✳

그날 일을 곰곰이 떠올려 보았지만 아무리 생각을 해봐도 딱히 문제가 될 만한 이야기를 나눈 기억이 없었다.

"이환이가 너한테 그랬지. 인터뷰, 들어갈까 한다고."

내체 무슨 말을 하고 싶은 걸까? 재희의 말을 들으면 들을수록 이해가 가기는커녕, 오히려 미궁으로 빠져드는 느낌이었다.

"지금 제가 잘못한 거 말씀해 주시는 거 아니에요? 이환 오빠가 인터뷰 들어오는 게 제가 잘못한 거랑 무슨 상관이 있다는 건지……."

재희가 눈썹을 찌푸렸다.

"이환이 녀석, 내가 알기론 바쁘다고 방송반 시험 과정에서 뒤로 빠졌었거든."

그건 고운도 알고 있었다.

"그런데 하필 제일 중요한 인터뷰에 들어갈까 말까 너한테 물었었지."

"……."

"그리고 내가 갔을 때, 이환이가 공교롭게도 네 앞에 앉아 있었어. 이고운, 네 인터뷰 담당으로. ……그게 대체 무슨 의미일까."

재희가 뻔하지 않냐는 투로 말끝을 미묘하게 내렸다. 묻는 게 아니었다. 이미 단정하고 결론을 지은 뒤였다. 이환이 인터뷰에 들어오겠다고 한 것 자체가 고운의 잘못이라고.

재희를 물끄러미 바라보다 고운이 문득 이맛살을 찌푸렸다.

"설마 지금 그 말은 이환 오빠가 나 때문에 인터뷰 들어오려 했단…… 거예요?"

재희가 말없이 고개만 살짝 비스듬히 기울였다. 하지만 고운은 재희의 대답을 알 수 있었다.

하도 어이가 없으니 선배 앞인데도 불구하고 코웃음이 다 나왔다. 하지만 그것도 잠시였다. 시간이 지날수록 황당함을 지나쳐 불쾌해졌다.

"지금 그게 말이 된다고 생각하세요?"

"그럼 그게 아니라고?"

표정 하나 바뀌지 않고 되묻는 재희였다.

"그럼 그게 어떻게!"

고운은 저도 모르게 소리를 바락 내지르다 말고 입을 꾹 다물었다.

그럼 그것 때문에 그동안 사람을 그렇게 불편하게 생각하고 못되게 굴었단 말인가. 그래서?

"도대체, 사람을 어떻게 보고……."

재희를 응시하는 고운의 눈에 물기가 그득 고였다. 순식간에 눈앞이 흐릿하게 번져 고운은 얼른 고개를 돌려 눈을 깜빡거렸다. 쿵쾅쿵쾅, 화가 나서 미친 듯 뛰어대는 가슴을 가시히 다스리며 고운은 재희를 똑바로 보았다.

"이환 오빠랑 저, 어릴 때부터 한동네에서 자라 잘 아는 사이인 건 맞지만 선배님이 생각한 그런 일 따위 안했어요."

"그런 일? 그게 무슨 일인데?"

"선배님께서 말씀하시는 게, 이환 오빠가 저, 방송반에 들어오게 하기 위해서 일부러 인터뷰 봐준 거 아니냐, 그거 아닌가요?"

"그럼 아니다?"

"아니에요, 그런 거."

"글쎄, 그걸 어떻게 믿지?"

재희가 대연한 얼굴로 이깨를 으쓱였다. 억울하고 분한 미음에 자꾸만 눈물이 나오려는 걸 고운은 애써 꾹꾹 참아야만 했다.

"정말 이야기 다 들으신 거 맞으세요? 그랬으면 더더욱 아니란 거 아실 텐데요?"

"……뭐?"

"이환 오빠가 인터뷰 들어올 수도 있다기에 혹시 들어오면 저 알은척 말라고, 그리고 만약 나한테 질문할 일이 있으면 특혜 같은 거 싫으니까 남들이랑 똑같이 문제 내라고, 그렇게 말했었는데 그것까지 들으신 거 맞아요?"

고운을 보고 있던 재희의 눈동자가 멈칫거렸다. 그리고 그 순간, 고운도 알아 버렸다. 재희가 오해하고 있었다는 것을.

"그럼 이야기를 다 듣지도 않고 그냥, 그렇게 마음대로 생각해 버리고서……."

떨리는 목소리로 말을 하다 말고 고운이 입을 다물었다.

정말 뭐 이런 사람이 다 있어. 고운의 눈가에 눈물이 뿌옇게 차올랐다. 자기 멋대로 오해하고, 생각하고, 결정해 버린 것이다. 고운은 한 순간에 정직하지 못하고 비겁하고, 말마따나 뻔뻔한 그런 사람이 되어버린 것이다. 그것도 순전히 재희의 오해 속에서. 그동안 그런 말도 안 되는 오해를 받았다 생각하니 화가 나 견딜 수가 없었다. 차라리 처음부터 속 시원하게 물었으면 되었을 것 아닌가.

억울했다. 이 일 저 일, 그동안의 모든 스트레스와 힘들었던 시간들이 뒤죽박죽 머릿속에서 엉켰다. 그리고 걷잡을 수 없던 모든 화가 기어이 울음으로 터져 버렸다. 고운은 바닥에 쭈그리고 앉아 아이처럼 울기 시작했다.

엉엉, 소리 내어서.

당황스러웠다.

고운의 말도, 그리고 고운의 눈물도, 모두 당황스럽기만 했다. 갑작스레 벌어진 상황에 재희는 바짝, 긴장한 채 얼어 버렸다.

고운은 여전히 울고 있었다. 그것도 엄청 서럽게.

도대체 이게 다 어떻게 된 일이지?

쭈그리고 앉은 고운을 바라보다 재희가 눈을 찡그렸다. 가뜩이나 머릿속도 뒤죽박죽 정리가 되질 않는데 고운이 눈앞에서 세상이 끝난 것처럼 서럽게 울어대고 있으니 정신이 하나도 없었다.

어쨌든 하나는 알 것 같았다. 무언가 잘못되었다는 것. 어쩌면 그가 생각한 게 오해일 수 있다는 것.

……맙소사.

하마터면 소리를 지를 뻔했다. 재희는 얼른 손으로 입을 틀어막았다. 재희의 미간에 생겨난 주름 골이 더욱 깊어졌다. 그리고 이마에 땀이 나기 시작했다.

어떡하지?

그래, 일단 이 아이의 울음부터 멈춰야 했다. 정신이 없는 와중에 그래도 우선적으로 해야 할 일을 생각해 낸 터라 재희의 표정이 밝아졌다. 하지만 순식간에 그의 안색이 다시 어두워졌다.

우는 걸 무슨 수로 멈추나.

여자가 재희의 앞에서 운 게 이번이 처음은 아니었다. 아니, 오히려 헤아려 보면 손으로 일일이 꼽을 수도 없을 만큼 많았다. 하지만 딱히 그들이 우는 걸 멈추게 하려 해본 적이 없었다. 울든 말든 애초에 그가 상관할 바가 아니었으니까. 하지만 이번 경우는 달랐다. 이건 온전히 재희의 오해에서 비롯된 참극이었다.

……젠장.

스스로에게 욕을 퍼부으며 재희는 이마를 축축하게 적신 식은

땀을 손으로 대충 훔쳤다.

"⋯⋯저."

조심스럽게 입을 떼다 재희는 얼른 말을 삼켰다. '저기'는 너무 없어 보인다. 그렇다면 뭐라고 불러야 하나. 재희의 눈썹이 비딱하게 치켜 올라갔다.

야? 그렇잖아도 화가 나 우는 애한테 '야'는 불난 집에 기름 끼얹는 꼴이 될 것 같다.

이고운? 고운아? 친하지도 않은 사이에 이름을 부르는 건 너무 나간 행동인 것 같은데.

재희는 나직이 심호흡을 하고서 고운을 내려다보았다. 그래, 아무래도 달래주려면 일단 허리를 굽히는 편이 낫겠지. 눈높이를 맞춰야 하니까.

"⋯⋯그."

'그만 좀 울지'라는 말을 하려고 했다. 한데 입을 연 순간과 거의 동시에 저만치에서 고함 소리가 들려왔다.

"고재희!"

현석이 뛰어오고 있었다. 그리고 그 뒤로 순태와 이환이 함께 오고 있었다.

"⋯⋯뭐야, 저것들은."

재희가 인상을 쓰며 굽히려고 했던 허리를 얼른 폈다.

"야, 인마. 좀⋯⋯ 웬만큼 하고 말지. 그래도 1학년인데. 아니, 도대체 애를 얼마나 쥐 잡듯 잡았으면 이렇게 울어, 어?"

현석이 혀를 차며 눈을 흘기더니 허리를 굽혀 고운의 어깨를 톡톡 두드렸다.

"됐어. 그만 울어. 어?"

현석이 눈짓을 하자 순태와 이환이 동시에 고운을 부축해 일으켰다. 얼마나 울었는지 눈물이 범벅된 고운의 얼굴은 그야말로 엉망이었다.

"에헤이, 이게 뭐야. 고운이랬지? 됐으니까 그만 들어가. 뭐해? 순태랑 이환이는 데리고 가서 진정시키고 교실로 들어보네. 다른 애들한테도 교실로 들어가라고 하고."

"예."

겁을 잔뜩 집어먹은 듯 순태가 눈치를 쭈뼛쭈뼛 보더니 이환을 보았다.

"그럼 가보겠습니다."

이환이 재희에게 깍듯하게 묵례를 건네고서 고운의 팔을 잡고 돌아섰다.

"그만 울어, 고운아. 괜찮아, 이제."

다정하고도 따뜻한 이환의 목소리가 재희에게도 들려왔다. 물끄러미 이환과 고운의 뒷모습을 보고 있는데 현석이 어깨를 툭 쳤다.

"으이구, 자식아. 네가 이러니까 애들이 널 무서워하지. 선생님들도 괜찮다는데 그냥 다음부터 그러지 말아라 겁만 대충 주면 될 걸. 기어이 울려?"

울리려고 했던 건 아니었다.

"도대체 뭐라 한 거야? 설마, 너 막 욕했어?"

뭐라는 거야. 재희가 친구를 향해 눈을 매섭게 치켜떴다.

"이 자식이, 난 아무 말……."

"그럴 줄 알았다. 화난다고 아무 말이나 막 한 거구만. 어이구, 이 자식아. 제발 성질 좀 죽여. 너한테 물어 뜯겨서 우는 녀석들 달래는 것도 이젠 지친다. 어?"

재희가 말을 하는데 혀를 차며 딱 끊어먹더니 현석이 손바닥을 비비는 시늉을 했다.

"그리고 앞으로는 좀, 울리면 달래는 척이라도 해. 그래야 인간미가 느껴지지. 당근과 채찍, 모르냐? 채찍 휘둘렀으면 당근도 좀 주고. 당근 줬더니 또 너무 기어오른다 싶으면 그때 다시 채찍 휘두르고. 이렇게 순환 반복을 잘 하는 거야말로 진정한 리더라 할 수……."

현석이 옆에서 신나게 잔소리를 퍼부어 대고 있었지만 재희의 시선은 저 멀리 보이는 고운의 등에 향해 있었다.

이상하게 마음이 불편해지고 있었다. 찌르르 전기가 오는 것도 같고, 콕콕 바늘로 찌르는 것도 같고. 그렇다고 그 느낌이 나쁘거나 불쾌한 것도 아니고,

……대체 뭘까.

어쨌거나 태어나 생전 처음 느껴본 아주…… 정말 아주 이상한 기분인 것만은 분명했다.

❋

"좀 괜찮아?"

운동장 옆에 있는 수돗가에서 세수를 하고 나오자 기다리고 있던 이환이 고운에게 손수건을 건네주었다.

"저기 가서 좀 앉자."

"응."

손수건으로 얼굴의 물기를 대충 훔치며 고운은 이환과 운동장가에 마련된 스탠드에 앉았다. 손수건을 가만히 손에 쥐고서 운동장을 보고 있는데 눈앞에 뭔가 짠 하며 나타났다. 항아리 모양의 바나나 우유였다.

"……뭐야, 놀랐잖아."

고운이 그제야 피식 웃었다.

"이건 언제 사왔어?"

"너 세수 하는 동안. 한참 울었으니 수분 보충 좀 해야지."

이환이 빨대를 꺼내 우유에 콕 꽂고는 고운의 손에 쥐여주었다. 그러고는 자신의 우유에도 빨대를 꽂아 고운의 우유에다 가볍게 톡 부딪쳤다.

"자, 건배."

고운과 이환의 가족이 모여 단합 대회를 할 때마다 하는 건배였다. 기분 좋은 일이 있을 때는 축하하는 뜻에서, 나쁜 일이 있을 때는 빨리 털어 버리라는 뜻에서. 별거 아닌 행동이었지만 이상하게도 그렇게 하고 나면 안 좋은 일도 금방 털어 버리고는 했다. 고운도 이환의 말을 따라하며 미소 지었다.

"……건배."

나란히 앉아 두 사람 모두 아무 말도 없이 우유만 마셨다.

"진짜 미쳤었나 봐. 어떻게 그런 실수를 해."

자그맣게 흘러나오는 고운의 말소리에 상심이 가득했다.

"됐어, 이미 지난 일이잖아. 다행히 선생님들도 그냥 지나가신 다니까 별일 없을 거야. 다음부터 조심하면 돼."

"다음부터는 그러고 싶어도 못 그럴 건데, 뭐."

고운이 턱을 괸 채 혼잣말처럼 중얼거렸다.

"무슨 말이야, 그게?"

"……나, 방송반 그만두려고."

고운의 말에 많이 놀랐는지 이환이 잠시 아무 말이 없었다.

"재희 형이 그만두래?"

고운이 고개를 설레설레 저었다.

"그건 아니고. 그냥 내가 그만둘래."

"재희 형이랑 무슨 일 있었어?"

가장 좋아하고 존경하는 선배가 재희라 했던 이환이었다. 한데 그렇게 좋아하고 따르던 선배가 자신을 오해하고 있었던 걸 안다면 많이 서운하겠지. 거기까지 생각이 미치자 재희가 더욱 미워졌다. 자신은 그렇다 쳐도, 이환을 1년 동안 봤다면 전혀 그럴 사람이 아니란 것 정도는 알았을 텐데 어떻게 그런 오해를 할 수 있을까.

고운은 금방이라도 새어 나올 것만 같은 한숨을 꾹꾹 밀어 삼키며, 대신 이환을 향해 웃어 보였다.

"별말 안 했어."

"그런데 왜 울어."

"혼났으니까 울지. 진짜…… 엄청, 무서운 선배잖아."

마치 재희가 그 자리에 있기라도 한 것처럼 옆을 향해 슬쩍 눈을 흘기며 고운이 핏 웃었다. 그러고는 다시 턱을 괴고 운동장을 바라보았다.

"그리고 어차피 금요일에 최종 합격자 발표 나니까 그만두고 할 것도 없는 거지 떨어질 게 분명하니까."

"왜?"

"그럼 오빠는 오늘 같은 대형 사고를 쳤는데 붙여 주겠어? 벌점 엄청 받을 텐데."

"그래도 할 수 있는 데까지는 해봐야지. 그리고 아까 세 명이나 나갔잖아."

"그래도 한 명이 남잖아. 그리고 그 한 명은 아마 내가 될 걸?"

고운이 개구지게 흐흐 웃었다.

"웃기는. 이게 웃을 일이야?"

"그럼 아까 그렇게 많이 울었는데 또 울어? 나 괜찮아. 그리고 나 영화도 좋아하고 책 보는 것도 좋아하니까 영화 감상반이나 녹서 감상반 들면 되는 거고. 또 그렇게 생각하니까 나름 괜찮은 것 같기도 하고."

"……정말 결심한 거야?"

이환이 묻는 말에 고운은 고개를 끄덕였다.

"하지만 내일 있을 방송테스트는 열심히 준비해서 잘 할 거야. 우리 조 애들은 꼭 붙어야 하잖아."

고운을 가만히 지켜보던 이환이 손을 내밀어 고운의 손을 꼭 잡았다. 고운의 시선이 이환에게로 향했다. 아무 말도 하지 않았지만 그 눈빛에 담긴 의미를 고운은 알았다.

"괜찮아, 정말. ……물론 전혀 아쉽지 않다면 거짓말이긴 하지만."

"고운아."

"어쩌겠어. 그냥 더는 아무 생각 안 하려고. 자꾸 떠올리면 더 속상하잖아."

애써 감정을 다스리고는 있었지만 고운의 속내가 어떨지 아는 터라 이환도 함께 속이 상했다. 하지만 그렇다고 가뜩이나 어깨가 축 처져 있는 애 옆에서 덩달아 힘이 빠져 있을 수도 없었다. 고운의 등을 다독여 주며 이환이 따뜻하게 말했다.

"그래도 혹시 모르니까 일단 최선을 다해 봐."

그래봤자 결과는 뻔했다. 하지만 이환이 걱정할까 봐 고운은 그냥 웃으며 씩씩하게 대답했다.

"응. 그럴게."

일곱.
미안해

"녀석, 똑똑한 놈이 너답지 않게 어제 왜 그랬어? 인마, 선생님이 정말 얼마나 놀란 줄 알아?"

고운은 담임이자 방송반 담당 교사인 규현에게 고개를 꾸벅 숙였다.

"……죄송합니다."

"그래, 다신 그런 실수 하지 말고. 아무튼 이젠 좀 괜찮냐?"

"네?"

"어제 재희한테 엄청 혼났다면서. 하도 울어 실신까지 했었다며. 녀석아, 그랬음 나한테 말을 했어야지. 물리 선생님이 보고 깜짝 놀라서 나한테 전화해야 하나 말아야 하나 그랬다던데."

"……물리 선생님이요?"

"그래. 어제 야자 감독이었잖아. 방송 사고 나서 교무실 내려가 있다가 봤다더라. 에이, 녀석. 선배가 혼내면 그냥 반성하고 다음부터 안 그러면 되는 거지, 뭐 그렇게까지 울었어. 하긴 재희 녀석이 워낙에 무섭고 깐깐하긴 하다만. 아무튼 그래도 어제 재희한테 네가 많이 혼나서 그런지, 다른 선생님들도 그만하면 알아들었겠지 싶어 교장, 교감 선생님한테 보고는 안 한다고 하더라. 그러니까 다음부터 그런 실수 하지 말고 정신 똑바로 차리고. 알았지? 그럼 선생님 간다."

규현이 손을 흔들며 가는 모습을 보다 고운은 한숨을 푹 내쉬며 머리를 긁적였다.

"너 어제 3학년 고재희한테 혼나서 울다 실신했다며? 괜찮아?"

조금 전 그 말을 오늘 수십 번은 더 들은 것 같았다. 수업이 시작될 때마다 들어오는 교사들한테서 똑같은 걱정을 들은 걸로도 모자라 복도를 지나다닐 때면 뒤에서 '쟤가 어제 방송 사고 치고 혼나서 울고불고 그러다 실신한 애야?' 란 수군거림을 들어야만 했다. 물론 같은 반 아이들이야 말할 것도 없었다. 도대체 어디서 잘못된 소문이 흘러나왔나 했더니, 범인은 바로 물리 선생님이었던 것이다. 고운은 황당한 마음에 혼자 피식 웃고 말았다.

"담임이 뭐래? 어제 일 때문에 그래?"

어느새 고운의 옆으로 온 보라가 팔을 툭 쳤다.

"나, 알았다?"

"뭐?"

"나 실신했었다고 소문 퍼뜨린 사람. 물리였어."

고운의 대답에 보라가 눈을 깜빡거리다 이내 크게 떴다.

"아마 이환 오빠랑 순태 선배랑 나 부축해서 일으키는 거 보고 그런 줄 알았나 봐."

황당한 듯 서로를 보며 웃다가 고운이 별안간 손을 번쩍 들며 크게 소리쳤다.

"노국!"

국이 오늘 방송할 원고를 보며 계단 쪽으로 가다 고개를 들었다. 고운과 보라가 손을 흔들며 뛰어오고 있었다. 국은 원고를 덮고 두 사람이 오기를 기다렸다.

"저녁 먹었어?"

고운이 살갑게도 물었다. 어제 그 일을 겪고 혹시나 방송반에 안 나오면 어쩌나 걱정했지만 점심 방송에 고운은 아무 일도 없었다는 듯 씩씩하게 나타나 선배 한 사람, 한 사람에게 깍듯하게 고개를 숙이며 자신의 잘못에 대해 사과하고 용서를 빌었다. 처음 봤을 때도 웃음이 참 밝은 아이라 생각했는데 역시 생각했던 그대루였다. 국의 입가에도 넓은 미소가 그려졌다.

"저기……."

"응?"

국이 부르는 말에 고운이 계단을 올라가다 말고 돌아보았다.

좀 괜찮아?

그렇게 묻고 싶었지만 국은 그냥 질문을 삼켰다. 친하지 않아

속속들이 알 수는 없었지만 그동안 봐온 고운의 성격으로 보아 아마도 대답은 하나일 것이다. 괜찮지 않더라도 '괜찮아' 라고 웃으며 말하겠지.

"아냐. 오늘 잘 하자고."

"당연하지. 아까 점심에 한 번 맞춰 봤으니까 오늘 우리 실수 없이 잘 할 거야. 아자, 화이팅!"

씩씩하게 웃으며 주먹을 불끈 쥐는 고운을 보며 국은 저도 모르게 피식 웃고 말았다.

어떻게 이 상황에서도 저렇게 씩씩할 수 있는지, 참으로 신기한 아이였다.

톡, 톡, 톡.

턱을 괸 채 하릴없이 손가락으로 책상을 두드리는데 스피커에서 마지막 멘트가 흘러나왔다.

[그럼 오늘 마지막 곡을 보내드리며 전 인사드리겠습니다. 아나운서 황연주, 엔지니어 임진호, 피디 서이환이있습니다.]

재희의 시선이 힐끔 손목시계로 향했다. 여섯 시 삼십 분.

사십 분이면 야간자율학습 시간이 시작되고 일곱 시부터 방송반 최종 테스트가 시작될 것이다. 그리고 오늘 방송반 최종 테스트를 받는 조는 이고운이 속한 조였다.

톡, 톡, 톡, 톡, 톡.

책상을 두드리는 재희의 손가락이 점점 더 빨라졌다.

······가?

······말아?

미간에 짙은 주름을 새긴 채 재희가 생각에 생각을 더하던 그
때,

"아, 진짜. 야 인마, 손가락 부러지겠다. 그만 좀 두들겨."

현석이 버럭 내지르는 소리에 재희가 턱을 괴고 있던 손을 뺐
다. 물론 책상을 두드리던 손가락도 멈췄다. 그런 재희를 의미심
장한 눈빛으로 쳐다보던 현석이 뜬금없이 말했다.

"너, 아직까지도 어제 분이 안 풀려서 그러지?"

재희가 대답 대신 눈썹을 치켜 올리고 친구를 노려보았다. 하지
만 현석은 1, 2학년과 달리 그렇게 눈을 치켜뜨는 정도로는 할 말
못하는 녀석이 아니었다.

"어제 1학년짜리한테 방송으로 까인 일 때문에 아직까지도 기
분 상해 그러는 거잖아."

재희는 금세 시선을 접고 다시 원래의 자세로 돌아갔다.

"너, 저녁 방송하는 내내 그 놈이 손가락으로 아주 책싱이 부서
져다 두드리 내는내 빚자리에 앉은 내가 설마 모를 줄 알았냐?"

현석의 잔소리가 이어지는 가운데서도 재희의 눈길은 계속해서
시계로 향해 있었다.

6시 39분 30초.

"야, 그런데 너도 그거 들었냐? 어제 너한테 혼난 애 말이야. 이
고운이라 했던가? 걔, 너한테 혼나서 울다 실신했다고 전교에 소

문 쫙 퍼졌던데. 나 참, 어이가 없어서. 아니라고 아무리 말을 해도 사람들이 도무지 믿질 않더라고."

52초, 53초, 54초, 55초, 56초, 57초, 58초, 59초. 그리고……
0초.

6시 40분.

띠리리리리리리리리.

재희의 손가락이 멈추는 동시에 익숙한 차임벨 소리가 스피커에서 흘러나왔다.

"그러니까 인마, 평소에 네가 얼마나 고약했으면 애들이 사실을 말해 줘도……."

"……젠장."

짧고 험한 말을 뱉으며 재희는 곧바로 자리에서 일어났다.

"뭐야, 야! 고재희! 야자 시작하는데 너 어디 가! 재희야!"

현석이 부르는 소리가 들려왔지만 재희는 대꾸도 없이 그대로 교실을 나갔다.

"수고하셨습니다."

저녁 방송을 마친 2학년들을 향해 고운과 보라가 인사를 건넸다. 국은 옆에서 고개만 꾸벅 숙였다.

"오냐, 땡큐."

연주가 물을 마시며 씩 웃었다. 이환과 진호도 나란히 기지개를 켜며 자리에서 일어났다. 그리고 거의 동시에 방송실 문이 열리고 점심 방송을 맡은 2학년 선배들이 들어왔다.

"오늘은 방송 사고 치지 마라. 또 생방송으로 학교 전체에 나가는 일 없도록 해."

"……죄송합니다."

"쟤들은 뭐 그런 줄 알았겠냐? 그리고 사실 우리끼리 말이지만 재희 선배가 그동안 애들한테 좀 너무하긴 너무했지. 그렇게 청소를 해도 매일 불합격이었으니까."

"그건 진짜 좀 그랬어요. 정말 매일매일 새벽같이 와서 팔이 삐져라 걸레로 닦고 쓸고 했거든요, 저희."

가만히 눈치만 살피고 있던 보라가 억울하다는 듯 말을 보태자 순태가 쓰읍, 입을 다물며 무서운 표정을 지었다.

"그래도 그렇지. 선배한테 그러는 거 아냐. 그러고 보면 너희 설마 뒤에서 우리도 막 씹는 거 아냐?"

순태의 말에 보라가 화들짝 놀라 고개를 저어댔다.

"어머, 아니에요!"

보라의 반응에 2학년들이 동시에 웃음을 터뜨렸다.

"강한 부정은 긍정이라더니, 진짜인가 본데?"

그때였다. 노크도 없이 방송빈 문이 열렸다. 모두의 시선이 자연스레 문으로 쏠렸다가 다들 약속이나 한 듯 후다닥 자세를 바로 했다. 특유의 오만하고 냉랭한 표정으로 서 있는 사람은 바로 재희였다.

"테스트 일곱 시부터지?"

"예, 일곱 시부터입니다."

순태가 대답하며 고운과 보라, 국을 보았다.

"그럼……."

재희는 손목을 들어 시간을 확인했다.

여섯 시 사십오 분. 아직 십오 분 전이었다.

"미안하지만 테스트 일곱 시 십 분부터 하자."

"예? 아, 예."

"이고운."

재희가 고운을 불렀다. 방송실 안의 분위기가 순식간에 경직되었다. 모두가 조심스럽게 재희와 고운을 번갈아 보았다. 고운의 시선이 재희에게로 가 닿았다. 재희가 나직이 입을 열었다.

"잠깐 밖에서 좀 봤으면 하는데."

야간자율학습 시간이라 학교는 절간처럼 조용했다. 학교 건물을 나온 재희가 운동장 스탠드로 내려가 섰다. 하지만 먼저 이야기를 하자고 한 사람답지 않게 재희는 선뜻 아무 말도 않고 주머니에 양손을 찔러 넣은 채 운동장만 묵묵히 바라볼 뿐이었다.

고운은 짧게 한숨을 지었다. 재희가 왜 부른 건지 알 것 같았다. 재희도 그렇겠지만 고운도 재희와 함께 있는 이 상황이 불편하고 싫었다. 어차피 방송반을 나가면 더는 엮일 일도 없겠지만 남아 있는 단 며칠이라도 피할 수 있으면 피하고 싶었다. 차라리 먼저 말하고 가버릴 셈으로 고운이 먼저 단도직입적으로 입을 열었다.

"저, 어제 말씀드린 것처럼 방송반 나갈 거예요."

재희가 고운을 돌아보았다. 눈썹이 비죽 올라가는 것이 고운의 말이 영 못마땅한 표정이었다.

"그런데 죄송하지만 오늘만 봐주세요. 아시다시피 조별 과제라서 제가 빠져 버리면 다른 아이들이 피해를 많이 보게 되거든요. 함께 고생 많이 했는데 저 때문에 피해보면 안 되잖아요."

고운이 슬쩍 재희의 눈치를 살폈다. 여전히 표정이 위협적이다. 지금이라도 당장 나가라는 말을 할 것만 같아 고운은 얼른 준비해 온 말을 마저 이었다.

"그리고 어제 경황이 없어 미처 말씀 못 드렸는데, 이번 주 금요일에 방송반 최종 합격자 발표 나잖아요. 어차피 제 벌점이 엄청날 테니까 제가 떨어질 건 뻔하고요. 그래서 드리는 말씀인데 괜히 제 발로 나간다고 하는 것보다 그냥 자연스럽게 떨어지는 게 보기에 좋을 것 같으니까…… 만약 괜찮다고 하시면 그렇게 할게요."

긴장된 침묵이 흘렀다.

"넌 왜 묻지도 않은 말을 혼자 막 하냐?"

시큰둥한 재희의 말소리가 들려왔다. 불편한 기운에 땅만 바라보고 있던 고운이 시선을 들어 재희를 보았다.

"앞서가지 마. 그런 말 할 생각도 없고 들을 생각도 없어. 그런 설로 니 부는 거 아냐."

고운과 눈이 마주치자 재희가 큼, 헛기침을 하며 살짝 돌아섰다. 그래, 어차피 할 말. 빨리 하면 서로에게 좋은 것일 터.

이마를 긁적거리다 재희가 다시 고운을 보고 돌아섰다.

"오해한 건 미……."

부우웅. 부아앙.

"……다."

순간 학교 안으로 들어오던 오토바이의 굉음에 재희의 목소리가 그만 묻히고 말았다. 아니나 다를까.

"네? ……뭐라 그러셨어요?"

제대로 못 들었는지 고운이 인상을 쓰며 물었다.

재희의 표정이 더욱 험상궂어졌다. 망할 놈의 오토바이 같으니라고. 하필 이 때 학교 안으로 들어올 건 뭐람.

"오토바이 소리 때문에 못 들어……."

"오해한 거, 미안하다고."

고운이 눈을 동그랗게 뜨고서 재희를 보았다. 그러더니 점차 고운의 눈매가 가느스름해졌다. 마치 못 들을 말을 들었다는 표정이라 재희는 바지주머니에 찔러 넣고 있던 손을 꾹 말아 쥐었다.

설마…… 사과를 안 받아주는 건 아니겠지. 하지만 고운은 아무 대답도 않고 그저 탐색하는 눈빛으로 재희를 빤히 볼 뿐이었다. 재희는 주먹을 감싸 쥐고서 입으로 가져갔다. 큼, 괜스레 가볍게 헛기침을 하고서 재희는 고운을 슬쩍 내려다보았다.

"지난번에 내가 했던 말, 사과하는 거야."

"……."

"아무래도 내가 큰 실수를 한 것 같아서."

이쯤하면 무슨 말을 해도 될 텐데 고운은 여전히 눈을 가늘게 뜨고서 쳐다보고 있었다.

……젠장. 얼굴이 뜨겁다.

잘못해서 사과하는 건, 너무도 당연한 일인데 왜 이렇게 낯이 뜨거운 걸까. 거기다 이고운, 쟤는 왜 저렇게 사람 얼굴을 뚫어져라 보는 걸까. 얼마나 빤히 보는지 조금 부끄러워질 정도였다. 하긴 어제까지 그렇게 이유도 말 안 해주고 고약하게 굴던 놈이 난데없이 사과를 하니 어리둥절하기도 할 것이다. 저 표정이 무리도 아니었다.

부우웅.

조금 전 학교로 들어왔던 오토바이가 굉음을 남기며 학교 버스로 사라졌다. 그리고 사위는 다시 고요해졌다. 불편한 침묵이 이어지고 있었다.

사과를 들었으면 가타부타 무슨 말이 있어야 할 거 아닌가. 허나 고운은 여전히 아무 대답도 하지 않았다. 속으로 다시 한 번 '젠장'을 읊으며 재희는 헛기침을 했다. 더는 빤히 올려다보는 저 말간 눈빛을 감당하기 힘들었다.

"그럼."

들어간다는 데도 별다른 말이 없었다. 재희는 등을 돌리고 스탠드 계단을 한 발짝 올라섰다.

불편하다. 아무리 생각해도 이건 아니다. 분명 뭐가 잘못된 것이나.

제발 무슨 말이라도 좀 해주면 좋으련만, 싶던 찰나.

"선배님."

등 뒤에서 고운의 목소리가 들려왔다.

……불렀다.

재희는 걸음을 멈추고 무게를 잡으며 천천히 뒤를 돌아보았다.

괜찮다고 말해라. 괜찮다고. 충분히 오해할 만한 상황이었다고.

"그럼 아까 선배님한테 말씀 드렸던 건 허락하시는 거예요?"

'괜찮다'도 아니고 '안 괜찮다'도 아니다. 전혀 생각지도 못한 대답에 재희는 눈썹을 치켜 올렸다.

"금요일에 최종 합격자가 발표될 때까지 방송반에 나오는 거, 허락하시는 건가 해서요. 그에 대해서는 아무 말씀도 안하셔서."

결론은 여전히 방송반을 나가겠다는 말이었다. 그렇다면 사과를 받아들이지 않겠다는 건가.

"네 말대로 오늘 테스트하고 정식으로 결과 나오면 그때 가서 결정하는 것도 나쁘지 않겠지."

재희의 말이 조금은 퉁명스레 튀어나왔다.

"그러니까 오늘 테스트."

잠시 말을 멈췄다 재희가 다시 짧게 말했다.

"잘 봐."

그러고는 이내 자리를 떠났다.

"……오늘 테스트 잘 봐?"

재희가 한 말을 따라 해보다 고운이 양 미간에 힘을 주었나.

잘못 들은 건가.

거기다 아까 분명히 사과한다고도 했었다. 오해한 것, 미안하다며. 평소처럼 퉁명스럽고 까칠하긴 했지만 그렇다고 비꼬거나 냉기가 뚝뚝 흐르는 말투도 아니었다. 어제와 사뭇 달라진 것만은 분명했다.

"뭐지? 왜 저래. 불안하게."

혹시 저래놓고 또 다른 꿍꿍이가 있는 거 아닐까. 고개를 갸웃거리며 곰곰이 생각하다 고운은 아차 하며 시계를 보았다. 벌써 시간이 다 되어 있었다. 고운은 얼른 방송실로 뛰어 올라갔다.

후.

학교 계단을 올라가다 말고 재희가 허리에 양 손을 짚으며 한숨을 길게 내쉬었다. 그의 눈빛이 버뜩거렸다.

미안하다고, 지난번에 오해를 한 것 사과한다고, 아무래도 실수한 것 같다고.

퍼뜩 못 알아듣는 것 같아서 그렇게 풀어서 설명해 주기까지 했는데 어떻게 예의상으로나마 '괜찮다'는 말 한마디 없을 수가 있나. 물론 큰 잘못을 하긴 했지만 어쨌든 3학년 선배가 자신의 실수를 인정하고 사과를 하는 거 아닌가.

……그렇게 많이 속상했었나? 도저히 용서가 안 될 정도로?

거기까지 생각하자 문득 어젯밤 일이 또다시 떠올랐다. 당돌할 정도로 할 말 다 하던 아이가 운동장에 주저앉아 일곱 살 먹은 애처럼 서럽게 엉엉 울던 장면이. 그러자 어젯밤 내내 그랬던 것처럼 또다시 가슴이 묵직해지며 말도 못하게 불편해졌다. 그래, 한마디로 찝찝하고 불편했다. 그것도 아주 많이.

……제기랄.

무거운 한숨을 토하며 재희는 이마를 쓸어 올렸다.

"너 뭐하냐, 거기서."

난데없는 말소리에 재희는 흠칫하며 위를 올려다보았다. 현석이 3층에서 내려오고 있었다. 저 자식은 갑자기 또 어디서 튀어나온 걸까.

"혼자서 왜 인상을 그렇게 쓰고 있어. 무섭게."

현석이 옆으로 오더니 누굴 찾는 것처럼 주변을 두리번거렸다.

"어디 가?"

"너 찾으러 나가던 길이었지. 너, 어제 사고 친 그 1학년 데리고 나갔다며."

순태 자식이 또 쪼르르 달려가서 이른 모양이었다.

"그 자식은 하여튼 입이 싸서."

"야, 인마. 너 지금 같은 표정 보면 순태 뿐만 아니라 선생님들도 다 무섭다 해. 그 1학년은?"

미처 대답하기도 전에 저 아래에서 계단을 뛰어오는 소리가 들려왔다. 그리고 금세 고운이 가쁜 숨을 몰아쉬며 나타났다. 재희와 현석을 발견한 고운이 잠시 멈칫하더니 고개를 꾸벅 숙였다.

"그래. 방송실 가는 길이지? 얼른 가. 시험 잘 보고."

현석이 씩 웃으며 올라가라는 듯 손짓을 하자 고운이 현석을 향해 빙긋 미소 짓고는 계단을 올라갔다.

……얼씨구. 웃어?

조금 전, 자신을 볼 때와는 영판 다른 얼굴이라 재희의 눈썹이 저절로 비딱하게 올라갔다.

"이고운이랬던가? 쟤, 이환이 녀석 아는 동생이라며."

고운의 등을 노려보던 재희의 시선이 현석에게로 향했다. 이 자식이 그 사실을 어떻게 알았을까.

"어제 이환이가 그러대. 어릴 때부터 잘 알고 지내온 동생인데 방송반 시험 친다기에 혹시나 사적인 감정 들어갈까 봐 일부러 뒤로 물러나 있었다고. 자기 동기들 바쁜 거 알면서도 그동안 못 도와줘서 미안하다면서. 혹시나 애들이 알면 이환이 아는 동생이라 잘 봐줄까 싶어서 애들한테도 선뜻 말할 수 없었다더라."

"……뭐?"

"어쩐지…… 아무리 학생회 일이 바쁘다곤 해두 시험 문제 채점 정도는 도와줄 수 있을 텐데 싶었더니만. 일부러 뒤로 빠진 거였더라고. 참, 고 녀석 아무튼 생각 자체가 된 놈이라니까."

"……인터뷰는 들어갔잖아."

"그거야 순태가 하도 죽는 소리를 했으니까 그렇지. 그리고 제일 시간이 많이 걸리고 꼼꼼히 봐야 하는 시험이기도 하고."

……제기랄.

재희는 눈을 감으며 한숨을 푹 내쉬었다.

"……진작 좀 말하던가."

혼잣말을 구시렁거리고서 재희는 걸음을 옮겼다.

"야, 너 어디 가?"

현식이 부르는 말에도 재희는 귀찮다는 듯 손만 한 번 내젓고는 계속 계단을 올라갈 뿐이었다.

방송반에 들어갔을 때는 이미 테스트가 진행 중이었다. 재희를 본 2학년들이 소리 내 인사를 하려고 하자 재희는 아무 말 말란 듯 손가락을 입에 가져다 댔다. 그리고 멀찍이서 녹음실 안을 응시했다.

녹음실 안에는 고운이 들어가 있었다. 뒤따라 들어온 현석이 재희의 옆에 와서 섰다.

"오, 벌써 시작했네?"

"시끄러. 보기나 해."

괜스레 현석에게 타박을 주고서 재희는 녹음실 안을 주시했다.

[하루. 당신에게 24시간이란 어떤 의미일까요? 만약 당신에게 오늘 하루 24시간의 자유 시간이 주어진다면 당신은 무엇을 할 것 같으세요? 어떤 사람은 그 동안 밀린 잠을 푹 자겠고, 또 어떤 사람은 친구들과 가까운 곳으로 여행을 다녀올 수도 있을 것 같고, 또 어떤 사람은 책을 읽고 영화를 보고 오랜만에 주어진 자유 시간을 혼자 알차게 만끽할 수도 있을 것 같고…… 그리고 어떤 사람은 오늘 하루, 처음 만난 누군가와 사랑에 빠지게 되기도 하겠죠.]

멘트가 잠시 멈춘 사이 음악이 볼륨을 키워 흘러나왔다. 그리고 다시 음악이 잦아들 무렵, 고운의 낭랑한 말소리가 이어졌다.

[지난 주말, '비포 선라이즈'란 영화를 봤어요. 한 여자와 한 남자가 우연히 기차에서 만나 운명처럼 하루를 같이 보내며 사랑에 빠지게 되는 내용이었는데요. 믿어지세요? 생전 처음 보는 사람과 하루라는 짧은 시간 동안 사랑하게 된다는 게. 정말 운명처럼요.]

원고를 읽는 고운의 입가에 옅은 미소가 피어나 있었다.

[영화 속 그들의 소중한 시간 속에서 함께 했던 노래. 오늘의 첫 곡으로 띄워드리고 영화 이야기 계속 이어갈게요. Kath Bloom의 'Come here'.]

고운의 멘트가 끝나고 자연스럽게 음악이 흘러나왔다. 녹음실 안에 있던 고운과 밖에 있던 보라와 국이 무사히 실수 없이 오프닝을 마쳤다는 안도감에 서로 눈짓을 주고받으며 환하게 웃었다.

"잘하네."

현석의 말에 순태를 비롯한 2학년들이 흡족한 얼굴로 고개를 끄덕였다. 녹음실 안을 뚫어져라 쳐다보다 재희는 슬쩍 이환을 보았다. 녹음실 안을 향해 이환이 오케이 사인을 만들어 보여줬다. 그러자 녹음실 안에서 고운도 똑같이 오케이 사인을 보내줬다. 싱긋 웃으면서.

······얼씨구.

재희의 눈썹이 슬머시 비딱해졌다.

"뭔고 누가 썼어?"

"고운이요."

현석이 묻는 말에 보라가 얼른 대답했다.

"좋은데? 사고만 칠 줄 알았더니 아니었어?"

재희는 팔짱을 낀 채 무뚝뚝한 표정으로 녹음실 안을 지켜보고 서 있었다.

고운이 미소를 지은 채 손에 연필을 쥐고서 원고를 넘겨보고 있었다. 행복하고 즐거워 보였다. 그 모습을 지켜보던 재희의 입꼬리도 아주 살짝 올라갔다. 더는 안 봐도 될 것 같았다. 충분했다.

"가? 다 안 보고?"

"다 봤어. 애들한테 나중에 수고했다고 말해주고."

현석의 어깨를 툭 치고서 재희는 조용히 방송실을 나왔다. 복도를 걸어가는 그의 등 뒤로 조금 전 방송실에서 나왔던 노래가 흥얼거리며 흘러나왔다.

※

"이고운!"

책을 넘기다 말고 고운이 고개를 들었다. 보라가 숨을 헉헉거리며 문가에 서 있었다. 왜 그러냐 물으려는데 보라가 빨리 나오라며 손짓을 해댔다.

"얼른!"

어리둥절한 얼굴로 고운이 일어나 밖으로 나가사 보라가 기다렸다는 듯 손을 잡고 뛰었다.

"왜?"

"봐봐!"

보라가 데려간 곳은 복도 중앙, 2층으로 올라가는 계단 옆이었다. 그리고 그곳에는 방송반 합격자 명단이 붙어 있었다.

"봐, 여기!"

보라가 명단 한 곳을 손가락으로 가리켰다.

"······말도 안 돼."

방송반 합격자 명단을 보며 고운이 중얼거렸다.

"너, 붙었어! 너랑 나랑 둘 다 붙었다고!"

"······그러게."

보라의 말처럼 정말······ 이름이 있었다.

명진고 방송반 20기 이고운.

"고재희."

무슨 소리가 들리는가 싶더니 누군가 어깨를 툭툭 쳤다. 잠시 눈이라도 붙일 셈으로 책상에 엎드려 있었던 재희였다. 고개를 힐끔 들었더니 같은 반 친구였다.

"누가 너 찾는데?"

"누구?"

"몰라. 방송반이래."

방송반? 또 순태인가 싶어 재희는 옆을 보았다. 귀찮아서 현석이 있으면 대신 나가라고 할 참이었는데 하필 녀석도 어디 갔는지 자리에 없었다.

"이 자식은 꼭 필요할 땐 없다니까."

미간을 찡그린 채 재희가 몸을 일으켰다. 잠시였지만 책상에 엎드려 있었던 탓인지 목이 뻐근해 고개를 이리저리 돌리며 걸어가 문을 벌컥 열었다.

"또 무슨······."

순태려니 싶어 평소처럼 퉁명스레 말하다 재희는 얼른 입을 닫았다. 짧은 단발머리를 깡총하게 묶은 여자 아이가 꾸벅 인사를 했다.

"안녕하세요."

이고운이다. 재희는 반사적으로 고개를 바로 들고 허리를 꼿꼿하게 했다. 아무렇지 않은 척은 했지만 당황한 걸 감추느라 큼, 목을 가다듬어야만 했다.

"왜, 무슨 일이야?"

고운이 주저하며 앞으로 다가왔다.

"저 방송반 합격했어요."

설마, 왜 붙었느냐고 항의라도 할 셈으로 온 건가? 재희의 눈썹이 비죽 올라갔다.

"그래서?"

"지난번에 선배님께 제가 방송반 나간다고 말씀드렸는데…… 합격이 되어서요. 전 당연히 떨어질 줄 알고 오늘 합격자 발표가 나면 자연스럽게 나가는 걸로 하는 편이 낫겠다 싶었거든요."

"지난번에도 물으려다 말았는데 도대체 왜 낭연히 떨어질 서라 생각했어?"

"네?"

재희가 묻는 말에 고운이 당황한 듯 눈을 동그랗게 떴다. 볼 때마다 제법 당찬 녀석이다 싶었는데 오늘은 여느 때와 달리 많이 긴장한 눈치였다.

"그리고 너, 도대체 방송반 나가려는 이유가 뭐야? 다른 사람들

너 때문에 기합 받게 하기 싫어서? 그때 얘기했지. 네가 나가든 안 나가든 그건 너랑 상관없는 일이라고."

"……."

"아니면 뭐, 지난번에 내가 오해한 거 때문에 기분 나빠서 나가 겠다는 건가?"

재희가 묻는 말에 고운이 도리질을 쳤다.

"아뇨, 그건 아니에요."

"그럼?"

재희가 묻는 말에 고운이 시무룩한 표정으로 대답했다.

"제가 해서는 안 될 사고를 쳐서 다른 방송반 사람들한테 피해 를 줬으니까요. 저 때문에 선배님들이 선생님께 혼나기도 했 고…… 그리고 무엇보다."

"무엇보다 뭐?"

"……그게."

"뭐냐니까?"

고운이 한참을 망설이다 어렵게 입을 열었다.

"저 때문에 선배님, 망신당했잖아요. 진교에다 대놓고 웃음거 리 되고. 책임셔야 한다고 생각했어요, 제 잘못."

심각하게 고운의 이야기를 듣고 있다 재희는 하마터면 소리 내 웃을 뻔했다. 겨우 그거였나?

얼른 표정을 가다듬고서 재희는 예의 그 차갑고 냉담한 말투로 대꾸했다.

"개망신이긴 했지. 알긴 아니 다행이다."

"······죄송합니다."

고개를 푹 숙인 채 고운이 기어들어가는 목소리로 사과했다. 그러고 보니 그날 일에 대해 재희에게 사과를 한 게 처음인 것 같았다. 정작 일이 터졌던 그날은 자신 때문에 다른 사람들이 기합을 받으면 어쩌나, 그 생각에 어떻게든 책임지고 나가야겠다는 생각밖에 없었던 것 같다. 거기다 이야기를 하다 감정이 격해져 울어버린 바람에 더더욱 사과해야 한다는 생각조차 못했었다. 며칠 전 재희가 사과를 했을 때도 마찬가지였다. 고운은 다시 한 번 고개를 꾸벅 숙였다.

"······사과가 늦었습니다. 죄송해요."

잠시 정적이 흘렀다.

"됐어, 지난 일 더 말해 봤자 뭐해."

"······네."

"아무튼 최종 합격자 발표, 그건 2학년들이 상벌점 정확하게 따져서 채점했을 테고, 네가 거기까지 생각해서 나가니 마니 할 건 아니야. 선배들이 보기에 문제가 될 것 같으면 네 말마따나 알아서 합격시키지 않았을 테니까."

바지주머니에 양손을 찔러 넣은 채 재희가 얄미울 정도로 차분하게 말했다.

"그리고 지저분하게 이런저런 변명 갖다 붙이지 마. 네가 하고 싶으면 하는 거고. 하기 싫으면 안 하는 거야."

"······."

"이고운."

재희가 부르는 소리에 고운이 바닥에 꽂혀 있던 시선을 살짝 들었다.

"방송반을 하든 말든 네 마음이긴 한데 그거 하나는 알아둬. 시험 치르는 거, 넌 너 혼자 열심히 공부하고 준비하고 치르는 거라 생각하겠지만 따지고 보면 시험이란 것 자체가 너 혼자 고생하는 게 아냐. 선배들은 그 시험 준비하느라 어떨 것 같아? 시험 문제 출제하는 건 차치하더라도 수백 명이나 되는 애들 중에 저합한 애들 고르느라 머리 쓰고 시간 쓰고 채점하고 감독하고. 거기다 올해는 방송반에 붙을지 말지 모르는 애들 실습까지. 공부하기도 바쁜데 자기 시간 들여 그러는 거, 어디 쉬운 일인 줄 알아?"

미처 거기까지는 생각하지 못했다. 재희가 주머니에 넣고 있던 양 손을 빼 팔짱을 꼈다. 그러고는 탐색하는 눈길로 고운을 가만히 바라보다 이윽고 다시 물었다.

"그래서 결국 나한테 하고 싶은 말이 뭐야? 너 떨어뜨려 달란 거야?"

고운은 마른 침을 꿀꺽 삼켰다.

"어떻게, 부장한테 말해줘? 니 합격 취소해달라고?"

"아뇨!"

순태를 들먹이자 고운이 화들짝 놀라 얼른 대답했다.

"그럼?"

"……."

"그럼?"

몰아붙이듯 재희가 재차 물었다. 마른침을 꿀꺽 삼키고서 고운은 주먹을 꽉 쥐었다.

"제 입으로 나가겠다고 말해 놓고 이런 말 하는 거, 그러니까 한 입으로 두 말 하는 거…… 양심 없는 행동이라는 거 아는데요. 하지만 그래도 만약 선배님께서 괜찮다고 하시면."

고운이 말을 잠시 멈추고 심호흡을 크게 하더니 이내 고개를 들고 재희를 똑바로 쳐다봤다.

"지난번에 말씀드렸던 거, 없었던 일로 하고 열심히 방송반 생활 하고 싶어요."

드디어 말했다. 재희는 조금 전과 똑같은 표정으로 고운을 보고 있었다.

"정말 열심히 하겠습니다."

안 된다 하면 어쩌나 걱정하던 순간에 재희가 너무도 태연하게, 그리고 무덤덤하게 말했다.

"그래."

고운의 눈이 커다래졌다. 생각했던 것보다 훨씬 더 쉽고 빠른 대답이었다. 수업 시간 내내 마음 졸였던 게 억울할 정도였다. 하지만 그런 고운의 모습에 오히려 재희는 살짝 빈정이 상했다. 그러면 설마 안 된다 할 줄 알았나.

"뭐, 내가 사고치라고 한 건 아니지만 어쨌든 내 오해에서 비롯된 일이기도 하니까."

재희가 팔짱을 낀 팔을 풀고 손목을 들어 시간을 확인했다. 점심시간도 어느새 다 끝나 있었다. 1학년 교실까지 가서 수업 준비를 하기에는 빠듯한 시간이었다. 거기다 반장이라 했으니 다른 아이들보다는 조금 더 빨리 교실에 가 있는 편이 나았다.

"겨우 그말 하려고 왔어? 고3은 너처럼 한가하지가 못하니까 할 말 끝났음 가."

볼일 다 봤다는 듯 휙 돌아서는데 뒤에서 고운이 부르는 소리가 들렸다.

"선배님."

재희가 뒤를 돌아보자 고운이 꾸벅 인사를 했다.

"고맙다는 말씀, 못 드렸더라고요. ……지난번에 사과해주신 거요."

"……."

"저도 곰곰이 생각해 봤는데 충분히 오해할 수 있는 상황이었던 것 같긴 했어요. 그런데 정말 그런 건 아니었거든요. 그러다 보니 저도 모르게 울컥해서……."

"됐어. 서로 알았다고 한 건데 넌 왜 자꾸 지난 일을 꺼내."

사람 부끄럽게. 재희는 고운의 시선을 슬쩍 피했다.

"그리고 그날, 방송 사고 쳐놓고 정작 제대로 사과도 못 드리고. 죄송했습니다. 제 생각이 짧았어요."

"알았다고. 거, 참 말 많네. 가, 그만."

자꾸 꺼낼수록 서로에게 낯부끄러운 일인데 쟤는 소도 아니고 왜 자꾸 되새김질을 하는 걸까.

민망해서 교실로 빨리 들어가려는데 그런 재희를 고운이 또 불렀다.

"선배님."

"또 뭐?"

고운이 검은 봉지에 담긴 뭔가를 내밀었다.

"약소하지만 제 사과와 감사의 표시예요. 그럼 나중에 방송반에서 뵙겠습니다."

꾸벅 인사를 하고서 고운이 휙 몸을 돌려 반대편 복도로 뛰어갔다.

"……뭐야?"

재희는 봉지 안을 들여다보았다. 삼각형 봉지에 담긴 커피 우유와 빨대, 그리고 카스텔라가 얌전하게 들어 있었다. 재희는 피식 웃으며 고개를 들었다. 복도를 총총 뛰어가는 고운의 뒷모습이 점점 작아지다 이내 계단 밑으로 사라졌다.

"뭐하냐?"

현석이었다.

"아이씨, 깜짝이야. 야, 인마!"

당황한 바람에 저도 모르게 버럭 성질을 내고 말았다.

"아우씨! 왜 소릴 질러? 내가 더 놀랐잖아!"

"넌 제발 인기척 좀 하고 다녀. 사람 놀라게 하는 게 취미냐? 어?"

부러 타박을 하며 재희는 얼른 봉투를 감췄다. 한데 그런 재희의 손보다 현석의 눈이 훨씬 더 빨랐다.

"뭐야? 오, 빵이랑 우유? 야, 잘 됐다. 안 그래도 나 배고팠는데."

자연스럽게 봉지 안으로 들어가는 현석의 손을 재빨리 쳐내고 재희는 봉지를 허리 뒤로 감췄다. 그러고는 다른 쪽 팔을 쭉 뻗어 달려드는 현석의 이마를 밀었다.

"아, 치사하게. 많이 안 먹어. 한 입만."

"매점 가서 사 먹어."

장난스럽게 현석을 툭 밀치고서 재희는 교실 안으로 들어갔다.

"한 입만, 어?"

"치워라."

귀찮게 들러붙는 현석을 뿌리치며 재희는 솜씨 좋게 우유에 빨대를 콕 꽂았다. 그러고는 얼른 입으로 가져가 한 모금 쭉 들이켰다.

시원하고 달달하고…… 꽤 맛있다.

우유를 마시는 재희의 입술 끝에 미소가 슬쩍 배어났다.

여덟.

Fallen

딩동댕딩.

시험 끝을 알리는 소리가 들리자마자 감독을 하던 2반 담임이 손뼉을 쳤다.

"자, 그만. 모두들 손 머리 위로 올리고 맨 뒤에 사람 일어나서 답안 걷어 와."

3일간 진행된 중간고사의 마지막 시험이 드디어 끝났다. 아쉬움과 후련함이 섞인 한숨 소리가 교실 여기저기서 흘러나왔다. 걷은 OMR카드를 시험지가 들었던 봉투에 집어넣은 뒤, 2반 담임이 씩 웃으며 아이들을 보았다.

"모두들 3일 동안 시험 치느라 수고했다. 참, 그리고 너희 담임이 오늘 종례 없으니까 알아서들 집으로 무사귀환 하라고 전해달라더라. 그럼 오늘 푹 쉬고 내일 수업 시간에 보자."

2반 담임이 나가자마자 교실 여기저기서 환호성이 터져 나왔다. 친구들과 머리를 맞대 각자의 시험 문제를 맞춰보는 아이들이 있는가 하면 시험지를 대충 구겨 넣고 가방부터 챙기는 아이들도 있었다.

"아, 드디어 끝났다. 진짜 죽는 줄 알았어."

보라가 책상 위에 털썩 엎드리며 기나긴 한숨을 내쉬었다. 시험을 치느라 보라의 얼굴은 새빨갛게 달아올라 있었다.

"그러게. 정말 드디어 끝났네."

고운도 목을 이리저리 돌려 풀고는 시험지를 꼭꼭 접어 노트에 끼워 넣었다.

"고운아, 넌 시험 잘 봤어?"

"잘 모르겠어. 어려운 것 같기도 하고 쉬운 것 같기도 하고. 보라 넌?"

"난 어렵던데. 물리 풀다 돌아가시는 줄 알았다니까? 이건 물리 시험인지 수학 시험인지."

"진짜. 물리 어려웠지?"

보라가 투덜거리는 말에 고운이 맞장구치며 덩달아 인상을 썼다.

"걱정이다. 시험 못 보면 방송반 선배들한테 혼날 텐데."

"그런데 설마 진짜 혼낸대?"

"이환 선배한테 안 물어봤어?"

보라의 말에 고운이 핏 웃었다.

"그 오빠야 시험 잘 못볼 일이 없잖아."

"하긴. 맨날 전교 1등만 하는데. 아, 진짜 공부 잘하는 사람들은 좋겠다."

고운과 보라가 이런저런 이야기를 나누는데 뒷자리에 앉은 경미가 시험지를 불쑥 내밀었다.

"고운아, 너 이거 몇 번 했어?"

고운이 몸을 돌려 뒤를 보고 앉았다.

"그거? 난 3번 했는데."

"그치? 3번 맞지?"

책상에 누워 있던 보라도 눈을 반짝거리며 벌떡 몸을 일으켰다.

"어! 나도 그거 3번 했다! 아싸!"

같은 답이라고 그게 꼭 정답이란 법도 없었다. 하나 머리를 맞대고 있던 아이들은 마치 그게 정답인 것처럼 이내 얼굴이 환해졌다.

"우리, 나가서 시스터즈 들렀다 가자. 내가 오늘 김말이랑 떡볶이 쏜다. 경미 너도 갈래?"

"그래, 그럼 내가 쿨피스 쏜다!"

경미가 '짠!' 하며 주머니에서 만 원짜리를 꺼냈다.

"우리 엄마가 시험 보고 맛있는 거 사먹으라고 찔러 줬지. 시험 때는 다 안 좋은데 용돈 빵빵하게 주는 건 짱이야."

경미의 말에 고운과 보라가 깔깔거리고 웃었다.

"그럼 마지막으로 핫도그는 내가 쏠게. 가자."

고운이 제일 먼저 가방을 메고 일어섰다.

"아싸! 핫도그까지!"

보라와 경미도 서둘러 가방을 쌌다. 한데 그때였다.

딩동댕딩.

교실 벽 모서리에 붙은 스피커에서 알림벨 소리가 흘러나왔다.

[잠시 알려드립니다. 각 CA 부서 부장들은 지금 당장 학생회실로 모여 주시기 바랍니다. 아울러 방송부원들은 지금 모두 방송실로 모여 주시기 바랍니다.]

가방을 다 싸고 막 어깨에 메던 경미가 울상을 지었다.

"뭐야. 니네 가야 하는 거야?"

"우리가 오늘 모인 이유는 이제 곧 있을 축제 때문인데."

축제라는 말이 나오자마자 모두 반짝반짝한 눈으로 순태를 주목했다. 특히 처음으로 축제를 치르는 신입부원들은 벌써부터 살짝 흥분되어 있었다.

"우선 일정부터 말해 주자면 토요일에 방송제를 하고 일요일에는 CA 부서별로 체육대회를 하게 된다. 뭐, 체육대회야 특별히 말할 건 없고, 문제는 방송제인데……."

"그럼 방송제는 1, 2학년들끼리 하는 겁니까? 3학년 선배들은요?"

"3학년 선배들도 도와줄 거다. 우리 방송반의 가장 큰 행사 중의 하나니까. 물론 체육대회 역시 당연히 참가하는 거고."

보라가 손을 들었다.

"그럼 방송제에 우리들 전부 다 나가는 건가요?"

"간단하게 말하면 노."

순태의 말을 옆에 있던 연주가 이어받았다.

"토요일 오전부터 학교 앞 교문에서 방송제 티켓을 팔게 될 거야. 근데 우린 가능한 그 티켓을 많이 팔아야 해. 왜냐하면 너희들도 알다시피 방송반 운영에 돈이 좀 많이 들어가? 테이프, 씨디 사는 건 기본이고 장비 고장 나면 고치기도 해야 하고. 학교에서 물론 도와주긴 하지만 그게 액수가 정해져 있는 거라 많지가 않아. 그러다 보니 우리는 일 년에 딱 한 번 있는 이 방송제 때 최대한 많은 수익을 올려서 일 년 동안의 방송반 경비로 써야 하거든."

연주의 말에 1학년 아이들이 고개를 끄덕였다.

"우리 방송제가 우리 학교뿐 아니라 다른 인근 학교에까지 유명한 행사인 건 알지? 그런데 우리 학교 인근 학교들은 대부분 뭐지?"

"여고요."

"그래. 그런데 그 여고 애들이 왜 자기 학교 방송제 놔두고 우리 학교 방송제를 보러 올까? 이유는 딱 하나지. 그게 뭘까?"

"남자요!"

보라가 일 초의 망설임도 없이 명쾌하게 대답했다.

"그렇지, 빙고."

연주가 웃으며 손가락을 딱 튕겼다.

"참, 신기하게도 말이지. 매년 방송부원으로 여섯 명씩 밖에 안 뽑는데 이상하게도 꼭 유난히 잘생긴 사람들이 하나씩 끼어 있더란 말이야. 그렇다면 뭘 어떻게 해야 하겠어? 그 사람들을 이용해 최대한 많은 사람을 불러 모아야 하는 거지. 그렇다고 뭘 이상한 걸 시키는 건 아니구. 라디오 공개방송 알지? 사회자가 있고 게스트가 여럿 나오잖아. 질문도 받고 얘기도 하고 노래도 부르고 춤도 추고. 오케이?"

명쾌한 연주의 설명에 1학년들이 이해가 되는 듯 고개를 끄덕거렸다. 연주가 노트와 펜을 꺼내더니 1학년들을 둘러보았다.

"혹시 난 노래를 잘한다, 춤을 잘 춘다, 아니면 마술을 잘한다, 그런 특기 있는 사람?"

연주의 질문에 모두들 조용히 서로의 눈치만 살폈다. 그런데 보라가 태연한 얼굴로 손을 번쩍 들었다.

"오, 황보라. 잘하는 게 뭔데?"

"제가 아니라 고운이요."

말릴 새도 없었다. 난데없이 자신의 이름이 튀어나오자 고운의 눈이 휘둥그레졌다.

"고운이?"

"네, 고운이가 노래 잘해요, 엄청."

보라가 친구의 노래 실력이 자랑스러운 듯 활짝 웃으며 고운을 보았다. 모든 사람들의 시선이 고운에게로 향했다.

"아, 아뇨! 저, 아니거든요!"

고운이 서둘러 손을 내저었다. 하지만 그런 고운보다 더 보라가 정색을 하며 힘주어 말했다.

"지난번 음악 시간에요, 실기 시험 연습할 때 음악 선생님도 1반에서 5반까지 수업해봤는데 그중에서 고운이 얘가 노래 제일 잘 부른다고 그랬어요."

"야, 너 왜 그래?"

고운이 기겁해 말렸지만 소용이 없었다. 이미 연주와 순태를 비롯한 2학년생들의 눈이 반짝반짝 빛나고 있었다.

"오, 고운이가 노래를 그렇게 잘해? 그럼 고운이가 노래 하나 하면 되겠네."

"그러지 말고 재희 선배랑 같이 하는 건 어떨까?"

가만히 앉아 이야기를 듣고 있던 진호가 끼어들었다.

"작년에 재희 선배랑 유라 선배랑 같이 듀엣해서 반응 엄청 좋았잖아."

재희 선배와 듀엣? 고운의 눈이 휘둥그레졌다. 저 선배, 도대체 지금 무슨 말을 하는 걸까? 지금, 누구랑 뭘 한다고?

"오, 괜찮은데?"

제일 먼저 순태가 반색하며 손뼉을 쳤다. 나머지 2학년들도 동의하듯 서로를 보며 고개를 끄덕여댔다.

"고운아, 재희 선배한테 말해 놓을 테니까 곡은 두 사람이서 상의해."

상황이 아무래도 이상하게 돌아가고 있었다. 사색이 된 채 고운이 황급히 손사래를 치며 벌떡 자리에서 일어났다.

"아니, 저기! 그건 안 될 것 같은데요!"

"왜?"

2학년 선배들은 물론이고 1학년들도 이유가 궁금한 듯 고운을 보았다.

"그게, 그러니까…… 아, 네. 저기, 제가 지난번에 사고 친 것도 있고, 그러니까 고재희 선배님께서 별로 안 좋아하실 거예요. 저랑 노래하는 거."

잠시 정적이 맴돌았다. 진호와 순태의 얼굴을 보며 고개를 갸웃거리던 연주가 펜으로 머리를 긁적였다.

"그런가?"

"네!"

고운이 조마조마한 마음으로 2학년 선배들을 살폈다. 한데 문제의 발언을 꺼낸 진호가 싱긋이 웃으며 고운을 보았다.

"고운이 네가 아직 잘 몰라서 그런데, 재희 선배 그렇게 속 좁고 꽁한 사람 아냐. 그리고 지난번 일, 다 잘 마무리 되었잖아."

"아니, 그래도……."

"그럼 일단 재희 선배한테 물어보고 결정하자. 선배가 싫다 그럼 할 수 없는 거고. 오케이?"

"……예."

고운은 다시 자리에 앉았다.

그래, 재희라면 반드시 거절해 줄 것이다. 비록 지난번에 사과를 하긴 했어도 전교생 모두가 알고 있는 대형 사고였는데 부끄러워서라도 싫다 하겠지. 고운은 비로소 안도의 한숨을 내쉬며 살짝 미소 지었다.

"이고운?"

심드렁하던 재희의 표정이 슬쩍 변했다. 연주와 순태가 재희의 책상 옆에 나란히 서서 고개를 끄덕였다.

"오, 이고운이라면 우리 고재희를 고쟁이로 부른, 그 1학년 아냐. 폭풍 설사나 해버려라얏!"

현석이 옆에서 낄낄대며 웃었다.

"그렇잖아도 고운이도 예전에 선배한테 실수한 것 때문에 아마 자기랑 같이 안 할 것 같다고 걱정하더라고요. 선배, 고운이랑 듀엣하는 거 별로 안하고 싶으세요?"

연주의 말이 끝나기가 무섭게 순태도 얼른 말을 거들었다.

"형, 고운이 걔가 그때 그런 실수 하긴 했지만 그렇게 나쁜 애는 아니거든요. 그 후로 별다른 실수도 없고요."

이고운과 듀엣이라…….

재희는 무표정한 얼굴로 턱을 괸 채 샤프만 핑그르르 돌렸다. 그런 재희의 눈치를 살피다 순태가 슬쩍 고운을 위한 변명을 했다.

"그리고 솔직히 그때, 걔들이 형한테 감성이 좀 안 좋긴 할 때였죠."

샤프를 돌리던 재희의 손가락이 허공에서 멈췄다. 한데도 미처 알아차리지 못한 순태가 '에이' 하고 웃으며 말을 이었다.

"형도 솔직히 생각해 봐요. 누가 청소를 열흘씩이나 그렇게 내리 시키는데 아니, 어떻게 감정이 좋을 수가 있어요. 나 같았으면 선배고 뭐고 그냥 확……."

재희의 시선이 똑바로 순태에게 향했다.

"그냥 확, 뭐?"

순태가 히익, 숨을 들이키며 황급히 고개를 숙였다.

"뭐야, 너 그랬었어? 야! 그러면 애들이 그럴 만했네. 풀어라,
좀."

현석까지 거들었다.

"화 안 났다니까, 풀 것도 없고."

괜히 무안한 마음에 재희는 짜증스레 대꾸했다. 전후 사정도 모
르는 것들이 말도 많다. 어련히 알아서 할까.

"어, 형. 그럼 화 안 나신 거죠? 그럼 그냥 이대로 진행할게요!"

재희가 그렇게 말해주기를 기다렸던 것처럼 순태가 날름 그 말
을 낚아챘다. 하지만 그런다고 거기에 넘어갈 재희가 아니었다.

"됐으니까 나 말고 다른 사람 찾아."

재희는 짧게 대꾸하고는 다시 시선을 내리깔았다.

"아, 진짜 형! 계속 이럴 거예요?"

순태가 답답한지 아예 재희의 옆에 쭈그리고 앉았다.

"형, 형 노래 한 곡에 우리 일 년치 방송빈 예산이 왔다갔다 하
는 거 아시죠?"

"아니."

"아, 현석이 형이랑 이환이 자식이랑 진행하고 형이 나와서 노
래 부르고, 이래야 애들이 표를 사서 들어오죠. 아닌 말마따나 내
가 나와서 노래를 부르건 홀딱 벗고 춤을 추건 누가 봐요?"

"이환이한테 두 곡 부르라고 하면 되겠네."

"에이, 이환이가 형 노래 실력은 못 따라오죠. 그리고 이환이 사회 보기로 해서 두 곡 부르는 건 좀 그렇단 말이에요."

"그건 그래요, 선배. 선배, 작년에 유라 선배랑 같이 듀엣해서 학교 완전 난리 났었잖아요."

연주도 순태의 말에 맞장구를 쳤다. 그때의 기억이 떠오르자 재희의 미간이 슬쩍 구겨졌다.

티켓 팔아야 한다며 3학년 선배들의 강권에 못 이겨 3학년이었던 유라와 함께 노래를 불렀던 그였다. 호평이긴 했었다. 하나 그런 사람들의 반응과 달리 정작 노래를 불렀던 재희는 그때의 기분이 썩 좋지만은 않았다. 아니, 끔찍했다. 무엇보다 다른 사람들 앞에서 노래 부르는 것 자체가 너무 싫었다. 한데 그걸 또 하라고? 절대 사양이다.

"싫어."

"에이, 선배. 그러지 말고요. 고운이 때문에 그런 거면."

"이고운이 문제가 아니라 내가 문제라고. 내가 노래하기 싫은 거라니까."

"작년에는 하셨잖아요."

"어쩔 수 없이 한 거고. 올해는 나 말고 다른 사람이 해."

재희는 할 말 끝났다는 듯 무심한 얼굴로 문제집만 들여다보았다. 한 문제를 풀고 다음 문제를 풀 때였다. 옆에서 순태의 은근한 목소리가 들려왔다.

"혹시 이고운 때문에 아직 화가 안 풀린 거면 제가 한번 혼내줄까요?"

이건 또 무슨 소리야. 재희가 짜증스런 눈길로 순태를 바라보았다. 재희가 관심을 가진다 생각했는지 순태가 손뼉을 짝 쳤다.

"이것 봐, 이것 봐. 형이 괜찮다고는 해도 역시 화가 안 풀리신 거네. 하긴 형 입장에서는 화날만한 일이긴 했죠. 그럼 형, 내가 오늘 당장 가서 그 자식 데려다가 기합 한번 거하게 줄게요. 그럼 형의 화가 좀 풀리시려나?"

불똥이 또 왜 그리 튀는 건가. 재희가 답답한 듯 어성을 살짝 높였다.

"너, 아까 내가 한 얘기 안 들었어? 그런 거 아니랬지."

"에이, 아닌 게 아닌데요? 만약 그런 게 아니면 안 할 이유가 없잖아요. 작년에 유라 선배랑은 잘만 불렀으면서."

"그건 어쩔 수 없이 했던 거고."

"그러니까 지금은 그 어쩔 수 없이 하는 것도 싫다는 거잖아요. 유라 선배랑은 고운이와 달리 딱히 나쁜 감정이 없었으니 참고 했던 거고. 그러니 결론은 고운이가 싫어서 안 하겠다는 거 아니에요?"

도대체 어떻게 결론이 어떻게 그렇게 날 수기 있는지 정말 신기할 정도였다. 옆에서 문제집을 풀던 현석이 대놓고 피식거리며 웃는 소리가 들려왔다. 화가 부글부글 올라왔지만 재희는 애써 마음을 가다듬으며 최대한 차분하게 말했다.

"아니라 했지? 그냥 싫다고, 그냥. 알겠어?"

"네. 그러니까 그 싫다는 게 고운이라서 싫다는 거잖아요."

또 똑같은 소리다. 재희의 눈초리가 점점 더 험악해졌다.

"아니라고. 아니라 하잖아? 인마, 너 한국말 못 알아들어?"

"에이, 선배야말로 아닌데? 고운이 싫어서 그런 거 정말 아니에요?"

"아니라니까?"

재희의 목소리가 절로 높아졌다. 하나 순태는 마치 재희의 화를 돋우기로 작정한 사람처럼 똑같은 말을 계속하고 있었다.

"오케이! 됐네! 그럼 내가 가서 형의 복수 해주고 형은 그동안 화났던 거 싹 다 풀고. 그 후에 같이 하면 되겠네. 맞다. 아예 전교생들 모두 다 보라고 내일 아침에 운동장에서 오리걸음 시킬까요? 그 정도 하는데 설마 형 화가 안 풀리겠어요? 그럼 내일 오전에 다시 올게요. 야, 연주야. 가자."

순태가 벌떡 일어나 연주의 팔을 잡아끌었다.

"진짜…… 쟤 뭐야? 바보 아냐?"

"그러니까 좀 해줘라."

옆에서 피식거리며 웃던 현석이 한마디 거들었다.

더는 화를 낼 힘도, 대꾸할 힘도 없었다. 후, 재희는 이마를 감싸 쥐고 한숨을 쉬다 순태를 손짓해 불렀다.

"야, 순태야. 재희가 부른다."

현석의 말에 교실을 나서던 순태가 쪼르르 달려왔다.

"형, 왜요? 뭐, 하실 말씀 있으세요?"

눈까지 깜빡거리며 순진무구하게 묻는 저 녀석의 얼굴을 정말 딱 한 대만 치면 소원이 없겠다.

"……해."

"네?"

"한다고. 해."

"재희 형이랑?"

"그러니까 그게 말이 돼? 내가 어떻게 그 선배랑 노래를 불러. 지난번에 그 사고를 쳤는데. 그것도 전교생들 죄다 듣는 데서. 같이 노래 불렀다가는 둘 다 웃음거리 될 게 뻔하다고."

고운의 말을 경청하고 있던 이환이 웃었다. 다른 아이들은 이미 모두 갔는데 고운만 연주와 순태를 기다리고 있었다. 재희의 대답을 듣기 위해서.

"뭐, 어때. 사이 안 좋게 서로 뚱한 것보다야 낫지."

"농담 아냐."

"나도 농담 아냐. 그리고 지난번에 형이랑 풀었다며? 형 교실까지 찾아가서."

방송반에 합격한 날, 집에 가는 길에 결국 그동안 재희와 있었던 일에 대해 모두 털어놨었던 고운이다.

"아니, 풀었다기 보다는…… 내가 잘못한 게 있으니까 그건 사과한 거지."

내일까지 제출해야 하는 아이디어를 공책에 대충 끼적이다가 고운이 슬쩍 이환을 쳐다보았다.

"그런데 그 선배, 노래 잘해?"

"누구, 재희 형?"

"응."

고운이 묻는 말에 이환이 보던 책을 내려놓고 고개를 끄덕였다.

"잘하지. 일단 목소리가 엄청 좋잖아."

"목소리야 뭐, 오빠도 좋지."

"고맙긴 한데 그래도 형 노래 부르는 거에 비하면 나야 부끄러운 수준이고."

이환의 노래 실력을 아는 터라 고운의 눈매가 동그래졌다.

"뭘 얼마나 잘하는데 그렇게 말해?"

"그냥 잘해. 앞에 한 소절만 들어도 와, 엄청 잘하는구나, 진짜 듣기 좋다, 그럴걸?"

"그럼 작년에 노래한 거, 반응 엄청 좋았겠네? 여자 선배랑 듀엣 했다며."

"응. 반응 엄청 좋았지. 우리 학교는 물론이고 옆에 다른 학교까지 소문 쫙 나서 난리도 아니었어. 한동안 형 본다고 학교 앞에 다른 학교 학생들도 잔뜩 와 있고 그랬으니까."

"그 정도였어?"

이환이 대답 대신 고개를 끄덕이며 싱긋 웃었다.

"그럼 이번에도 그 선배랑 하면 되지, 왜 나더러 하래?"

"유라 선배 졸업했어. 재희 선배보다 한 학년 위거든."

이환의 말을 듣고 있다 갑자기 고운이 콧잔등을 찡그렸다.

"난 근데 그렇게 노래 잘 못하는데."

"너도 잘해. 선배 목소리랑 잘 어울릴 것 같기도 하고. 뭐랄까, 넌 맑고 따뜻하고 선배는 또 감미롭고 부드럽고."

"감미롭고 부드럽고? 에이, 그건 아니다. 안 어울리잖아, 그 선배랑."

"형 목소리 좋잖아. 차분하면서도 울림 있고, 그러면서도 담백하고. 난 형 목소리 부럽던데."

"오빠가 부러운 사람도 다 있어?"

"그럼 인마, 난 사람 아냐?"

이환이 손을 내밀어 장난스럽게 고운의 이마에 꿀밤을 먹이는 척했다

"아무튼 그 선배가 나랑 노래 부르겠다고 할 일 전혀 없으니까 난 다른 거 빨리 생각해야지. 음, 홍콩 영화들 엮어서 뮤직비디오처럼 그렇게 틀어주는 거, 어때?"

"홍콩 영화?"

"응. 황비홍이나 동방불패 같은 무협물만 엮는 것도 괜찮고, 아니면 4대천왕의 대표작들을 아예 다 보여주는 것도 재밌지 않을까?"

"글쎄. 몇 년 전까지야 다들 좋아했던 것 같은데 요즘은 시들해지지 않았나?"

고운과 이환이 한참 이야기를 나누는데 순태와 연주가 방송실로 들어왔다.

"뭐야, 이환이 너도 있었네?"

"고운이랑 같이 가려고. 네가 기다리라고 했다면서."

"아, 자식들. 무슨 한 쌍의 바퀴벌레도 아니고 진짜 아침저녁으로 붙어 다니네. 야, 그동안 그렇게 친하면서 티내고 싶어서 어떻게 참았냐?"

순태의 말에 연주가 하하 웃더니 이윽고 고운을 불렀다.

"고운아, 재희 선배가 된다니까 내일 점심 시간쯤에 찾아가 봐. 내일 점심 방송은 빠져도 되니까."

"……네?"

고운이 놀란 눈으로 순태와 연주를 뚫어져라 바라보았다.

"……한다 그랬다고요? 저랑 듀엣을요?"

"응."

"고재희 선배가…… 정말, 그러니까 그 고재희 선배가 그랬다고요?"

"그렇다니까?"

순태와 연주가 당연한 걸 왜 자꾸 묻냐는 듯 되려 고운을 빤히 보았다. 멍하니 눈만 깜빡거리며 두 사람을 보고 있다 고운이 손에 쥐고 있던 샤프를 툭 떨어뜨렸다.

재희와 듀엣이라니? 이건…… 정말 말도 안 되는 일이었다.

고운은 그만 울고 싶어졌다.

고운은 3학년 1반 교실 앞에 서서 심호흡을 크게 하고는 뒷문을 빠끔히 열고 교실 안을 들여다보았다. 밥 먹는 사람 몇몇과 책상에 엎드려 자는 사람, 모두 합쳐 열 명 남짓 될까. 대부분의 책상은 모두 비어 있었다. 아마도 모두 도서관으로 공부를 하러 갔을 터. 한데 그 얼마 되지 않는 사람들 가운데 재희의 모습은 보이지 않았다.

"……뭐야. 없네?"

고운은 조심스레 문을 열고 안으로 들어갔다. 지난번에 사과하러 왔을 때 자리를 봐두길 잘했다. 혹여 단잠을 자는 선배들에게 방해가 될까, 고운은 발소리가 들리지 않도록 조심조심 재희의 책상으로 향했다. 창가 쪽 맨 뒤 자리로 가서 고운은 책상 위를 살폈다. 마침 책이 하나 펼쳐져 있기에 맨 앞을 슬쩍 보았다.

—3-1 고재희

빙고. 재희의 책상이 맞았다. 고운은 허리를 굽히고 앉아 책상서랍 안을 살폈다. 혹시 메모지가 있지 않을까? 한데 아무리 찾아봐도 도무지 보이지가 않았다.

……어쩌지.

잠시 고민하다 고운은 필통에서 샤프를 꺼내 재희가 펼쳐 놓은 책장의 윗면에 글자를 썼다. 아주 조심스레 살살.

—안녕하세요, 선배님. 저, 이고운입니다. 마음대로 여기에 글을 남겨 죄송해요. 메모지를 찾아봤는데 보이지가 않아서요. 다름이 아니라…….

"너, 거기서 뭐해?"

갑자기 등 뒤에서 들려온 소리에 고운은 화들짝 놀라 얼른 뒤를 돌아보았다. 재희가 눈을 가늘게 뜨고서 빤히 내려다보고 있었다.

"아, 그게…… 저기, 어제 순태 선배가 점심시간에 선배님 찾아가라고 해서 왔는데 선배님이 안 계셔서……."

맞다. 메모.

말을 하다 말고 고운은 황급히 뒤돌아서 지우개를 찾았다. 하지만 그런 고운보다 재희가 빨랐다. 고운이 미처 지우개로 지우기도 전에 재희가 잽싸게 책을 가져가 보았다.

"……그게, 제가 메모지를 못 찾아서요. 죄송합니다."

허락도 없이 마음대로 자신의 물건에 손댔다고 화를 낼까 봐 고운이 얼른 변명하듯 말을 덧붙였다. 재희가 무표정한 얼굴로 책을 내려놓고는 고운을 보았다.

"따라와."

"알다시피 지금 남는 교실이 별로 없어. 다들 축제 때문에 부서별로 연습하느라 정신없으니까."

별관 꼭대기 층에 위치한 학생회실은 학교의 여느 곳과 다르게 너무도 조용했다. 재희의 뒤를 따라 고운은 조심스럽게 학생회실로 들어섰다.

"아무데나 앉아."

이곳에서 재희와 두 번이나 마주쳤었다. 그리고 그때마다 있었던 일들이 그다지 좋은 기억으로 남겨질 만한 것들은 아니었다. 고운은 살짝 긴장한 채 쭈뼛거리며 그나마 밝은 창가 자리로 가서 앉았다. 그사이에 재희가 학생회실 뒤편에서 기타와 여러 개의 악보를 가지고 왔다.

"어?"

고운의 소리를 들었는지 재희가 힐끔 쳐다보았다.

"미리 가져다 놓으신 거예요?"

대답 없이 고개만 한 번 끄덕인 뒤, 재희가 곧바로 고운에게 악보 몇 개를 내밀었다.

"혹시 생각해 둔 노래 같은 거 있어?"

"저요? 아뇨. 어떤 걸 해야 할지 아예 감이 안 와서요."

"그럼 그냥 그중에서 하나 골라 봐."

아무 생각도 안 하고 왔다며 타박이라도 할 줄 알았더니 재희는 별말 없이 고갯짓으로 악보를 가리키기만 했다.

"네."

재희가 기타를 조율하는 동안, 고운은 악보를 하나씩 찬찬히 보았다.

"시험은?"

"네?"

고운의 시선이 재희에게로 향했다. 한데 정작 질문을 해놓고 재희는 눈길도 주지 않고 기타만 만지고 있었다.

"잘 봤냐고."

감정이라고는 하나도 담기지 않은 시니컬한 말투. 하나 처음과 달리 지금은 별로 기분이 썩 나쁘지는 않았다. 원래 말투가 저렇다는 걸 지금은 알고 있으니까.

"잘 모르겠어요. 결과가 나와 봐야 알 것 같아요."

대답을 하고서 다시 악보를 보다가 고운이 슬쩍 고개를 들었다. 그래도 오는 말이 있으면 가는 말이 있어야 할 터.

"선배님은 시험 잘 보셨어요?"

"응."

짧은 단답형의 대답 뒤에 다시 정적이 찾아왔다. 고운은 어색하게 혼자 미소 짓다 다시 악보를 보았다. 불편한 분위기일 거라 어느 정도 미리 예상은 했다만 막상 겪고 보니 생각보다 훨씬 더 불편했다. 이래서 제대로 연습하고 방송제에서 노래라도 할 수 있을까?

재희도 편하지는 않은 모양이었다. 기타를 만지다 말고 벌떡 일어나더니 창문을 활짝 열었다.

아무래도 지금보다는 조금이라도 친해지는 게 우선일 듯했다. 고운은 또다시 어색한 미소를 지으며 조심스레 말을 걸었다.

"선배님께서 도와주시면 방송반 입장에서는 정말 다행이라 들었는데…… 그래도 선배님 입장에서는 공부하시는 데 조금 방해되시겠어요."

"그래."

물론 쉽지 않을 거라 예상은 했다. 어찌 한 술에 배부를 수 있으랴.

"아무튼 도와주셔서 감사합니다. 2학년 선배들도 엄청 고마워하세요. 어떻게 해서든 제가 선배님께 민폐를 끼치지 않도록 최선을 다해 열심히 노력하겠습니다."

딴에는 웃으며 한 말이었다. 하지만 돌아오는 말이라고는…….

"바보처럼 왜 그러고 웃어?"

웃는 낯에 침 못 뱉는다는 말은 과연 누가 했던가. 또한 칭찬은 고래도 춤추게 한다고 누가 그랬던가. 고운은 민망함을 감추려 아

까보다 더 크게 웃어 보였다. 그러고는 얼른 고개를 숙여 악보를
보았다.

팅, 팅, 팅.

조율이 웬만큼 되었는지 재희가 기타를 내려놓았다.

"골랐어?"

재희가 묻는 말에 고운이 악보를 내밀었다.

"부그 있긴 한데 이건 잘 모르겠어서요."

고운이 먼저 내민 건 'Fallen'이었다.

"이것도 제목이랑 가사만 있어서 무슨 곡인지도 잘 모르겠고
요."

다음으로 내민 건 'Something stupid'. 악보를 구하지 못해
그냥 흰 A4용지에 제목과 가사만 대충 적어놓은 것이었다.

"이 노래 몰라?"

악보 표지의 '귀여운 여인 OST'란 글자를 톡톡 두드리며 재희
가 물었다. 고운은 슬쩍 눈치를 보다 조심스레 고개를 저었다.

"들어본 것 같기는 한데……."

확신이 없는 듯 고운이 말끝을 흐렸다. 방송반이나 되어서 어떻
게 이 노래를 모르냐고 한 소리를 하려다 재희는 목 끝까지 올라
온 말을 꾹 삼켰다. 하긴 '귀여운 여인'이 아무리 유명한 영화라고
는 해도 아직 어리니까 못 봤을 수도 있을 것이다. 만약 그렇다면
모를 법도 했다. 재희가 고운의 앞에 다시 악보를 내밀었다.

"들어 봐. 어렵지는 않으니까 들으면서 악보 보고 대충 따라올
수는 있을 거야."

"네."

재희가 기타를 가져와 무릎 위에 올려놓고 기타를 잡았다. 밝고 상큼한 기타 선율이 재희의 손에서 흘러나왔다. 그리고 이어 재희가 나직한 목소리로 노래를 불렀다.

고운의 입이 살짝 벌어졌다. 눈앞에 있는 이 사람이 그간 보아왔던 차갑고 무뚝뚝하던 사람과 동일 인물이란 게 믿겨지지 않았다.

"그냥 잘해. 앞에 한 소절만 들어도 잘 하는구나, 진짜 듣기 좋다, 그럴걸?"

이환이 왜 그리 말했는지 이제야 알 것 같았다. 차분하고 울림이 있다는 말이, 감미롭고 따뜻하다는 말이, 진짜 듣기 좋다는 말이…… 바로 어떤 건지 말이다.

오후의 따뜻한 햇살은 등 뒤로 가득 쏟아져 내리고, 창가에서 산들바람이 살짝살짝 불어오고, 가슴을 간질이는, 저렇게 듣기 좋은 노래가 있고.

손을, 발을, 그리고 고개를 까닥거리는 고운의 얼굴에 어느새 행복한 미소가 가득 배어 있었다.

재희가 후렴구를 부를 때였다. 허밍소리가 들려오는가 싶더니 이내 맑고 청아한 목소리가 자신의 목소리를 따라 흘러나오고 있었다. 기타를 내려다보던 재희의 시선이 소리가 나는 곳으로 향했다.

악보를 두 손으로 잡은 채, 행복한 얼굴로 노래를 부르는 고운이 있었다. 한 음절 한 음절 노래를 열심히 부를 때마다 작고 붉은 입술이 앙증맞게 움직였다.

봄날, 불어오는 미풍에 린넨 커튼이 천천히 나부끼고 햇살 아래 앉아 있는 고운의 얼굴이 반짝반짝 빛나고 있었다. 그리고 그 순간, 하필 녀석과 눈이 마주치고 말았다. 반짝거리는 눈망울이 그를 보며 싱글 웃었다.

정말…… 한순간이었다.

기타를 치던 재희의 손이 멈췄다. 기타 선율에 맞춰 흘러나오던 고운의 노랫소리도 멈췄다.

정적이 흘렀다.

고운이 의아한 눈으로 재희를 빤히 보았다. 그런 고운의 눈길을 받아내다 재희가 얼른 시선을 피했다. 당황스러웠다.

팅, 티링.

기타를 다시 치려고 했는데 갑자기 코드가 하나도 생각나지 않았다. 바보가 된 것처럼 순식간에 머릿속이 하얗게 엉켜 버리고 말았다.

무슨 빌을 애야 하시. 아니, 그것보다 갑사기 왜 이러는 거지.

"어디 아프세요?"

재희의 시선이 고운에게로 향했다. 고운이 눈을 동그랗게 뜨고 놀란 듯 자신을 보고 있었다.

"현기증 같은 거 아니에요? 얼굴에 열도 나는 것 같은데. 빨개요."

당황한 바람에 재희가 얼떨결에 제 얼굴을 만져 보았다. 뜨겁다. 고운의 말처럼 열이 나고 있었다.

"그, 그런 거 아냐. 그냥 좀…… 아무튼 괜찮아."

괜찮다는 재희의 말에 안심이 되었는지 고운이 그제야 안도의 한숨을 내쉬었다. 그러고는 악보를 보며 혼자 싱긋 웃더니 다시 재희에게 말을 건넸다.

"선배님, 전 이거 괜찮은 거 같은데. 선배님은요?"

두근.

설마하니 가슴에서 들리는 소린가? 말도 안 된다. 갑자기 왜?

한데 정말 심장이 두근두근 뛰고 있었다. 재희는 얼른 시선을 내리깔고 기타를 만지는 척했다.

"……별로야, 그거."

"괜찮은 거 같은데."

재희는 책상 위에 있는 악보들을 더듬더듬 훑었다. 노란 악보들 가운데 하얀 A4용지가 눈에 띄었다.

—Something stupid

재희는 굳은 표정으로 A4용지를 집어 고운의 앞에 내밀었다.

"그거 할 거야."

"이거요?"

"그래, 그거. 뒷정리하고 가. 난 먼저 갈 테니까."

말을 마치기가 무섭게 재희는 서둘러 자리에서 일어났다. 기타를 챙겨 교실 뒤편에 가져다 놓고 곧바로 뒷문으로 향했다. 갑자기 심장병이라도 생겼는지 가슴이 미친 듯 뛰어대고 있었다.

제장…… 어떻게든 빨리 여기를 나가야 했다.

……뭐지.

도대체 갑자기 왜 그랬던 거지?

점심시간 후로 벌써 몇 시간째 똑같은 질문을 하는데도 도무지 답이 나오지가 않았다. 심드렁하니 턱을 괸 채 있는 대로 인상을 쓰고 있다 재희는 문득 자신의 가슴에 손을 얹어 보았다.

두근, 두근, 두근, 두근, 두근.

원래 심장이 이렇게 빠르고 크게 뛰는 건가?

아침까지 멀쩡했으니 없던 심장병이 갑자기 생겼을 리도 없고, 대체 갑자기 왜 이런단 말인가.

"고재희."

누군가 옆에서 툭 치기에 돌아보니 현석이었다.

"왜?"

"너, 아까 점심에 뭔 일 있었어?"

'점심', 그리고 '무슨 일'이란 단어에 늘 일정한 크기를 유지하던 재희의 동공이 커다래졌다. 그 바람에 여간해서 꼬이지 않는 혀도 꼬이고 말았다.

"……무, 뭐?"

"얼래? 진짜 무슨 일 있었나보네? 뭔데?"

속을 꿰뚫듯 현석이 눈을 빤히 바라보았다. 재희는 당황해 얼른 고개를 돌리며 심술 맞게 대꾸했다.

"……일은 무슨."

"아냐, 이상해. 분명 뭔 일 있었네. 뭔데? 이 형님한테 말하면 즉시 속 시원하게 해답을 알려주마."

"신경 꺼라. 아무 일 없으니까."

재희는 눈에 들어오지도 않는 문제집을 내려다보며 샤프를 핑핑 돌렸다. 한데 현석이 또다시 옆에서 어깨를 툭툭 쳤다. 재희의 미간에 새겨진 주름이 더욱 짙어졌다. 무시하고 눈에 들어오지도 않는 문제를 한 번, 두 번, 그리고 세 번을 반복해서 보다 재희가 결국 바락 짜증을 냈다.

"아, 왜!"

"아, 깜짝이야. 인마. 밖에 나가보라고."

"밖에?"

재희가 복도 쪽을 돌아보았다.

"이고운 왔던데?"

"……누구?"

"이고운."

턱을 괸 채 비스듬히 누워 있다시피 책상에 기대어 있던 재희가 벌떡 몸을 일으켰다.

"……왜?"

재희가 묻는 말에 현석이 황당하다는 듯 쳐다봤다.

"낸들 아냐?"

"……"

"얼른 나가 봐. 용건이 있어서 왔겠지."

쿵, 쿵, 쿵, 쿵, 쿵.

아까보다 심장이 더 크게 뛰어댔다. 혹시라도 누가 듣지는 않을까, 재희는 당황해서 주변을 두리번거리다 이내 현석에게로 몸을 휙 돌렸다.

"야. 네가 나가 봐."

"뭐? 너 찾아왔다는데 내가 왜?"

"그냥 좀 나가 봐."

"왜?"

그냥 나가라면 나가지, 뭘 자꾸 이유를 물어. 재희는 이를 바득바득 갈다 대충 아무 말이나 둘러댔다.

"아, 그냥 좀 귀찮아서 그래."

"나도 귀찮거든."

현석이 됐다는 듯 고개를 돌리고는 얄밉게 책을 내려다보았다. 재희는 뒷문을 힐끔 보았다. 한데 한 녀석이 밖으로 나가느라 문을 열었다. 그러자 문 밖에 서 있는 고운의 모습이 슬쩍 보였다. 재희는 놀라서 얼른 몸을 돌렸다. 망할 놈의 심징이 미쳤는지 아ㅜ 밖으로 튀어나올 것처럼 뛰어대고 있었다.

"어, 고재희. 누가 너 찾아왔는데?"

그냥 제 갈 길이나 가지, 그런 말은 도대체 왜 또 전해주는 거람.

재희는 인상을 쓰며 다시 현석을 불렀다.

"저녁에 짬뽕 사줄게. 네가 좀 나갔다 와."

짬뽕이란 말에 현석이 재희를 돌아보았다. 재희는 친구의 의심을 풀어주기 위해 상냥하게 미소 지으며 고개를 끄덕였다.

"진짜."

재희를 빤히 바라보던 현석이 이윽고 무표정한 얼굴로 고개를 휙 돌렸다.

"됐어. 나, 아까 속 안 좋아서 화장실 갔다 왔단 말이야."

재희는 주먹을 불끈 쥐었다가 다시 현석을 툭툭 건드렸다.

"그러지 말고 좀 나가 봐. 기다리잖아."

"너한테 볼일 있어서 왔는데 내가 나가면 이상하지."

오늘따라 한 마디도 안 진다. 제기랄.

"그럼 나 잔다 그래."

재희가 구질구질하게 늘어놓는 변명을 듣고 있다 현석이 갑자기 눈을 가늘게 떴다.

"너, 쟤한테 뭐 실수했냐?"

"……뭐?"

"했구만. 뭔데? 들어보고 나가든지 말든지 결정할게."

"갑자기 뭔 소리야? 실수는 무슨……. 귀찮아서 좀 나가라니까 별소리를 다 하네."

괜스레 짜증을 벌컥 내고 재희는 할 수 없이 자리에서 일어났다. 뒷문 앞에서 잠시 망설였지만 등 뒤에 따갑게 꽂히는 현석의 눈빛에 할 수 없이 문을 열고 말았다.

창밖을 보고 있던 고운이 문소리에 고개를 돌렸다.

"공부하시는데 방해해서 죄송해요."

고운이 깍듯하게 고개를 숙이며 인사를 했다. 깡총하게 묶은 머리 탓에 하얀 목이 더욱 가느스름해 보였다. 얼른 시선을 허공으로 돌리며 재희가 불퉁하게 물었다.

"······무슨 일이야?"

"아까, 점심시간에 중요한 걸 안 정했더라고요."

중요한 것? 재희가 눈썹을 치켜 올리고서 그제야 고운에게로 힐끔 시선을 내렸다. 고동빛 맑은 눈망울이 그를 빤히 올려다보고 있었다. 재희는 흠칫 놀라 다시 고개를 휙 돌렸다.

"그게 뭔데?"

"연습 시간이랑 장소요. 축제가 얼마 안 남아서 연습 바로 들어가야 한다고 2학년 선배들이 신신당부했거든요."

그건 그랬다. 재희는 잠시 생각에 잠겼다. 아까 얼핏 듣기로는 목소리가 꽤나 좋았다. 한 번 듣고 바로 따라하는 걸 보니 센스도 있는 것 같았다. 음치라면 몰라도 그 정도면 그다지 많은 연습은 필요하지 않으리라. 재희는 가볍게 헛기침을 하고서 시큰둥하니 입을 열었다.

"하루에 삼십 분 정도면 괜찮을 것 같은데. 아니면 이틀에 한 시간씩 몰아서 하는 싯노 괜찮고."

재희의 말에 고운은 곰곰이 생각에 잠겼다. 햇살에 비친 하얀 이마에 뽀송뽀송한 솜털이 보인다. 미처 몰랐는데 속눈썹은 왜 저리 긴 걸까. 게다가 입술은 왜 저렇게 붉어.

쿵, 쿵, 쿵, 쿵, 쿵.

심장 뛰는 소리가 귓가에서 크게 울려대고 있었다. 진짜 미쳐버리겠다. 얼굴에 열이 확 올랐다. 귀까지 뜨거워져 왔다. 재희는 서둘러 눈을 돌리며 심호흡을 했다. 더는 안 되겠다. 이건…… 고문이었다. 아무래도 이틀에 한 번씩 하는 것이 나을 것 같다고 말을 하려는데 하필이면 고운이 먼저 말을 꺼냈다.

"그럼 매일 삼십 분씩 하는 걸로 해요, 선배님. 아무래도 매일, 조금씩이라도 꼬박꼬박 연습하는 게 더 좋지 않을까요?"

……젠장. 이제 와서 '나는 그렇게는 못하겠으니 그냥 이틀에 한 번씩 하자'고 할 순 없었다. 이렇게도 저렇게도 다 괜찮다며 선택 방안을 제시한 건 자신이었으니까. 재희는 새어 나오는 한숨을 꾹 삼키며 하는 수 없이 고개를 끄덕였다.

"그래, 그럼."

"연습은 어디서 해요?"

"오늘이랑 똑같이 학생회실에서. 그럼 됐지? 나 들어간다."

한시라도 빨리 교실로 들어가고 싶어 몸을 돌리는데 또다시 고운의 목소리가 들려왔다.

"저기, 선배님."

"왜, 또?"

"아까 적어주신 노래요. 섬싱 스튜피드."

"……섬싱 스튜피드?"

맞다. 얼떨결에 그 노래가 눈에 들어와서 줬던 것 같다. 그걸로 하겠다면서.

"혹시 프랭크 시나트라가 부른, 그거 맞아요?"

"맞아."

재희의 대답에 고운이 활짝 웃으며 안도의 한숨을 내쉬었다.

"다행이다. 전 또 혹시 제가 잘못 알고 있으면 어쩌나 싶어서요."

"맞아. 가, 얼른."

"네. 참, 선배님."

재희는 한숨을 삼키며 눈을 질끈 감았다 떴다. 심장이 터질 것만 같다. 아무래도 병원에 가 봐야 하는 게 아닐까 싶다.

"왜?"

뒤를 돌아보았더니 고운이 등 뒤에 감추고 있던 삼각형 모양의 우유 두 개를 재희에게 내밀었다.

"공부하시는데 방해해서 죄송해서요. 이거, 현석 선배랑 같이 나눠 드세요. 그럼 저 이만 가보겠습니다."

재희의 손에 우유를 떠넘기다시피 하고서 고운은 얼른 인사를 하고 몸을 돌렸다. 하지만 한 발짝 채 떼기도 전에 금세 다시 뒤를 돌아보았다.

"참, 아까요."

"……."

"노래 진짜 잘 부르시던데요. 정말 듣기 좋았어요."

고운이 장난스럽게 엄지손가락을 하나 들어 보이더니 다시 한 번 고개를 꾸벅 숙이고 얼른 복도를 뛰어갔다. 그런 고운의 뒷모습을 물끄러미 바라보다 재희는 고개를 숙여 자신의 손을 내려다보았다.

삼각우유 두 개와 흰 빨대 두 개.

가슴 언저리에 뭔가 뭉글뭉글한 것이 간질거리며 올라오는 것만 같았다. 심각한 얼굴로 우유를 보다 어느 순간 재희의 입꼬리가 피식 휘어졌다. 교실로 들어가려다 재희는 다시 돌아서 조금 전, 고운이 서 있었던 복도 창가로 향했다. 창문을 활짝 열었다. 바람이 불어 들어왔다. 재희는 빨대 포장을 깐 다음, 신중하게 잡고 우유에 톡 꽂았다. 그리고 나머지 하나에도 똑같이 빨대를 꽂았다. 그러고는 하나를 들어 한 모금 쭉 마셨다.

시원하고 달달하고……. 지난번과 똑같이 맛있다.

아니, 지난번보다 맛있었다. 훨씬 더.

주머니에 한 손을 찔러 넣은 채, 유유자적 느긋하게 서서 커피 우유를 마시다 재희는 빨대에서 입을 뗐다. 그 순간 피식, 그의 입술이 허물어지며 그 사이로 바람 빠진 웃음소리가 새어 나왔다.

드르륵.

교실 뒷문이 열리며 누군가가 밖으로 나왔다. 재희는 얼른 뒤로 돌아섰다. 그걸로도 모자라 주먹을 감싸 쥐고서 얼른 입을 가렸다. 한데도 미친 사람처럼 자꾸만 웃음이 비죽비죽 새어 나왔다.

"진짜…… 미치겠네."

재희는 헛기침을 하며 애써 웃음을 감추었다. 새파란 하늘이 참으로 멋졌다. 그래, 아마 그래서 이렇게 웃음이 나는 것일 거다. 새삼 예쁜 하늘색에 감동할 나이도, 성격도 아님을 잘 알면서 재희는 스스로에게 그렇게 억지 변명을 늘어놓고 있었다.

"섬싱 스튜피드."

고운이 가사가 적힌 종이를 들고서 소파 뒤로 몸을 기댔다. 정식도 그 옆에 나란히 몸을 기대 고운이 보는 가사를 열심히 보았다.

"우리 딸이 그럼 전교생들 앞에서 이 노래를 부르는 거야?"

"응. 3학년 선배랑."

"이야, 멋있겠는데?"

"근데 조금 떨려."

"떨리긴. 우리 딸 노래 솜씨야 아빠가 아는데. 같이 부르는 그 선배는 노래 잘한대?"

"어, 아까 낮에 들어 봤어. 진짜 너무 잘해! 엄청 근사한 거 있지."

고운의 말에 정식이 소파에 기대고 있던 등을 떼고 일어나 앉았다.

"근사해?"

"어. 내가 여태 태어나서 본 사람 중에 노래 제일 잘하는 것 같아."

"그 정도야?"

"응. 거기다 기타도 엄청 잘 쳐."

정식이 심각한 표정으로 재희의 칭찬을 늘어놓는 고운을 보다가 한마디 했다.

"그럼 아빠도 이번에 축제에 꼭 가서 봐야겠다."

"아빠도 오게?"

"가서 봐야지, 그럼. 어떤 놈이 그렇게 잘났기에 우리 딸 입에서 근사하다는 말을 듣는지. 혹시 알아? 이다음에 그 놈이 우리 딸 달라며 나한테 찾아올지."

"아빠 무슨 그런 말이 다 있어!"

정식의 말에 고운이 아예 배를 잡고 웃어댔다.

"왜? 못생겼어?"

"아니. 잘생겼어. 이환 오빠만큼?"

이환만큼 잘 생겼단 말에 정식의 얼굴이 더욱 험상궂어졌다.

"그럼 더 위험하잖아!"

"위험하긴 뭐가 위험해. 아빠, 푹 안심해도 돼. 그 선배 나 싫어하거든."

"뭐? 우리 딸을 왜 싫어해?"

"그게……."

이야기를 하려다 고운이 이내 웃으며 고개를 저었다. 말로 다하기에는 너무 길고 긴 이야기였다.

"그냥 처음에 오해가 좀 있었어. 그런데 지금은 다 풀었어."

"그런데 아직도 널 싫어해?"

"아니, 뭐…… 싫어한다기보다는 딱히 친하지는 않다고."

"그런데 어떻게 노래를 같이 해. 안 불편해?"

"다른 선배들이 이참에 좀 가까워지라고 일부러 그렇게 짝 지은 거지, 뭐."

별거 아니란 듯 고운이 어깨를 으쓱이고는 씩 웃었다.

"에이. 우리 딸 스트레스 받겠네."

"실은 나도 그럴 줄 알았거든? 그런데 아까 낮에 연습할 때, 노래 부르는 거 듣고 나니까 안 그래. 너무 잘 불러서 자꾸자꾸 듣고 싶은 거 있지?"

"이야, 진짜 잘 부르나 보네. 아빠도 한번 들어보고 싶다."

"내가 다음에 녹음해 올게."

"그래, 그럼 연습 조금만 하고 자. 아빠도 이만 가서 자야겠다."

정식이 방으로 들어가고 난 뒤, 고운은 소파에 길게 누워 리플레이 되는 노래를 흥얼흥얼 따라 불렀다. 이 노래를 재희와 같이 부른다. 상상만 해도 근사했다. 고운의 입술 끝에 배시시 웃음이 피어났다.

✳

"왜, 맛이 별로야?"

정식이 묻는 말에 고운은 퍼뜩 정신을 차렸다. 밥그릇을 내려다보니 아직도 밥이 반 이상 남아 있었다.

"아니, 맛있어."

고운은 얼른 밥을 한 숟가락 가득 퍼 입에 넣었다.

"축제 연습은 잘 돼가?"

"응."

"토요일인데 오늘도 연습해?"

"응."

대충 건성으로 고개를 끄덕이며 고운은 새어 나오는 한숨을 꾹 삼켰다.

어느새 축제가 일주일 앞으로 다가왔다. 처음에는 곡만 정하면 연습은 일사천리로 진행될 줄 알았다. 한데 고운의 마음과 달리 연습은 전혀 순탄하지가 못했다.

노래 연습이 문제가 아니었다. 명색이 듀엣인데 재희는 눈도 제대로 마주치지 않고 악보만 보고 노래를 불렀고, 고운은 그런 재희의 눈치를 보느라 노래도 제대로 부를 수가 없었다. 그러다 보니 딱히 한 것도 없이 연습 시간이 다 지나가 버리고 말았다.

밥을 씹는 둥 마는 둥 하던 고운이 정식에게 슬쩍 물었다.

"아빠, 보통 어려운 사람이 있으면 어떻게 친해져?"

"술 한 잔 하지. 그러면서 이런저런 얘기하면 금방 가까워지거든."

어른들은 좋겠다. 술 한 잔 먹으면 금방 풀어진다니. 하지만 미성년자인 고운과는 거리가 먼 이야기였다. 고운은 미간을 슬쩍 찌푸리고서 다시 물었다.

"그런 거 말고."

"그런 거 말고? 뭐…… 그럼 당구나 한 게임 치지? 그러고 술 한 잔 하면 백발백중이야."

고운은 한숨을 푹 내쉬었다. 같은 남자니까 속마음을 좀 더 알지 않을까 싶어 물었더니 전혀 도움이 되지 않는 이야기뿐이었다. 차라리 나중에 이환에게 물어봐야겠다 싶어 밥이나 한술 뜨는데 정식이 말을 이었다.

"아님 밥을 먹든가. 밥 먹으면서 이런저런 얘기하고. 맞다, 아무래도 취미가 같으면 조금 빨리 친해지지."

"⋯⋯취미?"

고운의 눈이 반짝였다.

1교시가 끝난 후, 고운이 향한 곳은 3학년들 교실이 있는 3층이었다. 마침 재희는 화장실에 간 건지 자리에 없었고 현석이 혼자 앉아 책을 보고 있었다. 혹시나 재희가 있으면 어쩌나 싶었는데 다행이었다. 고운은 얼른 교실 뒷문으로 들어가 현석이 자리로 갔다.

"저, 선배님."

현석이 고개를 들어 뒤를 바라보았다. 고운을 발견한 그가 씩 웃으며 장난스레 손을 흔들었다.

"굿모닝. 그나저나 재희 화장실 갔는데."

아마도 재희를 찾아온 줄 아는 모양이었다. 고운은 허리 뒤에 감추고 있던 음료수를 꺼내 현석의 자리에 놓으며 배시시 웃었다.

"재희 선배 말구요. 선배님한테 여쭤볼 게 있어서 왔거든요."

"재희 말고 나?"

"네. 혹시 재희 선배 취미가 뭔지 아세요?"

고운은 연방 뒤를 힐끔거리며 서둘러 말했다. 어떻게든 재희가 오기 전에 답을 듣고 빨리 나가야만 했다. 한데 복도 창문으로 재희가 보였다. 고운은 후다닥 현석의 손목을 잡고 잡아당겼다.

"선배님, 저기 이 분, 아니 삼 분만 시간 좀 내주세요. 밖에서요."

"밖에서?"

의아한 얼굴로 현석이 고운에게 붙잡혀 자리에서 일어나는데 하필이면 때마침 재희가 교실로 들어왔다. 고운과 현석을 번갈아 보던 재희가 문득 인상을 썼다. 야단났다. 고운은 재희에게 꾸벅 인사만 하고서 얼른 현석을 끌고 밖으로 나갔다. 재빨리 계단을 내려와 2층 복도에서 숨을 고르는데 현석이 물었다.

"무슨 일인데? 뭐, 심각한 거야?"

"예? 아, 그게 아니라……."

말을 하다 말고 고운이 3층을 힐끔 올려다보았다. 재희는 보이지 않았다. 설마하니 엿듣지는 않겠지. 그래도 혹시 모르니 고운은 최대한 목소리를 작게 낮췄다.

"선배님, 혹시 재희 선배 취미 아세요?"

"재희 취미? 그건 왜?"

하긴 이상도 할 터. 갑작스레 찾아와 '네 친구 취미는 뭐냐'고 물었으니까. 고운은 한숨을 푹 내쉬고 이유를 밝혔다.

"아무래도 지난번 일도 있고 그래서인지 재희 선배가 저한테 계속 거리를 두시는 것 같아서요. 그래도 듀엣인데 연습할 때 눈도 안 마주치신다니까요?"

"진짜? 눈도 안 보고 노랠 어떻게 해."

"그러니까요. 그래서 아무래도 가까워지는 게 먼저겠다 싶었는데 재희 선배에 대해서 아는 게 하나도 없어서요. 혹시 취미가 같으면 얘기하기가 좀 수월할지도 모르겠어서……."

고운의 이야기를 들으며 연방 '그렇지' 하고 추임새를 넣던 현석이 '음' 하고 팔짱을 꼈다.

"재희 녀석 취미라 해 봤자…… 자는 건데."

무슨 자는 게 취미인 사람이 다 있을까. 그렇다고 같이 잠을 잘 수도 없는 노릇이 아닌가.

"다른 건 없어요?"

"음, 자는 거 아님 책 보는 건데."

설마 그 책이…… 교과서는 아니겠지.

"무슨 책이요?"

"뭐, 뻔하지. 교과서, 문제집."

맙소사. 설마가 사람 잡는다더니 딱 그 짝이었다. 한데 그때, 현석이 손가락을 딱 튕기며 말을 이었다.

"아, 맞다. 무협지."

절망감에 어깨가 축 처져 있던 고운이 고개를 번쩍 들고 현석을 보았다.

"무협지요?"

"응. 머리 식힐 때 자주 보더라고. 근데 여자애들은 무협지 같은 거 안 보잖아. 어떡하냐, 도움이 안 되어서."

"아니에요. 감사합니다. 참, 재희 선배한테는 비밀로 해주세요!"

고운은 그제야 환하게 웃으며 현석에게 인사를 하고서 서둘러 1층으로 내려갔다.

"뭐야."

도대체 영문을 모르겠다는 듯 현석은 뒷머리를 쓱쓱 긁으며 교실로 돌아갔다.

토요일 오후다 보니 학교는 조용했다. 재희는 학생회실이 있는 별관 3층으로 올라가며 시계를 확인했다. 고운과의 연습은 두 시부터였다.

"어? 어. 뭐 좀 물어볼 게 있대서."

고운이 왜 왔었냐는 말에 현석은 대충 얼버무리며 대답하고는 더는 아무 말도 없었다. 그런 녀석한테 꼬치꼬치 캐묻기도 뭐해 더 이상 묻지는 않았다만 그렇다고 신경이 아예 안 쓰이는 것도 아니었다.

아무리 생각해 봐도 현석과 고운의 접점은 없었다. 같은 방송부라 해도 1학년과 3학년이다 보니 마주칠 일도 없었고 딱히 친해질 일도 없었다. 그런데 그렇게 손까지 붙들고 후다닥 밖으로 나갈 일이 있었을까? 혹시 이환이 그랬듯 예전처럼 아는 사인가 싶었는데 만약 그랬다면 현석이 자신에게 아무 말 않고 있었을 리가 없을 터. 그렇다면 도대체 무슨 일 때문에 고운이 교실까지 왔던 걸까?

재희는 평소보다 조금 더 비딱해진 얼굴로 학생회실 문을 열었다. 고운이 먼저 와 있었다. 책을 보고 있었는데 재희가 들어오는 걸 보더니 얼른 책을 덮고 벌떡 일어나 고개 숙여 인사를 했다.

"안녕하세요."

재희는 대답 대신 눈인사만 까딱 하고는 자리에 앉았다. 기타와 악보는 고운이 미리 가져다 둔 상태였다. 기타를 꺼내 음을 맞춰 보는데 문득 고운이 보던 책 표지가 눈에 들어왔다.

재희의 눈썹이 슬쩍 올라갔다. 보라색 바탕에 여자 얼굴이 그려진, 그에게도 낯익은 책표지였다.

〈영웅문〉 3부 4권이었다.

신기했다. 게다가 그냥 가져다 둔 게 아니라 분명 읽고 있었다. 저도 모르게 궁금한 마음이 입 밖으로 튀어 나왔다.

"그 책 봤어?"

재희가 묻는 말에 고운이 눈을 동그랗게 뜨고 고개를 끄덕였다.

"그럼요. 선배님도 혹시 이 책 아세요?"

당연히. 재희는 고개를 끄덕였다. 영웅문은 그가 가장 좋아하는 책 중 하나였다. 그가 봤다는 소리에 고운이 화들짝 놀라는가 싶더니 이내 환하게 웃었다.

"진짜요? 이 책 너무 재밌죠? 이거 제가 제일 좋아하는 책인데! 김용 작가는 정말 신필임이 분명해요!"

여자애가 무협지를 읽는 것도 신기한데 더군다나 김용을 신필이라 칭하다니.

"너 그럼 앞에 것도 다 읽었어? 1부, 2부도?"

"그럼요! 저, 장면 장면 기억도 다 하는 걸요. 대사 기억하는 것도 엄청 많구요."

그건 사실이었다.

초등학교 때부터 무협물을 좋아하는 정식의 영향으로 함께 책도 보고 영화도 보고 비디오도 보며 자란 고운이었다.

"혹시 선배님, 이거 비디오로도 봤어요? 양조위가 장무기로 나온 거."

"당연하지. 너도?"

"네! 우리 집에 비디오도 다 있어요! 아빠가 이런 거 엄청 좋아하셔서 일일이 다 모으시거든요."

"진짜?"

재희가 아이처럼 환한 얼굴로 물었다. 손에 들고 있던 기타도 어느새 책상에 내려놓은 터였다. 그 모습에 고운은 웃음이 비죽 새어 나왔다. 취미가 같으면 아무래도 이야기하기가 수월하다던 정식의 말처럼 긴장 않고 재희와 이렇게 이야기를 나눈 건 처음이었다.

한데 고운이 웃은 탓인지 재희의 표정이 언제 그랬냐는 듯 굳어졌다. 큼, 헛기침을 하고서 재희가 얼른 기타를 찾아 쥐었다.

"연습해야지."

당황한 것 같았다. 고운이 숨죽여 낮게 웃자 재희가 고개를 들었다.

"왜 웃어?"

하지만 말과 달리 재희 역시 픽 웃음이 터졌다. 늘 살얼음판처럼 아슬아슬하던 연습 분위기가 처음으로 부드럽게 풀어졌다. 고운이 안도의 한숨을 내쉬었다.

"다행이다."

"뭐가?"

특유의 시큰둥한 어조이긴 했다만 그렇다고 예전처럼 날이 서 있지는 않았다. 설마 이야기한다고 이 좋은 분위기가 갑자기 안 좋게 변하지는 않겠지. 그리고 어쩌면 나중에 다른 사람을 통해 아는 것보다 나을지도 몰랐다.

"실은 아까 선배님 교실에 간 게, 선배님 좋아하는 게 뭔지 현석 선배한테 물어보러 갔던 거거든요."

고운이 이실직고했다.

"축제가 코앞인데 서배님은 아직 저한테 화가 안 풀리신 것 같고. 취미가 같으면 조금은 친해질 수 있지 않을까 해서요. 그런데 정말 거짓말처럼 선배랑 저랑 좋아하는 게 딱 맞더라구요. 저 무협지 보는 거 정말 좋아하거든요."

고운이 재희를 보며 활짝 웃었다. 한데 재희는 눈썹만 비죽 치켜 올린 채 고운을 보고 있었다. 혹시 또 화를 내면 어쩌나. 괜히 말한 건 아닌가 싶던 순간, 재희가 물었다.

"그럼 그 책, 설마 아까 현석이한테 그 말 듣고 바로 집에 가서 가져온 건 아니겠지?"

"……맞는데요."

고운이 고개를 끄덕이며 실토하자 재희가 피식 웃었다. 그리고 이어 소리 내 웃기까지 했다. 조금 어이없는 것 같긴 했지만 그렇다고 기분이 나쁜 것 같진 않았다. 정말 다행이었다. 고운도 그제야 마음을 놓고 따라 웃었다.

"지난번에 오해 풀고 난 후로 너한테 화난 적 없었어."

기타를 다시 가져다 놓고 조율을 하던 재희가 말했다. 띠리링. 재희의 손가락 끝에서 튕겨진 기타 음이 청명했다.

"그러니까 쓸데없는 생각 말고 연습이나 똑바로 해. 축제 때 떨어서 노래 망쳐 버리면 그땐 정말 화낼 거니까. 알았어?"

"네!"

"가사 다 외웠지?"

재희가 고운을 보며 물었다. 고운은 빙긋 웃으며 고개를 끄덕였다.

"그럼 시작하자. 원, 투, 쓰리, 포."

재희의 기타 연주에 따라 고운은 노래를 시작했다. 처음으로 재희와 눈을 마주 보면서.

아홉.

Something stupid

드디어 명진고등학교 제25회 축제날이 돌아왔다. 비단 명진고 학생들뿐만 아니라 인근 타 학교의 학생들까지 모두 몰려온 터라 교내는 평소보다 더욱 활기차게 북적거렸다.

"우와, 진짜 장난 아냐. 저게 다 몇 명이야?"

"그러니까. 세상에…… 운동장에 발 디딜 곳도 없는 거 같아."

수많은 인파를 뚫고 겨우 교실에 도착한 고운과 보라는 고개를 저으며 도시락을 꺼냈다. 강당에서 방송제 준비를 하다 겨우 틈을 내어 점심 먹으러 온 참이었다.

토요일이지만 오늘 하루는 수업을 하지 않았기에 아이들 모두 바깥에 축제 구경한다고 나가고 교실은 텅 비어 있었다. 보라가 서둘러 도시락을 꺼내 밥을 한술 크게 떠 입에 넣었다.

"진짜 꿀맛이다! 참! 고운이, 너 우리 방송제 티켓 몇 장 팔았는지 얘기 들었어? 나, 아까 순태 선배한테 얘기 듣고 기절하는 줄 알았다니까?"

밥을 한 숟가락 떠서 입에 넣고는 고운이 물었다.

"몇 장 팔았는데?"

보라가 대답 대신 열 손가락을 쫙 펴서 내보이더니 다시 손가락 세 개를 들었다. 전교생이 1,500명인데 그것밖에 안 팔린 걸까? 고운이 설마 하며 물었다.

"130?"

"야! 130은 무슨… 1,300장!"

쿨럭. 밥을 먹다 말고 고운이 가볍게 기침을 했다.

"……얼마?"

"1,300. 그것도 원래 1,000장이 다인데 다른 학교 애들이 표 다 사서 정작 우리 학교 학생들은 못 본다고 급하게 늘인 거래. 장난 아니지? 역시 뭐니 뭐니 해도 우리 학교 짱은 방송부라니까. 하긴 재희 선배, 현석 선배, 이환 선배가 다 우리 방송분데 당연한 거지. 우리 방송제 표 산 거, 죄다 다른 학교 여학생들이잖아. 얘기 들어보니까 걔들 우리 티켓 사려고 완전 전쟁 치른다는 거 있지?"

보라가 엄지손가락까지 들어 올리며 잔뜩 신이 나 말했다. 하지만 고운은 도무지 웃을 수가 없었다. 웃음이 나오기는커녕 밥맛까지 뚝 떨어졌다. 고운이 숟가락을 내려놓자 보라가 의아한 듯 친구를 보았다.

"왜? 돌 씹었어?"

고운은 고개만 짧게 저었다.

"……못 먹겠어."

"왜?"

고운은 대답 대신 창밖을 힐끔 보았다. 창밖 너머로 바글바글 모여 있는 사람들을 보자 절로 한숨이 나왔다.

"왜 그러는데?"

보라가 걱정이 되는지 재차 물었다. 고운은 여방 한숨을 푹푹 내쉬다 결국 속을 털어놓았다.

"이따가 나, 실수하면 어떡해? 그 많은 사람이 나만 보고 있을 텐데."

고운의 말에 보라도 잠시 아무 말도 못 하다 이내 씩 미소 지었다.

"에이. 실수를 왜 해? 연습을 그렇게 했는데. 잘할 거야."

친구의 위로 섞인 격려에도 불구하고 고운의 마음은 점점 더 무거워지고만 있었다.

아니나 다를까. 고운의 걱정이 그대로 들어맞아 버렸다. 그것도 방송제를 불과 30분 성노 남겨놨을 때쯤이었다.

"어떡해? 정말 기억 안 나?"

보라가 재차 묻는 말에 고운이 얼굴이 하얗게 질린 채 고개를 저었다.

"야, 그럼 어떡해?"

순태가 1학년들한테 자랑한답시고 '우리 방송제를 보기 위해

저 많은 사람들이 모인 걸 봐라!' 하며 무대 뒤 커튼을 걷은 게 화근이었다. 고운이 오늘 방송제에서 부르기로 한 노래 가사를 완전히 잊어버린 게 바로 그때부터였으니까.

"어떻게 된 거야? 고운이는 좀 어때?"

연주도 소식을 들었는지 고운에게로 왔다. 오늘 방송제에서 연주와 같이 사회를 볼 이환도 함께였다. 이환을 보자 고운은 꾹 참고 있던 눈물이 나올 것만 같았다.

"괜찮아?"

고운은 대답 대신 고개만 설레설레 저었다. 이환이 걱정스러운 듯 허리를 굽혀 고운과 눈을 맞췄다. 그러고는 다정하게 고운의 어깨를 잡고 천천히 토닥였다.

"심호흡 크게 한번 해봐."

이환의 말에 따라 고운은 심호흡을 크게 해보았다. 그리고 가만히 눈을 감고 노래 가사를 떠올려 보았다. 오늘 아침까지만 해도 눈 감고도 일필휘지할 정도로 모든 가사를 분명히 기억하고 있었다. 지난 열흘이 넘는 시간 동안 입이 부르트도록 부르고 또 불렀던 노래를 기억 못 한다는 게 오히려 이상한 일이었다. 한데 그 이상한 일이 지금 벌어진 것이다. 아무리 생각하려고 해봐도 머릿속은 그저 새하얗기만 했다. 고운이 눈을 떴다. 눈물이 그렁그렁하게 차올라 코앞에 있는 이환의 모습이 어른거렸다.

"그래도 마찬가지야?"

고운은 입술을 꾹 깨물고 고개만 끄덕였다. 한마디라도 했다가는 당장에 울음이 터질 것만 같았다. 그렇잖아도 가뜩이나 여러 사람에게 민폐를 끼치고 있는데 우는 짓까지 하고 싶진 않았다. 그랬다가는 잘못한 건 자신인데 오히려 다른 사람들이 미안해할 게 뻔했다. 애써 울음을 꾹 눌러 참고 있는 고운이 안쓰러운지 이환은 괜찮아질 거라며 고운의 어깨를 토닥였다.

"야, 어떡하냐? 재희 형이랑 고운이가 오늘 우리 방송제 하이라 이튼데."

옆에서 지켜보던 순태가 답답한 듯 뒷머리를 마구 헝클었다. 허리에 손을 짚은 채 난감한 얼굴로 고운을 보던 연주가 순태를 툭 쳤다.

"그냥 재희 선배한테 혼자 노래하라 그럴까? 이대로 무대에 올려 보내면 백 프로 사고 날 것 같은데."

"무슨 소리야! 우리 방송제 하이라이트는 항상 남녀 듀엣곡이었는데!"

순태가 펄쩍 뛰자 연주가 인상을 확 구겼다. 그러고는 냅다 순태의 다리를 걸어찼다.

"그러게, 이 인간아! 넌 가뜩이나 긴장하고 있을 애한테 그건 왜 보여줘?"

"아이씨! 아, 그럼 나중에 무대 나가서 당연히 볼 텐데 안 봐?"

"그래도 나중에는 조명 때문에 덜 보일 거 아냐. 아무튼 부장이란 놈이 생각이 없어, 생각이! 그럼 1학년생이 저 많은 사람들 앞에서 안 떨리겠냐?"

순태를 흘겨보던 연주가 시각을 확인하고는 이환을 보았다.

"아무래도 재희 선배한테 말하는 편이 낫겠다. 곡은 어쩌지? 듀엣곡이니까 바꿔야 하나?"

"글쎄. 그나저나 재희 형은?"

"방송반에 잠깐 들렀다 온다고 했는데. 올 때 됐어."

이환과 연주가 걱정스레 이야기를 주고받던 그때였다.

"왜 이렇게 소란스러워? 스탠바이 안 하고 뭣들 하는 거야?"

버럭 소리를 내지르지 않아도 무시무시한 목소리가 들려왔다. 고운은 얼른 손등으로 눈가를 쓱 닦고서 뒤를 돌아보았다. 재희와 현석이 성큼성큼 걸어 들어오고 있었다. 이제 곧 방송제 막이 오를 텐데 준비는 않고 모여서 웅성거리는 게 마음에 들지 않는지 재희는 인상을 잔뜩 구긴 채였다. 그 기세에 눌린 탓에 모두들 금세 쥐죽은 듯 입을 꾹 다물었다.

"왜? 무슨 일 있어?"

현석이 묻자 그제야 순태가 입을 열었다.

"그게 실은……."

"뭐야?"

쉬이 말을 잇지 못하는 순태가 답답한지 재희의 언성이 살짝 높아졌다.

"그러니까 그게, 이고운이 선배님이랑 준비한 노래 가사가 생각이 하나도 안 난다고 해서……."

재희가 무슨 소리를 하냐는 듯 눈썹을 치켜떴다. 비로소 재희의 시선이 순태 옆에 서 있던 고운에게로 옮겨갔다. 새파랗게 질린 얼굴을 한 채 고운도 재희를 마주 보았다.

"아무래도 고운이가 많이 긴장을 한 것 같아서요."

이환이 대신 대답을 했다. 비딱하게 기울어진 눈썹 아래, 재희의 눈이 가느스름해졌다. 그렇잖아도 잔뜩 긴장한 고운에게 저놈의 못된 성질을 얼마나 부려댈까, 모두 잔뜩 긴장해서 재희와 고운을 번갈아 보았다.

"순태가 무대 밖에 사람들 들어와 있는 걸 보여준 모양인데 그거 보고 겁먹은 것 같아요."

아무래도 안 되겠는지 연주가 고운의 편을 들 듯 슬쩍 거들고 나섰다. 그리고 다행스럽게도 그 말이 끝나기가 무섭게 재희의 매서운 눈길이 고운에게서 순태에게로 옮겨갔다. 히익, 순태가 숨을 들이키며 고개를 숙였다. 바깥은 온통 소란스러운데 무대 뒤에는 긴장 어린 정적이 드리워졌다.

"이고운이랑 나랑 시간은 얼마나 남았어?"

늘 그랬듯 한바탕 꾸지람이 떨어질 거라 생각했는데 모두의 예상을 깨고 재희의 목소리는 나직하고 평온한 편이었다. 재희가 묻는 말에 이환이 시계를 보았다. 6시부터 방송제가 시작되는데 재희와 고운의 파트는 7시 30분쯤으로 잡혀 있었다.

"1시간 40분 정도 남았습니다."

이환의 대답에 재희가 짧게 고개를 끄덕였다. 재희의 눈길이 엔지니어를 맡고 있는 진호에게 향했다.

"우리 파트 때는 관객석 조명 하나도 남김 없이 싹 다 끄고 무대 핀 조명 하나만 켜."

"예, 선배님."

진호가 대답을 하고 난 뒤, 다시 정적이 흘렀다. 재희가 눈썹을 비딱하게 추켜 올린 채 방송부원들을 둘러보았다.

"뭣들 해? 시간 남아돌아?"

"저기, 선배님. 그럼 이고운 파트는 어떻게……."

"뭘 어떻게 해."

한다는 말이야. 안 한다는 말이야. 모두들 똑같은 생각으로 서로의 눈치를 보았다. 그래도 명색이 부장이니만큼 순태가 다시 총대를 멨다.

"아니, 고운이가 지금 가사가 하나도 생각이 안 난다니까 혹시 방송 사고라도 생길까 봐서요. 만약 그렇다면 차라리 선배님 혼자 부르고 고운이는 빼는 게 낫지 않을까 해서……."

묻는 말에 대답은 않고 재희가 손목을 들어 시간을 확인했다.

"십 분도 안 남았는데…… 다들 자신만만한가 보지?"

재희가 시선을 들어 한 사람씩 눈을 맞추었다. 특유의 무표정한 얼굴이었다.

"어떻게 할까. 각자 파트에서 실수 하나 있을 때마다 기합 한 번씩 받는 걸로 할……."

정말 순식간이었다. 바짝 긴장해 서 있던 모두가 바람처럼 사라지고 그 자리에 남은 건 현석과 이환, 그리고 고운과 재희 뿐이었다. 재희가 이환을 보았다.

"서이환, 넌 뭐 해? 안 가고."

"그래, 가봐. 준비할 거 많을 텐데. 사회 본다는 녀석이 실수하면 안 되잖아."

혹시라도 재희의 말에 기분이 상할까, 현석이 웃으며 부드럽게 말을 더해주었다. 여전히 하얗게 질려 있긴 했지만 고운은 괜찮다는 듯 이환을 향해 애써 입꼬리를 끌어당겼다.

가봐. 난 괜찮아.

비록 소리는 내지 않았지만 이환도 그런 고운의 마음을 충분히 알아들은 모양이었다. 짧게 한숨을 내쉰 이환이 재희와 현석에게 꾸벅 고개를 숙이고는 이내 자리를 떠났다. 고운은 조심스럽게 재희를 힐끔 보았다. 한데 재희 역시 고운을 보고 있었던 터라 눈이 마주치고 말았다. 고운의 어깨가 움츠러들었다. 재희가 짧게 한숨을 푹 내쉬고는 현석을 툭 쳤다.

"나 잠깐 이 녀석 데리고 밖에 좀 다녀올 테니까 애들 좀 봐줘."

"어, 다녀와."

고운은 재희를 보다 다시 현석을 보았다. 현석이 얼른 따라가 보란 듯 싱긋 웃으며 눈을 깜빡였다.

"안 따라와?"

재희의 채근에 고운은 하는 수 없이 발을 뗐다. 도대체 이게 무슨 꼴이란 말인가. 그토록 연습해 놓고 막상 축제날이 되자 긴장해서 노래 가사를 까먹다니. 정말 쥐구멍이라도 있으면 딱 숨고만 싶었다.

달그락.

재희가 고운 앞에 숟가락과 젓가락을 놓아주었다.

"무대에 서서 노래 부를 녀석이 여태 밥도 안 먹고 뭐 했어."

뜻밖에도 재희가 고운을 데리고 온 곳은 학교에서 조금 떨어진 곳에 위치한 한 칼국수 집이었다. 고운은 아주 많이 혼날 거라 생각했던 터라 사실 조금 당황스러웠다. 토요일 저녁인 데다 학교 축제까지 있어서 그런지 가게 안은 한산했다. 보는 사람도 없이 틀어 놓은 TV에서는 연예인들이 떼로 나와 남자, 여자 짝을 지어 퀴즈를 풀고 있었다.

"자, 칼국수 나왔습니다."

맛있는 냄새와 함께 주인아주머니가 주방에서 칼국수를 담은 커다란 쟁반을 가지고 나왔다. 하얀 김이 모락모락 오르는 공기밥 하나와 맛깔스럽게 익은 깍두기, 금방 무친 겉절이도 함께였다.

"누구, 여자 친구?"

아줌마의 질문에 고운의 눈이 휘둥그레졌다. 재희를 보니 눈 썹만 비딱하게 추켜올린 채다. 저러다 저 성질머리에 주인아주머니한테도 화를 벌컥 내지는 않을까. 고운이 서둘러 손을 내저었다.

"아뇨! 후배요. 동아리 후배예요."

"난, 또. 맛있게들 먹어. 모자란 거 있음 더 달라 하고."

주인아줌마가 짓궂은 웃음을 짓더니 빈 쟁반을 가져갔다. 친근한 말투로 보아하건대 재희가 이 집 단골인 모양이었다. 제법 큰 가게 안에 손님이라고는 단둘뿐이었다. 분위기는 절로 어색해졌다. 고운은 재희를 힐끔 쳐다보았다. 특유의 무표정한 얼굴로 재희는 오로지 칼국수에만 집중한 채 젓가락을 들어 휘휘 저어댔다.

"뭐 해, 안 먹고. 먹는 거 앞에 두고 제사 지내?"

고운은 뜨끔해져 얼른 고개를 푹 숙였다.

"식으면 맛없다."

한마디 툭 던지고서 재희는 칼국수를 한 젓가락 크게 떠 입으로 가져갔다. 후루룩, 후루룩. 맛있는 냄새에 소리까지 더해지자 고운은 저도 모르게 침을 삼켰다. 재희가 입을 우물거리며 고운을 보았다. 주저하다 고운은 젓가락을 들어 칼국수를 한 입 베어 물었다.

끄읍.

고운에게서 이상한 비명 소리가 튀어나왔다. 입안에 화르르 뜨거운 불덩이가 들어온 것만 같았다. 인상을 잔뜩 쓴 채 고운은 서둘러 물을 마셨다. 후, 그제야 입안이 조금 진정된다. 한데 맞은편에서 낮은 웃음소리가 새어 나왔다.

재희가 웃고 있었다. 고운과 눈이 마주치자 금세 지우긴 했지만 분명 웃었다. 재희의 긴 팔이 고운에게 불쑥 다가왔다. 그리고 고운의 손에서 젓가락을 가져가더니 칼국수를 뒤적뒤적 휘휘 저어 주었다. 그 안에 숨겨져 있던 하얗고 뜨거운 김이 무럭무럭 피어오르며 공기 중으로 달아났다.

"넌 무슨 애가 칼국수 하나도 제대로 못 먹어."

시큰둥한 목소리.

"이렇게 먹는 거야, 인마."

연타로 이어진 짧은 핀잔과 함께 재희는 고운의 손에 젓가락을 다시 떠넘겨주고서는 이내 아무 일도 없었던 것처럼 자신 앞에 놓인 칼국수를 먹는 데만 열중했다. 고운에게 눈길 한 번 주지 않고서.

후루룩. 후루룩. 참 맛있게도 먹는다. 고운은 자신 앞에 놓인 칼국수를 내려다보았다. 재희가 그릇에 툭, 꽂아놓은 젓가락을 쥐고 칼국수를 한 젓가락 들어 올렸다. 후후, 불고 조심스레 입에 넣자 부드럽고 쫄깃한 면발이 입안 가득 씹혔다. 입안을 비우기도 전에 어느새 고운은 다시 칼국수 한 젓가락을 들어 올리고 있었다.

식당을 나왔을 땐 이미 바깥이 제법 어둑해진 뒤였다. 학교로 가나 싶었더니 재희가 향한 곳은 그 근처 아파트 놀이터였다. 고운에게 잠깐 벤치에 앉아 있으라더니 얼마 후, 다시 돌아온 재희의 손에는 삼각형 모양의 커피 우유 두 개가 들려 있었다.

"마셔."

우유를 받으면서도 고운은 조금 얼떨떨했다. 화를 내기는커녕 저녁도 사주고 좋아하는 커피 우유도 사주고. 아무리 연습하는 동안 조금은 가까워졌다고는 해도 평소 재희의 모습과는 많이 달랐다.

툭, 툭.

옆을 보니 재희가 빨대를 쥐고 우유에 연방 꽂아대고 있었다. 아니, 빨대를 꽂기 위해 안간힘을 쓰고 있다는 말이 맞았다. 그 덩치에 가느다란 빨대 하나 들고 씨름하는 모습을 보고 있자니 고운은 저도 모르게 웃음이 새어 나왔다. 재희가 고개를 들어 고운을 보았다. 살짝 민망한지 헛기침을 하고서 재희는 평소처럼 눈에 힘을 주었다.

"뭐야?"

'감히 선배를 보고 네가 웃어?' 하는 눈빛이다. 딱 저래야 고재희다. 한데 이상하게 지금은 평소처럼 무섭지만은 않았다. 고운은 용감하게도 재희가 보는 앞에서 피식 웃었다. 그러고는 재희의 손에서 우유와 빨대를 뺏어왔다.

"이리 줘보세요."

얼마나 두드렸는지 빨대 끝이 뭉뚝했다.

"에이. 뭐야, 이게."

간 크게도 고운은 재희의 '빨대 꽂는' 실력을 비웃기까지 했다. 감히 재희를 힐끔 쳐다보면서. 그렇잖아도 비딱하던 재희의 눈썹이 더욱 기울어진다. 고운은 자신의 새 빨대를 꺼내 재희를 보았다.

"자, 봐요."

그리고 톡! 고운은 단 한 번에 성공했다. 그러고는 자신의 빨대를 빼고 재희의 빨대를 꽂아주었다. 믿을 수 없는 광경을 본 것처럼 재희의 눈에 힘이 들어갔다.

"아까 나더러 칼국수도 하나 못 먹는다고 뭐라 하더니, 선밴 빨대도 하나 제대로 못 꽂아요?"

고운이 의기양양한 얼굴로 재희에게 우유를 건네주었다. 그러고는 자신의 우유에도 가볍게 빨대를 꽂아 한 모금 쪽 빨아 마셨다. 음, 우유맛을 음미하며 고운이 으스대며 말했다.

"이게 다 비법이 있다구요. 아무렇게나 그냥 막 꽂으면 되는 줄 아나?"

재희가 우유를 마시다 말고 고운을 보았다.

"나도 알아. 어쩌다 한번 그런 거 가지고 잘난 체는."

짜증이 섞여 있는 재희의 말투에도 고운은 자꾸만 웃음이 샜다.

"이거 뜨거운 물에 데워서 먹어도 맛있는데. 선배, 그렇게는 안 먹어봤죠?"

"먹어봤어. 이걸 너만 먹는 건 줄 알아? 나도 좋아해."

시큰둥하니 대답을 툭 던지고 재희는 보란 듯이 우유를 쭉쭉 마셨다. 은근히 귀여운 면도 있다. 소리 없이 웃으며 고운도 빨대를 입에 물었다.

토요일 저녁이라 그런지 놀이터는 한산한 편이었다. 오렌지색과 남색이 곱게 어우러져 있던 하늘빛도 어느새 먹빛으로 물들고 가로등이 켜졌다. 둘이서 나란히 앉아 아무 말도 않고 우유만 마시는데 삐삐 진동 소리가 울렸다. 재희가 바지에서 삐삐를 꺼내 보았다.

어둑해진 가운데 삐삐에 적힌 숫자가 선명하게 떠올랐다.

—8255

빨리 오란 소리였다. 옆에서 슬쩍 건너다보던 고운이 시계를 보았다. 그러고 보니 벌써 일곱 시가 다 되어 있었다. 학교로 가려면 지금 출발해야 했다. 한데 삐삐 메시지를 확인하고도 재희는 갈 생각이 없어 보였다. 태연하게 앉아 우유만 마시던 그를 보다 고운이 결국 묻고야 말았다.

"학교에 오라는 거 아니에요?"

"응."

재희가 무심히 대꾸했다. 고운의 시선이 다시금 시계로 내려갔다 올라왔다. 그새 오 분이나 지나 있었다. 혹시 몇 시인 줄 모르는 걸까?

"일곱 시인데요?"

"알아."

"……학교, 안 가세요?"

비로소 재희가 옆을 힐끔 돌아보았다.

"갈래?"

재희가 아무렇지 않은 얼굴로 물었다. 걱정하는 것도 아니고 그렇다고 무신경한 것도 아니었다. 기분 나쁘지 않고 부담스럽지 않을 만큼 적당한 염려와 배려가 배어 있었다.

고운은 후, 짧게 숨을 들이마시고 앞을 보았다. 그리고 입에 물고 있던 빨대를 힘껏 쭉 빨았다. 시원하고 달달한 음료가 입안 가득 들어왔다 꿀꺽 넘어갔다. 고운은 빈 우유갑을 가볍게 흔들어 보고는 자리에서 일어났다.

"가야죠."

재희는 여전히 우유를 마시며 물끄러미 고운을 올려다보고 있었다.

"선배도 얼른 일어나요. 나 때문에 선배까지 펑크 냈다 그럼 순태 선배가 날 죽일지도 모른다구요. 얼른요."

"야, 나 이거 좀 다 먹고."

고운이 재희의 팔을 잡아당기자 재희가 툴툴거리며 일어났다.

"가면서 마시면 되잖아요. 그거 얼마나 된다구."

"아, 진짜. 알았어. 잠깐만 있어 봐. 금방 마저 먹을게."

"마시면서 따라오라구요. 시간 삼십 분도 안 남았단 말이에요!"

고운은 앞장서서 재희의 팔을 끌고 힘차게 앞으로 걸어갔다. 그런 고운의 뒤에서 못 이긴 척 따라가며 재희는 소리 없이 미소를 지었다.

학교에 도착했을 때는 공연 칠 분 전이었다. 현석을 비롯해 순태와 방송부원들이 우르르 달려왔다.

"아, 진짜! 형, 나 죽는 꼴 보고 싶어요? 이제 오면 어떡해요!"

순태가 버럭 소리부터 내질렀다. 한데도 재희는 시계를 쓱 한번 보고서 오히려 눈썹을 치켜올렸다.

"칠 분 남았는데 왜 이렇게 야단이야. 시끄럽게."

"그것 봐라. 내가 온다고 했지? 그러게, 내 말 믿고 신경 끄고 있으라니까."

현석이 씩 웃으며 재희에게 기타를 건네주는데 보라가 후다닥 뛰어와 고운의 손을 잡았다.

"고운아, 이제 괜찮아?"

"응. 괜찮아."

"정말 다행이다. 얼마나 걱정했는데."

보라와 몇 마디 이야기를 채 나누지도 않았는데 진행요원을 맡은 국이 다가왔다.

"선배님, 오 분 전입니다. 이쪽으로 오십시오."

재희에게 시간을 일러주고서 국이 고운을 보았다. 괜찮냐는 눈빛에 고운도 웃으며 살짝 고개를 끄덕였다. 국도 그제야 안심이 되는 듯 작게 웃어 보이고는 다시 무대를 내려갔다.

이래저래 많은 사람에게 걱정을 시켰으니 무대에서는 절대 실수하지 않아야 할 텐데. 생각이 거기에 미치자 다시금 가슴이 답답해졌다. 후우, 길게 심호흡을 하는데 나직한 목소리가 들려왔다.

"너, 한 번만 더 내 앞에 나타나면 죽는다."

고운의 눈길이 위로 움직였다. 재희는 타이를 매느라 셔츠 깃을 빳빳하게 세우고 있었다.

"아마 그랬었지? 감히 1학년짜리가 하늘 같은 3학년 선배한테 말이야."

까맣게 잊고 있던 오래된 기억에 고운은 눈썹을 흠칫 치켜떴다.

"근데 선배한테 그렇게 깡 좋게 따지고 들던 놈이 고작 노래 하나 부르는 걸로 떨려?"

고운의 미간에 앙증맞은 주름이 잡혔다.

"선배님, 뒤끝 긴 거 본인도 알죠?"

재희는 대답 대신 어깨를 으쓱였다.

칫! 잔뜩 경직되어 있던 고운이 웃었다. 재희의 입꼬리도 씩 말려 올라갔다. 타이를 다시 매고 셔츠 깃을 내리려는데 옆에서 '선배님!' 하고 부르는 소리가 들려왔다. 내려다보니 고운이 눈을 동글동글하게 뜨고서 그를 빤히 올려다보고 있었다.

"왜……."

무슨 일이냐 물어보려다 재희가 말꼬리를 흐렸다. 고운이 양 손을 뻗어 재희의 타이를 다듬어 주고 있었다.

"선배님, 허리 좀만 굽혀보세요."

고운이 시키는 대로 재희는 어정쩡하게 허리를 굽혔다.

"좀만 더요."

조금 더 허리를 숙이자 그만큼 고운의 얼굴이 가까워졌다. 저도 모르게 숨을 들이마셨다. 옅은 귤 냄새가 훅 다가왔다. 얇은 셔츠로 감싸인 가슴 위로 가는 손가락이 부지런히 꼼지락거렸다. 귓불이 뜨겁게 달아올랐다. 다시금 숨을 들이쉬자 또다시 기분 좋은 냄새가 코끝을 간질인다.

"다 됐다. 아까 타이가 비뚤어졌었거든요."

고운이 손바닥으로 그의 가슴팍을, 정확하게는 타이 위를 톡톡 두드렸다. 만족스럽게 그를 올려다보는 고운의 얼굴은 마치 착한 일을 하고 칭찬받기를 기다리는 아이 같았다.

"형! 이제 늘어가야 해요!"

순태가 부르는 소리에 재희는 퍼뜩 정신을 차렸다. 밖에서 귀가 멍멍할 정도로 박수 소리가 쏟아지고 있었다. 무대로 향하는 커튼을 들추고서 순태가 얼른 들어가란 듯 손짓을 했다. 재희는 고운을 돌아보았다. 고운이 심호흡을 하며 고개를 끄덕였다.

"가자."

재희는 옆에 세워 둔 기타를 들고 먼저 무대 위로 올랐다.

와아아!

재희가 무대로 등장하자마자 어마어마한 함성과 박수 소리가 쏟아져 나왔다. 그 소리가 얼마나 위압적인지 재희의 뒤를 따라 무대 중앙으로 걸어가는데 고운은 다리가 후들후들 떨릴 지경이었다. 넓은 무대 위에는 의자 두 개와 마이크 두 개가 달랑 놓여 있었다.

재희가 의자 앞에서 고운에게 앉으라는 듯 눈짓을 보냈다. 고운도 고개를 끄덕이고는 의자에 앉았다. 자세를 바로 하고 고개를 들자 커다란 강당을 꽉 채운 사람들이 보였다. 불안한 마음에 주변을 둘러보는데 멀찍이 무대 구석에 서 있던 이환과 눈이 마주쳤다. 이환이 가볍게 주먹을 쥐어 보이며 파이팅을 해주기에 고운도 애써 입꼬리를 끌어 올렸다. 한데 얼굴에 경련이라도 일어난 것처럼 입매가 좀처럼 움직여지질 않았다. 고운은 무릎 위에 올려둔 손을 꽉 쥐었다. 긴장하지 말자. 긴장하지 마, 이고운.

"이고운."

청중에 박혀 있던 고운의 시선이 재희에게로 움직였다.

"넌 그냥 평소처럼 나만 보고 노래하면 돼."

나만 믿으면 돼.

꼭 그렇게 들렸다. 그리고 거짓말처럼 떨리는 가슴이 점차 진정이 되더니 머릿속이 평온해지기 시작했다. 고운은 심호흡을 했다.

"그럼…… 시작할까?"

재희가 묻는 말에 고운은 어깨를 탁 떨어뜨리며 씩씩하게 고개를 끄덕였다. 재희가 작게 미소 짓고는 뒤를 돌아보았다. 고개를 끄덕이자 그와 동시에 관객석의 불이 꺼졌다. 그리고 고운과 재희의 머리 위로 밝은 불빛이 환하게 떨어졌다.

재희가 고운을 향해 작게 미소를 지었다.

하나, 둘, 셋.

그의 손가락 끝에서 청명한 기타 소리가 흘러나왔다. 이어서 고운과 재희의 목소리가 듣기 좋게 어우러지며 넓은 강당 안을 채우기 시작했다. 얼마 지나지 않아 강당에서는 명진고 방송제 역사상 가장 커다란 박수 소리와 환호성이 터져 나왔다.

※

너무 청명하니 예뻐서 손톱으로 긁으면 쨍 소리가 날 것만 같은 새파란 봄 하늘이었다.

명진고 제17회 CA 배 체육대회.

플랜카드가 휘날리는 교단 위에는 종목별 우승자에게 줄 상품들과 올해의 최종 우승자에게 돌아가는 휘장이 놓여 있었다. 순태가 이글거리는 눈빛으로 휘장을 노려보다 방송부원들을 돌아보았다.

"작년처럼 올해도 반드시 우리 방송부가 최종 우승할 수 있도록 모두들 최선을 다해주길 바란다."

방송부원들의 얼굴을 하나씩 보던 순태가 이내 몸을 곧추세우며 깍듯하게 고개를 숙였다.

"선배님들, 올해도 잘 부탁드리겠습니다!"

재희와 현석을 비롯해 그동안 공부하느라 바빠 방송부에 모습을 드러내지 않았던 3학년들까지 모두 온 터였다. 신입생 환영회 이후로 3학년들까지 방송부 전체가 모인 건 오늘이 처음이었다. 그 정도로 오늘은 방송부에게 중요한 날이기도 했다.

"만약 오늘 우승 못 해서 지난 십 년간 선배님들이 지켜온 명진고 최고의 클럽이라는 명예를 실추시키게 된다면."

현석이 말을 멈추고 모두를 휘 둘러보았다. 희번덕거리는 그의 눈빛에 1, 2학년들은 잔뜩 긴장해 목을 움츠렸다. 그와 반대로 3학년들은 새어 나오는 웃음을 꾹 참아야만 했다.

"다들 오늘 집에 다 간 줄 알아. 알았어?"

"네!"

현석의 말에 모두들 기합이 바짝 들어서는 우렁차게 대답했다. 때마침 안내 방송이 흘러나왔다.

[이제 곧 체육대회를 시작할 예정이오니 각 부서별 부장들은 지금 모두 단상으로 오시길 바랍니다. 다시 한 번 알려드리겠습니다. 이제 곧 체육대회를 시작할 예정이오니…….]

오늘은 평소 안내 방송을 하는 상미나 연주 대신에 특별히 3학년인 혜수가 안내 방송을 맡기로 했다. 방송부 자체가 다른 CA 부서에 비해 인원이 적기 때문에 1, 2학년들은 무조건 체육대회에 참여를 해야만 하기 때문이었다. 방송이 나오는 와중에도 운동장 여기저기에서 각 동아리별로 힘찬 기합 소리가 터져 나왔다. 2, 3학년들과 달리 1학년들은 처음 접해본 격렬한 분위기에 다들 긴장한 얼굴들이었다.

"무섭다. 난 그냥 체육대회겠거니 하고 왔는데."

고운이 보라를 보며 소곤거렸다.

"전쟁이래. 특히."

보라가 말을 하다 말고 조금 떨어져 앉은 밴드부 쪽을 가리켰다. 수는 방송부와 엇비슷해 보였는데 밴드부라 그런지 여자보다는 남자가 많은 편이었다.

"저기 밴드부랑은 완전 앙숙."

명진고에서 방송부와 더불어 가장 인기 있는 동아리가 밴드부였다. 그래서인지 서로 신경전이 대단하다는 이야기를 일전에 들은 적이 있었다.

"하긴 어제 방송제 때 강당 쓰는 순서로도 엄청나게 싸웠다며."

밴드부와 방송부, 둘 모두 강당을 써야 했던 터라 마지막을 누가 하느냐를 가지고 이래저래 말이 많았다고 했다. 결국 동전을 뒤져서 결정을 했고 축제의 마지막 순서는 방송부의 차지였다.

한데 공교롭게도 밴드부에서 가볍게 몸을 풀던 이가 고운을 휙 돌아보았다. 아마 이야기 소리를 들은 모양이었다. 고운과 보라가 움찔해서 얼른 고개를 돌렸다. 하지만 고개를 돌린다고 끝날 일이 아니었다.

"네가 이고운이지?"

설마하니 아까 웃은 거 때문에 따지러 온 걸까? 아니, 그보다 이름은 어떻게 안 거지? 고운은 당황해 고개를 끄덕였다.

"반갑다. 나, 밴드부 보컬 2학년 이영재야. 너 어제 노래 정말 잘하더라."

평소와 달리 이런 칭찬도 전혀 반갑지가 않았다. 생각지도 못한 낯선 자, 아니, 적의 등장에 모두들 잔뜩 긴장을 곤추세우고 고운을 보고 있었기 때문이었다. 특히 2, 3학년들의 표정은 그야말로 살벌, 그 자체였다.

제발 가라, 가. 한데 그런 고운의 속내도 모르고 그는 싱긋 웃으며 고운의 앞을 떠날 줄을 몰랐다.

"우리 밴드부에 들어왔어도 될 뻔했어. 지금이라도 바꿔볼 생각 없어?"

대체 이 사람이 뭐라는 걸까. 그것도 방송부 선배들 다 모인 자리에서. 아무래도 미쳤나 보다. 고운이 당황해서 주변을 둘러보는데 하필이면 재희와 눈이 마주치고 말았다.

……맙소사.

재희가 눈썹을 비딱하게 치켜올린 채 입을 꾹 다물고 있었다. 표정만 봐도 알았다. 재희의 심기가 지금 부적이나 불편하다는 것을. 괜히 불똥이 날아올 것 같아 고운이 잔뜩 긴장하던 그때였다.

"악!"

짧은 비명 소리에 사람들의 시선이 모두 그쪽으로 향했다. 이영재가 얼굴을 잔뜩 찌푸린 채 뒤통수를 감싸 안고 있었다. 그리고 그 뒤로 높이 쌓은 박스 상자를 들고 있는 국이 있었다.

"죄송합니다."

도시락과 간식이 든 박스 상자를 내려놓고서 국이 사과를 했다.

픕!

스탠드 여기저기에서 웃음소리가 새어 나왔다. 이영재의 얼굴이 확 붉어졌다.

"뭐야, 제대로 안 보고 다녀?"

"죄송합니다."

국이 다시 사과를 하는데도 이영재는 여전히 짜증이 난듯 미간을 찌푸리고 있었다. 하지만 언제 그랬냐는 듯이 고운을 돌아보는 얼굴에는 싱긋 웃음이 배어나 있었다.

"그럼 다음에 또 보자. 참, 이번 달 말에 우리 대학로에서 공연할 건데 너도 구경 와. 시간이랑 장소는 내가 알려줄게."

윙크까지 하고서 이영재가 간 뒤에 여기저기에서 구시렁거리는 소리가 흘러나왔다.

"어머머, 웬일이니. 저 선배, 뭐야? 너한테 관심 있다는 거야?"

"아냐, 관심은 무슨……."

보라가 호들갑을 떨어대기에 고운은 얼굴이 빨개져 손사래를 쳤다. 마침 순태가 A4용지 한 장을 들고 헉헉대며 뛰어오더니 방송부원들 앞에 섰다. 허리에 양손을 올린 채 무척이나 비장한 얼굴이었다.

"첫 경기는 피구입니다."

"피구? 어디랑?"

"……밴드부입니다."

순태의 말과 함께 일순간 정적이 깔렸다. 그리고 거의 동시에 옆 밴드부에서도 '뭐? 방송부?' 하는 소리가 터져 나왔다.

"처음부터 저기랑 한다고?"

"아, 진짜 아침부터 땀 흘리겠네."

여기저기에서 수군거리던 그때, 재희가 제일 먼저 자리에서 일어났다. 그리고 운동장으로 내려가더니 뒤를 돌아보며 짧게 말했다.

"무조건 이겨. 알았어?"

"네!"

여느 때와 다름없이 무심한 얼굴이었지만 이상하게 기분 탓인지 평소보다 조금 더 무섭게 보였다. 고운도 덩달아 비장해져서 자리에서 일어섰다.

삐익!

순태가 던진 공이 밖으로 나갔다.

"밴드부 공!"

심판의 말에 진호가 인상을 쓰며 밴드부에게로 공을 넘겼다. 듣던 대로 밴드부는 만만치 않은 상대였다. 아무래도 방송부에 비해 남학생의 비율이 많다 보니 힘과 속도 면에서 훨씬 더 유리했다. 방송부에서는 이환과 연주, 그리고 재희와 고운이 남아 있었고 밴드부는 남학생만 네 명이 남아 있었다. 그리고 그 가운데는 아침에 고운에게 인사를 하러 왔던 이영재도 있었다.

다시 경기가 시작되었다. 몇 차례 왔다 갔다 하던 공을 이영재가 받았다. 그리고 연주에게로 강하게 던졌다.

삐익!

"방송반 두 명 아웃!"

밴드부에서는 환호성이, 그와 반대로 방송부에서 실망스런 한탄이 터져 나왔다. 연주에게로 날아오는 공을 이환이 막으려다 함께 아웃이 된 것이었다. 이환이 고운과 재희를 보았다.

"미안해요, 형."

"됐어. 나가서 맞은편에 가 있어. 순태랑 현석이한테도 말하고."

재희의 의도를 알아들은 듯 이환이 고개를 끄덕이고 연주와 함께 밖으로 나갔다. 밴드부는 넷, 방송부는 둘. 밴드부의 우세 속에서 경기가 이어졌다. 밴드부가 고운을 향해 던진 공이 아슬아슬하게 벗어나 밖으로 나갔다. 공을 주우러 간 동안, 재희가 고운을 힐끔 보더니 앞으로 나섰다.

"지금부터 무조건 내 뒤에만 붙어 있어."

고운에게 말을 한 뒤, 재희가 바깥쪽에 있는 이환에게 가볍게 손을 들어 보였다. 그러자 순태와 현석, 그리고 이환이 각 면의 중앙으로 자리를 옮겼다.

삐! 심판의 호각 소리와 함께 경기가 다시 이어졌다. 재희가 이환에게로 공을 던졌고 이환이 다시 순태에게, 순태가 다시 현석에게, 현석이 재희에게로 공을 던졌다. 그리고 재희가 공을 받자마자 밴드부를 향해 공을 던졌다. 아니, 쏘았다는 표현이 맞았다.

퍼억!

묵직한 소리와 함께 밴드부 한 명이 등에 공을 맞았다.

삐익!

"밴드부 아웃!"

이제 남은 건 밴드부 세 명. 그리고 조금 전처럼 완벽한 다이아몬드 형 패스에 이어 다시 심판의 호각 소리가 울렸다.

"밴드부 아웃!"

남은 건 둘. 방송부원들의 함성 소리가 하늘을 찌를 듯 크게 울려 퍼졌다. 우승을 다투던 후보들끼리의 시합이라 그런지 다른 동아리에서도 구경들을 많이 온 터였다.

재희의 공을 받은 순태가 현석에게로 공을 던졌다. 하지만 밴드부의 한 녀석이 펄쩍 뛰어올라 그 공을 가로챘다. 패턴을 읽은 것이었다. 밴드부의 녀석이 공을 가로채자마자 고운에게로 공을 던졌다. 두 명이 연달아 아웃되자 마음을 놓고 있었던 탓에 고운은 생각지도 못한 공이 날아오자 당황해 몸이 굳어졌다. 그때, 누군가 고운의 손목을 잡아 세게 끌어당겼다. 그리고 공은 고운의 오른쪽 옆으로 날아갔다.

삐익!

"방송부 공!"

우와아! 사람들의 함성 속에서 고운은 감은 눈을 떴다. 방송부 공이라는 걸 보니 죽진 않은 모양이다. 안도의 한숨을 내쉬는데 뭔가 느낌이 이상했다. 꽉 옭아매진 느낌이랄까? 이상해서 고개를 드는데 재희의 턱이 보였다. 그리고 재희와 눈이 마주치고 말았다.

"······엄마야."

고운이 화들짝 놀라 재희의 품에서 후다닥 벗어났다. 순식간에 얼굴이 달아올랐다.

장난기 어린 남학생들의 환호성에 고운은 귓불까지 빨개졌다. 아마도 공이 날아오자 고운을 당긴 것이겠지. 경기 중에 워낙에 급박한 상황에서 벌어진 일이라 아무렇지 않게 넘어가면 그뿐이었다. 한데 왜 이렇게 진정이 안 되는 걸까. 심장이 쿵쾅쿵쾅, 미친 듯이 뛰어댔다. 고운은 재희를 힐끔 곁눈질했다. 재희는 평소와 다름없어 보였다.

호각 소리와 함께 경기가 재개되었다. 고운은 도리질을 쳤다. 아직 경기가 끝나지 않았고 정신을 차려야만 했다. 퍽! 바로 옆에서 들려온 소리에 고운은 놀라 재희를 보았다. 소리가 너무 커서 아웃이 된 건가 했더니 재희가 공을 받은 것이었다. 이번에는 이리저리 공을 돌리지 않고 재희가 모서리 쪽으로 바로 공을 던졌다. 휘이익, 바람 소리가 날 정도로 빠르고 센 공이었다.

삐익!

"밴드부 아웃!"

와아아! 방송부원들이 팔짝팔짝 뛰며 환호성을 질렀다. 조금 전, 재희가 고운을 꽉 안고 있었다는 사실은 이미 모두의 머릿속에서 지워진 터였다.

밴드부에서 남은 건 딱 한 명. 공교롭게도 고운에게 와서 이상한 소리를 늘어놓던 그 이영재였다. 고운은 옆을 힐끔 살폈다. 재희가 이영재를 보며 바닥에 공을 튀기고 있었다. 씩 웃으면서.

중학교 때, 단짝 친구 집에 놀러갔을 때 그 집 고양이가 바퀴벌레 한 마리를 앞에 두고 저와 비슷한 미소를 짓고 있었던 기억이 났다. 그리고 그 바퀴벌레는 무려 한 시간이 넘도록 '야옹이'의 앞발 사이에서 이리 치이고 저리 치이고 날개까지 모두 다 뜯긴 후에야 죽음을 맞이할 수가 있었다.

고운은 맞은편에 있는 이영재를 다시 보았다. 이상하게 적이지만 애도를 하고 싶어졌다.

그리고 정확하게 오 분 뒤.

재희의 손에서 힘차게 뻗어 나간 공이 도망가는 이영재의 등짝에 정확하게 꽂혔다. 오늘 고운이 본 가장 강력한 공이기도 했다. 악! 이영재는 끔찍한 비명소리와 함께 앞으로 넘어졌다. 몇 분 동안 정신없이 도망 다니며 아슬아슬하게 공을 피한 탓에 그의 체육복은 온통 흙투성이가 되어 있었다.

삐익! 호각 소리가 울려 퍼졌다.

좋아서 팔짝팔짝 뛰는 방송부원들의 환호를 들으며 고운은 가쁜 숨을 몰아쉬었다. 이겨서 정말 다행이었다. 그때, 누군가 고운의 머리를 가볍게 쓰다듬고 지나쳤다.

"수고했다."

재희였다. 좋다며 안겨드는 현석과 순태에게 '왜 공을 그따위로 밖에 못 던지냐'며 핀잔을 주는 그의 뒷모습을 보다 고운은 문득 머리를 만져 보았다. 저도 모르게 웃음이 새어 나왔다.

밴드부와 방송부의 피구 경기 1라운드는 방송부의 완벽한 승리로 끝이 났다.

1차전에서 가장 강력한 적수였던 밴드부를 꺾은 방송부는 최종 결승전까지 순조롭게 올라가 배드민턴부를 상대로 2대 1 스코어로 승리했다. 이어서 400m 이어달리기에서는 보라가 넘어지는 바람에 아슬아슬하게 경합을 벌였지만 결국 아쉽게 2등을 했고, 줄다리기는 수적 열세에도 불구하고 역시나 준우승을 일궈냈다. 그리고 이제 남은 경기는 2인 3각 이어달리기와 지금 결승전이 치러지고 있는 농구였다.

경기 종료 삼십 초 전. 점수는 배드민턴부가 1점 앞서고 있었다. 이환이 공을 던졌다.

꺄악!

여학생들의 탄성이 터져 나왔다. 하지만 모두의 기대와 달리 공은 링 안에 들어가지 못하고 밖으로 튕겨 나왔다. 배드민턴부에서 튕겨 나온 공을 잡아 방송부 골대 쪽으로 던졌다. 종료 시간이 얼마 남지 않았으니 시간을 벌 셈이었을 터. 하나 그 공을 현석이 가로채 잡아냈다. 동시에 재희가 골대로 달려갔다.

"재희야!"

현석이 던진 공을 받은 재희가 빠르게 슛 모션을 취했다. 그리고 점프. 재희의 손끝을 떠난 공이 아름다운 호를 그리며 골대로 날아갔다. 빙그르르. 링 위를 돌던 공이 안으로 쏙 빨려 들어갔다.

꺄아악!

기쁨의 탄성과 아쉬움의 탄식이 한데 어우러져 터져 나왔다.

"야아! 고재희! 이겼다아아아!"

현석이 달려와 재희를 와락 껴안았다. 재희도 웃으며 그런 친구의 등을 가볍게 토닥여 주었다.

"이제 뭐 남았지?"

"2인 3각. 이거만 이기면 우리 우승이다!"

이로써 방송부는 모든 경기를 마치고 2인 3각 한 종목을 남겨 놓았다. 비록 두 종목에서 우승을 놓쳤지만 남은 2인 3각에서 우승을 한다면 종합 우승은 방송부의 차지였다. 그러므로 반드시 이겨야 하는 게임이었다. 재희가 땀을 훔치며 물었다.

"누구누구 나가?"

[십 분 후, 2인 3각 경기가 시작될 예정이니 출전 선수들은 준비해주시기 바랍니다. 다시 한 번 알려드립니다. 십 분 후, 2인 3각 경기가 시작될 예정이니…….]

안내 방송을 뒤로하고 순태가 이맛살을 찡그린 채 자리에서 벌떡 일어났다.

"야, 손지은! 이환이는 우리 팀으로 나가기로 이미 다 결정되었다고. 이미 정해진 사람이 있는데 왜 이래?"

"미안해. 한 번만 이해해 줘. 그래도 이왕 데려가는데 잘하는 사람 데리고 가야지."

지은이 애교스럽게 손바닥을 비비며 싱긋 웃었다. 타 부서에 비해 남학생 수가 적다 보니 매년 미술부에게는 타 부서에서 선수

한 명씩을 차출해 갈 수 있는 특혜가 주어졌다. 원래는 타 부서에서 자진해서 선수 한 명씩을 주는 게 원칙이었는데 지은이 이번에는 그 원칙을 깨고 직접 선수를 뽑아가게 해달라고 한 것이다. 그것도 경기 당일에 말이다. 순태로서는 화가 나고 어이가 없는 상황임이 분명했다.

"그럼 진작 말을 하던가 했어야지."

"바빠서 말한다는 걸 깜빡했어. 미안해. 대신 다음에 내가 한턱 쏠게."

지은은 애교스럽고 상냥하게 부탁을 하며 이환의 팔을 슬쩍 잡았다. 고운과 함께 짝을 이루기로 했던 터라 이환이 난처한 듯 고운을 보았다.

"……어쩌지?"

고운이 선뜻 대답을 못 하고 있는데 순태가 대신 짜증이 섞인 투로 대꾸했다.

"할 수 없지, 뭐. 일단 가."

자의든 타의든 어쨌든 허락이었다.

"와! 고마워. 이 은혜, 안 잊을게."

예쁘게 웃으며 지은이 이환의 팔짱을 꼈다. 하는 수 없다는 듯 이환이 고운을 보며 미소 지었다. 고운도 어쩔 수 없이 어깨를 으쓱였다. 지은이 이환을 데리고 간 뒤, 순태가 '에잇!' 하며 짜증스럽게 발을 굴렀다.

"아, 진짜 쟤는 진작 말하던가. 선수 다 짜놨는데 어떡해."

"지금 뛸 수 있는 애가 누가 있지?"

현석이 물었다. 그렇잖아도 다른 부서에 비해 인원수가 적은 탓에 대부분이 이미 많은 경기에 참여를 한 터라 모두들 조금씩 지쳐 있었다.

"선배님, 죄송한데…… 저도 못 뛸 거 같아요."

순태가 험악한 얼굴로 뒤를 돌아보았다. 보라가 절뚝거리며 서 있었다.

"아까 이어달리기에서 넘어길 때 발목을 좀 삔 것 같아서요."

다리가 아프다는데 어쩔 수 없는 노릇이었다. 난감한 듯 머리를 긁적이던 순태의 시선이 단상으로 향했다.

"형! 혜수 선배, 달리기 잘했었죠?"

순태의 말을 알아들은 현석이 곧바로 단상에서 안내 방송을 하고 있는 혜수를 데리러 갔다. 그럼 이제 남은 건 이환의 빈자리를 메울 남자 한 명. 순태의 눈길이 저절로 스탠드에 누워 있는 재희에게로 향했다. 오늘 모든 경기에 출전했던 터라 힘들다며 마지막 경기는 쉰다고 했던 그였다. 잠이 든 건지 수건을 얼굴에 덮은 채 미동도 없이 누워 있는 재희를 보다 순태는 후다닥 계단을 뛰어 올라갔다. 그리고 용감하게 재희의 얼굴을 덮은 수건을 치웠다. 재희가 인상을 찡그리며 눈을 떴다.

"……뭐야?"

선잠이 들어 있었는지 목소리가 꽉 잠겨 있었다. 하지만 그렇다 하더라도 어쩔 수 없었다. 순태는 재희의 앞에 쭈그리고 앉아 비장하게 말했다.

"형, 형이 필요해요!"

무슨 말이냐, 묻기도 전에 순태가 재빨리 말했다.

"형, 고운이랑 2인 3각 경기에 좀 나가주세요."

"아자! 파이팅!"

세 번째 주자인 혜수와 현석이 출발한 후, 순태가 목이 터져라 파이팅을 부르짖었다. 고운도 재희와 함께 출발선에 섰다. 재희가 발목에 끈을 묶는 동안, 고운은 심호흡을 했다. 한데 낯익은 목소리가 고운을 불렀다.

"고운아. 재희 형이랑 뛰는 거야?"

이환이었다.

"……어."

"파트너 뺏어서 미안했는데 재희 선배랑 한다니까 안 미안해해도 되겠네. 잘해."

이환의 옆에 꼭 붙어 서 있던 지은이 웃으며 거드는 말에 고운은 그냥 말없이 웃고 말았다. 지은과 이환이 재희에게도 인사를 하고서 자신들의 자리로 돌아갔다. 보지 않으려고 했는데 고운의 시선은 지은의 손과 맞잡은 이환의 손으로 향했다.

고개를 돌렸더니 이번에는 둘의 말소리가 들렸다. 이환이 무슨 말을 했는지 지은이 까르르 웃었다. 고운은 미간에 힘을 준 채 앞을 노려보았다. 마침 발목에 끈을 다 묶고서 재희가 허리를 펴고 일어섰다. 물을 마시던 그를 고운이 불렀다.

"선배님."

재희가 물을 마시다 말고 힐끔 고운을 내려다보았다.

"죄송한데 저, 선배님 손 붙잡고 뛰어도 돼요?"

쿨럭!

재희가 기침을 했다. 입안에 든 물을 막 삼킨 후라 망정이지 하마터면 물을 뿜어낼 뻔했다. 재희가 간신히 기침을 가라앉히고서 다시 고운을 보았다. 이유를 물으려는데 고운이 먼저 말했다.

"저, 꼭 이기고 싶어서요."

정말 말처럼 고운의 두 눈이 이글거리는 승부욕으로 가득 차 있었다. 농담은 아니었다. 그러기에는 표정이 너무 진지했으니까. 조금 당황스럽긴 했다. 한편으로는 웃음이 나왔다. 재희는 손에 들고 있던 물병을 순태에게 던져주고서 고운을 보았다. 그러고는 손을 내밀었다.

"우리, 꼭 이겨요."

다짐이라도 하듯 혼잣말을 중얼거리고서 고운이 재희가 내민 손을 잡았다. 작고 보드라운 손이 닿는가 싶더니 이내 떨어졌다. 손을 잡자고 할 때는 언제고 또 왜? 왠지 모르겠지만 서운한 생각이 불쑥 밀고 들어왔다.

"선배님, 저 깍지 껴도 돼요?"

잠시 고운을 멍하니 바라보다 재희의 입꼬리가 이윽고 피식 올라갔다.

도대체 얼마나 이기고 싶기에 깍지까지 끼자고 하는 걸까. 하마터면 웃음이 크게 터질 뻔했다. 재희는 표정을 가다듬고서 고개만 끄덕였다. 그러자 기다렸다는 듯 고운이 재희의 손을 잡고 야무지게 깍지를 꼈다. 중간 키는 되는 터라 손이 제법 클 줄 알았는데 생각했던 것보다 훨씬 더 작은 손이었다. 긴장이 되는지 그 작은 손이 꼼지락거리며 그의 손을 간질였다. 재희는 나직이 숨을 뱉었다 들이마셨다.

……후.

심장박동 소리가 생생하게 온몸으로 느껴졌다. 일전에 이와 똑같은 경험을 한 적이 있었다.

하얀 봄 햇살이 머리 위로 쏟아지던, 적당히 나른한 바람에 아이보리색 린넨 커튼이 춤을 추던 그날의 오후. 그때였다. 그러고 보니 어제도 비슷한 걸 느꼈다. 코끝으로 풍기던 옅고도 상큼한 귤 냄새가 왜 그리도 아찔했던지.

현석과 혜수가 점점 더 가까워지고 있었다. 그리고 깍지 끼고 있던 고운의 손이 움찔했을 때, 재희는 발을 뗐다.

"하나, 둘, 하나, 둘, 하나, 둘, 하나, 둘."

무슨 주문이나 되는 양, 고운이 야무지게 읊조리는 구호를 들으며 재희는 부지런히 앞으로 걸었다. 풀어지지 않도록 단단히 묶은 두 개의 발이 함께 앞으로 갔다 멈추었다를 반복했다. 반환점을 돌고서도 속도는 떨어지지 않았다. 20m, 10m, 5m, 4m, 3m, 2m, 1m. 환호성을 지르며 얼른 들어오라고 손짓하는 순태와 현석 뒤로 방송부원들의 모습이 보였다.

그리고 마침내 팽팽하게 당겨져 있던 테이프가 풀리며 공기 중에 나풀거렸다.

"와아!"

깍지 끼고 있던 손을 풀고서 고운이 팔짝 뛰며 재희를 와락 안

앉다. 서로의 발목에 묶은 끈을 채 풀기도 전이었다. 몸이 비틀거렸다. 재희는 넘어지지 않기 위해 반사적으로 고운의 등을 와락 감싸 안았다.

결코 다른 뜻이 있어서 그런 건 아니었다.

열.

여름, 바다, 그리고 우리

"시험 다 끝났다고 풀어지지 말고. 너희, 아직 시간 많이 남았다 싶지? 그런데 여름 지나고 가을 오고 겨울 와봐라. 금세 2학년 되고 시험 몇 번 치다 보면 어느새 3학년 되고. 그러다 보면 금방 수능이야."

기말고사 성적표를 모두 나눠주고서 규현이 종례를 이어갔다.

"여름방학 보충수업 참가서, 부모님께 갖다 드리고 내일까지 모두 사인 받아오고. 오케이?"

고운이 일어서려고 하니 규현이 됐다고 손을 흔들고는 금세 교실 밖으로 나갔다. 담임이 나가자마자 아이들은 재잘거리며 짐을 챙겼다. 내일이 1학기 종업식인 이유로 오늘은 지루하기 짝이 없는 야간자율학습도 생략이었다. 당연히 모두들 잔뜩 신이 나 있었다.

고운과 보라도 가방을 싸 교실을 나왔다. 하지만 다른 아이들처럼 집으로 가는 대신에 방송반으로 향했다. 다음 주에 MT 가는 문제로 회의가 잡혀 있었기 때문이었다.

"내일, 우리 옷 사러 안 갈래?"

보라의 목소리는 잔뜩 들떠 있었다.

"우리 쌤 고향집이 바닷가랬지? 수영복도 필요한가? MT 가는 줄 알았으면 진작 살이나 좀 뺄걸. 아니, 이런 건 미리미리 말해줬어야지."

기말고사가 끝나던 날이었다. 순태가 1학년들을 모두 불러 모아 소식 한 가지를 전해 주었다.

"여름방학 보충수업 시작하기 전에 1박 2일로 MT 다녀올 거니까 집에 미리 말씀드리고 허락받아 와. 허락 안 받아 온 녀석들은 못 가는 거야."

미리 말해주면 혹시라도 들뜰까 싶어서 시험 끝나고 말해주는 거라 했다. 그리고 그런 순태의 생각은 옳았다. 연방 히죽히죽 웃다 보라가 고운에게 물었다.

"3학년 선배들도 가겠지?"

"3학년? 에이, 수능 얼마 안 남았는데 가겠어? 그때쯤이면 백 일 아냐?"

고운의 말에 보라가 이맛살을 찌푸렸다. 그렇게 좋아 하더니 순식간에 실망이 짙게 밴 얼굴이었다. 무슨 일이냐 물어보려는데 삐삐 소리가 울렸다. 고운이 치마 주머니에서 삐삐를 꺼냈다.

정식의 병원 번호였다. 그것도 8282란 숫자를 달고 있었다. 갑자기 무슨 일일까? 불현듯 불길한 느낌이 들었다.

"나, 삐삐 확인해야 할 것 같은데. 급한 일 같아서."

"그래? 그럼 같이 가자. 어차피 시간 좀 남았으니까."

고운은 보라와 함께 공중전화가 있는 1층으로 다시 내려갔다. 번호를 누르자 1건의 메모가 녹음되어 있었다.

〈고운아. 아줌만데 지금 XX병원으로 와야겠어. 사고가 나서 아빠가 좀 다치셨어.〉

혜영의 말이 끝나고 삐, 소리가 울렸다. 고운이 멍한 얼굴로 수화기를 내려놓았다.

"어머, 얘 왜 이래? 고운아. 괜찮아? 무슨 일인데?"

보라가 무슨 말을 하는 것 같았지만 고운의 귀에는 조금 전, 혜영이 남긴 말소리만 계속 되풀이되고 있었다.

"아빠!"

눈물이 잔뜩 번진 얼굴로 고운이 병실로 뛰어 들어왔다. 그 뒤로 이환도 함께 뛰어왔다.

정식은 다리에 깁스를 하고 가슴과 목에 보호대를 한 채 누워 있었다. 얼굴 곳곳에도 상처가 나 있는 터라 고운은 또다시 눈물이 터졌다.

"우리 딸 왔어? 이환이도 왔구나."

그 몰골을 해서도 정식은 함박웃음을 지으며 아이들을 반겼다.

"어떻게 된 거야."

고운의 목소리가 떨려 나왔다.

"음주운전 차량이 그대로 와서 박았나 봐. 이만하길 정말 천만다행이야."

혜영의 설명에 고운이 입을 막았다. 혹시라도 잘못되었더라면……. 고운은 머릿속에 떠오르는 악몽을 지우려 도리질을 쳤다. 그런 딸의 마음을 알아차린 정식이 고운의 손을 잡았다.

"아빠, 괜찮아. 봐, 멀쩡하잖아."

"아빠 이게 멀쩡해, 이게? 그러니까 평소에 운전 조심하라고 내가 몇 번이나 말했어!"

"아이구, 우리 공주님 잔소리 또 시작됐네. 아, 아빠는 교통 법규 잘 지키면서 했어. 그놈이 대낮부터 술 먹고 와서 박은 건데."

정식은 괜찮다며 농담까지 했다. 고운은 눈물을 훔치고서 혜영을 돌아보았다.

"아줌마, 아빠 얼마나 다친 거예요?"

"일단 크게 다친 건 대충 다리 골절에 갈비뼈 골절, 인대 파열. 그 정도야. 무 날 정노는 꼼짝없이 입원해야 할 것 같아."

"그렇게나요?"

"어쩔 수 없지, 뭐. 다리도 그렇고 갈비뼈도 세 대나 부러져서 누워서 가만있는 게 가장 좋다니까."

혜영이 한숨을 내쉬었다. 그녀도 많이 놀랐는지 목이 잠겨 있었다. 작은 1인실을 꽉 채우고 있던 공기가 금세 무거워졌다.

"다들 걱정할 거 없어. 난 이참에 휴가 받았다 생각하고 푹 쉬지, 뭐. 그나저나 나 없이 우리 최 원장이 힘들겠다. 병원 환자들 혼자 다 봐야 하는데."

모두에게 걱정을 끼친 게 미안했던지 정식이 허허 웃으며 장난스레 말했다.

"선배는 지금 농담이 나와?"

"아빠 말을 해도…… 이게 농담할 일이야?"

정식의 말이 끝나기가 무섭게 혜영과 고운이 동시에 화를 버럭 냈다.

"그래도 이만하길 다행이잖아. 그냥 이렇게 누워서 '뼈야, 잘 붙어라!' 그러고 있음 되는데."

"엄마도 없는데 아빠까지 없으면 어떡해! 아빠 몸이 어디 아빠 혼자 건 줄 알아?"

고운이 밉지 않게 눈을 흘기고는 자리에 앉아 정식의 손을 꼭 잡았다.

"하늘에 계신 엄마가 아빠 지켜줬나 보다. 그치?"

고운이 간절히 기도하듯 눈을 감고 '엄마, 아빠 지켜줘서 정말 고마워' 하며 중얼거렸다. 정식이 어색한 미소를 지으며 얼른 화제를 돌렸다.

"그나저나 우리 딸 밥은 먹었어? 안 먹었지? 이환아, 그러지 말고 고운이 데리고 가서 밥 먹어. 아저씨 이제 괜찮으니까."

"그래. 이환아, 그렇게 해. 여긴 엄마가 있음 되니까."

혜영도 동의했다. 이환이 고운을 보았다. 어떻게 할까. 네가 결정하라는 눈빛이었다.

"알았어. 그럼 밥 먹고 집에 가서 짐 챙겨올게."

"아이구, 안 와도 돼. 아빠, 약 먹어서 졸려. 금방 잠들 거야. 그러니까 오늘은 그냥 집에 가서 문단속 잘 하고 자고 내일 와."

하지만 고운은 여전히 일어날 생각도 않고 양 미간에 부릅 힘을 주고만 있었다. 안 되겠는지 정식이 도움을 청하듯 혜영을 보았다.

"그래, 아줌마가 있을 테니까 그렇게 해. 내일 학교도 가야 하잖아."

"내일 어차피 학교 갔다가 방학하고 바로 올 건데."

"그래도 피곤해서 안 돼."

혜영이 웃으며 고운을 일으켜 세우고는 이환에게 눈짓을 했다.

"혹시 고운이 무섭다 그럼 이환이 네가 고운이네 집 거실에서 자고."

"그럴게요. 고운아."

이환까지 채근을 하자 고운이 할 수 없다는 듯 가방을 어깨에 멨다.

"아빠, 그럼 밤에 심심하면 바로 전화해."

"그래, 그럴게. 우리 딸, 조심해서 잘 가. 이환아, 우리 딸 잘 부탁한다?"

"네, 아저씨. 저희, 그럼 이만 가볼게요."

"아줌마, 우리 아빠 잘 부탁해요. 또 막 말도 안 되는 소리 하면 좀 때려주고요."

정식과 혜영이 웃으며 이환과 고운을 배웅했다. 하지만 두 사람이 나가자마자 병실에는 무거운 침묵이 찾아왔다. 팔짱을 낀 채 물끄러미 병실 문을 보던 혜영이 이내 정식 앞에 앉았다.

"선배, 고운이한테 정말 얘기 안 해줄 거야?"

"모르는 게 나아. 어차피 어릴 때부터 그렇게 알고 살았는데 이제 와 알아봤자 속만 상해."

"그래도. 나중에 알면 더 크게 상처받을 거야. 차라리 이제라도 사실대로……."

"됐어."

정식이 혜영의 말을 가차 없이 잘랐다.

"그럼 정말 이대로 그냥 묻어두겠다고?"

"그쪽에서 연락할 일도 없을 테고. 나만 입 다물고 있으면 돼. 그러니까 혜영이 너도 모르는 척해줘."

정식이 고집스럽게 입을 다물었다. 더 말을 한다고 해도 어차피 듣지도 않을 터. 혜영이 안쓰러운 눈빛으로 정식을 보다 그의 손을 꼭 잡았다.

"제발 아프지 말고 건강해."

혜영을 응시하는 정식의 얼굴에 금세 미소가 스며들었다.

"농담 아냐. 아까 연락받고 내가 얼마나 놀란 줄 알아? 진짜 심장 떨어지는 줄 알았단 말이야."

또다시 오후 나절, 끔찍했던 일이 생각났는지 혜영의 눈가가 발갛게 젖어들었다. 아마도 이환의 아버지였던 성준의 생각이 났으리라.

"미안해. 앞으로는 이런 일 없도록 할게."

정식이 혜영의 손을 든든하게 힘주어 잡았다.

"괜찮아?"

병원을 나온 지 십여 분쯤 지났을까. 옆에서 들려온 소리에 고운은 그제야 고개를 들었다. 이환이 걱정스레 보고 있었다. 그러고 보니 버스 정류장에 온 줄도 몰랐다.

"응."

하지만 일 초도 지나지 않아 고운은 고개를 저었다. 그리고 자신의 대답을 정정했다.

"아니, 안 괜찮아."

평소와 달리 고운의 목소리는 땅바닥에 달라붙은 것처럼 무겁기만 했다. 무슨 말을 해야 하나, 잠시 머뭇거리다 고운이 속내를 솔직하게 털어놓았다.

"실은…… 아까 아빠 사고 났다는 소식, 아줌마한테서 듣자마자 진짜 심장이 내려앉는 것만 같았어. 난 엄마도 없는데…… 아빠까지 잘못되면 어쩌나 싶어서…… 너무 무섭고 불안해서…….""

고운이 말끝을 흐리며 눈가를 꾹꾹 눌렀다. 어깨가 아주 잠시 흔들리긴 했지만 고운은 금세 심호흡을 크게 하며 제 울음을 다스렸다.

"아저씨, 무사하시잖아."

"정말 엄마가 지켜줬나 봐. 나 혼자만 남게 되면 너무 가여우니까."

고운은 고개를 들었다. 어느새 하늘이 어둑해져 있었다.

삐삑. 고운이 얼른 치마 주머니에서 삐삐를 꺼냈다. 보라의 번호였다.

"보라다. 걱정돼서 했나 봐."

"그러게."

친구의 마음이 고마워 혼자 삐삐를 보며 미소 짓다 고운이 참, 하며 이환을 보았다.

"아무래도 난 MT는 무리겠다, 그지? 에이, 진짜 가고 싶었는데."

고운이 여름 MT 소식을 듣고 얼마나 좋아했는지는 이환이 제일 잘 알았다. 그렇다고 정식이 병원에 저렇게 누워 있는데 놀러 가자고 할 수도 없었다.

"그럼 나도 가지 말까?"

"오빠가 왜?"

"너도 안 가는데 혼자 가기 미안하잖아."

고운은 괜스레 눈썹을 비죽 올리며 장난스레 주먹을 쥐어 보였다.

"만약 그러기만 해 봐. 내가 가만 안 있을 줄 알아. 알았지?"

마침 버스가 왔다. 고운이 얼른 자리에서 일어나며 이환을 돌아보았다.

"오빠 꼭 가. 정말 나 때문에 빠졌다 어쨌다 그럼 나 화낼 거니까."

서둘러 버스에 올라타는 고운을 보며 이환도 자리에서 일어나 버스로 향했다. 저 아이를 만나지 못했다면 어떠했을까. 상상만으로도 끔찍했다.

✻

"모두 다 왔나?"

마치 엄마 걸 훔쳐 온 것처럼 얼굴에 비해, 아니, 머리통에 비해 지나치게 작은 선글라스를 끼고서 순태가 사람들의 수를 헤아리기 시작했다.

"열하나, 열둘, 열셋, 열넷, 열다섯."

자신을 손가락으로 콕 찝었다가 순태가 이내 주변을 두리번거렸다.

"열일곱 아니었나?"

기차역 의자에 앉아 문제집을 풀고 있던 현석이 고개를 들었다.

"참. 재희는 다음 기차로 온다고 먼저 출발하랬어."

"아! 그럼 열여섯."

이제 남은 건 하나. 이번에는 보라가 손을 들었다.

"고운이요."

보라의 말에 순태가 아차, 하며 이마를 탁 때렸다.

"맞다, 고운이. 아버님이 교통사고 나서 병원에 입원해 계시댔지? 그 녀석 걱정 많겠네. MT 다녀와서 고운이 아버님 문병 한번 다녀와야겠다. 그럼 다 온 셈이지? 선생님!"

순태가 부르는 소리에 의자에 앉아 있던 규현이 기지개를 켜며 일어섰다.

"다 됐어? 그럼 표 사러 가야지."

순태와 연주, 그리고 규현까지 매표소로 간 뒤, 이환은 저도 모르게 출입구 쪽을 보았다.

"내 몫까지 재밌게 놀다 와. 사진도 많이 찍고."

혹시나 했지만 순태가 표를 사서 돌아올 때까지 고운은 오지 않았다.

"안 가고 뭐해?"

진호가 툭 쳤다.

"아냐, 가."

이환은 씁쓸한 미소를 지으며 짐을 들고 진호와 함께 승강장으로 향했다.

"늦었지? 그러지 말고 아줌마가 차로 거기까지 데려다줄까?"

가방을 챙겨 등에 메며 고운은 어른스럽게 대꾸했다.

"저 혼자서도 얼마든지 기차 타고 갈 수 있으니까 염려 마세요."

"그래, 그럼. 이환이한테는 내가 바로 연락할게. 고운이 너, 간다고."

'네' 하고서 차에서 내리다가 고운이 서둘러 다시 혜영을 불렀다.

"아뇨, 아줌마. 제가 연락할 테니까 아줌마가 전화 안 하셔도 될 거 같아요."

"그럴래, 그럼? 잘 놀다 와. 물 조심하구."

"네!"

고운은 밝은 얼굴로 인사를 하고서는 서둘러 서울역 계단을 뛰어 올라갔다. 그러고는 곧장 매표소로 가서 다음 기차 시간을 확인했다. 시간이 아슬아슬했다. 고운은 표를 사고 있는 남자 뒤에 가서 얼른 줄을 섰다. 연락도 없이 가면 이환이 엄청 놀라겠지? 혼자 생각하면서 킥킥 웃는데 문득 앞에 선 사람의 목소리가 들려왔다.

"감사합니다."

인사를 하는 남자의 목소리가 어딘가 모르게 귀에 익다 싶긴 했었다. 하나 그렇다고 그 사람이 재희일 거라고는 생각지도 못했다.

"이고운?"

누군가 부르는 소리에 고운의 시선이 위로 올라갔다. 야구 모자를 푹 눌러쓴 재희가 고운을 빤히 내려다보고 있었다.

"선배?"

창밖을 보던 재희의 시선이 힐끔 아래로 향했다. 고운은 가방에서 뭘 열심히 뒤지고 있었다.

"고운이 아버지, 교통사고 나셨다네? 보란가? 고운이, 걔랑 맨

날 같이 붙어 다니는 그 짝꿍. 걔가 그러더라구. 그 말 듣자마자
이환이 녀석 막 뛰어나가던데?"

지난주 금요일, 교실에서 책을 보고 있는데 현석이 방송실에 다
녀와서 전해준 말이었다. 혼자 심각해져서 그날 일을 생각하는데
마침 고운이 고개를 휙 들었다. 재희는 얼른 시선을 창밖으로 돌
렸다.

"선배님."

재희는 아무 일 없었던 것처럼 태연하게 고개를 돌렸다. 고운이
사이다를 하나 꺼내서 내밀었다.

"이거 좀 드세요."

재희는 큼, 헛기침을 하며 사이다를 받아 들고서 고운을 보았
다. 그러고 보니 고운의 무릎 위에 과자며 빵이며 과일 등이 잔뜩
있었다. 거기다 삶은 달걀까지 한 통 가득 담겨 있었다. 순간 웃음
이 픽 새어 버렸다. 달걀 껍데기를 까다 고운이 재희의 웃음소리
에 고개를 들었다. 그러다 금세 재희가 웃는 이유를 눈치챈 듯 깔
깔거리며 웃었다. 자신도 웃긴 모양이었다.

"아줌마가요. 그래도 기차 타면 이런 거 먹어줘야 한다고 부랴
부랴 싸줬거든요."

아줌마? 재희의 침묵에 담긴 의아함을 알아차렸는지 고운이 얼
른 설명을 덧붙여주었다.

"이환 오빠 엄마요. 실은 저희 아빠랑 아줌마랑 대학 선후배 사
이거든요. 지금은 두 분이서 한의원 같이 하세요."

생각했던 것보다 훨씬 더 친한 사이였다, 고운과 이환. 그리고 그 사실을 자각한 순간, 저도 모르게 기분이 이상해졌다.

"선배님, 이것도 드세요."

고운이 하얗고 매끌매끌한 달걀을 재희의 손에 쥐여주었다.

"됐어, 너 먹어."

"에이, 드세요. 전 여기 많은데요, 뭐."

재희가 건네주는 달걀을 사양하고 고운은 자신의 것을 부지런히 까기 시작했다. 재희는 달걀을 손에 쥔 채 사이다를 한 모금 마셨다.

"아버님은?"

고운이 달걀을 까다 말고 재희를 보았다.

"다치셨다며. 괜찮으셔?"

"괜찮으세요. 두 달 동안 꼼짝없이 병원에 누워 계시기는 해야 하지만."

고운이 싱긋 웃으며 다시 달걀을 까더니 한 입 베어 물었다.

"그래도 그만하길 정말 다행이다."

"네, 정말요. 실은 저 아빠랑 둘이 살거든요. 엄만 기억도 나지 않을 만큼 어릴 때 돌아가시고."

고운이 말을 하다 말고 재희를 보더니 희미하게 미소 지었다. 안도와 슬픔이 뒤섞여 응축되어 있었다. 그리고 그런 고운의 마음을 재희는 알 것 같았다.

"나도 어머니가 일찍 돌아가셔서 아버지만 계셔."

고운의 시선이 빤히 다가왔다. 같은 아픔을 공유한 동지애가 짧은 순간이지만 오갔다. 고운이 분위기를 밝게 할 요량으로 싱긋 웃으며 물었다.

"선배, 동생 있죠?"

재희가 흠칫 놀라 고운을 보았다. 언제 가족 관계에 대해 얘한테 말을 한 적 있었나? 방송반에서도 동기들 말고는 가족 관계에 대해 따로 말을 한 적이 없었다.

재희가 고개를 끄덕이자, 그럴 줄 알았다면서 고운이 손가락을 딱 튕겼다.

"어쩐지."

"왜?"

묻는 말에 대답은 않고 고운이 음, 턱을 괴고서 눈을 가늘게 뜬 채 재희를 탐색하듯 들여다보았다. 한데 왜 이렇게 가슴이 또 뛰어대는 걸까. 재희의 귓불이 슬쩍 붉어질 때쯤 고운이 손가락을 또 튕겼다.

"뭐랄까. 선배한테는 태생적으로 군림하는 듯한 그런 분위기가 있거든요."

"내가 무슨 왕이냐? 군림하게?"

"아무튼 그렇다구요. 그래서 딱 첫째겠다 싶었어요. 참, 이건 나쁜 뜻은 아니니까 오해하지 마세요."

고운이 방글거리며 이번에는 새파란 아오리 사과 한 조각을 이쑤시개로 쿡 찍어 재희에게 건네주었다.

"선밴 그래도 동생들이 있어서 덜 외로웠겠어요. 전 혼자라서 외로웠는데."

"왜, 이환이 있잖아."

네가 그렇게 죽고 못 사는 이환 오빠. 재희는 뒷말을 꾹 삼키며 혼자 눈썹을 비딱하게 치켜올렸다. 그런데 옆에서 '에이, 그건 아니죠' 하는 고운의 말소리가 들려왔다.

"그렇다고 이환 오빠가 가족은 아니잖아요. 가족처럼 친한 거지."

"그게 그거 아냐?"

"다르죠."

왜 이렇게 갑자기 기분이 좋아지는 걸까. 재희의 입꼬리가 슬쩍 올라갔다. 하지만 그것도 잠시였다. 고운의 말을 곱씹다 재희가 눈썹을 비딱하게 기울인 채 고운을 휙 돌아보았다.

"근데 이환이는 오빠고 나는 선배고. 호칭이 왜 그래?"

"뭐가요?"

"아니, 그렇잖아. 이환이보다 내가 더 오빠……."

말똥말똥 눈을 뜬 채 바라보는 고운의 표정에 재희는 입안에서 굴러다니던 불평을 쑥 삼켰다.

"됐어."

손을 내저으며 시큰둥하니 하는 말에 고운이 고개를 갸웃거렸지만 다행스럽게도 더 캐묻지는 않았다.

"그래도 선배랑 이렇게 얘기하면서 가니까 좋아요. 솔직히 전 선배님 못 올 줄 알았거든요."

턱을 괸 채 창밖을 바라보던 재희의 시선이 고운에게로 옮겨갔다. 고운이 싱글 웃으며 그를 보고 있었다. 그냥 말로만 하는 소리가 아니라 정말 즐거운 얼굴이었다. 웃는 모습을 보고 있자니 내심 서운하던 마음이 슬그머니 자취를 감추고 만다. 씰룩거리는 입술을 꾹꾹 물어가며 재희는 외려 성가시다는 듯 무심히 물었다.

"왜 못 올 줄 알았는데?"

"고3이잖아요. 우리나라 고3들은 자기 뜻대로 할 수 있는 게 아무것도 없으니까. 더군다나 선배는 학교랑 집에서 거는 기대가 어마어마하잖아요."

자신의 아버지를 떠올리다 재희는 피식 웃으며 고개를 갸웃거렸다.

"글쎄. 우리 아버진 별로 안 그런데. 그리고 아버지, 내가 여기 온 줄도 모르실걸? 지금 일본에 계시거든."

말하다 말고 고개를 돌렸더니 고운이 궁금한 듯 빤히 보고 있었다.

"연수 가셨어, 일본에. 이 년간."

"아, 그럼 혼자 가셨어요? 선배랑 동생들은 전부 여기 있고요?"

"아니. 둘 다 아버지 따라 갔어. 마침 고모가 일본에 계시거든."

"진짜요? 설마, 그럼 선배 혼자만 여기 있는 거예요?"

평소라면, 아니, 다른 사람이 물었다면 대번에 '궁금한 것도 많다.'며 성질을 버럭 냈을 텐데 재희는 즐거운 얼굴로 꼬박꼬박 대답을 해줬다.

"할머니랑. 어머니 돌아가시고 난 뒤, 할머니가 우리 집으로 오셔서 우리 키워주셨어. 살던 집은 세 주시고."

"어, 우리 집도 할머니랑 같이 살았었는데. 선배랑 저랑 같은 점이 생각보다 꽤 많은 것 같아요. 그죠?"

고운이 밝게 웃으며 물었다. 재희는 대답 대신 손에 들고 있던 사이다를 마저 다 마셨다. 미지근해지고 김이 빠졌지만 이상하게도 처음 받아 들었을 때처럼 달고 시원한 기분이 들었다. 재희는 옆을 힐끔 보았다. 가방에서 워크맨을 꺼내던 고운과 눈이 마주쳤다. 고운의 눈매가 반달처럼 싱긋 휘어졌다.

"선배, 이거 같이 들을래요?"

고운이 이어폰 한쪽을 건네주었다. 귀에 꽂자 파도치는 소리가 들리는가 싶더니 이내 나른한 노랫소리가 흘러나왔다.

"저, '코나' 이 노래 되게 좋아해요. 우리의 밤은 낮보다 아름답다. 노래 제목부터 되게 좋지 않아요? 참, 이따 밤에 캠프파이어도 할까요? 그럼 되게 좋겠다. 그죠?"

혼자 뭐가 그렇게 즐거운지 말을 하는 내내 웃더니 고운은 금세 흥얼거리며 노래를 따라했다. 재희는 창턱에 팔을 올리고 턱을 괴었다. 입술에 힘을 꾹 주었다. 한데도 자꾸만 웃음이 피식 새어 나왔다.

아무래도 인정해야 할 것 같았다.

이고운, 이 아이 덕분에 지금 이 순간이 이렇게 설레고 즐겁다는 걸.

"형, 오셨…… 어? 이게 누구야? 이고운 아니야!"

MT 장소인 규현의 집에 도착했을 때, 제일 먼저 마중을 나왔던 순태가 고운을 보고는 반갑게 손을 흔들었다.

"잘 왔다. 들어가자. 형, 들어가세요."

"얼씨구, 저 녀석 보게. 여기가 네 집이냐? 우리 집이지."

차에서 고운과 재희의 짐을 내리던 규현의 말에 한바탕 웃음이 지나갔다. 순태와 고운의 뒤를 재희와 규현이 따랐다. 널찍한 마당 위의 평상에 앉아 이야기를 나누던 모두가 재희와 고운을 보고 벌떡 일어났다.

"고운아!"

보라가 제일 먼저 달려와 고운을 와락 껴안았다. 그리고 이환도 얼른 다가왔다. 조금 놀란 기색이었다.

"어떻게 된 거야?"

"아줌마랑 아빠가 하도 가래서."

고운이 이환과 보라와 함께 도란도란 이야기를 나누며 가는 모습을 보는데 어느새 옆에 온 현석이 재희의 가방을 받아 주었다.

"늦었다?"

"어."

"저녁 먹고 이따가 바닷가 가서 캠프파이어 하잰다, 1학년들이. 아주 신났어."

현석이 옆에서 쉬지 않고 이야기하고 있었지만 재희의 시선은 오롯이 고운에게 향해 있었다. 사람들과 이야기를 나누던 고운이 무슨 말을 들었는지 환하게 웃었다.

"너, 뭐하냐? 나사 빠진 놈처럼 왜 혼자 실실 웃어?"

현석이 툭 치며 하는 소리에 재희는 퍼뜩 정신을 차렸다.

"내가 뭘 웃었다고."

"얼씨구. 참, 우리 좀 전에 마니또 뽑았는데."

"마니또?"

"어. 여기 있을 동안 그냥 재미로. 보자, 너랑 고운인 그냥 하는 수 없이 짝해야겠다. 이고운!"

현석이 부르는 소리에 고운이 뒤를 돌아보았다.

"우리 마니또 뽑았는데 너랑 재희는 늦게 와서 하는 수 없이 너희 둘이 마니또 해야 돼."

"아, 네!"

고운이 싱긋이 웃으며 고개를 끄덕이더니 이내 다시 뒤돌아 이환과 보라와 이야기를 나누었다.

마니또라……. 평소 같았으면 무슨 그런 유치한 짓을 하느냐 타박부터 했겠지만 이상하게도 이번만은 그러고 싶지가 않았다. 고운이 웃는 모습을 보니 괜스레 따라 웃음이 픽픽 샜다.

"뭐야, 너 아까부터 뭘 그렇게 보는 거야? 뭔데, 어?"

현석이 혹여라도 고운을 볼까, 재희는 얼른 친구의 목을 감싸고 규현에게로 향했다.

"선생님, 현석이 배고프다는데요?"

"뭐? 내가 언제?"

"그랬잖아. 방금."

평소라면 하지도 않을 시답잖은 농담을 주고받으며 재희가 즐겁게 웃을 때였다.

"고재희!"

갑자기 웬 여자가 쪼르르 달려오더니 재희를 냅다 껴안았다. 재희는 흠칫 놀라 치렁치렁 머리를 늘어뜨린 여자를 반사적으로 밀쳐냈다.

"잘 지냈어?"

누군가 했더니 재희도 아는 사람이었다.

"유라 선배?"

하늘이며 바다며 온통 먹빛으로 물들어 있는 가운데 하얀 파도만 이리저리 밀려가며 부서지고 있었다. 장작을 모래사장 한가운데 놓고 불을 피운 뒤, 모두들 그 주변으로 둥글게 모여 앉았다.

"아무튼 1학기 동안 모두들 수고 많았고 남은 2학기도 서로 힘을 합쳐서 잘 꾸려나가 봅시다. 그리고 3학년 선배님들."

순태가 3학년들을 부르자 모두의 시선이 그쪽으로 향했다. 혜수와 영호는 가볍게 눈인사를 건네고 다시 소곤거리며 이야기에 열중했고 현석은 싱긋이 웃었으며 그 옆에 있는 재희는 여느 때처럼 무표정한 얼굴이었다. 그리고 그런 재희의 곁에는 유라가 앉아 있었다.

고운은 못마땅한 표정으로 두 사람을 힐끔거렸다. 이곳에 도착한 후부터 유라는 재희의 옆자리를 한시도 놓치지 않고 그야말로 필사적으로 사수하고 있었다.

"장난 아니다, 저 여자 선배."

보라가 턱 끝으로 가리키는 곳에는 재희와 유라가 있었다. 유라가 재희에게 무슨 말을 건네자 재희가 고개를 끄덕이며 무슨 대답인가 했고 유라가 예쁘게 웃으며 재희의 팔을 툭 쳤다.

"저 유라란 선배, 학교 다닐 때부터 대놓고 재희 선배 찜해놓고 장난 아니었대. 되게 예쁘지?"

보라의 말처럼 수수한 아이들 틈에서 예쁘게 화장을 하고 긴 생머리를 늘어뜨린 유라는 한눈에 뛰었다. 고작 1살 남짓한 나이 차인데도 불구하고 고등학생과 대학생의 간극은 참으로 엄청난 것이었다.

"Y대 다닌대. 저 얼굴에 공부도 잘하고 뭐니, 진짜. 머리 좋아, 얼굴 예뻐, 몸매 돼, 거기다 성격 장난 아냐. 그냥 하나만 하지. 난 저런 사람 보면 괜히 주는 거 없이 밉상인 거 있지. 으, 부러워!"

그러고 보니 고운도 유라의 이름을 들어본 적이 있었다. 작년인가, 아마 방송제에서 재희와 함께 노래를 불렀다던 그 선배였을 것이다.

"근데 두 사람, 은근히 잘 어울리지 않냐? 어차피 재희 선배도 몇 달 안 있음 대학생이고. 어쩌면 내년에 둘이 사귈지도 모르겠다. 그지?"

"말도 안 돼!"

"왜?"

그러게. 갑자기 말문이 막혔다. 이상하다는 듯 쳐다보는 보라의 눈빛에 무슨 말을 해야 하나 싶던 찰나, 고맙게도 순태가 박수를 치며 사람들의 이목을 끌어 모았다. 고운은 얼른 아무렇지 않은 척하며 빨개진 얼굴을 돌렸다.

"자! 공부하시느라 바쁠 텐데도 불구하고 이 자리에 함께해 주셔서 방송부 부장으로서가 아니라 선배님들의 후배로서 정말 마음속 깊이 감사를 드립니다. 그런 의미에서 선배님들께 작은 감사의 표시로……."

순태가 말을 잠시 멈추자 연주가 기다렸다는 듯 등 뒤에 감추고 있던 케이크 상자를 꺼내 놓았다. '두구두구!' 순태가 장난스럽게 입으로 북소리를 냈다.

"짠!"

연주가 상자를 들어 올리자 동시에 여기저기서 웃음소리가 터졌다. 분명 상자는 제과점 상자인데 안에 든 것은 먹음직스런 생크림 케이크가 아니라 초코파이를 켜켜이 쌓아 올려 만든 케이크였다. 연주가 색색의 기다란 초를 여섯 개 꺼내 초코파이 위에 하나씩 꽂고는 자리에서 일어났다. 그리고 옆에 있던 규현도 따라 일어나더니 라이터를 꺼내 초 하나하나마다 불을 붙였다. 이윽고 여섯 개의 초 위로 예쁜 불꽃이 피어났다.

"자, 3학년들 모두 앞으로 나와."

"아, 선생님은 무슨……."

규현의 말에 재희가 쑥스러운 듯 뒤로 뺐지만 옆에 있던 현석이 얼른 자리에서 일어나 재희의 팔을 잡아낭겼다. 유라도 웃으며 새희의 등을 밀었다.

"뭐 어때. 우리도 해주는 건 다 받아봐야지."

못 이기는 척하며 재희가 일어나자 혜수와 영호도 웃으며 따라 일어나 모두들 초코파이 케이크 앞으로 나왔다.

"자, 우리 명진고 18기 방송부 녀석들. 오늘 이 자리에 참석 못한 경은이와 수진이는 물론이고 우리 혜수, 영호, 현석이, 그리고 재희까지."

규현이 한 사람 한 사람 다정하게 눈을 맞추며 이름을 불러 주었다.

"부디 원컨대 수능 대박 나고 모두들 꼭 가고 싶은 대학교에 진학하길 바란다. 아, 뭐 해. 모두들 소원 빌고 불 꺼야지."

쭈뼛거리던 3학년들이 서로 피식 웃더니만 이윽고 눈을 감고 소원을 빌었다. 처음에는 조금 쑥스러운 듯했지만 눈을 감고 소원을 비는 모습은 어느새 경건해져 있었다. 잠시 후, 모두들 눈을 뜨고서 동시에 후, 바람을 불어 촛불을 껐다. 와아아! 박수 소리가 힘차게 흘러나왔다.

"선배님들 파이팅!"

모두 힘차게 외치며 3학년들에게 응원의 기를 보태 주었다.

"야, 이러다 나 전국 수석하는 거 아닌가 몰라."

현석의 우스갯소리에 규현이 제발 좀 그러라며 받아치자 웃음소리가 한바탕 일어났다. 모두들 초코파이를 하나씩 가져다 나눠 먹는데 규현이 아이들을 휘, 둘러보았다.

"너희들, 아침부터 기차 타고 여기까지 오느라 바쁘고 피곤할 텐데 이만 들어가서 잘까?"

"아뇨!"

우우, 야유와 함께 약속이나 한 듯 싫다는 대답이 쏟아져 나왔다.

"그래, 너희들은 어려서 체력 좋다 이거지? 그럼 이제 뭘 할까. 뭐, 하고 싶은 것들 있음 말하고."

늘 학교에, 공부에 치여 살던 아이들은 오랜만에 밖으로 놀러 나온 게 마냥 신이 나 모두들 조금씩은 흥분되어 있었다. '수건돌리기요!', '장기자랑이요!', '공공칠 빵이요!' 모두들 장난처럼 하나씩 외쳐 대는데 보라가 큰 소리로 말했다.

"진실게임이요!"

순간, 조용해지며 모두들 호기심 어린 얼굴로 옆에 있는 사람들을 쳐다보았다. 웅성웅성하던 가운데 규현이 씩 미소 지으며 아이들에게 물었다.

"그럼 진짜 진실게임 한번 할까?"

"네!"

시작하기도 전에 설레고 긴장된 분위기가 조성되어 있었다.

"자, 그럼 모두 다 할 순 없으니까 이 중에 딱 세 명을 뽑고. 그 세 명한테 할 수 있는 질문은 각각 세 가지씩으로 제한하기. 어때?"

"좋아요!"

규현이 정한 규칙에 모두들 찬성했다.

"오케이. 그럼 이제 사람을 뽑아야 하는데. 음……."

주변을 휙 보더니 규현이 조금 전, 초코파이에 꽂았던 새빨간 초를 꺼냈다. 그러고는 케이크 상자를 엎어 그 위에 내려놓았다.

"여기, 초 심지가 가리키는 사람이 질문 받는 거다."

"만약 대답 안 하면요? 벌칙 있어야 하잖아요."

"그렇지. 벌칙, 뭘로 하지?"

"방송실 청소요!"

누가 먼저 대답할 세라, 1학년들이 이구동성으로 외치는 소리에 규현은 물론이고 2, 3학년들도 웃음을 터뜨렸다.

"그러지, 뭐. 그럼 시작한다."

규현이 초를 잡고 휙 돌렸다. 상자 위에서 빠른 속도로 뱅글뱅글 돌아가던 초가 가리킨 사람은 공교롭게도 규현, 자신이었다.

에이, 뭐예요. 선생님, 일부러 그런 거죠!

아이들의 장난 섞인 야유 소리에 규현이 싱글벙글 웃는 얼굴로 손을 번쩍 들었다. 질문을 시작하란 신호에 야유 소리도 뚝 그쳤다.

"지난번에 선본 거 어떻게 되셨어요?"

"차였다."

아주 간단한 대답에 여기저기에서 숨죽인 웃음소리가 새어 나왔다.

"본인이 여자를 왜 못 만난다고 생각하세요?"

"음, 여자들이 감당하기에는 차마 너무 부담스럽게 잘생긴 외모?"

규현의 대답에 '우우!' 야유 소리가 터져 나왔다. 그리고 누군가 '선생님, 청소하셔야겠네요!' 라고 외쳤고 이어서 여기저기에서 개구진 웃음소리가 왁자지껄하게 쏟아졌다.

"자, 이제 마지막 질문."

"선생님, 만약 졸업한 제자가 선생님 좋다 그러면 결혼할 수 있어요?"

"없다. 한 번 제자는 영원한 제자일 뿐."

오올! 아이들의 반응에 규현이 어깨를 으쓱인 후, 다시 초를 집었다.

"자, 그럼 두 번째 타자는."

뱅그르르, 빠르게 돌아가던 초가 점차 느려지더니 이내 멈췄다. 그리고 그 초의 심지가 가리키는 끝에는 이환과 재희가 앉아 있었다. 애매한 초 심지의 방향에 이환과 재희는 서로를 쳐다보았다.

"누구야?"

이환인지 재흰지 모두들 긴가민가한 얼굴로 보는데 가까이에 앉은 순태가 바닥에 납작 엎드리더니만 이환을 가리켰다.

"이환이네."

규현도 유심히 보더니 고개를 끄덕였다.

"뭐 해, 질문들 안 해?"

규현의 말이 끝나기가 무섭게 1학년, 범준이 손을 번쩍 들었다.

"선배님만의 특별한 공부 비법 있으세요?"

으아아! 주변에서 '이런 멍청한 놈!' 소리가 절로 터져 나왔다. 저런 쓸데없는 질문에 아까운 질문 하나를 날려먹다니! 모두들 아쉬워하는데 오로지 이환만 싱긋이 웃고 있었다.

"수업 잘 듣고 예습, 복습 철저히 하고. 물론 공부할 땐 집중해서 하고. 끝."

우! 치사하다! 여기저기서 야유를 쏟아냈다.

"자, 그럼 이제 질문 두 개 남았네. 다음 질문?"

재희의 곁에서 묘한 미소만 짓고 있던 순태가 재빨리 손을 들었다.

"현재 좋아하는 사람이 있다? 없다."

오우! 모두들 비로소 흥미진진한 얼굴로 이환을 보았다. 잠시 고민하는 듯했지만 이환이 피식 웃으며 고개를 끄덕였다.

"있다."

여기저기에서 웅성거리는 가운데 순태가 다시 질문했다.

"우리도 모두 다 아는 사람이지?"

무두의 호기심 어린 시선이 이환에게로 향했다. 고오도 궁금한 듯 쳐다보는데 옆에 있던 보라가 소곤거렸다.

"에이, 뭘 물어. 다 아는 걸. 손지은 선배잖아. 부학생회장."

고운의 눈길을 느꼈는지 보라가 어깨를 으쓱이며 말을 이었다.

"지난번 축제 끝나고 체육대회 때도 봐. 원래 진호 선배가 미술 부에 가서 뛰기로 했는데 지은 선배가 와서 이환 선배 데리고 갔 잖아."

사람들이 얼른 대답하라며 이환을 재촉했다. 미간을 살짝 찌푸린 채 이환이 곰곰이 생각하다 이내 조금 민망한 웃음을 지으며 규현을 보았다.

"선생님, 꼭 학생회실 청소해야 하는 건 아니죠?"

아이들이 야유를 쏟아냈지만 규현이 픽, 웃으며 고개를 끄덕였다.

"오케이. 일단 청소 한 명 당첨! 자, 그럼 이번에는 이환이가 돌릴 차례인가?"

이환이 규현에게서 넘겨받은 초를 돌렸다. 빙글빙글 돌던 초가 다시 이환에게로 향했다.

"어! 뭐야!"

순태가 소리치던 그때, 느리게 돌아가던 초가 완전히 멈춰 섰다. 그리고 심지 끝이 가리키는 곳에는 재희가 앉아 있었다. 와아아! 아이들의 환호성이 터졌다.

"아싸, 나! 나!"

순태가 신이 나서 손을 들었다.

"학교 다니면서 누군가를 좋아해 본 적이 있다, 없다!"

이환에게 했던 질문 그대로였다. 다들 재밌어 죽겠단 얼굴로 재희를 바라보았다. 누군가 '에이, 설마 있겠어?' 하며 키득거리던 때, 재희가 평온한 얼굴로 입을 열었다.

"있어."

모두의 눈이 휘둥그레졌다. 잠시 적막이 흐르는가 싶더니 이내 여기저기서 '진짜?' 하는 소리가 터져 나왔다.

"뭐야! 나, 지금 제대로 들은 거 맞아? 있다고 한 거지? 그지?"

보라도 호들갑을 떨며 고운에게 물어댔다.

"……응."

고운은 얼떨떨한 얼굴로 고개를 끄덕이고는 재희를 바라보았다. 도대체 누굴까? 분명 재희가 좋아할 만한 사람이라면 엄청 예쁘고 잘난 사람이었겠지? 캠프파이어 때문에 들뜨고 설렌 마음이 갑자기 이상하게 푹 가라앉았다. 고운은 저도 모르게 입을 비죽 내밀며 꽉 껴안은 무릎에다 턱을 괴었다.

"혹시 우리도 아는 사람?"

순태의 두 번째 질문이었다. 설마, 이번에도? 사람들의 기대를 무참히 가르며 재희는 이번에도 쉽게 고개를 끄덕였다.

"응."

뭐야! 정말?

누가 먼저랄 것도 없이 동시에 경악에 가까운 소리가 여기저기에서 터져 나왔다.

"오호. 그럼 마지막 질문은……."

규현의 말이 끝나기가 무섭게 누군가 손을 들었다. 바로 재희의 옆에 앉아 있던 유라였다.

"혹시 그 좋아한다는 사람이 지금 여기……."

말을 하다 말고 묘한 미소를 짓던 그녀가 말을 정정한다는 듯 손을 내저었다. 그러더니 돌연 손가락으로 자신을 가리켰다.

"좋아한다는 사람이 나야?"

와아아!

"어머머, 저 선배 완전 대놓고 작업 거는 거 봐. 거 봐, 내가 아까 장난 아니라 그랬지?"

그러게. 정말 장난 아닌 사람이었다. 고운도 입을 떡 벌린 채 재희를 보았다.

파도 소리만 부서지는 바닷가에는 그저 적막만 흐르고 있었다. 모두들 잔뜩 긴장한 채 재희만 뚫어져라 쳐다봤다. 설마, 이번에도…… YES? 한데 그런 사람들의 기대와 달리 재희의 표정은 조금 전과 달리 별반 다르지가 않았다.

"아뇨."

그 대답만으로는 모자랐는지 재희는 다시 한 번 더 확실하게 말했다.

"당연히 선배일 리가 없잖아요."

재희의 시선이 움직였다. 고운이 저기 앉아 있었다.

씻고 방으로 들어오자 여기저기에서 드르렁 드르렁, 코 고는 소리가 울려 퍼졌다. 비록 여름이지만 바닷가라 그런지 열대야에 시달리는 서울과 달리 이곳의 밤공기는 제법 쌀쌀한 편이었다.

재희는 혹시 감기라도 걸릴까, 얇은 여름용 이불을 꺼내 아이들 위에다 하나씩 덮어주었다. 한데 두 자리가 비었다. 순태와 이환이 아직 오지 않은 것 같았다. 게임 벌칙에 걸린 녀석들 몇이 뒷정리를 하고 오기로 했는데 아직 뒷정리가 덜 끝난 모양이었다. 거기에 생각이 미치자 갑자기 누구가가 떠올랐다. 고운도 마피아게임을 하면서 벌칙에 걸렸었지? 설마 그 녀석도 아직 거기 있는 걸까. 재희는 아이들이 깰 세라, 조심스럽게 밖으로 나와 신발을 신었다.

"똑똑한 줄 알았더니 그걸 못해서 벌칙을 받아."

언제 하루 붙잡아 앉혀 놓고 게임 특훈이라도 시켜야 하나. 한데 마당을 채 나가기도 전에 저만치서 도란도란 웃음소리가 들려왔다. 누군가 했더니 순태와 연주였다.

"어, 형! 어디 가게요?"

"왜 너희만 왔어? 뒷정리 아직 덜 끝났어?"

"아뇨. 거의 다 했는데 고운이랑 이환이가 마저 하고 온다고 우리더러 먼저 가라고 하더라구요. 자기들은 바닷바람도 좀 더 쐴 거라고."

순태의 대답이 끝나기도 전에 재희의 눈썹이 비딱하니 올라갔
다.

"인마, 그래도 너희끼리만 오면 어떡해. 같이 데리고 왔어야
지."

재희는 서둘러 집을 나섰다. 아무리 이환과 함께 있다지만 혹시
무슨 일이 생길 줄 어찌 알겠는가. 아무래도 직접 가서 빨리 데리
고 오는 편이 나을 것 같았다.

파도 소리 외에는 너무도 고요한 밤이었다. 바다 특유의 냄새가
온몸 가득 배어드는 것만 같았다. 고운은 기지개를 쫙 켜고는 자
리에 앉았다.

"바다 냄새 너무 좋다."

"기분 좀 좋아졌어? 아까 도착하고 난 이후로 계속 표정이 안
좋기에 난 많이 피곤한가 했더니."

"아냐, 하나도 안 피곤해. 기분 너무 좋아."

고운은 아이처럼 잔뜩 들떠 있었다. 솔직히 이환의 말처럼 저녁
내내 기분이 안 좋았긴 했었나. 한데 이상하게 게임을 한 이후부
터는 언제 그랬냐는 듯이 기분이 좋아졌다. 정말 신기하게도 말이
다.

삐삐, 삐삐.

바다를 향해 있던 고운의 눈길이 이환의 바지로 향했다. 이환이
삐삐를 꺼내 보았다.

"이 밤에 누구야?"

"어, 지은이."

"아까 오빠가 좋아한다던 사람, 혹시 지은 선배야?"

"……뭐?"

역시나 괜히 물었다. 고운은 아차, 하며 얼른 말을 얼버무렸다.

"아니, 아까 누가 그러기에 혹시나 해서. 됐어. 신경 쓰지 마. 내가 괜한 걸 물었나 봐."

고운이 어색한 웃음을 지으며 손사래를 치는데 이환이 문득 피식 웃었다. 그러고는 습관처럼 고운의 머리를 장난스레 헝클었다.

"아무튼 엉뚱한 생각하는 데는 도사라니까."

저 대답은 뭘까. 긍정? 부정? 아무래도 후자 같았다.

"아냐?"

"아니지, 그럼. 지은이는 정말 편한 친구고 그리고 넌……."

"나?"

한데 이환이 더는 아무 말을 않고 그냥 고운을 빤히 보기만 했다. 정적이 드리워졌다. 고운은 어색하게 웃으며 자신의 뺨을 만졌다.

"왜 그러고 봐? 뭐, 얼굴에 묻었……."

순간, 말을 하다 말고 고운이 눈을 크게 떴다. 가만히 고운을 보던 이환이, 아니, 이환의 얼굴이 다가왔기 때문이었다. 숨소리가 고스란히 닿을 만큼 아주 가까이. 고운은 숨 쉬는 것도 잊은 채 이환의 눈을 바라보았다.

철썩거리며 파도 소리만 들려오던 가운데, 어디선가 '삐삐! 삐

삐! 삐삐!' 거리는 소리가 들려왔다.

……분명 삐삐 소리다.

한데 이환의 것은 아니었다. 멀리서 들려온 삐삐 소리에 고운은 그제야 번쩍 정신이 들었다. 고운이 이환을 밀쳐내며 후다닥 자리에서 일어났다.

"……느, 늦었다. 얼른 가자."

고운은 이환을 두고 얼른 뒤돌아서 걸음을 뗐다. 푹신한 모래사장에 발밑이 푹 꺼지며 휘청거렸다. 그런 고운의 손목을 이환이 잡아챘다.

"고운아."

고운은 당황한 얼굴로 이환을 보았다.

"난 네가……."

고운이 서둘러 이환의 말을 잘랐다.

"저기, 오빠. 나 너무 피곤해서. 아까 오는 동안 기차에서도 잠을 하나도 못 잤거든. 그만 들어가서 잘래."

고운은 이환의 손을 뿌리치고서 서둘러 모래사장을 걸어갔다.

순태와 현석의 배웅을 받으며 재희는 규현의 차에 짐을 실었다.

"조심해서 가고. 도착해서 할머니 상태 보고 바로 삐삐 쳐."

"그래."

재희가 차에 타자 규현의 차가 기다렸다는 듯 출발했다. 날리는 흙먼지를 손으로 부치며 현석이 걱정스레 중얼거렸다.

"이게 대체 무슨 일이야?"

"그러니까요. 형 표정이 너무 안 좋네. 그래도 저녁까지는 계속 웃어서 오랜만에 형 웃는 얼굴 봐서 좋다 싶었는데."

현석과 순태가 이야기를 나누며 돌아서는데 저만치서 두 사람이 걸어오고 있었다.

"쟤들 뭐야?"

현석이 묻는 말에 순태가 들고 있던 손전등을 켰다. 불빛이 길게 드리워지며 이환과 고운의 모습이 드러났다.

"뭐야? 너희 이제 와?"

이 시간에 사람이 있으리라고는 생각 못 했던 터라 고운이 당황해 이환을 보았다. 한데 이환은 평상시와 다름없이 너무도 태연했다.

"왜 다들 밖에 나와 있어?"

"재희 형, 방금 서울 갔거든."

뜻밖의 소식이었다.

"재희 할머니께서 지금 병원에 계시대. 급하게 연락이 왔더라고."

현석의 말에 고운은 가슴이 철렁 내려앉았다.

"갑자기 왜……."

"병원에서는 식중독인 것 같다는데 일단 입원해서 다른 검사도 해보자고 그랬나 봐. 보호자가 있어야 하니까."

"그런데 왜 형한테까지 연락이 온 거예요? 형, 부모님은 어디 가신 거예요?"

"그러게."

이환의 말에 순태도 궁금한 듯 현석을 보았다.

"왜 날 봐."

"형이 재희 형이랑 제일 친하잖아요."

"야, 인마. 암만 친해도 다 아냐? 나도 몰라. 정 궁금하면 나중에 너희들이 본인한테 직접 물어보든가. 암튼 다들 피곤할 텐데 얼른 들어가자."

현석이 대충 말을 얼버무리고는 순태의 어깨를 감싸 안고 집 안으로 들어갔다. 도란도란 두 사람의 목소리가 흘러나오는 가운데 고운은 문득 낮에 재희가 한 말이 생각났다.

"할머니랑. 어머니 돌아가시고 난 뒤, 할머니가 우리 집으로 오셔서 우리 키워주셨거든."

부디 아무 일 없어야 할 텐데. 고운은 걱정스레 재희가 떠난 까만 어둠 속을 보았다.

❋

"아이구, 우리 장손 왔네."

재희는 누워 있는 할머니 손부터 잡았다. 아침에 봤는데 반나절 사이에 할머니 얼굴이 눈에 띄게 수척해진 것 같아 마음이 안 좋았다.

"좀 어때요?"

"괜찮아, 이젠. 아이구, 맨날 먹어도 아무렇지도 않았는데 왜 오늘따라 이러나 몰라."

"그러니까 제발 음식 남으면 아까워하지 말고 버리랬잖아. 이 게 뭐야."

오는 내내, 걱정으로 녹아난 마음이 짜증스럽게 터져 버렸다.

"그러게. 우리 손자 말 들었으면 아무 탈 없었을걸."

그렇잖아도 몸이 편치 않은 할머니에게 괜한 화를 냈단 생각에 짙은 죄책감이 밀려왔다. 재희는 깊은 한숨을 삼키며 주름진 할머니의 손을 어루만졌다.

"죄송해요, 할머니. 내가 거기 가지 말고 그냥 할머니 옆에 있었어야 했는데."

정말 그 편이 나았을 텐데.

"아냐. 우리 손자 오랜만에 바람 쐬러 갔는데 맘껏 놀지도 못하게. 미안해, 할머니가."

"할머니가 뭐가 미안해."

"그냥 다 미안하지."

할머니가 따뜻한 미소를 시으며 재희의 일굴을 쓰다듬었다.

"그나저나 잘생긴 우리 손자, 얼굴이 왜 이래 못 쓰게 되었어. 가서 뭐 속상한 일 있었어?"

역시 할머니밖에 없구나. 단번에 알아보고.

재희는 희미한 미소를 지으며 고개를 저었다.

"……그런 거 없어. 할머니가 아파서 그래."

"아이구, 괜찮아. 할머니, 이제 약 먹고 한숨 자면 괜찮을 거야."

"알았어. 얼른 주무세요. 내가 옆에 있을 테니까 아무 염려 말
고."

이불을 꼼꼼하게 덮어드리고 재희는 할머니의 손을 토닥여 주
다 그 손에 가만히 이마를 대었다. 따뜻한 온기에 아무 이유도 없
이 그만 마음이 울컥해 하마터면 눈물이 나올 뻔하였다.

열아홉의 서러운 여름밤이 깊어가고 있었다.

열하나.
바람이 분다

복도를 지나는데 바람이 훅 불어 들어왔다. 고운은 발을 멈추고 바깥을 잠시 내다보았다. 선선한 바람이 무덥던 여름 더위가 지나 갔음을 새삼 알려주었다. 하늘빛이 정말 고왔다. 딱 말 그대로 하 늘색이다.

고운은 한참동안 9월의 하늘을 감상하다 아차, 싶어 얼른 다시 걸음을 뗐다. 방송실에서 이환이 기다리고 있을 것이다. 한데 계 단을 올라가려 코너를 돌았을 때, 발자국 소리가 저벅저벅 울렸 다. 반사적으로 고개를 들었더니 반가운 사람이 고운의 시야에 들 어왔다.

"선배님!"

고운이 환하게 웃으며 꾸벅 인사를 건넸다. 재희가 걸음을 멈추고 고운을 빤히 바라보다 다시 계단을 천천히 내려왔다.

그러고 보니 정말 오랜만이었다. 지난여름 MT 이후, 보충수업에 방학에 거기다 학기 시작하고 나서 2학기 반장 선거에 눈코 뜰 새 없이 바빴다. 게다가 이제 정말 수능이 백 일도 남지 않은 터라 3학년들은 2학기가 시작되고서부터 아예 방송반에서 모습을 볼 수가 없었다. 심지어 3학년 교실에는 점심, 저녁 방송도 아예 틀지 않고 있었다.

"잘 지내셨어요?"

"그래."

재희가 짧게 고개를 끄덕이고는 무심히 고운을 지나쳤다. 고운이 급히 재희를 다시 불렀다.

"선배님!"

계단을 내려가던 재희가 걸음을 멈추었다. 그러고는 고운을 뒤돌아보았다. 할 말 있으면 빨리 하란 듯한 얼굴이었다.

"할머님 이제 괜찮으세요?"

"......응."

규현이 나중에 전해준 이야기에 따르면 재희의 할머니는 식중독이 밎있고 그 후에 며칠 입원해서 이런저런 검사를 했시만 나행히도 다른 곳에는 별다른 이상이 없었다고 했다. 고운도 알고 있었다. 그런데 왜 물어봤는지 스스로도 알 수가 없었다. 그냥 입에서 툭 튀어나와 버렸다. 할 말 다 끝났냐는 듯한 재희의 눈빛에 고운은 얼른 다시 입을 열었다.

"참 오늘 저희 아빠도 퇴원해요."

사실 다른 누구보다 재희에게 이 소식을 꼭 전해 주고 싶었다.

"그래? 잘됐네."

고운이 기대한 것처럼 재희는 옅은 미소와 함께 축하의 말을 건넸다.

"네, 그래서 지금 집에 가는 길이에요. 퇴원 축하 파티 하기로 했거든요."

"그래. 재밌게 보내."

"네!"

재희가 더 할 말 있냐는 듯 시계를 보았다. 그리고 고운이 멈칫거리는 새, '다음에 보자'는 상투적인 인사말만 남기고 뒤돌아서 계단을 내려갔다.

……뭐지.

기분이 이상했다. 왠지 멀어진 기분이랄까. 비록 처음에는 오해가 있긴 했지만 그래도 제법 많이 친해졌다 생각했는데 혼자만의 착각이었던 걸까. 이상하게 서운한 마음이 화선지에 물 스미듯 확 밀려들었다.

하긴 수능이 코앞인데 신경이 예민하기도 하겠지 그래, 그래서일 것이다. 고운은 한숨을 푹 내쉬고는 방송반으로 향했다.

"고운아."

이환이 내려오고 있었다.

"하도 안 오기에 찾으러 가던 참인데. ……무슨 일 있었어? 왜 이렇게 시무룩해?"

"어? 어…… 아니. 가자, 얼른."

고운은 어깨에 매고 있던 가방을 추슬러 메고 먼저 계단을 내려
갔다.

"아빠의!"
"선배의!"
"아저씨의!"
각각 다른 호칭이 한꺼번에 튀어나왔지만 다음 말은 모두가 똑
같았다.

"퇴원을 축하하며, 건배!"
네 개의 잔이 사이좋게 부딪쳤다. 두 개의 잔에는 오렌지 주스
가, 나머지 두 개의 잔에는 붉은색의 와인이 담겨 있었다. 고운은
주스를 한 모금 마신 후 우와, 하며 식탁 위를 보았다.

"아줌마, 뭘 이렇게 많이 준비했어요? 하나씩만 맛봐도 배부르
겠다."

"그러니까. 힘들 텐데 대충하라니까."
정식이 딸의 말을 거들며 맞은편에 앉은 혜영을 보았다. 얼굴
가득 다정한 미소가 피어 있었다.

"오랜만에 같이 먹는 건데 어떻게 대충해."
"그동안 혼자 병원 꾸려 가고 우리 고운이 돌봐주느라 고생 많
았어. 정말 고맙다."

"고마운 거 알면 다시는 아프지 말아요, 선배."
장난 섞인 혜영의 핀잔에 고운도 옆에서 '맞다' 며 추임새를 넣
었다.

"참, 너희들도 들으면 깜짝 놀랄 소식이 있는데."

정식이 허허, 웃으며 아이들을 보았다.

"뭔데?"

아무 대답도 않고 이환과 고운을 보던 정식이 마지막으로 혜영을 보았다. 그러고는 손을 내밀어 와인잔을 잡으려는 혜영의 손을 꽉 잡았다.

"애들 앞에서 왜 이래, 선배."

"뭘. 어차피 이제 다 알게 될 건데."

뜬금없는 정식의 행동에 고운과 이환의 눈길이 저절로 꽉 잡은 두 사람의 손으로 향했다.

"우리 두 사람, 결혼하기로 했다."

정적이 흘렀다. 고운이 어색하게 웃으며 물었다.

"……그게 무슨 말이야?"

"들은 대로야. 아빠랑 아줌마랑 결혼한다고. 이제, 우리 네 사람이 정말 가족이 되는 거야. 너희들도 좋지?"

쨍그랑!

모두들 놀라 바닥을 보았다. 이환의 손에 있던 주스 잔이 바닥에 떨어져 순식간에 날카로운 파편들로 깨져 있었다.

"이환아! 괜찮아? 아유, 그러게 선배는 왜 애들, 밥 먹는데 놀라게."

"어이쿠! 미안하다. 이환아. 이따 차 마실 때 할 걸 그랬나 봐. 난 좋은 소식이라서 조금이라도 빨리 이야기해 주고 싶었는데."

혜영이 일어나 깨진 유리 조각을 집으려는데 정식이 얼른 일어나 옆으로 갔다.

"내가 할 테니까 저리로 가. 다치면 어떡해."

"됐거든요?"

"아이구, 참. 다친다니까 그래. 내가 할게. 얼른 안 일어나?"

정겨운 두 사람의 목소리를 들으며 이환이 고운을 보았다. 이환의 눈빛이 불안하게 흔들리고 있었다. 고운은 맹세코 태어나 이환의 그런 얼굴을 본 건 처음이었다

혜영이 고운의 집 근처로 이사 온 건 고운이 여섯 살이 되던 해였다.

"고운아! 아줌마가 오늘 이 동네에 이사를 왔어. 앞으로 매일매일 볼 건데 잘 부탁해."

혜영과 처음 악수를 나누었던 기억도 생생했다. 그리고 그때, 비록 정식에게 말하진 않았지만 고운은 이 아줌마가 엄마였으면 좋겠다 생각했었다. 그래서 밤마다 하늘에 떠 있는 별을 보며 '혜영 아줌마가 우리 엄마가 되게 해주세요!' 하고서 간절하게 빌곤 했었다. 물론 '내 친구들이 다 좋아하는 이환 오빠가 정말 친오빠가 되게 해주세요!' 하고 비는 것도 잊지 않았다.

하지만 언제부턴가 고운은 오히려 자신의 소원이 이루어지지 않아 다행이라 생각했었다. 가족이 되는 건 싫었다. 왜냐하면 혜영이 정말 '엄마'가 되는 날에는 이환 역시 정말 '오빠'가 되어버

리는 거였으니까.

한데 이제 와 그 소원이 이루어지게 생긴 것이다. 차라리 그때, 이 말을 들었더라면 까무러칠 듯 좋아 잠을 이루지 못하고 팔짝팔짝 뛰었을 텐데. 고운이 한숨을 푹 내쉬는데 문 밖에서 노크 소리가 들려왔다.

"고운아. 자?"

고운은 후다닥 자리에 누워 이불을 뒤집어썼다. 문이 삐꺽 열리는가 싶더니 정식의 발자국 소리가 고운에게로 점점 다가왔다. 그리고 고운의 침대 옆이 묵직하게 내려앉았다. 머리칼을 쓰다듬는 아빠의 손길에도 고운은 감은 눈을 절대 뜨지 않았다. 정식에게 무슨 말을 해야 할지, 도무지 생각이 나질 않았다.

"고운아. 아빠가 이번에 사고가 났을 때 말이야. 정말 꼼짝없이 이대로 죽겠구나 싶었는데…… 우리 고운이 얼굴 뒤로 혜영 아줌마 얼굴이 떠오르더라."

정식의 말소리가 조금 쓸쓸하게 느껴졌다.

"사실은 원래 너희 둘 다 대학 가고 나면 그때 합칠 생각이었는데, 막상 그 일을 겪고 나니 내일 당장 어떻게 될지도 모르겠다는 생각에 이렇게 시간을 허투루 보내면 안 되겠다 싶었어. 아빠는 그랬어, 고운아."

그 일 때문이었구나. 고운은 비로소 감은 눈을 뜨고 정식을 보았다. 안 자고 있었을 줄 알았다는 것처럼 정식이 빙그레 웃어주었다. 그러고는 두 손으로 고운의 손을 다정하게 잡고서 말을 이었다.

“아까 아빠가 한 말 때문에 우리 딸 놀랐지? 당황스럽고. 근데 말이야. 우리 딸, 아빠가 혜영 아줌마랑 결혼한다고 해서 달라지는 건 하나도 없을 거야. 지금처럼 우리 딸한테 잘할 거고, 아니, 지금보다 더 잘할 거고. 그리고 혜영 아줌마도 마찬가지고. 그러니까 우리 딸이 의젓하고 의연하게, 정말 기분 좋게 아빠랑 아줌마, 축하해 줬으면 좋겠어. 그래 줄 수 있을까?”

“……생각해 볼게.”

“그래. 고맙다.”

정식이 고운의 손을 토닥이다가 이내 밖으로 나갔다. 고운은 무릎을 부둥켜안고 턱을 괴었다.

“빨리 어른이 되면 좋겠다. 너도 나도. 그때까지 기다릴게.”

바다 냄새가 가득하던 그 밤, 당황해서 후다닥 달려 나오다 결국은 얼마 가지 못하고 모래사장에 철퍼덕 엎어졌었다. 뒤를 쫓아오던 이환이 서둘러 고운을 일으켜 주고서 한 말이었다.

고운은 무릎에 이마를 푹 묻었다. 아무래도 오늘 밤은 잠이 올 것 같지가 않았다.

❀

“분명히 여기 어딜 텐데. 그새 이사 갔나?”

수미는 주소가 적힌 쪽지를 들고 주변을 두리번거렸다. 서울 주소는 왜 이렇게 찾기가 힘든 거냐며 혼자 구시렁거리는데 마침 반대편에서 아줌마 하나가 오고 있었다. 한 손에 장을 본 봉지를 들고 오는 걸 보니 이 동네 주민임이 분명했다.

"아주머니, 말씀 좀 여쭙겠습니다."

수미가 도움을 요청하자 아줌마가 가던 길을 멈추고 옆으로 다가왔다.

"이 주소로 갈라 카믄 어디로 가야 합니꺼?"

서울 사람들을 깍쟁이라 하던데 혹시나 바쁘다 그럼 어쩌나 싶었다. 한데 아줌마가 웃는 얼굴로 수미를 보았다.

"우리 옆집이네. 지금 가는 길이니까 같이 가요."

깍쟁이는 무슨, 천사다. 수미는 활짝 웃으며 아줌마의 팔짱을 꼈다.

"아이고, 살았네. 아유, 서울 주소는 뭐가 이래 찾기가 어려븐지 여기서 한 시간을 헤매고 있었어요."

"근데 서울 분이 아니신 거 같은데. 그 집에는 무슨 일로……?"

아줌마가 궁금한 듯 수미를 힐끔 돌아보았다. 상냥하긴 했지만 경계심을 풀지 않는 눈빛이었다. 수미는 얼른 웃으며 한 손에 쥐고 있던 케이크 상자를 들어 보였다. 그래도 못미더워하는 것 같아 수미는 품 안에서 편지 봉투까지 꺼내 보여 주었다.

"실은 제가 먼 친척인데 연락이 오래전에 고마 끊겼거든요. 그래가 보니까 마침 옛날에 편지 온 게 있어 가지고 이래 가지고 왔다 아입니꺼."

보내는 사람. 이정식.

편지까지 챙겨오길 정말 잘했다며 수미는 혼자 안도했다.

"아, 원장님 성함 맞네. 하긴…… 호호, 요즘 세상이 워낙 험해서 한번 물어본 거예요. 기분 안 상하셨죠?"

"그라믄요. 얼른 가입시더. 마이 멉니꺼?"

"아뇨, 다 왔어요. 저기네요."

아줌마가 하얀 양옥집 하나를 손으로 가리켰다. 낡기는 했지만 깔끔하게 관리를 했는지 멀리서 봐도 집은 깨끗한 편이었다.

"아유, 참말로 감사합니더. 그라믄 전 이만."

수미는 후다닥 대문으로 뛰어가 초인종을 눌렀다. 한데 아무 반응이 없다. 수미가 다시 한번 초인종을 누르는데 언제 왔는지 옆집 아줌마의 목소리가 들렸다.

"근데 지금 이 시간에 아무도 없을 텐데."

"네?"

수미가 놀라 돌아보았다.

"원장님은 한의원에 계실 테고 고운이는 학교에 있을 시간이거든요. 차라리 한의원에 직접 가보시지 그래요?"

"아…… 한의원. 아무래도 그케야겠네요."

웃으며 내문에서 한 발짝 걸음을 뗐다 수미가 다시 아줌마를 불렀다.

"근데 혹시, 우리 고운이 어디 학교 다니는지 아세요?"

아줌마가 대답은 않고 그걸 왜 궁금해하냐는 듯 눈을 깜빡거리며 수미를 보았다. 수미는 활짝 웃으며 손에 들고 있던 케이크 상자를 들어 보였다.

"우리 고운이가 옛날에 이 케이크를 억수로 좋아했거든요. 이 게 고마 굳어지믄 맛이 없어지가 맛있을 때 친구들이랑 나눠 먹으라 카고 싶어가요."

연주와 순태가 사이좋게 방송실에서 나오고 있었다.

"어, 왔어? 우린 잠깐 매점 좀 다녀올게."

"네."

고운이 웃으며 꾸벅, 인사를 하고는 방송실 문을 열었다. 조용하기에 아무도 없을 줄 알았는데 이환이 있었다. 원고를 적은 노트와 CD 등을 정리하고 있었다.

"왔어?"

이환이 여느 때처럼 다정하게 웃으며 인사를 건넸다. 잠시 당황했지만 언제 그랬냐는 듯이 고운도 꼭 닮은 미소로 인사를 했다.

"안녕!"

여름방학 MT 이후로 사실 이환과 단둘이 있을 때, 조금 불편하긴 했었다. 하지만 그렇다고 언제까지 피할 수는 없었다. 어쩌면 이제는 정말 가족이 될지도 모르는데.

"그렇잖아도 할 말 있었는데 잘됐다."

고운이 의자를 당겨 책상 앞에 앉았다.

"잠깐만. 나 이거 정리 좀 하고."

"아냐. 그냥 하면서 들어. 별 이야기도 아닌데, 뭐."

선배들이 들어오기 전에 빨리 말하는 편이 좋으리라. 한데 왜 이렇게 입이 떨어지질 않는 걸까.

"이환이가 혜영이한테 절대 싫다고 했단다. 이환이 녀석도 그렇고 너도 그렇고. 좋아할 거라 생각했는데…… 우리가 너무 쉽게 생각했나보다."

　어젯밤, 평소답지 않게 술에 잔뜩 취해 하던 정식의 말이 떠올랐다. 혹시 나 때문은 아니겠지, 하면서도 이상하게 괜히 마음이 무겁고 불편했다. 그동안 미안한 마음에 차마 꺼낼 수 없었던 말이지만 아무래도 더는 미룰 수가 없을 것 같았다.

　"왜, 무슨 일인데 이렇게 뜸을 들여?"

　이환이 뒤를 힐끔 돌아보기에 고운은 얼른 웃으며 손사래를 쳤다.

　"아냐, 말할게."

　그런 고운이 싱겁다는 듯 피식 웃고서 이환은 다시 몸을 돌려 정리를 했다.

　"있지."

　고운은 이환이 등을 보며 입을 열었다.

　"나, 아빠랑 아줌마랑 결혼하는 거, 찬성이야."

　CD를 정리하느라 바쁘던 이환의 손길이 우뚝 멈췄다. 이환이 돌아보기 전에 고운은 급히 말을 마저 이었다.

　"우리 아빠도 그렇고 아줌마도 그렇고 그동안 우리 키우느라 하고 싶은 것도 못 하고 많이 참고 사셨잖아. 우리 아빠, 할머니가 맨날 재혼하라고 노래 부르는 것도 나 때문에 안 하셨다는 거, 나

알거든. 이제 아빠도 행복해졌으면 좋겠어."

이환이 뒤를 돌아보았다. 딱딱하게 굳은 얼굴이 마치 밀랍 같았다.

"……고운아."

"기억나? 우리 어릴 적."

고운이 말을 하다 말고 입술을 꼭 깨물었다. 이환의 시선이 너무도 따가웠다. 한숨이 나올 것 같았지만 고운은 솔직하게 마음을 꺼내 놓았다.

"어릴 적부터 오빠 만능 슈퍼맨이었어. 공부도, 운동도, 그게 뭐든 오빠 늘 잘했었고 난 그런 오빠가 참 멋있었어. 자랑스러웠고. 그래서 나도 내가 오빠를 좋아하는 줄 알았어. 근데…… 그게 아니었던 것 같아. 지난 번, 여름 MT 갔었을 때, 그때 확실하게 내 마음 알았어. 내가 오빠 좋아한다고 생각했던 게…… 착각이었다는 거. 아마 난 오빨 동경했었나 봐."

"이고운."

"그동안 계속 얘기해야지, 했는데 어떻게 말을 해야 할지 몰라서 계속 미루고 있었거든. 그런데 더는 그래선 안 될 것 같아서 말하는 거야."

"……."

"그러니까 앞으로 잘 부탁해, 오빠. 어렸을 때, 정말 오빠가 우리 오빠였으면 좋겠다 생각했었는데 이제 드디어 그 소원이 이뤄지는 거네."

부러 한껏 밝게 웃으며 말을 하고서 고운은 아무 일 없었다는 것처럼 책상 위에 아무렇게나 펼쳐져 있던 책을 보았다. 이환은 아무 말도 없이 서 있었다. 숨이 막히도록 무거운 침묵에 가슴이 따끔해졌다. 차라리 밖에 나갈까 싶던 찰나, 고맙게도 연주와 순태가 양손에 한가득 빵을 들고 들어왔다.

"어, 참. 고운아. 너 교무실로 가봐. 규현 쌤이 찾으시던데?"

"아, 네!"

다행이다. 고운은 얼른 자리에서 일어나 방송실을 나갔다. 가슴이 쿵쾅거렸다. 하지만 잘한 일이었다. 이환도 곧 이해하고 받아들일 것이다. 그렇게 둘 다, 부모님의 재혼을 진심으로 축하하면 될 일이었다.

교무실은 늘 그랬듯 조용했다. 조용히 문을 닫고 돌아보는데 문소리를 들었는지 규현이 고운을 보며 손짓했다. 고운은 발소리를 조심하며 규현의 자리로 걸어갔다. 학부모가 다녀간 건지 책상 위에 케이크 상자가 있었다.

"선생님, 부르셨어요?"

"어. 이리 와서 앉아."

무슨 일일까. 고운은 규현이 내민 의자에 앉았다.

"고운아, 이모님 오셨어. 화장실 갔으니까 잠깐만 앉아서 기다려."

"……네?"

이모? 뜬금없는 소리에 고운은 미간을 찌푸리고 말았다.

"저, 이모 없는데요?"

"에이, 네가 어릴 때 봐서 기억을 못 하는 거겠지. 아, 저기 오셨다. 이모님 엄청 미인이시더라?"

규현의 눈길을 따라 고운이 고개를 돌렸다. 예쁘장한 20대 후반쯤 되어 보이는 여자가 고운을 보며 이쪽으로 걸어오고 있었다. 그러더니 환하게 웃으며 냅다 고운을 와락 안았다.

"엄마야! 니가 고운이가? 아이구, 윽수로 이쁘게 컸네. 고마 언니랑 똑같이 생겼다!"

숨이 막히도록 꽉 껴안은 여자의 품에서 고운은 눈을 동그랗게 떴다.

도대체 이 여자, 누굴까. 그리고 지금 무슨 말을 하고 있는 걸까?

"니, 내 처음 봐서 놀랐재?"

자신을 수미 이모라 밝힌 여자는 콜라를 한 모금 쭉 빨아 마시고는 이내 씩 웃으며 고운을 보았다. 규현에게 허락을 받고 야간 자율학습 시간 동안 학교 근처의 패스트푸드점으로 함께 온 길이었다.

"내 실은 니, 친이모는 아이다. 근데 이모라 부르믄 된다. 느이 엄마가 내한테는 친언니나 다름없거든."

"……네."

엄마의 지인을 만나본 건 처음이라 고운은 살짝 긴장이 되었다.

"집에 갔더만 아무도 없대. 근데 마침 고맙게도 느그 옆집 아줌마가 고운이 느이 학교 갈키줘가 이래 왔다 아이가. 느이 아빠 한의원으로 갈라카다 뭐 가봤자 니 못 보게 할 게 뻔하고 그래가."

고운은 눈을 가늘게 뜨고서 앞에 앉은 여자를 보았다.

만약 엄마의 친한 동생이라면 아빠가 왜 못 보게 한다는 걸까? 그럴 이유가 없지 않은가. 이 여자를 믿어도 될까?

머릿속으로 이런저런 생각을 하는데 수미가 웃는 얼굴로 고운의 앞에 놓인 햄버거 포장지를 친히 벗겨 주었다.

"니, 엄마 얼굴 기억은 나나?"

"……네."

예전 사진에서 본 적이 있다.

"아이고, 니 윽수로 어릴 땐데 그게 기억이 나나."

"……사진에서 봤어요."

"아, 사진! 맞다. 내도 니가 혹시 기억 몬 하믄 보여줄라고 한 장 들고 왔는데."

수미가 가방을 열어 부스럭거리며 한참을 뒤지더니 사진 한 장을 꺼냈다. 조금은 꾸깃해진 사진 속에서 젊은 여자가 함박웃음을 지으며 갓난아이를 안고 있었다. 고운은 저도 모르게 작은 탄성을 내며 사진을 뚫어져라 바라보았다.

엄마다. 고운이 아빠 서랍 속에서 발견했던 사진 속 엄마 모습과 똑같았다.

"느이 아빠가 니한테 뭘 어떻게 설명을 했는지는 모르겠지만 느이 엄마가 좀 바보 같긴 해도 절대 나쁜 사람은 아이다. 나쁘기로 따지자면 느이 할무이나 아빠가 더하지. 안 글나."

고운의 시선이 사진에서 떨어져 수미에게로 향했다. 엄마 사진을 보고 나니 줄곧 가지고 있던 경계심이 눈 녹듯 사라지고 있었다. 목이 탔다. 고운은 사이다가 든 컵을 들어 입으로 가져갔다.

"아, 그렇다고 이제 와가 내가 느이 아빠 흉볼라 카는 건 아이고. 아무튼 이놈의 주디가 문제다. 너희 엄마가 내, 여기 온 거 알믄 죽일라 칼 텐데. 에이, 참말로."

순간, 혼잣말처럼 구시렁거리는 수미의 말에 고운은 눈도 깜빡않고 물끄러미 그녀를 보았다.

"……그게 무슨 말인지."

"그러니까 그게 무슨 말인고 하면 말이다."

수미가 이마를 긁적이다 이윽고 결심을 한듯 심호흡을 크게 했다. 그러고는 고운을 보며 어렵게 말을 꺼냈다.

"고운아, 실은 느이 엄마가 몸이 좀 마이 안 좋다. 그래가 내, 니를 찾아온 기다. 고운이 니가 느이 엄마, 함 보러 와주믄 안 되나 싶어가."

열둘.
네가 있어서 다행이야

　바쁘게 학교 안으로 들어가는 학생들 가운데 누군가 우두커니
서 있었다. 그리고 그 누군가는 재희도 아는 이였다. 금방이라도
쓰러질 것처럼 위태로운 얼굴을 하고 있더니 갑자기 휙 뒤돌아서
학교 옆 버스 정류장으로 향했다. 재희는 미간을 찌푸린 채 그 모
습을 유심히 지켜보았다. 하지만 금세 고개를 설레 젓고 말았다.
이제 더는 관심 가지지 않겠노라 다짐하지 않았던가.

　재희는 아무것도 보지 못한 것처럼 교문 쪽으로 성큼성큼 걸음
을 옮겼다. 하나 몇 발짝 떼기도 전에 재희는 정류장 쪽을 다시 돌
아볼 수밖에 없었다. 아무래도 느낌이 이상했다.

　처음에는 집에 놓고 온 게 있나 싶었는데 그게 아닌 듯했다. 가
방끈을 양손으로 꽉 움켜쥔 채, 땅바닥을 내려다보고 있는 고운의

옆모습을 물끄러미 보는데 마침 버스 한 대가 정류장으로 들어왔다. 그리고 고운이 그 버스를 타기 위해 줄을 섰다. 재희의 시선이 버스의 번호로 향했다. 그가 알기로 고운의 집은 저 버스와는 반대 방향에 있었다. 이상하다 싶던 찰나, 번호 옆에 쓰여 있는 '터미널'이란 글자가 유독 선명하게 다가왔다.

인상을 찌푸리고 서 있다 재희는 서둘러 버스 쪽으로 뛰어갔다. 그리고 고운의 뒤를 따라 버스에 올랐다.

"여보세요? 선생님. 저, 고재희입니다. 오늘 제가 몸이 좀 너무 안 좋아서 아무래도 학교 하루 쉬어야 할 것 같아서요. 네. 지금 병원에 가보려고요. 그럼 내일 학교에서 뵙겠습니다."

재희는 전화를 끊고 나직이 한숨을 쉬었다. 그리고 저만치에 앉아 있는 고운을 힐끔 보았다.

전화기를 내려놓고서 재희는 손에 든 버스표를 보았다.

—통영행

고운이 온 곳은 다름 아닌 버스 터미널이었다. 도대체 무슨 일인지 모르겠지만 새하얗게 질린, 아니 넋이 나간 얼굴을 하고서 이곳에 도착하자마자 매표소로 가서 통영행 버스표를 끊었다. 그러고는 조금 전 재희가 그랬듯 학교에 몸이 아파 결석을 해야겠다고 전화를 했다. 그 후로는 쭉 계속 자리에 앉아 사진 한 장만 들여다보고 있었다. 무슨 사진인지 궁금했지만 그렇다고 그 사진을 확인하려고 가까이 다가갈 순 없는 노릇이었다.

도대체 무슨 일일까.

처음에는 혹시 고운이 자신을 보게 되면 무슨 말을 해야 하나, 걱정했는데 그럴 필요가 없었다. 고운은 재희가 따라온 것도 모르고 있었다. 옆에 누가 있는지 신경 쓸 여력이 없어 보였다. 마치 아슬아슬하게 지어 놓은 모래성처럼 손을 대면 그대로 부서져 버릴 것만 같은 위태로운 모습이라 재희 역시 차마 말을 걸 수도 없었다.

허깨비처럼 앉아 있던 고운이 천천히 자리에서 일어나 승강장으로 향했다. 시계를 힐끔 보니 이제 곧 버스에 탈 시간이었다.

어깨에 멘 가방끈을 추슬러 올리며 재희도 그 뒤를 따랐다.

통영에 도착했을 때는 이미 열두 시가 넘어 있었다. 고운이 터미널 앞에 정차해 있는 택시에 타기에 재희도 서둘러 그다음 택시를 탔다.

"학생, 어디 갈라꼬?"

여기가 통영임을 확인시켜 주듯 기사 아저씨의 억센 사두리가 조금은 낯설었다.

"저기 앞에 택시 좀 따라가 주세요."

그렇게 십여 분쯤 갔을까. 고운이 탄 택시가 멈춰 섰다. 재희도 얼른 택시비를 치르고 차에서 내렸다. 고운은 어딘가를 하염없이 보고 있었다. 자세히 보니 가게의 간판을 보고 있는 거였다.

―다방.

재희가 미처 다가가기도 전에 고운이 그 안으로 불쑥 들어가 버렸다.

끼익.

조심스레 안으로 들어간 고운은 자리에 멈춰 섰다. 아직 장사 전인지 커튼을 모두 친 가게 안은 빛 한 점 들어오지 않아 사방이 어두컴컴했다.

그때였다.

안쪽에서 우당탕거리며 누군가 밖으로 뛰어나왔다. 8살, 혹은 9살쯤 되어 보이는 작은 사내 아이였다. 한데 고운이 있었던 건 몰랐던 모양이다.

"저기."

고운의 말소리에 아이가 흠칫 놀라 '으악!' 비명을 질렀다. 그러고는 다급하게 '이모야!'를 외쳐 댔다.

"아이고, 그래! 이모 나간다! 와 그래 숨 넘어가구로 이모를 찾아쌌노!"

여린 목소리와 어울리지 않는 억센 사투리. 어디선가 분명 들어본 적이 있었다. 그리고 사내아이가 나온 안쪽에서 슬리퍼 소리가 들리며 여자 하나가 홀로 나왔다.

"와?"

"저기! 손님 왔다!"

"손님?"

여자가 고운을 보았다. 며칠 전 본 그녀다. 수미 이모라는. 그녀가 고운을 보더니 환하게 웃으며 달려왔다.

"고운아! 니, 고운이 맞재? 니 혼자 왔나? 아이고, 마! 통영 도착한다고 터미널에서 전화했으믄 내가 마중 나갔을 긴데!"

수미의 말이 채 끝나기도 전에 그 뒤에서 '고운이 누나야?' 하는 소리가 흘러나왔다. 그리고 수미의 뒤에 서 있던 아이가 우당탕 뛰어와 그대로 고운의 허리를 꽉 부둥켜안았다.

"누나야! 진짜 누나야가 우리 고운이 누나야 맞나! 누나야! 누나야는 내 안 보고 싶었나? 나는 누나야 억수로 보고 싶었는데! 내가 상운이다, 누나야. 오상운!"

고운은 혼란스러웠다. 이 아이는 대체 누굴까? 대체 누구기에 이렇게 '누나'를 부르며 반가워할까.

드르륵.

수미의 뒤편으로 난, 고운과 마주 보고 있던 방문이 천천히 열렸다. 그리고 그 안에서 누군가 힘겹게 일어나 밖으로 나왔다.

"뭐가 이래 시끄럽노."

40대쯤 되었을까. 얼굴이 아주 하얀, 많이 지치고 기운이 없어 보이기는 했지만, 무엇보다 눈이 참 맑고 예쁜 사람이었다.

시간이 멈춘 것만 같았다.

고운은 눈도 깜빡거리지 않고, 숨 쉬는 것도 잊은 채 마주 보고 선 그녀의 얼굴을 뚫어져라 바라보았다. 걷잡을 새도 없이 뜨거운 눈물이 왈칵 쏟아졌다. 고운의 눈앞에 선 그녀는 고운이 간직하고 있던 사진 속 엄마와 똑같았다.

"……니, 고운이가?"

그녀가 떨리는 목소리로 자신을 불러 주었다. 더는 견딜 수가 없었다. 고운은 그대로 밖으로 뛰어나갔다.

—금일 휴무.

바람이 불 때마다 과자박스 날개를 잘라 만든 누런 종이 팻말이 이리저리 흔들렸다. 재희는 심각하게 그 앞에서 고민하고 있었다. 그것도 아주, 정말 심각하게.

들어가야 하나. 말아야 하나.

대체 무슨 일이 있었기에 통영까지 와서 여길 들어간 것인지는 모르겠지만 이곳은 미성년자, 그것도 고운 같은 아이가 들어갈 만한 곳이 결코 아닌 것만은 분명했다. 아무래도 들어가서 데리고 나와야 할 것만 같았다. 여기까지 왜 따라왔냐는 등의 책망을 듣는 건 그 후의 일이었다.

한데 재희가 미처 문을 열기도 전에 고운이 그 안에서 뛰어나왔다. 재희를 볼 새도 없었다. 그냥 미친 사람처럼 정신없이 어딘가로 뛰어가고 있었다.

"고운아! 고운아, 니 어디 가노!"

"누나야!"

"어매야! 언니야! 언니야! 와 이라노! 정신 좀 차려봐라! 으이?"

"엄마! 엄마!"

안에서는 시끄럽고 혼란스러운 목소리가 터져 나왔다. 재희는 소란을 뒤로하고 재빨리 고운의 뒤를 따라 뛰었다.

그렇게 얼마쯤 갔을까. 재희가 숨이 턱 끝까지 차올랐을 때쯤, 고운이 길 한가운데 멈춰 섰다. 재희도 걸음을 멈췄다. 한데 경적 소리가 날카롭게 공기를 가르고 고운과 재희에게로 날아왔다. 저만치에서 새파란 트럭 한 대가 달려오고 있었다. 재희는 그대로 뛰어가 멍청하게 서 있는 고운을 확 잡아당겼다.

끼이익!

소름 끼치는 급정거 소리와 함께 걸쭉한 욕설이 터져 나왔다.

"이놈 자식들이 정신을 우데다 놓고, 느이 누구 콩밥 멕일라고 작정을 했나!"

부우웅!

화가 났음을 보여주듯 거친 흙먼지를 남기며 트럭이 이내 저 멀리 사라졌다.

……후우.

정말 다행이었다. 재희는 길게 숨을 삼키며 몸을 일으켰다. 주저앉아 있는 고운도 일으켜 주었다. 넋이 나간 듯 조점 없는 눈으로 고운이 재희를 보았다. 많이 놀랐는지 눈앞의 상황이 제대로 정리가 되지 않는 모양이었다.

"괜찮아? 어디 안 다쳤어?"

평소처럼 화를 낼 정신도 없었다. 그저, 어디 다친 곳이 없나 이리저리 살펴보는 것밖에는.

"……선배."

고운의 교복에서 흙먼지를 털어주다 재희가 고개를 들었다. 고운이 재희를 알아본 듯 그를 똑바로 보고 있었다. 여긴 어떻게 온 거냐고, 설마 내 뒤를 따라온 거냐고, 한껏 따져 묻는 줄 알았다. 한데 고운이 그대로 두 팔을 내밀어 재희를 꽉 부둥켜안았다. 그리고 서러운 울음을 터뜨렸다.

마치 엄마를 잃어버려, 죽을 둥 살 둥 엄마를 찾기 위해 울어대는 미아의 울음소리 같았다.

……무슨 일일까. 이 아이에게 도대체 무슨 일이 일어나고 있는 걸까.

재희는 가만히 손을 뻗어 천천히 고운의 어깨를 안아 주었다. 그리고 엄마가 아이의 등을 토닥여 주듯 다정하고 따뜻하게 고운의 등을 토닥여 주었다.

부디, 이 울음을 끝으로 더는 울 일이 없었으면 좋겠다는 바람을 가득 담아서.

바닷바람이 시원했다.

"죽은 줄 알았던 엄마가 살아 있대요."

한참을 울고 난 후, 고운이 잔뜩 목이 멘 소리로 담담히 꺼낸 말이었다. 그게 무슨 말이냐고 물어볼 수도 없었다. 너무 엄청난 소리였으니까. 분명 무슨 안 좋은 일이 있나 보다, 짐작은 했지만 이런 일일 거라고는 정말 생각도 못 했다.

"바보처럼. 엄마 성묘 한 번 간 적도 없고, 심지어 제사 한 번 안 지냈는데…… 이상하단 생각, 한 번도 못 했어요. 아빠가 엄마를 너무 사랑해서 엄마 생각이 나서 그런가 보다, 괜히 엄마 이야기 꺼내면 아빠가 슬퍼하겠구나 싶어서…… 아빠가 그냥 절에 화장해서 모셨으니 괜찮다고, 아이는 가는 게 아니니까 나중에 어른이 되면 보러 가자고…… 그래서 난 정말 그 말만 믿고 있었는데."

고운이 헛웃음을 지으며 눈물을 쓱 닦았다.

"근데 어제 알았어요. 우리 엄마가 왜 어린 날 두고 집을 나올 수밖에 없었는지……."

사투리가 섞인 걸쭉한 수미의 말소리가 고운의 귓가에 어제 일처럼 생생하게 들려오기 시작했다.

＊

천애 고아에다 배운 건 없고 가진 건 몸뚱이 달랑 하나라 돈 벌어 보겠다, 혼자 서울 와서 제일 처음 일한 데가 바로 느이 아빠 대학교 앞 식당이었다 카대. 그래, 거기서 느이 아빠를 처음 만난 기라.

"이거, 지난번에 잘 드시가지고."
"고맙습니다."

근데 마, 주제도 모르고 부잣집 도련님인 느이 아버지를 느이 엄마가 혼자 좋아하게 된 거라. 등신이지. 올라갈 수 있는 나무를

처다봐야지, 애초에 둘이는 서로 너무 차이가 많았던 기라.

그때 느그 아빠는 따로 마음에 두고 있는 사람이 있었다 카대. 학교 후배라 카든가. 마, 느그 엄마도 그건 알고 있었는데 그냥 말도 안 하고 티도 안 내고 혼자 좋아하는 긴데 그것도 안 되나, 그캤단다. 차라리 그때 깨끗하게 못 올라갈 나무다, 하고 맘 잘랐으면 좋았을 긴데.

근데 어느 날 부터 느그 아빠가 한참이 지나도 가게에 안 오더라대. 그래서 요새 바쁜갑다, 아니면 이제 이 식당 음식 맛이 별론갑다, 그라고 혼자 서운해하고 말았는데 한 일 년쯤 지났을 때라 카든가. 어느 날 일 마치고 집에 가다가 느이 아빠를 봤다 카대. 마, 술에 떡이 되가 그 추븐 겨울날 길거리에 널부려져 있었다 안 카나.

"괜찮으세요? 저기요! 정신 좀 차려보세요!"

술이 그마이 떡이 됐는데 암만 흔들어 깨운다고 사람이 정신을 차리나. 마, 요즘처럼 휴대전화라도 있으믄 1번 눌러가 집에 전화라도 하지. 한데 그때 무슨 휴대전화가 있겠나, 그렇다고 집 전화번호를 아나. 그라니 우야노. 냅두면 얼어죽을 게 뻔하고 할 수 없이 부축해가 근처에 자기 자취방으로 갔다 안 카나. 어이구, 등신 맹쿠로…… 딴 여자 좋아하는 줄 뻔히 알면서 뭐하러 그걸 받아 줘가…… 고마, 그래가 그날, 아가 생겼는기라. 그 아가 바로…… 고운이 니다.

"결혼, 합시다. 진숙 씨."

내는 뭐, 첫 단추가 잘못 꿰어졌다 생각은 하지만 그래도 느그 아빠는 욕 안 한다. 그래도 느그 아빠는 일은 쳐놓고 나 몰라라, 내빼는 썩을 놈은 아니었거든. 사랑은 안 해도 느이 엄마랑 니, 책임진다고 결혼하자 캤으니까.

근데 느그 할무니 입장에서는 하루아침에 생각지도 못한 며느리를 받아들이게 되었으니 얼마나 황당했겠노. 여자 혼자 아들 하나 있는 거, 한의사로 키우는 게 어디 쉬운 일이었겠나? 그마이 고생고생해가 열심히 가르키가 한의사로 키왔는데 중학교도 제대로 못나왔재, 부모형제도 없재, 가진 건 달랑 몸뚱이 하나재. 세상 어느 여자가 똑똑하고 잘난 자기 아들, 그란 여자한테 주고 싶겠노.

그라니 근본도 없는 게 순진한 자기 아들 꼬드기가 하룻밤 어째자가 애 밀고 들어왔다 안 카겠나. 마, 그렇다고 며느리 구박하는 게 잘했다 카는 게 아이고, 느이 할무이도 섭섭한 게 많았을 기라, 그란 말을 하는 기다. 내 말, 알겠재?

마, 그래노 그때는 그마이 구박을 받아도 좋았단다. 느그 아부지는 몰라도 느그 엄마는 느이 아빨, 참 많이 좋아했으니까. 그래, 쪼매만 참고 살면 다 잘될 줄 알았단다. 니도 태나고 시어머니 구박도 좀 줄어들고 느그 아빠도 성실하게 잘해주고. 그래 행복했다 카데. 그란데 니가 두 돌쯤 지났을 때, 느이 아빠 후배란 여자가 집에 인사를 왔드란다.

"안녕하세요."

"아이고, 이게 누구야. 어서 와."

보니까 느그 엄마가 느그 아빠 대학교 앞에 식당에서 일할 때, 맨날 같이 오던 여자였다 카대. 첨에는 느그 엄마도 엄청 반갑드 란다. 그란데 느이 할머니가 그래 그 후배를 반기면서 방에 델고 들어가드란다. 그래가 찻상 내간다고 방에 들어갈라는데 안에서 울음소리가 들리드란다.

"내가 네 맘 왜 모르겠니. 어쩌다 그래, 너 같은 아이가 내 처지 를 닮아서…… 그래도 산 사람은 어떻게든 살아야 한다. 살다 보 면 또 좋은 날이 온다. 그리고 네 나이가 아직 한창때 아니니. 우 리 때야 어쩔 수 없이 청상으로 늙었지만 넌 배울 만큼 배우고 능 력도 있으니 간 사람은 훌훌 털어 보내고 좋은 사람 있으면 새 인 생 시작해야지. 성준이 그 아이도 네가 씩씩하게 잘 살길 바라지, 내내 자기 생각하면서 슬퍼하는 거 안 바랄세나. 안 그러니."

알고 보니 그 후배가 얼마 전에 남편 상을 당했다 카대. 느그 아 빠가 친구가 죽어서 3일 내내 빈소 지켰다는 이야기는 들었는데 알고 보니 그 친구가 그 후배 남편이었다 안 카나. 그 후배가 가고 느그 할머니가 혼자 눈물을 찍으믄서 혀를 차드란다.

"그러게, 첨부터 우리 정식이랑 결혼했었으면 서로 좋았을걸. 저 아까운 나이에 혼자 돼서 어쩌나."

그 후배가 바로 느이 아빠 첫사랑이었든기라. 그라니까 셋이 대학 때부터 내내 같이 붙어 댕기던 삼총사 같은 사이였는데 그쪽 둘이 결혼을 하고 느그 아빠는 그 후배 좋아하다 자기 친구랑 결혼을 했으니 마, 속이 안 상했겠나. 그랬음 차라리 그때 인연을 끊지 뭐 좋은 꼴 볼끼라고……. 그 여자 얼라 낳은 날, 축하해 주고 돌아오는 길에 지 딴에는 속이 상해가 마, 이 생각 저 생각…… 머릿속이 복잡해가 말도 못 했겠재. 그래가 인사불성으로 술을 퍼먹고 고마 길바닥에 뻗은 기라. 그라고 하필 그날 느그 엄마랑 그래 연이 닿았든 기고.

마, 모를 때는 괜않드만 그때부터 느그 엄마 속이 말이 아니었든기재. 그라고 느그 할머니 눈총도 그때부터는 더 심해지는 것 같고. 느그 아빠가 외아들 아이가. 근데 아들이 없으니까 집안 대 끊어 놓는다고 그마이 아들, 아들 그랬나 보드라고. 근데 이상하게 아가 잘 안 들어서드란다. 마, 마음이 편해야 아도 잘 들어서지, 속을 그마이 긁히는데 아가 생길 리가 있나. 안 글나.

암튼 간에 가끔씩 그 여자가 해맑게 인사 와가 밥이라도 먹을라카믄 상 차리는 내내 자기가 꼭 그 집 식모가 된 기분이드란다. 분명 그 집 안주인은 자긴데 느그 할머이는 그 후배가 이뻐서 어쩔 줄을 몰라 하고 느그 아버지 표정도 그래 유독 밝고.

물론 그 후배는 몰랐겠재. 느그 엄마가 자기 때문에 그마이 힘들어하는 걸. 그라니까 느그 엄마한테 철철이 선물도 사다 주고 여행갔다 오믄 꼭꼭 챙기주고. 보믄 악한 마음이 없는, 마 뭐라카노. 그래, 진짜 순수하고 상냥한 마음으로 느그 엄마한테 잘해주드란다. 느그 할머니가 모진 소리 하는 거 들을 때면 속상하겠다, 위로도 해주고. 그라니까 느그 엄마는 더 팔짝 뛸 노릇이재. 저 여자는 내한테 좋은 마음으로 저래 잘할라고 하는데 나는 왜 못나빠지게 이러고 있나. 자격지심이 마, 말도 못 하게 드는기라.

그란데 그래 한 일 년 지나가 느그 아빠랑 그 후배랑 한의원을 합칠까, 의논을 하드란다. 시어무이는 눈만 마주치면 도끼눈이재, 안 그래도 좌불안석인데 그 이야기까지 듣고 나니까 마, 더는 못 참겠드라데. 그래가 느그 엄마가 싫다고, 그라지 말라고 첨으로 느그 아부지한테 말도 해보고 말렸다카드라. 근데 느그 아버지는 별 심각하게 생각을 몬 했나보드라고. 그라니 느그 엄마는 왜 그란지 고마 더 말도 몬 한기라. 저 양반은 진짜 별스럽지 않게 생각하는데 괜히 나만 유별나게 그라는 기가, 싶었던 기재. 그라고 그 말을 입 밖으로 꺼냈다가는 마, 그땐 느그 아빠 맴이 진짜 자기한테서 떠나 버릴 것 같았다······ 그카데.

"언니는 바보가. 입 냅뒀다 뭐 하노. 속 시원하게 말을 하재! 저 여자가 신경 거슬린다. 당신 첫사랑이라 안 캤나. 세상 어느 여자가 지 남편이 첫사랑이랑 동업한다카는데 좋아하겠노! 그캤으면 된다 아이가!"

"그라니까 그랬으믄 되는데 그땐 그 말이 차마 안 나오드라. 안 그래도 그 사람한테 턱없이 부족한 낸데, 속 좁구로 내 밑바닥까지 안 보여주고 싶었는기라. 그게 그때는 내한테 마지막까지 지킬 자존심이었다. 그래도 내가 지금은 지 마누란데 지 첫사랑 때문에 불안해서 몬 살겠다. 그래 못난 자격지심, 증말 안 들키고 싶었다. 그라고…… 그 여자가 누군지 내가 알고 있다 카는 거, 고운이 아부지도 알게 되믄…… 그땐 진짜 그 여자한테 가버릴 거 같애 가…… 마, 겁이 나가 도무지 입이 안 떨어지드라. 내, 진짜 바보, 멍충이, 등신 같재?"

진짜 마, 천하에 그런 바보, 멍충이, 등신이 없다. 그러니 우야노. 느그 엄마는 그냥 무턱대고 싫다 카재, 느그 아빠는 영문도 모르고 자꾸 바깥일에 이래라저래라 하니 고마 짜증이 나재. 그래 자꾸 큰소리가 나고 다투고. 마, 느그 아빠는 집에 들어오믄 좀 쉬고 싶은데 느그 엄마는 자꾸 하지 말라고 싫다 카고 맨날 도돌이표인기라. 안 피곤하겠나. 근데도 느그 엄마가 일단 정확하게 이유를 설명 안 하니까 설마하니 그 후배 때문에 느그 엄마가 신경이 예민해졌나, 그 생각은 몬 했나보드라. 남자들이 원래 그래 좀 눈치없고 멍정한 구석이 있다. 근데 느그 할무이는 고마 느그 엄마 속을 안 기재. 여자들이 원래 눈치가 빠르다 아이가. 더군다나 하나밖에 없는 아들 일인데 얼매나 유심히 살피고 신경을 썼겠노.

어느 날, 느이 할무이가 느그 엄마를 앉혀 놓고 그라드란다.

"너, 힘든 거 안다. 그러게 애초에 서로 안 만났어야 할 인연들인데. 내, 너 어떻게든 먹고 살 만큼은 살림 챙겨서 보내주마."

고마 인연 끊고 나가라는 소리재.

"죄송합니다. 어머님 말씀, 못 들은 걸로 하겠습니다."

말은 그래 하고 방에 들어왔는데 그래, 눈물이 쏟아지더라대. 그래도 다행인지 뭔지, 그 후로는 느그 할무이도 별말 없더란다. 근데 주말에 장 봐 갖고 집에 오는데 그 후배 차가 집 밖에 딱 서 있드란다. 그래가 왔나 보다 싶어가 집에 들어가는데 웃음소리가 그래 깔깔거리고 나더라대. 집에 들어가 봤더니 그 후배가 즈그 아들을 데리고 왔는데 가가 고운이 니보다 한 살 위였다 카대. 근데 가가 널 데리고 그래 잘 놀드란다. 니는 좋아서 깍깍대고 웃고. 그 후배랑 느그 할매, 느그 아빠까지 느그들 보면서 손뼉 치고 웃고.

그걸 보는데 느그 엄마가 갑자기 그런 생각이 들었다 안 카나. 어머님 말씀대로 내만 빠지면 저래 화목하게 잘 살긴데. 정말 내만 빠지믄 되는 긴가, 그냥 이대로 나갈까. 마, 다리가 후들후들 떨리드라네.

근데 그때, 니가 느그 엄마한테 아장거리믄서 오드란다. 엄마, 하고 째깬한 팔을 이래 벌리가.

"얼마나 예쁘던지. 말도 몬 한다. 아직도 그때, 고운이 가 모습이 눈에 선하다, 마. 참말 예뻤다."

그날, 그렇게 달려온 니를 안고 느그 엄마가 그래 울었다 카대. 내가 이 이쁜 아를 두고 무슨 생각을 했나 싶어가. 그란데 마, 그래 눌러 앉기로 했으믄 그래 맘 다져먹고 살지. 뭔 일이 있어도 눈 막고 귀 막고 그래, 나 죽었소…… 하고 살지, 바부 맹쿠로……

결국, 느그 아빠랑 그 후배랑 한의원을 같이 합치기로 해가 개업식을 했다 안 카나. 근데 그날, 개업식에 온 손님이 말도 못 하게 많았던 기라. 거기다 하나같이 다들 마이 배우고 있는 사람들 아이었겠나. 느그 엄마가 긴장이 되가 정신이 하나도 없더란다. 그라다 결국 마, 사달이 난 기재.

느그 엄마가 손님 치르믄서 고마, 손이 미끄러져가 와장창! 바닥에 음식을 엎질렀다 안 카나. 자기 딴에는 얼른 손으로 음식 주워 담아서 내가는데 느그 할매가 친척들 있는 데서 그란 기라.

"본데없이 자라서 원……. 뭘 제대로 하는 새 없어. 세 남편한테 도움은 안 되고 저리 민폐만 끼치고 있으니. 저리 미련하고 어리석은 걸 며느리라고. 부끄러워서 어디 내놓지를 못한다니까."

마, 느그 할머니는 친척들 앞에서 아들 한의원 크게 개원하는 날인데 그릇 깨부수니까 당연히 맘에 안 들고 속이 상해 그란 거겠지. 원래 옛날 어른들은 미신, 그란 거 심하게 따지고 그란다 아이가. 그란데 느그 할머니 꾸중을 그리 듣고 있는데 옆에 와서 도와주는 사람이 그 후배였다카대. 괜찮냐면서. 마, 등에 업은 니는 놀래가 울어쌌재, 그때 느그 아빠는 마침 손님이랑 이야기 중이었는데 느그 엄마 힐끔 보면서 인상 한 번 찡그리고 다시 고개를 돌리삐더란다. 느그 아빠도 손님이랑 이야기 중이었으니까 그럴 수도 있재. 또 그래 사람 많은데 아까지 울어 봐라. 정신이 안 산만하겠나.

근데 느그 엄마는 그때 얼굴이 확 달아오르드란다. 그래 부끄럽고 내가 이 자리에 너무 안 어울린다 싶고. 그래가 그냥 정신없이 그대로 뛰어나와 버렸다대.

정신 차리 보니 이미 밤이고. 집에 들어갔드니만 느그 할무이는 노발대발해가 난리고. 손님들 앞에서 그런 망신이 어딨냐면서. 거기 죄다 대학 은사에 동료에 친척들인데 남편 얼굴에 먹칠을 해도 유분수지, 안주인이란 게 어찌 그리 생각 없이 처신하냐고.

느그 아빠라도 편을 좀 들어줬으믄 또 어째 됐을지 모르는데 느그 아빠도 쫌 언짢았는지 그냥 방에 들어갔다 카대. 하긴 느그 아빠도 개원 첫날인데 그래 손님 다 불러 놓고 부인이 정신 나간 사람맨치로 그대로 뛰어나갔으니 기분이 좋을 리가 있겠나.

근데 니가 찬바람을 쐬가 그날 밤에 고마 열 감기를 심하게 앓은 기라. 그래 며칠을 꼬박 밤 새가며 병원에서 니를 지키고 있다 집에 델고 와서 그래 울었단다. 하마터면 니를 죽일 뻔했다 싶어가. 느그 할무이나 느그 아부지 반응은 안 봐도 뻔하재?

그라고 딱 삼 일 후였다 카드라. 느그 엄마가 그 집을 영영 나온 게.

　"뭐라캐야 하노. 그 집에서 산 게 사 년 가까운 시간이었는데…… 내는 그 시간 동안 그렇게 힘들고 어렵게 버티고 있었는데 나오는 건 정말 순식간이대. 부평초처럼 뿌리 하나 몬 내리고 그래 산기라. 참 우습재. 고운이 아이었으믄 진작 나왔을지도 모른다."

　고운아. 사람이 사랑을 하믄 말이다. 내만 아니믄 내보다 나은 사람 만나 잘 살긴데, 참 아까븐 사람이네, 그런 못난 생각이 들기도 하고 그칸다. 옆에서 볼 땐 뭐 저런 등신 같은 기 다 있노, 사랑하는데 와 놔주노, 누구 좋으라고, 천년만년 죽이 되든 밥이 되든 내가 끼고 살아야지, 그카는데…… 본인은 그게 아닌 기재. 죽어라 옆에 붙들고 있다고 그게 다 사랑은 아닌 기니까. 서로 상처만 주고 할퀴 댈 바에는 놔주는 것도 사랑 아이겠나.
　딱 하나 맘에 걸린 게 닌데, 못 배우고 가진 거 없는 자기가 키우는 거 보다는 느그 아빠가 키우는 게 니한테 훨씬 더 좋을 거라, 느그 엄마는 그래 생각한 기라. 절대 니블 안 사랑해가 그란 건 아이다. 그건 내가 장담한다.
　느그 엄마는 마, 나올 때 도장도 놔두고 그래가 알아서 이혼 서류에 도장 찍고 마, 그러믄 되는 줄 알았나 보대. 근데 느그 아빠는 그게 아이었나 보드라고. 그래도 느그 엄마를 수소문해가 찾았으니까.

근데 느그 엄마가 집을 나와가 하필 일한 곳이 고깃집이었다 아이가. 보통 고깃집이라는 게 글타. 밥도 팔고 술도 팔고 안 그렇나. 느그 엄마가 지금도 곱지만 그때는 인물이 참말로 고왔대이. 젊은 여자가 살아보겠다고 그란 데서 일하고 있으니까 추근덕거리는 남자가 어디 한둘이었겠나.

근데 하필 느그 아빠가 찾아왔을 때, 웬 미친놈이 추근덕거리고 있었는기라. 하다못해 고등학교라도 나왔으믄 어디 경리라도 취직을 했을 텐데. 아무것도 없이 맨몸뚱이로 집 나와가 애 엄마가 일할 곳이 어디 마땅찮겠나. 느그 엄마는 어떻게든 먹고살아 볼라고 거서 일한 긴데 느그 아빠가 볼 때는 집 나와가 그라고 있으니 어디 맘이 좋았겠나. 근데 또 느그 엄마는 어떻고. 그런 모습 젤 보여주고 싶지 않은 사람이 느그 아빠 아이었겠나.

가자 캤는데 느그 엄마가 싫다 캤다드라. 그라고 느그 아빠가 다음에 한 번 더 찾아왔는데 이혼서류 가지고 왔다 카대.

……마, 그게 끝이었단다.

✽

"그게 우리 엄마와 우리 아빠의 끝이었대요."

고운이 피식, 웃으며 손에 쥐고 있던 돌멩이를 바다에 던졌다.

"나는요, 선배. 우리 엄마랑 아빠가 당연히 사랑해서 결혼을 했고, 그래서 날 낳았고…… 그런데 불행하게도 우리 엄마가 먼저 죽어서 우리 아빠가 늘 마음 아프게 엄마를 그리워한 거라 생각했어요. 그런데 그게…… 다 아닌 거예요. 전부 다."

재희는 아무 말도 없이 그저 고운의 옆을 지켜주고만 있었다.

"그냥 어쩌다 하룻밤의 실수로 내가 생긴 거고, 우리 아빠, 사랑하지도 않는 엄마 책임지겠다고 결혼을 한 거고. 너무너무 재미없게, 아니, 너무너무 힘들게 살다가 우리 엄마가 가출을 한 거고. 사실은 그게 다였는데 말이에요."

끼룩끼룩. 멀리서 들려오는 갈매기 소리에 고운이 잠시 말을 멈추었다 이내 재희를 돌아보았다.

"선배, 좀 전에 얘기했던 우리 아빠 후배라는 분이 누군지 알아요? 이환 오빠 엄마. 나한테는 엄마나 다름없었던 우리 아줌마."

어렴풋 짐작은 하고 있었다. 하지만 그다음 말은 재희가 미처 생각하지 못한 것이었다.

"우리 아빠, 얼마 전에 그랬어요. 아줌마와 이제 결혼하고 싶다고."

고운의 눈가가 다시 뿌옇게 차올랐다. 처음 수미에게 이 이야기를 들었을 때, 한 입 베어 물지도 않은 햄버거와 미지근해져 버린 사이다를 앞에 두고 얼마나 울었는지 모른다. 꺼이꺼이, 우는 소리에 사람들이 보누 나 쳐다보는데노 눈물을 멈출 수가 없었다. 그런 고운을 수미가 꼭 끌어안고 달래 주었다.

"고운아, 니가 힘들 거 안다. 근데 어차피 다 지난 일이고, 누구 원망하고 탓할 일도 아이고. 그냥 다들 인생이 불쌍한 기다. 그라니까 너무 힘들어하지 말그라. 니한테 말을 해줘야 하나, 말아야 하나, 고민했는데 니도 알아야 느이 엄마 한번은 만나러 오지 않겠나 싶어가 말을 한 기다. 그라니까 오늘 시원하게 고마 울어삐고 그냥 여기서 툭 털어삐라. 그게 낫다. 그라고 꼭 그래야 하는 기다. 알겠재?"

수미의 말처럼 누구도 원망하지 않고 그렇게 털어버릴 수 있으면 좋으련만.

고운은 눈가를 쓱 닦고 이내 꽉 모아 안은 무릎에 이마를 콩, 묻었다. 그래도 누군가에게 털어놓을 수 있어서 조금은 답답한 속내가 풀리는 것 같았다.

그때였다. 컹컹! 어디선가 개 소리가 들리는가 싶더니 저만치에서 누런 강아지가 신이 나서 고운과 재희에게로 뛰어왔다. 주인이 놓친 목줄이 강아지가 뛸 때마다 이리저리 신이 나서 흔들렸다.

"황식아! 안 돼! 거기 못 서나! 황식아!"

주인이 기겁해서 뒤에서 쫓아오고 있었지만 '황식이'란 강아지는 고운의 옆에서 팔짝팔짝 뛰며 컹컹 짖어댔다. 고운이 어찌해야 할 바를 몰라 살짝 당황하고 있는데 재희가 손을 내밀어 강아지를 쓰다듬었다. 그러는 동시에 솜씨 좋게 강아지의 목줄을 잡아 헐레벌떡 뛰어온 주인에게 넘겨주었다.

"아이고, 마. 고맙습니더. 아가 아직 어린데 워낙에 힘이 좋아가."

"얘 이름이 황식인가 봐요."

"예. 누래가 황식입니더. 황식아, 힝아한테 고맙다 캐라!"

재희가 싱긋이 웃으며 황식의 머리를 쓱쓱 쓰다듬어 주자 황식이 입을 벌리며 헥헥거렸다.

컹컹!

재희를 보고 우렁차게 짖고서 황식은 주인과 함께 다시 온 길로 돌아갔다. 그리고 금세 다시 조용해졌다.

픔.

재희가 자리에 앉는데, 고운이 갑자기 웃었다.

"아까 그 개, 선배님이 쓰다듬어 줄 때마다 표정이 꼭……."

표정? 재희가 고개를 갸웃거리자 고운이 자신의 이마를 손으로 힘껏 밀었다. 저절로 눈이 부리부리 커졌다.

"막 이렇게."

"……뭐야, 난 또."

재희가 싱겁다는 듯 픽 웃자 고운도 따라 짧게 웃었다. 바다를 보며 혼자 미소 짓다 재희가 고운을 돌아보았다.

"개, 무서워해?"

"아뇨. 좋아해요. 한 번도 키워보진 못했지만."

"왜?"

"아빠가……."

고운이 아무렇지 않게 말을 하다 말고 멈칫했다. '아빠'라는 말 때문이겠지. 재희가 안쓰러운 눈길로 그런 고운을 보았다. 하지만 고운은 이내 씁쓸한 미소를 지으며 다시 말을 이었다.

"……아빠가 털 알레르기가 있어서요. 선배는 개, 키워 보셨죠?

아까 되게 잘 다루던데."

"지금도 키워."

"정말요?"

"볼래?"

재희가 지갑을 꺼내 그 속에서 작은 사진을 한 장 꺼냈다. 미간과 귀만 갈색이고 나머지는 하얀, 사진으로만 봐도 아주 명랑하게 보이는 강아지였다. 와, 고운이 저도 모르게 감탄사를 뱉으며 환하게 웃었다.

"예쁘다. 이름이 뭐예요?"

"옥달이."

순간, 정적이 드리워졌다. 고운이 아무 말 없이 물끄러미 재희를 쳐다보다 이내 '풉!' 하고 웃어버렸다. 그러다 웃음소리가 점점 더 커지고 나중에는 배를 잡고 눈물을 흘리기까지 했다.

"옥달이요? 무슨 뜻인데요?"

고운이 묻는 말에 재희는 조금 난처한 듯 인상을 찌푸리다 이윽고 그 뜻을 설명해 주었다.

"옥수수가 은빛 물결을 이루는 달에 만난 이쁜이. 여동생이 지었어. 걔 말에 따르면 어떤 인디언들이 8월을 옥수수가 은빛 물결을 이루는 달이라고 한다네. 얘가 그때 우릴 만났거든."

음, 재희의 설명을 듣자 고운의 입가에 따뜻한 미소가 스몄다.

"되게 좋은 뜻이다. 이름이 정말 예뻐요. 근데 어떻게 키우게 된 건데요?"

"먼 친척이 혈통 좋은 개를 기르고 있었는데 걔가 며칠 가출했

다 낳은 애가 얘야. 애, 형제가 모두 셋인데 그 친척집에서는 어미
랑 다르게 믹스견이라서 키우기 싫다고 다 뿔뿔이 나눠줬거든. 근
데 얘가 제일 못생겼다고 이집 저집 옮겨 다니다 결국 우리 집까
지 온 거지."

사연을 듣자마자 고운이 인상을 찡그리며 사진을 다시 보았다.

"불쌍해. 그럼 얘도 출생의 비밀을 가지고 태어난 거네요."

"뭐, 그런 셈이지."

"너무한다. 이렇게 예쁜데 믹스견이라고 버림받고."

"얼마나 건강하고 씩씩한데. 얼마 안 있으면 얘도 엄마 돼."

말을 해놓고 보니 아차, 싶었다. 하지만 고운이 그럴 필요 없단
것처럼 재희에게 사진을 다시 돌려주며 활짝 웃었다.

"다음에 옥달이 새끼 낳으면 저한테도 꼭 말해 주세요. 좋은 일
이니까 축하해 줘야죠."

"그래."

하얀 파도가 잔잔하게 밀려왔다 이내 사라지곤 했다. 재희가 작
은 돌멩이를 하나 집어 바다에 던졌다. 풍당! 작은 물보라가 일었
다 이내 밀려가는 파도에 삼켜졌나. 고운도 돌멩이를 집어 바다에
던졌다. 풍당! 고운과 재희의 입가에 같은 붓으로 그린 듯 꼭 닮은
미소가 오랫동안 담기었다.

참으로 평화로운 시간이었다. 마치, 조금 전 있었던 모든 일들
이 한바탕 악몽이었던 것처럼.

"어머니랑 이야기, 제대로 못 했겠다."

물은 건 아니었다. 그저 확신에 가까운 짐작이었다. 눈으로 보

진 못했으나 들어간 지 얼마 안 되어서 울며 뛰쳐나왔으니 마치 본 것처럼 확신할 수 있었다. 고운이 대답 대신 시무룩해져서 고개를 끄덕였다.

"그래도 좋지 않아? 엄마 볼 수 있어서."

무릎에 괴고 있던 고개를 들고서 고운이 재희를 똑바로 보았다. 재희가 반질반질한 돌멩이를 하나 집어 바다에 힘차게 던지며 말했다.

"너한테도 엄마가 있는 거잖아, 이제."

물끄러미 재희를 보던 고운의 눈매가 금세 붉어지는가 싶더니 이내 다시 고개를 획 돌리고 무릎 위에 턱을 내려놓았다.

"그러게요. 나한테도 엄마가 있다는데. 너무 기뻐서 만세라도 질러야 하는 건데 정말 바보 같이……."

고운이 헛웃음을 지으며 말하다 손끝으로 눈꼬리를 꾹 눌렀다. 그러고는 혼잣말처럼 중얼거렸다.

"……근데요. 좋아요, 정말. 엄마, 볼 수 있어서."

작은 심호흡과 함께 눈을 가리고 있던 손을 떼고는 고운이 재희를 보며 입꼬리를 활짝 끌어당겼다. 빨개진 눈만큼이나 코끝도 새빨개져 있었다. 하지만 표정만은 조금 전보다 훨씬 가벼워져 있었다. 그런 고운을 힐끔 보다 재희가 미소 지으며 검지와 중지 끝으로 장난스레 이마를 톡 튕겼다.

"아니, 다행이다."

재희가 자리에서 일어나 고운을 보고 섰다. 재희의 등 뒤로 보이는 바다는 은빛으로 반짝이고 그보다 옅은 빛의 하늘에는 하얀 구름이 떠 있었다. 햇살은 유난히 따뜻했고 불어오는 바람은 바다 냄새를 가득 품어 끈끈했다. 맑은 가을날, 바다는 모든 것이 좋았다.

재희가 손을 내밀었다. 고운은 숨을 크게 들이마시고는 재희가 내민 손을 잡았다.

열셋.

메리골드(Marigold)

"들어가."

처음 바닷가에서 올 때만 해도 그렇게나 빠르던 고운의 걸음이 가게가 가까워질수록 점차 느려졌다. 재희는 아무 내색도 않고 고운의 옆을 가만히 지켜주기만 했다.

마침내 가게 앞에 도착했다. 괜찮을 줄 알았다. 한데 막상 도착하고 보니 그게 아니었다. 당장에라도 토할 것처럼 속이 불편해지며 손에서는 땀이 끈적끈적하게 났다. 손바닥을 쫙 펴 교복치마에다 대고 문지르는데도 자꾸만 땀이 났다.

"이고운."

제 이름 소리에 놀라 고운이 흠칫거리며 고개를 들었다. 재희가 손수건을 내밀고 있었다. 고운은 무의식적으로 교복치마에 문지르던 손을 떼고서 손바닥을 펼쳐 보았다. 얼마나 문질렀는지 하얗던 손바닥에 금세 피가 돌며 빨개졌다.

"손 이리 줘봐."

재희가 고운의 손을 덥석 잡고는 손수건으로 꾹꾹 눌렀다. 고운은 물끄러미 자신의 손을 닦아주는 재희를 보았다.

"바보야, 이러다 피나겠다."

핀잔 섞인 말이었지만 말투는 오히려 걱정스러운 편에 가까웠다. 재희가 고운의 양손을 꼼꼼하게 닦아준 뒤, 손수건을 고운의 손에 쥐여주었다. 고운은 나직이 숨을 들이마시며 양손을 꽉 말아쥐었다. 보드라운 천이 손바닥에 닿자 거짓말처럼 떨리던 마음이 조금씩 진정되는 것만 같았다. 고운은 크게 숨을 들이마셨다 천천히 내쉬었다. 그러고는 재희를 보았다.

"난 여기에서 기다리고 있을게."

재희가 씩 미소 지으며 한마디 했다. 그 말이 그렇게 든든하고 믿음직스러울 수가 없었다. 고운은 고개를 끄덕이고서 가게 문고리를 잡았다. 온몸의 용기를 모두 그러모아 힘을 주어 문고리를 돌렸다.

삐걱, 하며 문이 열렸다. 고운은 재희를 힐끔 돌아보고서 이윽고 가게 안으로 들어갔다.

고운을 보자마자 수미와 상운이 스프링처럼 벌떡 일어났다.

"고운아."

"누나야!"

그야말로 버선발로 뛰어나오는 형국이었다. 앞다투어 두 사람이 고운에게로 달려왔다.

"잘 왔다. 내는 니가 다시 서울로 갔는 줄 알고. 일단 안에 들가 봐라. 언니가 니 걱정 윽수로 하고 있을기라."

수미가 고운의 손을 덥석 잡고 연방 잘 왔다며 그 손을 쓰다듬었다. 하지만 고운의 시선은 그런 수미가 아닌, 자신의 허리를 부여잡고 있는 상운에게로 향해 있었다.

"……상운이라 했지?"

"어! 누나야, 내 상운이다. 오상운! 누나야는 이고운!"

고운은 상운의 머리를 한번 쓰다듬어 주고서 수미를 보았다.

얘가 혹시 내 동생인가요?

비록 말은 하지 않았지만 수미에게 충분히 전달되었을 말이었다. 수미를 본 건 비록 이번이 두 번째이긴 하지만 지금 그녀가 당황했다는 걸 알 수 있었다. 수미가 이내 한숨을 내쉬며 고운의 등을 토닥였다.

"내보다는 느이 엄마한테 듣는 게 낫겠지. 얼른 들가 봐라."

고운은 수미가 가리키는 방을 힐끔 보았다. 아까 저 방에서 엄마가 나왔었다. 3m 남짓한 짧은 거리. 저기에 엄마가 있다. 고운은 주먹을 꾹 말아 쥐고서 한 발짝 한 발짝 그쪽으로 다가섰다. 신발을 벗고 천천히 문을 열었다.

사람이 다섯 명 정도 누우면 꽉 찰 것 같은 작은 방 한가운데 이불이 펴져 있고 그 위에 누군가가 누워 있었다. 목이 늘어난 티셔츠 위로 보이는 쇄골과 너무 말라서 톡 도드라진 어깨뼈가 제일 먼저 눈에 들어왔다. 고운이 방 안에 들어왔는데도 그녀는 미동조차 없었다. 잠이 든 걸까. 고운은 조심스럽게 그 옆에 앉았다.

가지런한 눈썹 아래, 높진 않지만 곧은 콧날과 얇은 입술이 보기 좋게 자리 잡고 있었다. 사진 속 모습보다 많이 수척해지긴 했지만 분명 엄마가 맞았다.

오진숙.

엄마의 이름을 소리 없이 불러보는데 가슴이 울렁거린다. 그리고 코끝이 시큰해지며 눈앞이 흐릿해졌다. 울지 않으리라. 고운은 얼른 손으로 눈가에 스민 물기를 훔쳤다. 그러고는 신기루처럼 사라질세라, 다시 열심히 진숙의 얼굴을 바라보았다. 그러고 보니 올해, 엄마 나이는 얼마나 된 걸까. 천천히 손가락을 꼽아가며 계산을 하는데 문득 수미가 한 말이 머릿속을 스쳐 지나갔다.

"실은 고운이 느이 엄마가 몸이 좀 마이 안 좋다."

숨기기 이나노 없이 새하얀 얼굴을 보고 있자니 덜컥 겁이 났다. 고운은 조심스레 손을 들어 진숙의 코 아래에 손을 가져다 대었다. 따뜻한 숨결이 고운의 손끝에 와 닿았다.

……후. 저도 모르게 안도의 한숨을 내쉬는데 그 순간, 거짓말처럼 진숙이 눈을 떴다. 잠시 눈을 깜빡이던 그녀가 고운을 보더니 후다닥 자리에서 일어났다.

그러고는 고운이 그랬던 것처럼 뚫어져라 고운을 바라보았다. 고운도 마찬가지였다. 시간이 멈춰 버린 것만 같던 그때, 진숙이 고운을 향해 천천히 손을 내밀었다. 잠시 주저했지만 고운은 그 손을 꼭 잡았다.

그리고 누가 먼저랄 것도 없었다. 울음이 먼저 터졌다. 두 사람은 한 몸인 양 서로를 부여안고 뜨거운 눈물을 쏟아냈다.

아무 말도 필요 없었다.

재희는 시계를 힐끔 보았다.

고운이 들어간 지 한 시간쯤 지나 있었다. 낯선 교복을 입은 학생이 대낮부터 다방 앞에 있는 게 이상한지 행인들이 한 번씩 그를 힐끔거리고 지나갔다. 간혹 아예 들으란 듯 혀를 차며 지나가는 어른들도 있었지만 재희는 무표정한 얼굴로 시계만 보고 있었다.

그때, 끼익하고 문소리가 들려왔다.

설마 벌써 이야기가 끝난 건가. 재희가 가게 앞 유리에서 몸을 떼고 문 쪽을 돌아보았다. 한데 밖으로 나온 이는 고운이 아니었다. 어린 남자애 하나와 젊은 여자였다.

"고운이 누나야 남자친구 아이가."

"글나? 그럴지도 모르겠다. 그재?"

일급 기밀사항까지는 못 되어도 나름 재희에게 숨기고 싶은 이야기긴 한 모양이었다. 하지만 퍽 유감스럽게도 두 사람이 속닥이며 나누는 귓속말이 재희에게까지 똑똑히 들려오고 있었다. 하는 수 없다. 재희는 꾸벅, 인사를 했다.

"안녕하세요. 고재희라고 합니다."

"어머. 예, 안녕하세요."

수미가 활짝 웃으며 재희의 인사를 받았다.

"혹시 우리 고운이……."

무슨 말을 할 지 알았기에 재희는 얼른 다음 말을 이었다.

"고윤이 학교 선배입니다."

"아…… 학교 선배."

남자친구가 아니라는 사실에 수미는 조금 실망한 것 같았다. 하지만 언제 그랬냐는 듯이 다시 웃으며 재희에게 말을 건넸다. 이번에는 손짓도 함께였다.

"그라지 말고 안에 들어가서 기다려요. 다리 아플 텐데."

"아닙니다. 전 신경 안 쓰셔도 됩니다."

"으데, 우리 고운이 학교 선배라는데 우째 신경을 안 쓰겠노."

"행님, 안에 들어가서 기다리세요."

둘이서 계속 들어가자며 권하기에 어쩔 수가 없었다. 상운과 수미에게 이끌려 재희는 다방 안으로 들어갔다. 불을 켜지 않아서인지 대낮인데도 안은 어두컴컴한 편이었다. 두 사람은 다방 가운데 있는 테이블로 재희를 데리고 가더니 강제로 자리에 앉혔다.

"여, 잠깐만 앉아 기다리 봐요. 손님 왔는데 뭐 먹을 거라도 좀 내올 테니까. 상운아, 니는 저게 커튼 좀 걷어봐라."

수미가 주방 안으로 들어가고 난 뒤, 상운이 창가로 달려가더니 창가를 가리고 있는 커튼을 당겼다. 촤르륵, 힘차게 커튼을 걷고 소파 위에 올라가 끈을 야무지게 묶기까지 했다.

재희도 얼른 자리에서 일어나 창가로 가서 커튼 걷는 걸 도왔다. 아이가 재희를 힐끔 보더니 씩 웃어 보였다. 7, 8살쯤 되었을까. 어린 녀석이 잘생기기도 했다. 한데 웃는 모습이 누군가를 닮았다. 그 누군가가 이고운이라는 생각을 했을 때, 뒤에서 문소리가 들렸다.

고운이 밖으로 나왔다. 고운이 재희를 보고는 작은 웃음을 지었다. 실컷 울었는지 얼굴이 온통 빨갰지만 그래도 웃는 게 참 예뻤다.

"선배."

고운이 이리 오라는 듯 손짓을 했다. 재희는 커튼을 마저 다 묶고서 고운에게로 걸어갔다.

"우리 엄마한테 인사하라고요."

고운이 미소 지으며 재희에게 소곤거리고는 이윽고 방 안에 대고 말했다.

"엄마."

"그래."

고운처럼 울어서 잔뜩 목이 멘 소리가 안에서 흘러나왔다. 재희는 얼른 몸을 바로 세우고 셔츠 깃을 바로 했다. 고운이 문을 열자 방 안에 앉아 있던 여자가 옅은 미소를 지으며 자리에서 몸을 일으켰다. 고운과 많이 닮은 분이었다. 재희는 꾸벅, 허리를 숙이며 큰 목소리로 인사했다.

"안녕하세요. 고재희입니다."

인사하는 게 뭐 대수냐 싶으면서도 이상하게 가슴이 쿵쾅쿵쾅 뛰어대고 있었다.

※

"이건 올라가며 입 심심할 때 묵으라. 알았재?"

버스는 이미 도착해 승강장에서 대기하고 있었다. 수미가 고운의 손에 커다란 검은 비닐봉지를 쥐여주었다. 그 안에는 과자며 빵이며 음료수가 잔뜩 들어 있었다. 그냥 손에 잡히는 대로 몽땅 집어 담은 것 같았다. 진숙과 상운을 옆에서 돌보아 주는 것도 고 맙고, 고운을 찾아와 모든 이야기를 해준 것도 고마웠다. 만약 수 미가 아니었다면 고운은 아직까지도 까맣게 모르고 있었을 것이 다. 고운은 수미의 손을 꼭 잡았다.

"고맙습니다. 잘 먹을게요, 이모."

"엄마야, 니 내한테 이모라 캤나?"

수미가 기분 좋은 듯 깔깔거리고 웃더니 이내 두 팔을 벌려 고 운을 꼭 안았다.

"그래, 내가 니 이모다. 앞으로 죽을 때까지 평생 내가 니 이모 해줄 테니까 걱정 말그라. 알았재?"

"……네."

수미가 고운의 등을 따뜻하게 토닥여 주고는 뒤로 한 발짝 물러 섰다. 고운의 시선이 아래로 향했다. 상운이 수미의 등 뒤에서 홀

쩍거리고 있었다. 고운이 허리를 굽혀 상운 앞에 앉았다.

"오상운."

고운이 부르는 소리에 상운이 두 주먹으로 눈가를 야무지게 훔치고는 얼른 대답했다.

"응. 누나야."

누나.

다른 아이들처럼 형제가 있으면 얼마나 좋을까, 그리 생각하고 자랐다. 한데 자신한테도 남동생이 있었다. 구슬처럼 까맣고 순한 눈을 바라보다 고운은 수미가 그랬던 것처럼 팔을 벌려 조심스레 상운을 안아 보았다. 따뜻한 체온과 함께 아이 특유의 냄새가 고운에게로 와락 다가왔다. 왠지 가슴이 뭉클해졌다. 고운은 아이를 다시 한 번 꼭 끌어안아 주고서 팔을 풀었다. 그리고 손가락을 내밀었다.

"누나, 삐삐 번호 가르쳐 줬지? 하루에 한 번씩 꼭 연락하는 거야. 누나도 매일매일 꼭 전화할게."

고운이 손가락을 걸고 약속하자 상운의 얼굴에 그제야 웃음꽃이 피었다.

"서울행 버스 곧 출발합니더!"

기사 아저씨의 우렁찬 목소리에 고운은 허리를 펴고 일어났다. 수미와 상운과 눈인사를 하고서 고운은 진숙을 보았다. 별다른 말은 필요가 없었다. 고운이 빙긋 웃자 진숙도 따라 미소를 지었다. 진숙이 한 발짝 앞으로 다가와 고운의 손을 두 손으로 꼭 쥐었다. 꾸깃한 종이의 감촉에 고운이 손을 내려다보았다. 연둣빛의 만 원짜리 몇 장이 고운의 손에 쥐어져 있었다.

"얼마 안 된다. 올라가믄서 배고플 텐데 휴게소에서 맛있는 거 사무라."

태어나 처음으로 엄마한테서 받아 본 용돈이었다. 눈물이 나올 것만 같았다. 고운은 부러 크게 미소 지으며 고개를 끄덕였다. 진숙이 고운의 손을 토닥이다가 이내 그 옆에 있는 재희를 보았다.

"오늘 우리 고운이랑 함께 와줘가 너무 고마워요. 앞으로도 우리 고운이, 잘 좀 부탁할게요."

"예. 걱정마세요, 어머님."

"그래요, 재희 학생도 조심해서 올라가요. 휴게소에 들르믄 고운이한테 맛있는 거 사 달라 하고."

진숙의 말에 재희와 고운이 미소 지으며 서로의 얼굴을 보았다.

"버스 안 탈 깁니꺼?"

버스 기사가 묻는 말에 진숙이 얼른 대답했다.

"아닙니더, 탈 깁니더. 고마, 얼른 타라. 이제 출발할 낀가 보다."

진숙의 성화에 재희가 먼저 버스에 올랐다. 그리고 그 뒤를 따라 올라가던 고운이 문득 뒤를 돌아보다 다시 내려와 진숙을 꼭 껴안았다. 떨어져 지냈던 십수 년의 세월은 이미 온데간데없이 사라진 지 오래였다. 세상 다른 엄마와 딸이 그렇듯 진숙과 고운도 마찬가지였다.

"……또 올게요."

"그래. 밥 잘 묵고 공부도 열심히 하고. 내도 밥도 잘 묵고 운동도 열심히 하고 병원도 안 빼묵고 열심히 다닐 테니까 내 걱정은 하지 말그라."

고운은 아쉬운 얼굴로 포옹을 풀고서 버스에 올랐다. 재희가 통로에 서 있었다. 고운이 가서 얼른 자리에 앉자 재희도 그 옆에 앉았다.

톡톡!

안전벨트를 하는데 누군가 창문을 두드리는 소리가 들려왔다. 고개를 돌렸더니 수미와 상운, 그리고 진숙까지 모두 고운의 자리가 보이는 창가 옆으로 와 있었다. 진숙이 귀에 손을 가져다 대며 무슨 말을 하고 있었다.

도착하면 전화하그라!

비록 목소리는 들리지 않았지만 입 모양만으로도 충분했다. 고운은 고개를 크게 끄덕이며 씩씩한 미소를 지어 보였다.

아무 걱정 하지 말고 있어. 곧 또 올게요.

그런 고운을 보며 진숙이 애틋하게 손을 흔들었다. 고운도 열심히 마주 손을 흔들어 주었다.

"열다섯 명! 오케이! 출발!"

버스 회사 직원이 이제 그만 출발하라며 버스 문을 탕탕 두드렸다. 버스 문이 닫히고 버스가 천천히 뒤로 후진을 했다. 차창 밖에 서 있던 진숙도 앞으로 따라 나오며 계속 손을 흔들었다. 고운도 마찬가지였다.

버스는 고맙게도 천천히 터미널을 빠져나갔고 고운은 팔이 아픈 줄도 모르고 열심히 손을 흔들었다. 그러면서 진숙의 모습을 눈에 담고 또 담았다. 점차 속도를 낸 버스가 터미널을 완전히 빠져나와 도로로 진입했다. 진숙의 모습도 더는 보이지가 않았다.

그제야 눈물이 비죽 새어 나왔다. 고운이 얼른 눈을 깜빡거리며 눈물을 안으로 삼키는데 눈앞에 워크맨과 이어폰이 불쑥 나타났다.

"들을래?"

고운은 재희가 건네준 워크맨을 받아 이어폰을 귀에 꽂았다. 라디오가 켜져 있었고, 마침 고운이 좋아하는 김혜림의 '날 위한 이별'이 흘러나오고 있었다. 고운은 이어폰 하나를 마저 꽂으려다 멈칫하고서 옆을 힐끔 보았다. 재희가 팔짱을 낀 채 좌석에 편안하게 기대어 눈을 감고 있었다.

"선배."

고운이 재희에게 이어폰 하나를 내밀었다.

"선배도 심심하잖아요."

재희의 눈길이 고운에게서, 고운이 내민 이어폰으로 옮겨가는가 싶더니 이내 그 이어폰을 받아 왼쪽 귀에 꽂았다. 그러고는 다시 팔짱을 끼고서 좌석에 기대 눈을 감았다. 고운노 미소 지으며 재희처럼 좌석에 편안하게 몸을 기대었다. 그러고는 눈을 감았다.

노곤하니 잠이 쏟아졌다. 아무래도 한숨 자기부터 해야 할 것 같았다. 그런 후에 앞으로의 일을 생각해도 늦지 않을 것이다.

"다 왔어요. 이 집이에요."

재희는 고개를 들어 고운의 집을 보았다. 담장 밖으로 보이는 키 높은 나무에는 굵은 감이 여러 개 매달려 있었고, 그 너머로 2층 집이 보였다. 집 안에서 불빛이 환하게 새어 나오고 있었다. 재희는 소매를 걷어 시간을 확인했다. 밤 열 시쯤에 서울에 도착해 곧바로 버스를 타고 왔음에도 벌써 열한 시가 다 되어 있었다.

"데려다주셔서 고마워요, 선배."

"괜찮겠어?"

재희가 묻는 말에 고운은 선뜻 대답하지 않았다. 대신에 집을 한번 돌아보았다. 꽤 한참이었다. 재희의 안타까운 눈길이 고운의 뒤통수에 머물렀다. 이윽고 고운이 다시 재희를 돌아보며 싱긋 미소 지었다.

"그럼 저, 그만 들어가 볼게요. 선배도 조심해서 가세요."

집을 보며 무슨 생각을 했을까. 아무 일 없다는 듯 웃고 있는 고운을 보고 있으니 괜스레 마음이 울컥했다. 어두워서 다행이었다. 재희는 고개를 작게 끄덕였다.

"그래."

재희에게 인사를 하고서 고운은 열쇠를 꺼내 직접 대문을 열고 들어갔다. 철컹. 대문이 닫히는 소리에도 재희는 쉬이 자리를 떠나지 못하고 고운의 집을 물끄러미 바라보았다.

오늘 밤, 잠이 올 것 같지가 않았다.

한데 그때, 뒤에서 발자국 소리가 들렸다. 그리고 그를 부르는 목소리도.

"……재희 형."

이환이었다.

도대체 무슨 일일까? 아니, 그보다 어딜 간 걸까?

늘 그랬듯 아침에 학교에 같이 가기 위해서 고운의 집에 들렀을 때, 정식은 고운이 이미 학교에 갔다고 했다. 한데 점심시간에 보라가 전해준 소식은 뜻밖의 것이었다.

"고운이 오늘 몸이 안 좋아서 결석했어요."

아침에 학교에 왔다가 다시 간 걸까? 혹시 해서 보라에게 다시 물었다.

"저, 오늘 아침에 일곱 시에 왔는데 고운이 못 봤는데요?"

그렇다면 아예 학교에 오질 않았다는 소리였다. 분명 학교에 간다고 나갔던 애가 학교에 오질 않았다. 곧바로 고운의 집에 전화를 해봤시만 받질 않았다. 긱정이 되어 삐삐를 쳤는데도 여느 때 답지 않게 고운은 답이 없었다.

"나, 아빠랑 아줌마랑 결혼하는 거 찬성이야."

어제 그 이야기를 나눈 이후로 고운을 보지 못했다. 어제저녁에도 야간자율학습을 빠지고 일찍 들어갔고 오늘은 아예 어디에 간 건지도 알지 못하고 있었다. 그래도 허튼짓을 할 아이가 아닌 걸 알기에 학교 마치자마자 곧장 고운의 집으로 와서 기다리고 있었다. 집에 아무 말을 하지 않았다면 분명 평소처럼 학교에서 귀가할 시간에 올 거라 생각했기 때문이다. 그리고 그런 이환의 생각은 맞았다.

평소보다 십여 분쯤 늦긴 했지만 고운은 시간에 맞춰 집으로 왔다. 한데 혼자가 아니었다. 옆에 키가 커다란 남학생이 함께 있었다. 그리고 그 남학생은 이환도 아는 이였다.

고재희.

"고운이도 안 왔어? 재희 형도 오늘 몸 안 좋아서 학교 못 왔다던데. 조금 전에 복도에서 현석이 형 만났는데 그러더라고. 요즘 감기가 유행인가?"

고운이 오늘 결석했다는 이야기를 듣고서 순태가 그런 말을 했었다. 한데 공교롭게도 같은 날 결석을 한 그 두 사람이 지금 이환의 눈앞에 함께 있었다. 이환의 가슴이 이유도 없이 미친 듯이 요동치기 시작했다.

도대체 무슨 일일까.

아니, 그보다 저 두 사람이 왜 같이 있는 걸까.

생각했던 것보다, 아니, 직접 보지 못했다면 믿지 않았을 정도로 두 사람은 친밀해 보였다. 쉬이 뛰어나가 내가 여기서 널 기다렸다는 말을 할 수도 없을 만큼. 다른 누군가가 끼어들 분위기가 아니었다.

언제 저렇게 가까워진 걸까.

이환이 그 자리에 서서 한참을 망설이는 동안, 고운이 집 안으로 들어갔다. 그리고 재희는 물끄러미 그런 고운의 뒷모습을 지켜보고만 있었다. 그런 재희를 뚫어져라 응시하던 이환이 비로소 걸음을 움직였다.

"재희 형."

재희가 이환을 돌아보았다. 조금 당황한 듯 보였다. 왜 당황하는 걸까. 아니, 그보다 왜 고운을 그런 눈으로 보고 있었던 걸까.

재희를 향한 이환의 눈빛이 어둡게 가라앉았다.

언제부터 이곳에 있었던 걸까.

하지만 묻지 않아도 이환의 얼굴을 보자 금세 알 수 있었다.

당혹감, 그리고 불쾌감.

이환의 눈빛에서 재희가 읽은 것들이었다. 그건 친한 오빠로서가 아니라 남자로서의 감정이었다. 비록 아직 덜 영글었다 할지라도 이환도 남자였다. 자신이 좋아하는 상대의 곁에 다른 누군가가 있다는 사실에 당연히 신경이 거슬렸을 것이다. 너군다나 지금과 같은 상황이라면. 아마 자신도 자각하지 못한, 본능적으로 느낀 감정일 터. 아마 자신이었어도 똑같았을 거였다.

왠지 어깨에 메고 있던 가방이 더욱 무겁게 느껴졌다. 재희는 가방끈을 추슬러 메고 이환에게 다가갔다. 무슨 말을 할까, 잠시 고민했지만 결론은 하나였다.

"물어보고 싶은 게 많겠지만 나중에 이고운한테 직접 듣는 게 낫겠다. 내 입으로 해줄 말은 없는 것 같으니까."

재희는 이환의 어깨를 가볍게 툭 짚어주고서 걸음을 옮겼다. 등 뒤에서 이환의 따가운 눈길이 느껴졌지만 재희는 뒤돌아보지 않고 그대로 골목을 빠져나갔다.

"따뜻한 국화차 한잔 끓여 놨는데 마시고 자. 잠 잘 올 거야."

씻고 나왔더니 정식이 고운을 불렀다.

거실 테이블 위에는 어느새 다과상이 차려져 있었다. 그렇잖아도 말을 해야만 했다. 고운은 정식의 맞은편 자리에 앉아 고개를 들었다. 정식 또한 할 말이 있는 듯했다. 머뭇거리고는 있었지만 무슨 말을 할 지 알 것 같았다.

"고운아, 아빠가 지난번에 했던 말……."

"아줌마랑 결혼, 하세요."

고운의 말에 정식의 눈이 휘둥그레졌다. 처음에는 놀람, 그리고 이어 기쁨이 번졌다. 정식이 활짝 웃고 있었다. 고운은 아빠의 웃는 얼굴을 똑바로 보며 다음 말을 이었다.

"그리고 난 엄마한테 가서 지낼게요."

찬물을 끼얹은 것처럼 한순간에 분위기가 얼어붙어 버렸다. 미처 웃음을 지우지 못한 채, 메두사의 마법에 걸린 석상이 된 듯 정식은 그대로 멈춰 있었다. 적막이 흐르는 가운데 시계 초침 소리만 째깍째깍 들려왔다.

"무…… 그게 무슨……."

어색하게 입꼬리를 끌어당기며 정식이 말을 더듬었다. 그런 아빠의 모습에 고운은 마음이 울컥, 흔들렸다. 하지만 그렇다고 결심을 바꾸지는 않았다.

"엄마 보고 왔어요. 통영에 가서."

"……고운아."

정식의 말소리가 가늘게 떨렸다. 당황하고 있었다. 아니, 감히 '당황'이란 한마디로 간단하게 표현하기 어려운 복잡한 감정일 것이다. 처음에는 아빠의 변명을 들어볼까 싶기도 했다. 하지만 그러기 싫었다.

"아빤 날 위해서 그랬다 하시겠죠. 내가 너무 어려서 그랬다고."

"……고, 고운아, 아빤."

정식이 무슨 말을 하든 고운은 마음속 결심을 모두 다 이야기해 버릴 작정이었다.

"엄마가 살아 있다는 이야기를 듣기에 너무 어렸다면 아빠가 다른 아줌마와 재혼한다는 얘기를 듣기에도 어렸을 거예요. 근데 아빤 나한테 그 이야긴 했잖아요. 내가 이해해 줄 거라 믿었으니까. 그만큼 컸다고 생각했으니까."

정식의 얼굴이 하얗게 질렸다. 입술이 파르르 떨리고 있었다. 하지만 그렇다고 여기서 이야기를 멈출 수는 없었다.

"아빨 탓하진 않아요. 절 얼마나 사랑하는지 아니까. 다만……이젠 나한테 엄마, 돌려주셨으면 해요. 만약 아빠가 그렇게 해주신다면 나도 아빠가 아줌마랑 재혼하는 거, 찬성할게요."

차분하고 담담하게 자신이 결정한 사항을 모두 전한 채 고운은 자리에서 일어났다.

"그리고 전학, 되도록 빨리 갈 수 있게 해주세요. 엄마, 건강이 좋지 않대요. 시간이 아까워요."

정식과 정식이 차린 정성스런 다과상을 뒤로하고서 고운은 조용히 방으로 들어갔다.

시간은 정말 쏜살같이 흘렀고 어느새 수능이 이틀 앞으로 다가
왔다.

"정말 죄송합니다."

고운이 순태와 연주에게 고개를 꾸벅 숙였다. 뜻밖의 소식에 조
금 당황한 듯도 보였지만 순태와 연주는 이내 괜찮다며 고운의 어
깨를 가볍게 토닥여 주었다.

"할 수 없지, 뭐. 어쩔 수 없는 건데."

"그래, 그럼 언제 가?"

"목요일에요."

"그렇게나 빨리?"

고운은 말없이 미소만 지었다.

"절대 안 된다. 차라리 지금처럼 아빠랑 둘만 살자."

정식의 반대는 완강했다. 하지만 고운도 뜻을 굽히지 않았다.

"아빠가 결혼을 하든 안 하든 내 결정과는 상관없어요. 그리고 아빠랑 싸우고 싶지도 않아요. 그러니까 엄마랑 지낼 수 있도록 해주세요."

그렇게 거의 한 달을 실랑이한 끝에 고운은 자신의 뜻대로 통영으로 전학을 갈 수 있게 되었다. 정식이 알면 서운해하겠지만, 사실 정식의 허락이 떨어지기 이전에 이미 담임인 규현에게는 전학을 갈 것 같다고 미리 말을 해둔 상태였다. 그만큼 고운의 결심은 확고했다.

"그렇게 빨리 갈 것 같았으면 진작 말하지. 다른 애들한테 미리 말해서 환송회라도 준비했을 텐데."

연주는 많이 서운해하는 눈치였다. 고운이 방송부에 들어오고 난 뒤부터 자신의 뒤를 이어 고운에게 저녁 방송을 맡길 거라 내내 노래했던 연주였다. 고운의 목소리는 점심보다는 저녁에 어울린다면서. 그러면서 다른 아이들이 알게 모르게 참 많이 챙겨줬었던 걸 알기에 고운은 연주에게 특히 더 미안했다.

"죄송해요. 워낙 갑작스럽게 결정된 데다가 3학년 선배님들 수능이 코앞이라서 미리 말씀드리기가 좀 어려웠어요."

"하긴 그랬을 수도 있겠네."

곰곰이 생각에 잠겨 있던 순태가 고개를 끄덕이며 추임새를 넣듯 거들었다. 그래도 여전히 아쉬운 표정인 연주가 순태를 보며 의견을 구했다.

"그럼 어떡할까? 그래도 미리 애들한테 말은 해야지."

"이따 저녁때 말할까?"

순태와 연주가 이야기를 나누는데 고운이 조심스레 끼어들었다.

"수능 다음 날, 어차피 학교에 인사하러 올 거니까 그때 말할게요. 수능 앞두고 괜히 시끄럽게 하기 싫어서요."

"그럼 가는 날 말한다구? 다들 많이 서운해할 텐데."

"방학 때 자주 놀러올 건데요, 뭐."

순태도, 연주도 쉬이 대답을 않았다. 분위기가 너무 무거운 것 같아 고운이 농담처럼 말을 보탰다.

"그래도 다행이에요. 우리 기수가 한 명 더 많아서. 저 하나 빠져도 다른 기수랑 수가 같잖아요. 아무래도 선배님들께서 선견지명이 있었나 봐요. 그죠?"

고운이 씩 웃으며 하는 말에 내내 서운한 얼굴이던 연수가 '으이그!' 하며 피식 웃고 말았다. 순태가 고운의 어깨를 격려하듯 툭툭 두드렸다.

"그래, 이왕 이렇게 된 거 아쉽지만 어쩔 수 없지. 아무튼 방학 때 꼭 놀러 와. 연락 꼬박꼬박 하고."

"네."

고운과 인사를 나누다 순태가 좋은 생각이 난 듯 연주를 휙 돌아보았다.

"그러지 말고 고운이, 오늘 저녁 방송 한번 맡겨볼까?"

"고운이한테?"

선배들이 나누는 이야기에 고운의 눈이 동그래졌다. 미처 생각지도 못한 일이었다.

"원고 다 써놨지?"

"어."

"그래, 그럼 오늘은 고운이가 하자. 괜찮지?"

순태의 의견에 연주가 씩 웃으며 손가락으로 오케이 사인을 만들어 보였다. 그러고는 고운의 어깨를 장난스럽게 끌어안았다.

"이고운, 컴온. 저녁 방송 원고, 미리 봐야지?"

"오! 뭐야, 오늘 저녁 방송은 이고운이 하는 거야?"

연주와 함께 저녁 방송 준비를 하고 있는데 순태와 진호, 그리고 이환까지 2학년 남학생들이 우르르 들어왔다. 그리고 그 뒤로 고운과 함께 저녁 방송을 준비하는 보라와 국도 따라 들어왔다. 보라에게는 미리 말을 했던 터였다. 고운과 눈이 마주치자 보라가 주먹을 '화이팅!' 자세로 쥐어 보였다. 국도 보라에게 이야기를 들었는지 눈으로 싱긋 웃어 주었다. 고운도 활짝 웃었다. 조금 긴장이 되긴 했지만 설레는 마음이 더욱 컸다.

"어떻게 된 거야?"

이환이 고운의 곁으로 와서 물었다. 순태와 연주에게 신신당부를 했었다. 이환에게도 아무 말 말아 달라고.

"설마 이환이한테도 비밀로 한 거야? 왜?"

"깜짝 놀라게 해주려고요. 농담이고요. 어차피 수요일 저녁에 이환 오빠네랑 같이 저녁 먹을 예정이거든요. 그때 제가 직접 이야기하려고요."

"그래? 이환이 녀석, 많이 서운해하겠다. 너랑은 각별했잖아."

"앞으로도 계속 연락하고 볼 건데요, 뭐."

고운의 설명, 아니 변명을 듣고 여전히 미심쩍은 얼굴이긴 했지만 그래도 고운의 부탁대로 순태와 연주는 아무 말도 하지 않은 모양이었다.

사실 요즈음, 이환과 조금 불편한 상태였다. 발단은 '정식의 재혼'에 대한 고운의 찬성이었고, 절정은 통영을 다녀온 그날 밤의 일 때문이었다. 그날 밤, 정식과 이야기를 끝낸 뒤 방으로 돌아왔을 때 삐삐가 한 통 들어왔었다. 재희가 남긴 음성메시지였다.

〈이환이가 집 앞에서 기다리고 있다가 우릴 본 모양이야. 다른 말은 안 했어. 아마 너한테 설명 들으려고 할 거야.〉

그리고 재희가 일러 준 대로 이환은 고운에게 설명, 아니, 해명을 요구했다. 처음이었다, 이환이 그렇게 무서운 표정을 지은 건. 이환을 안 지가 그렇게 오래되었는데 그런 이환의 모습은 너무도 낯설었다. 하지만 고운은 이환이 원하는 해명을 주지 않았다.

그냥 엄마를 보고 왔다고, 재희가 함께 가주었다고 이야기를 하면 그만이었음에도 아무 말도 하지 않았다. 그냥 우연히 길에서 만났고, 밤이 늦어 재희가 집에까지 데려다준 거라 했다. 믿지 않아도 상관없었다.

혜영도 고운이 엄마를 만나고 왔다는 걸 알고는 있었지만 이환에게 말하지는 않았을 것이다. 고운이 그러지 말아 달라고 했으니까. 이환도 물론 언젠가는 알게 되겠지만 고운은 가능한 그 때가 늦었으면 했다.

이제 서울에서 보내게 될 시간은 이틀이 고작이었다. 그리고 내일이면 이환도 알게 될 것이다. 그러니 오늘은 그냥 아무 일 없이 모두가 편안하기를 원했다. 고운은 예전과 같은 미소를 지으며 이환을 보았다.

"선배들이 한번 해보라고 해서 그런다고 했어. 대책 없이 용감하지?"

고운과 가만히 눈을 맞추던 이환이 이윽고 천천히 미소를 지으며 어깨를 다독여 주었다. 늘 그랬던 것처럼.

"보자, 시간 다 됐네. 연주랑 고운이, 들어가고. 슬슬 준비해야지."

순태가 손뼉을 짝 치자 방송실 안이 분주해졌다. 고운도 작게 심호흡을 하고서 연주를 따라 녹음실 안으로 들어갔다. 자리에 앉아 원고를 앞에 내려놓는데 가슴이 미친 듯이 뛰기 시작했다.

이런 기분을 느낀 적이 몇 번 있었다. 일단 퍼뜩 생각나기로는 올해 봄, 1학기 체육실기 시험으로 100m 달리기를 하던 날, 출발 신호를 기다릴 때 꼭 지금처럼 심장이 미친 듯 달음박질쳤었더랬다. 그리고 축제 때, 재희와 함께 노래를 부르기 위해 강당 무대에 섰을 때도 그랬다.

고운은 시선을 들어 녹음실 바깥을 보았다. 만약 재희가 있었다면 지금보다 덜 떨릴지도 모르는데. 분명 없는 걸 알면서도 고운의 시선은 재희를 찾고 있었다.

"편하게 해. 내가 옆에 있을 테니까 긴장하지 말고."

연주가 웃으며 하는 말에 고운은 긴장이 조금 풀어졌다. 의자를 당겨 앉았다. 원고를 다시 한 번 살피는데 자율학습이 끝나고 저녁 식사 시간이 되었음을 알리는 벨이 울렸다. 그리고 이환이 시작한다는 신호를 보내자 익숙한 시그널 음악이 흘러나왔다.

고운은 마이크를 잡았다. 이환이 큐 사인을 보냈다. 고운은 고개를 살짝 끄덕이고서 원고를 보았다.

[어느새 일 년이란 시간이 훌쩍 지나고 수능이 이틀 앞으로 다가왔습니다. 그동안 매일매일, 공부라는 무거운 짐을 지고 달려오신 3학년 선배님들. 부디 마지막까지 힘내시고 선배님들이 원하는 대로 좋은 결과가 있기를, 저희도 열심히 응원하겠습니다. 패닉의 달팽이, 이 곡 들으며 오늘 방송 시작하겠습니다.]

고운의 말이 끝남과 동시에 천천히 음악이 흘러나왔다.

"잘했어."

연주의 칭찬에 고운은 싱긋 웃었다. 창문 두드리는 소리에 바깥을 보니 이환이 씩 웃으며 손가락을 동그랗게 만들어 오케이 사인을 보냈다. 고운도 미소 지으며 손가락으로 둥근 원을 만들어 보였다.

1교시 자율학습을 마치고였다. 쉬는 시간이 되어 기지개를 켜는데 누군가 어깨를 톡톡 두드렸다. 무심결에 뒤를 돌아봤다 재희는 화들짝 놀랐다. 언제 왔는지 고운이 서 있었다.

"뭐야, 너? 언제 왔어?"

"방금요."

고운이 고개를 꾸벅 숙여 인사부터 했다. 그러더니 주위를 휘둘러본 뒤 얼른 뒤에 감추고 있던 무언가를 꺼내 재희의 책상에 내려놓았다. 금박 종이로 포장한 네모반듯한 상자였다. 붉은색 리본까지 예쁘게 달려 있었다.

"이게…… 뭔데?"

"선배님, 시험 잘 보시라구요."

싱긋이 웃으며 고운이 하는 말에 잠시 말문이 막혔다. 심장 언지리에서 또나시 궁궁거리는 듯한 소리가 들려왔다. 그 바람에 온몸의 피가 빠르게 도는 것도 같았다. 상자를 물끄러미 바라보다 재희는 조심스레 들어 보았다. 꽤 묵직했다.

"지난번에 애들이랑 같이 줬잖아."

마음에도 없는 소리가 바보처럼 잘도 튀어나온다.

그때 줬음 됐지, 왜 또 주냐. 분명 이 말과 똑같은 소리다. 아니나 다를까.

"……그건 그런데."

고운도 당황한 듯 잠시 말을 머뭇거렸다.

에라이, 바보, 머저리, 등신 같은 놈. 그냥 '고맙다' 하고 받으면 될 걸, 왜 쓸데없이 초 치는 소리를 하냐. 밥상을 차려줘도 엎어 버릴 놈이라며 속으로 스스로에게 욕을 퍼붓는데 고운의 웃음 어린 말소리가 들려왔다.

"그냥 선배님은 제가 따로 챙겨드리고 싶어서요."

따로 챙겨주고 싶었다…… 고?

재희의 눈길이 고운에게 향했다. 시선이 닿자 고운이 조금 쑥스럽게 웃으며 뺨을 슬쩍 긁적였다.

"우리, 그래도 마니또였잖아요. 별것 아니니까 너무 부담 가지지 않으셔도 돼요."

대답을 기다리는 듯 재희의 얼굴을 빤히 바라보던 고운이 문득 교실 앞을 보더니 서둘러 말했다.

"저기, 선배님. 그럼 전 이만 가볼게요. 현석 선배한테는 제가 줬다고 하지 마세요. 혹시 서운해하실까 봐 죄송해서요."

그 말만 남기고 고운이 처음 왔을 때처럼 꾸벅 인사를 하고서 급하게 교실을 나갔다. 재희는 멍청한 얼굴로 손에 상자를 들고 있다 후다닥 그 뒤를 따라 나갔다. 고운은 총총거리며 벌써 저만치에 가고 있었다. 재희가 얼른 뛰어가 고운의 손목을 잡았다.

"이고운."

깜짝 놀라 뒤를 돌아보던 고운이 재희의 얼굴을 확인하고는 눈을 동그랗게 떴다.

"저기."

재희는 잠시 머뭇거리다 결국 말을 꺼내고 말았다.

"수능날 저녁에 혹시 약속 있어?"

"저요?"

"어."

침묵이 흘렀다. 그리고 그 짧은 시간 동안, 재희는 심장이 족히 수백 번, 아니 수천 번은 뛴 것만 같았다. 빤히 재희를 올려다보던 고운이 이윽고 고개를 저었고, 재희는 비로소 안도의 한숨을 쉴 수 있었다.

"근데 왜요?"

"어…… 그날 저녁에 좀 보자고."

그러니까 '왜' 보자는 건지 궁금하단 얼굴로 고운은 그를 빤히 보고 있었다. 에라이, 모르겠다. 재희는 최대한 아무렇지 않게 말했다.

"밥 먹자."

"……."

"그러니까 다른 뜻이 있어 그런 건 아니고. 네가 선물 줬으니까. 그래서."

바보처럼 말까지 더듬고 뭐하는 거야. 재희는 미간을 찌푸린 채 복도 천장을 올려다보았다. 아, 진짜 한심하다, 고재희.

"부담 안 느끼셔도 되는 건데."

재희가 눈을 가늘게 뜨고서 고운을 보았다. 이렇게까지 체면 구겨가며 말했는데 거절이라니. 절대 있을 수 없는 일이다.

"아니. 난 다른 사람한테 공짜로 뭐 받고 그러는 거, 불편해. 그러니까 그날 저녁에 무조건 같이 밥 먹어. 알았어?"

하나, 둘, 셋. 이제 '네' 해야 할 차롄데.

"네."

그렇지! 재희는 주머니에 넣고 있던 주먹을 불끈 쥐었다. 하마터면 소리 내 크게 웃을 뻔했다. 재희는 얼른 시계를 보는 체하며 표정을 가다듬었다.

"그래, 그럼…… 7시쯤 보는 걸로 하자. 괜찮지?"

"네."

고운이 대답을 하는데 쉬는 시간이 끝났음을 알리는 벨소리가 울렸다.

"그래, 그럼…… 가. 얼른."

재희는 무뚝뚝하게 고갯짓을 하고서 휙 뒤돌아 교실로 향했다.

"선배님, 시험 잘 보세요!"

고운의 목소리가 들려왔다. 재희는 뒤돌아보지 않은 채 손만 한 번 흔들어 보이고는 태연하게 교실로 걸어갔다. 그러고는 교실 문 앞에 도착하고 나서야 뒤를 힐끔 돌아보았다. 고운은 벌써 내려갔는지 보이지 않았다.

"……가랬더니 진짜 빨리도 갔네."

재희는 픽 웃으며 교실로 들어가 자리에 앉았다.

"뭐야?"

언제 왔는지 현석이 궁금한 얼굴로 상자를 들여다보고 있었다.

"신경 끄시지요."

평소답지 않게 농담까지 하며 재희는 얼른 상자를 가방 안에 넣었다. 지퍼를 올리다 문득 다시 가방 안을 들여다보았다. 마니또든 뭐든 상관없었다. 어쨌거나 나만 특별히 챙겨준 선물이란 사실은 분명한 것이니까. 크리스마스 전날, 내일 아침 산타클로스가 과연 무슨 선물을 줄지 기대하며 잠이 들던 어린 시절과 비슷한 기분이었다. 재희의 얼굴에 즐거운 웃음이 스몄다.

❊

가을이란 계절이 무색하도록 수능 당일은 유난히 추위가 기승을 부린 날이었다. 뉴스에서 하루 종일 '수능 한파'라는 말이 흘러나왔을 정도였다. 고운이 재희가 시험 치는 수험장에 도착한 건 다섯 시가 조금 못 되어서였다. 그리고 온 세상에 땅거미가 어둑하게 내렸을 때쯤, 굳게 잠기어 있던 교문이 드디어 열렸다.

안에서 시험을 치른 수험생들이 썰물처럼 우르르 밀려 나왔다. 인생에서의 첫 전쟁을 무사히 치르고 나온 그들의 얼굴에는 아직도 긴장의 여운이 남아 있었다. 추운 날씨에 교문 앞에서 자식이 나오기만을 오매불망 기다리던 부모들이 각자의 자식을 찾아 여기저기서 소리 높여 이름을 불러댔다.

성호야! 지수야! 경진아! 광수야! 소라야!

고운도 귀에 꽂고 있던 이어폰을 빼고 교문 앞에서 나오는 이들을 바쁘게 훑었다. 원래 재희와 보기로 한 약속 시간은 7시, 그리고 약속 장소는 학교 근처 버스 정류장이었다. 말도 않고 무작정 와서 기다린 터라 마음이 조급해졌다. 혹시라도 길이 어긋나면 어쩌나.

하지만 그런 고운의 걱정이 무색하게 교문을 빠져나오는 재희가 바로 보였다. 사위는 어둑했지만 다른 아이들보다 유난히 훌쩍 큰 키와 하얀 얼굴 덕분에 한눈에 들어왔다. 고운은 반가운 얼굴로 재희에게로 서둘러 다가갔다. 한데 급한 마음과는 달리 워낙에 많은 인파에 밀려 발걸음을 떼기가 여간 쉽지 않았다. 고개를 들자 조금 전까지만 해도 저만치에 서 있던 재희가 보이지 않았다. 다급한 마음에 여기저기를 두리번거리는데 누군가 고운의 손목을 휙 낚아채듯 잡았다. 그러고는 사람들 틈을 헤치고 성큼성큼 길을 터 나갔다. 그리고 인파에서 무사히 빠져나왔을 때, 고운은 비로소 그 사람의 얼굴을 볼 수 있었다.

"거기서 멍하니 뭐 하냐."

평소보다 조금 잠겨 있긴 했지만 귀에 익은 낮고 묵직한 목소리다. 고운이 환하게 웃으며 재희를 불렀다.

"선배님!"

"여기서 뭐 하냐고. 우리, 여기서 보기로 한 거 아니잖아."

설마 그럴 리는 없겠지만 혹시라도 시험을 못 봐서 표정이 어두우면 어쩌나, 고운은 솔직히 조금, 아니, 많이 걱정했었다. 그런데 재희가 아주 살짝 웃고 있었다. 물론 보일 듯 말듯 아주 작은 미소였지만 고운은 안도했다. 하루 종일 가슴을 답답하게 꽉 메우고 있던 걱정이 그 미소 한 번에 눈 녹듯 녹아내렸다.

"시험…… 잘 보셨어요?"

재희가 짧게 고개를 끄덕였다. 또 웃었다. 심지어 이번에는 조금 전보다 1초 정도 더 길게 웃었다. 그 동안 지켜봐 온 바에 따르면 절대 헛말 같은 건 하지 않는 성격이었다. 잘난 체하는 걸 수도 있지만 그래도 제 입으로 시험을 잘 봤다고 할 때는 항상 정말 결과가 좋았었다. 그러니 분명 이번도 잘 봤을 것이다.

긴 한숨을 지으며 고운이 자리에 쭈그리고 앉았다. 알아서 저렇게 잘했을 텐데 괜히 혼자 안달복달 걱정을 했다. 고개를 들었더니 재희가 눈썹을 추켜올린 채 특유의 무심한 얼굴로 내려다보고 있었다.

시험은 내가 봤는데 왜 네가 그러고 앉아 있냐?

무언의 질문을 알아들었음에도 고운은 모르는 척 엉뚱한 대답을 했다.

"배고파요."

비딱해진 재희의 눈썹이 살짝 꿈틀거린다.

"점심도 먹는 둥 마는 둥 했거든요."

그러니까 왜?

재희가 눈빛으로 다시 물었다.

"선배님은 모르겠지만 제가 정말 선배님 혹시라도 실수하면 어쩌나, 답안지 밀려 쓰면 어쩌나, 걱정을 얼마나 했는데요."

굳게 다물어져 있던 재희의 입술이 순간, 휘어지며 웃음이 새어나왔다. 물끄러미 고운을 내려다보던 재희가 이윽고 허리를 굽혀 고운에게 손을 내밀었다.

"그러고 보니 나도 배고픈 것 같은데."

"그러니까요. 배고픈 시간이라니까요?"

싱긋이 웃으며 고운은 재희가 내민 손을 잡았다.

저녁 식사로는 설렁탕을 먹었다. 메뉴는 고운이 정했다. 하루 종일, 추운 데서 시험 치느라 고생했을 재희에게 따뜻하고 영양가 많은 걸 먹이고 싶었나. 그리고 다행히 그런 고운의 바람대로 재희는 아주 맛있게 한 그릇을 뚝딱 비워냈다.

"다 먹었음 나가자."

"네."

가방을 들고 일어나자마자 고운은 계산대로 향했다.

"팔천 원입니다."

머리가 희끗희끗한 주인 아저씨의 말에 고운은 지갑을 꺼냈다. 하지만 고운이 돈을 꺼내기도 전에 등 뒤에서 긴 팔이 쑥 나왔다.

"여기 있습니다."

재희가 계산을 치르고는 먼저 가게를 쑥 나갔다. 하지만 금세 다시 들어오더니 계산대 위에 놓인 유리병에서 사탕 두 개를 꺼냈다. 하나를 입에 쑥 집어넣더니 고운에게도 하나를 내밀었다.

"안 나오고 뭐 해?"

"네? 아, 나가요."

고운은 얼결에 사탕을 받아 입에 넣고는 얼른 재희의 뒤를 따라 가게를 나섰다. 더운 가게 안에 있다 나와 그런지 바깥바람이 한결 더 차게 느껴졌다. 고운은 잠바를 추스르고는 지갑에서 만 원을 꺼냈다.

"선배님!"

고운은 만 원짜리를 두 손으로 공손하게 쥐고서 재희에게 내밀었다.

"저녁은 제가 사 드리고 싶어서요."

재희의 눈매가 가느스름해졌다.

"저녁을 네가 왜 사? 지난번에 네가 초콜릿 사 줘서 내가 저녁 사주기로 한 건데."

"그래도 선배님 오늘 시험 치느라 수고하셨는데."

쓰읍!

일자로 굳게 다물려져 있던 재희의 입술에서 짧고도 무서운 소리가 났다. 더는 아무 말 하지 말란 소리였다. 고집부려 봐야 들을 사람도 아니니 하는 수 없었다. 고운이 지갑에 다시 돈을 집어넣는데 재희의 주머니에서 삐삐 소리가 들렸다. 재희가 삐삐를 꺼내 번호를 확인했다.

"할머니세요?"

아까 친구와 저녁 먹고 들어간다고 전하는 걸 듣긴 했지만 할머니도 힘든 시험을 치르느라 고생했을 손자 얼굴이 한시라도 빨리 보고 싶을 거였다. 이제 그만 들어가야 되나 싶어 고운은 저도 모르게 서운해졌다. 한데 재희가 도리질을 쳤다.

"아니, 현석이."

재희가 시큰둥하니 말하고는 다시 삐삐를 코트 주머니에 넣었다.

"확인 안 해보세요?"

"뻔하잖아. 시험 잘 쳤냐, 못 쳤냐."

"맞다. 선배, 시험 답안 맞춰 봐야 하잖아요. 교육방송에서 저녁에 답 맞춰준다고 했는데. 몇 시지? 참, 저 워크맨도 있어요."

"지금 맞춰본다고 틀린 게 맞아지냐? 어차피 내 손 떠난 건데."

"그래도 궁금하잖아요."

고운이 허둥거리며 워크맨을 꺼내려는데 재희의 말소리가 그런 고운의 바쁜 손길을 멈추었다.

"됐어. 한 시간 빨리 맞춰 본다고 달라질 것도 없는데 호들갑은."

틀린 말은 아니었다. 그래도 사람인 이상, 어떻게 안 궁금할 수가 있을까. 어깨에 멘 가방을 추슬러 올리다 고운은 문득 재희를 다시 보았다. 어쩌면 궁금하지 않은 게 아니라 겁이 나 그럴지도 모르겠다는 생각이 머릿속을 스쳐 갔다. 그래, 충분히 그럴 수도 있었다. 어쩌면 내 인생을 좌지우지할지도 모를 첫 번째 시험의 결과를 확인한다는 건 생각보다 엄청난 용기가 필요한 일일지도 모른다. 고운은 손에 쥐고 있던 워크맨을 다시 가방 안에 넣었다.

"가자, 집에 데려다줄게."

짧은 말과 함께 재희가 먼저 성큼 걸음을 뗐다. 그의 뒷모습을 보는 고운의 입가에 미소가 스몄다. 고운은 가볍게 뛰어가 재희의 옆에서 걸음을 맞췄다. 그러고는 그의 어깨를 가볍게 두 번 톡톡 두드렸다.

"선배, 오늘 시험 치느라 정말 수고하셨어요."

어쭈, 하는 눈빛으로 재희가 고운을 힐끔 쳐다보더니 피식 웃었다.

"그래, 오냐."

저녁 시간인데도 거리에는 이미 온통 네온사인이 켜져 있었다. 직접 시험을 치른 것도 아닌데 지나다니는 사람들의 얼굴에는 한 해의 큰 행사가 끝났다는 안도감과 후련함이 조금씩은 배어나 있었다.

"선배님은 그래도 좋겠어요."

"뭐가?"

"드디어 그 끔찍하고 무서운 수능을 끝낸 거잖아요."

끔찍하고 무서운 수능이란 말에 재희가 또 소리 내 웃었다. 그런 재희의 웃음소리가 좋아 고운의 얼굴에도 미소가 번졌다.

"그러고 보니 선배도 이제 어른이네요. 와, 그것도 되게 부럽다."

"2년, 길어 보이지? 금방이다."

"으! 무섭게."

"왜, 빨리 수능 끝나고 어른 되고 싶다며."

"그긴 그렇지만. 그래도 수능은 무섭단 말이에요."

삐삐.

또다시 울린 삐삐 소리에 고운도, 재희도 걸음을 멈췄다. 재희가 주머니에서 삐삐를 꺼내서 보고는 다시 고운을 보았다.

"너한테 왔나 본데?"

재희의 말에 고운은 삐삐를 꺼내 보았다. 집이었다. 고운은 삐삐를 잠시 내려다보다 다시 주머니에 넣고 아무 일 없었던 것처럼 웃으며 재희를 보았다.

"가요, 선배."

재희는 어디에서 온 건지 물어보지 않았다. 아마도 눈치를 챈 모양이겠지, 집에서 온 연락이란 것을. 고운은 괜스레 발치에 닿는 돌멩이를 휙 차고는 양손을 깍지 끼고 머리 위로 들어 올렸다.

"아, 배부르다. 저녁을 너무 많이 먹었나 봐요. 이럴 땐 좀 뛰면 좋은데."

기지개를 켜다 고운이 재희를 휙 돌아보았다.

"선배, 그러지 말고 우리 지금 학교 안 갈래요?"

수험생들이 빠져나간 학교는 어둠에 잠겨 있었다. 오로지 본관의 교무실과 방송실에만 불이 환하게 켜져 있었다.

콕, 콕, 콕.

볼펜 찍는 소리가 더 이상 들리지 않았다. 고운은 힐끔, 녹음실 안을 들여다보았다. 재희가 빨간 펜 뚜껑을 닫고 있었다. 펼쳐져 있는 페이지에는 다행스럽게도 빨간색 사선이 보이긴 않았다. 빠 아하니 틀린 것만 체크하는 것 같은 터라 고운은 저도 모르게 안도의 한숨을 내뱉었다.

재희가 귀에 꽂고 있던 이어폰을 빼고 시험지를 차곡차곡 접더니 이내 자리에서 일어나 밖으로 나왔다.

고운이 조심스레 쳐다보는 눈길을 느꼈는지 재희가 픽 웃었다.

"잘 봤으니까 그렇게 안 봐도 돼."

목소리가 홀가분했다.

"진짜요?"

"그래."

고운은 활짝 웃으며 테이블 위에 두었던 커피 우유에다 빨대를 꽂아 내밀었다. 재희가 채점을 하는 동안, 학교 앞 문방구에 가서 사온 것이었다.

"선배님, 그럼 가고 싶은 과는 정했어요?"

"신방과."

재희의 대답은 명쾌했다.

"학교에서 다른 과 가라고 안 그래요? 법대나 상대나. 보통 인문계 1등은 법대 가고 자연계 1등은 의대 가고 그러잖아요."

"그런 게 어딨어. 자기가 가고 싶은 과 가면 그만이지. 학교가 내 인생 대신 살아줄 것도 아니고."

재희가 시큰둥하니 턱을 괴었다. 사실 말은 그렇게 했지만 담임이며 심지어 교장까지 압박을 주고 있긴 했었다. 하나 그렇다 하더라도 상관없었다. 가고 싶은 과는 오로지 신방과 단 하나였으니까.

"넌? 가고 싶은 과 있어?"

"전 아직 잘 모르겠어요."

말을 하다 말고 고운이 잔뜩 심각해져서는 재희를 보며 인상을 썼다.

"참, 그런데 어쩌면 전 수능도 못 칠지도 몰라요."

생뚱맞은 소리에 재희가 우유를 마시다 말고 고운을 보았다.

"무슨 말이야, 그게?"

"노스트라다무스."

"……뭐?"

"노스트라다무스가 그랬대요. 1999년 9월에 지구가 멸망한다고. 그런데 어떻게 수능을 봐요."

방송실 안에 정적이 흘렀다.

"아야!"

고운이 외마디 소리와 함께 이마를 만졌다. 눈도 깜빡이지 않고 고운을 보던 재희가 불시에 손을 뻗어 고운의 이마에 꿀밤을 먹였다.

"무슨, 말이 되는 소릴 해야지."

"진짜래요. 이때까지 그 사람이 예언한 게 다 맞았다잖아요."

"진짜는 무슨. 넌 그걸 믿냐? 어이가 없어서, 원."

재희가 황당하다며 혼잣말을 중얼거리다 다시 고운을 향해 눈썹을 치켜떴다.

"쓸데없는 소리 말고 공부나 열심히 해. 너 지난번에 성적 왕창 떨어졌던 거 내가 모를 줄 알았지? 수능도 끝났겠다. 이번에 니 기말고사 성적 어떻게 나오나 지켜볼 거야. 지난 모의고사보다 전교 등수 30등 못 올리면 나한테 과외 받을 각오해. 알았어?"

한참을 잔소리를 늘어놓고서 재희가 혼잣말처럼 중얼거렸다.

"그리고…… 정 가고 싶은 과가 없으면 나중에 너도 신방과 들어오던가."

분명 자기한테 한 소리라 고운의 눈이 휘둥그레졌다.

"신방과요? ……설마, 선배랑 같은 학교 신방과에 들어오란 소리는 아니죠?"

"맞는데?"

너무도 태연하게 재희는 고개를 끄덕였다. 황당한 얼굴로 재희를 보다 고운은 입을 비죽였다.

"에이, 진짜 그건 너무 심하잖아요."

"뭐가?"

"선배랑 같은 학교를, 그것도 같은 과를 제가 어떻게 가요."

"그러니까 과외 해주겠다잖아. 넌 해준다면 그냥 '네!' 하고 열심히 할 것이지, 무슨 말이 그렇게 많아. 그리고 말이야. 사람이 목표가 있어야 발전이 있는 거야."

투덜거리는 재희의 모습에 고운이 미소 지으며 양손으로 턱을 괴었다. 고운의 시선이 빤히 자신을 향해 있자 재희는 조금 당황스러워졌다.

"왜?"

"선배가 직접 과외도 해준다 그러고. 새삼 신기해서요."

"뭐가."

"처음에 선배랑 저, 솔직히 별로 안 좋았잖아요. 이런저런 오해도 있었고."

재희는 잠시 말문이 막힌 듯 가만히 고운을 보기만 했다. 그러다 이내 다시 불퉁하게 한마디를 툭 뱉었다.

"그거야 네 말처럼 오해가 있었으니까."

"그러니까요. 그런데 지금은 선배님이 저녁도 사주고 또 나중에 과외도 직접 해준다 하고. 정말 감개무량한 일인 거 맞죠?"

"감개무량할 일도 썼다."

퉁명스레 핀잔을 주고서 재희는 괜히 쑥스러운 듯 다른 곳을 보았다. 그러길 잠시, 이내 고운에게 힐끔 시선을 주자 고운이 재희를 향해 싱긋 웃어 보였다. 결국 재희도 핏, 웃음이 새어 나오고 말았다.

"선배랑 같은 대학교, 같은 과에 가면 멋지긴 하겠다. 참, 저 저녁 방송한 거, 선배는 못 들었죠?"

"저녁 방송?"

"네, 수능 전전날. 왜, 선배 초콜릿 갖다 드린 날이요. 그날 저녁 방송 제가 했어요."

"네가? 왜?"

"그게 제가 전⋯⋯."

아무렇지 않게 말을 하다 고운이 멈칫거렸다.

"왜 말을 하다 말아? 뭔데?"

"그게⋯⋯ 그러니끼."

고운은 말끝을 흐리며 재희를 바라보있다. 이차피 오늘 저녁, 재희에게 말을 하려고 했었다. 내내 미루고 있었지만 차라리 이렇게 이야기하는 것이 좋을지도 몰랐다.

"실은 제가⋯⋯."

한데 바로 그때였다. 퍽, 하는 소리와 함께 온 사방이 캄캄해졌다. 엄마야! 고운이 깜짝 놀라 소리쳤다.

"정전인가?"

재희가 자리에서 일어나 창가로 가 바깥을 보았다. 운동장에 켜져 있던 가로등 불빛도 나가 있었다. 물론 교무실에서 흘러나오던 불빛도 당연히 사라져 있었다. 고운도 창가로 와서 바깥을 내다보았다. 학교는 온통 어둠에 잠겨 있었다.

"손전등이 어디 있을 텐데."

재희가 방송실 한 켠에 위치한 캐비닛을 열어 더듬거리는가 싶더니 이내 노란 불빛 하나가 반짝 들어왔다. 많이 밝지는 않았지만 그래도 어둠 속에서 앞을 보기에는 충분했다.

"가자, 그만."

"선배, 잠시만요."

재희가 손전등 불빛을 고운에게로 돌렸다.

"저, 손전등 좀 주세요."

혹시 뭐 잊어버린 게 있나 싶어 재희는 고운에게 손전등을 건네주었다. 고운이 전등을 잡고 방송실 안 여기저기를 천천히 둘러보았다.

"왜? 뭐, 잊어버렸어?"

"아뇨. 그냥 한번 보고 싶어서요. 방송실이 어떻게 생겼나."

고운이 빙긋 미소짓더니 이내 재희에게 다시 전등을 건네주었다.

"싱겁긴."

피식 웃고서 재희는 고운을 데리고 방송실을 나왔다. 문을 잠그고 계단으로 향했다.

"조심해."

혹시라도 넘어질까 봐 재희는 고운의 발치에 전등을 비춰주며 조심스럽게 계단을 내려왔다. 그런데 막 2층 계단을 다 내려왔을 때였다. 희미하던 전등 불빛마저 갑자기 나가버렸다.

"뭐야."

딸깍딸깍. 몇 번이나 전등을 켜보았지만 불은 들어오지 않았다. 배터리가 다 된 모양이었다. 재희는 뒤에 서 있던 고운을 돌아보았다. 캄캄한 가운데서 이내 어렴풋하게 고운의 모습이 눈에 들어왔다.

"안 되겠다."

재희가 고운의 손을 잡았다.

"한 칸만 더 내려와 봐. 아무래도 잡고 내려가야겠다. 한 층만 더 가면 되니까 불편해도 조금만 참아."

어둠 속에서 의지할 건 서로의 손밖에 없었다. 재희의 부축을 받아 고운은 조심스럽게 한 발짝 딛고 내려섰다. 그리고 재희를 의지하며 한 칸, 한 칸 아래로 내려왔다.

그렇게 모든 계단을 내려와 1층에 도착했을 때, 교무실에서 희미한 불빛이 흘러나왔다. 간간이 말소리도 들려왔다. 수능 때문에 3학년 담임 교사 몇이 아직 남아 있는 것 같았다.

"가자."

재희가 고운의 손을 잡고서 현관으로 향했다. 학교 밖으로 나오자 여전히 캄캄은 했지만 그래도 달빛이 있어서인지 학교 안처럼 칠흑 같이 어둡지는 않았다.

현관을 나오자마자 재희가 나직이 한숨을 내쉬었다. 말은 않았지만 혹시라도 넘어지지 않을까, 많이 긴장했었던 모양이다. 무뚝뚝하고 툴툴거리는 것 같으면서도 실제로는 세심하게 챙겨주는 스타일이었다.

문득 학생회실에서 재희를 처음 만났을 때의 일이 떠올랐다. 그리고 그 후의 일들도 모두 다. 방송실에서 대형 사고를 치고 운동장에서 모두 기합을 받을 뻔했던 일도, 방송제에서 재희와 함께 노래를 불렀던 것도, 체육대회에서 함께 손을 꼭 붙잡고 2인 3각 경기를 했던 것도 기억났다.

고운은 재희를 물끄러미 올려다보았다. 그런 고운의 시선이 느껴졌는지 재희도 고운을 힐끔 내려다보았다. 그러고는 아차, 했는지 얼른 손을 놓았다. 어두운데도 당황한 모습이 느껴져 고운은 웃음이 나왔다. 그러면서도 한편으로는 가슴이 파도치듯 일렁거렸다.

"왜 웃어?"

재희가 무뚝뚝하니 부러 무섭게 물었다. 오늘로 저 퉁명스런 말소리를 듣는 것도 어쩌면 마지막이리라. 고운은 숨을 크게 들이마시고 애써 웃으며 재희를 불렀다.

"선배님."

"왜?"

"고맙습니다."

갑작스런 인사가 당황스러웠는지 재희가 답지 않게 말끝을 흐렸다.

"뭐, 고마울 것까지야…… 어차피 내려오던 길이었는데."

"그것도 그렇고, 이제까지 저 많이 도와주신 것도 그렇고. 생각해 보니 선배님께는 고맙다는 인사, 꼭 드려야 할 것 같아서요."

"갑자기 난데없이 무슨 인사를 한다고……. 가, 얼른. 늦었어. 집에서 걱정하시겠다."

쑥스러운지 재희가 큼, 헛기침을 하고서 몸을 휙 돌렸다 그리고 성큼 걸음을 내디뎠다.

"혹시 내일 시간…… 아니다, 주말에 시간 돼?"

영화나 보러 가자 할 생각이었다. 아침에 영화를 보고 점심을 먹고 오후에는 놀이공원에 가보는 것도 괜찮을 것 같았다. 아니다. 통영에나 다녀오자고 할까? 그래, 그것도 괜찮을 것 같았다.

"그날 괜찮으면 같이 통……."

"저 전학가요, 선배님."

자리에 우두커니 서 있다 재희가 고운을 뒤돌아보았다.

웃으면서 작별 인사를 하고 싶었다. 하지만 그런 바람과 달리 금세 눈앞이 뿌옇게 흐려지는가 싶더니 저만치에 서 있던 재희의 모습도 뭉개지고야 말았다.

"내일이요."

고운은 결국 엉엉 울면서 재희에게 작별 인사를 고했다.

열아홉, 그리고 열일곱. 그들의 11월 어느 날 밤이 그렇게 먹먹하게 깊어가고 있었다.

꽤 늦은 시각이라 그런지 인적이 끊긴 골목길은 고요했다.

"통영으로요. 엄마한테."

한참을 울다 겨우 진정이 되고 난 후, 고운이 나직이 했던 말이
떠올랐다.

통영.

얼마 전 고운과 함께 다녀온 그곳.

학교 가다 말고 우연히 본 이 아이의 모습이 너무 불안해서, 미
친놈처럼 무작정 따라갔던 그곳이 바로 통영이었다. 통영에서 고
운의 엄마를 만나고, 고운과 함께 다시 서울로 올라오면서도, 왜
오늘 같은 날을 예상하지 못했던 걸까. 서울을 떠나 언제든 통영
으로, 엄마 옆으로 떠날 수 있단 사실을. 어쩌면 너무나도 당연한
일이었는데 말이다.

"선배님."

이런저런 생각으로 머릿속이 복잡하기만 한데 고운이 부르는
소리가 들렸다. 어려운 말인지 주저하며 선뜻 말을 꺼내지 못하는
모습에 재희는 겁이 덜컥 났다. 이번에는 또 무슨 폭탄선언을 하
려 저러는 걸까.

재희는 자연스레 멈춰 섰다. 고운 역시 마찬가지였다.

"……왜?"

재희가 묻는 말에 고운이 짧게 심호흡을 하더니 어렵사리 말문
을 열었다.

"저 통영에 가면 선배님한테 일주일에 한 번씩이라도 삐삐 쳐도 돼요?"

고운을 물끄러미 내려다보던 재희는 피식 웃고 말았다. 잔뜩 걱정하고 있었던 게 무색하리만큼 어이없는 질문이기도 했다. 그의 눈치를 살피던 고운이 조금은 밝아진 얼굴로 물었다.

"해도 돼요?"

"이니."

언제 웃었냐는 듯 정색을 하고서 대답했더니 고운의 얼굴에서 웃음기가 다시 또 쏙 빠진다.

적막이 흘렀다. 하나, 둘, 셋, 넷, 다섯, 여섯. 더는 도무지 참을 수가 없었다. 무표정한 얼굴을 허물며 재희는 고운의 이마에 가짜 꿀밤을 먹였다. 고운이 아야, 하며 두 손으로 이마를 감쌌다.

"인마, 닿지도 않았어."

재희의 말에 고운이 머쓱한 듯 웃으며 손을 내렸다. 그런 녀석을 보고 있자니 자꾸만 웃음이 샌다. 그리고 동시에 서운해졌다. 한동안, 아니, 어쩌면 오랫동안 이 녀석 웃는 모습을 이제 더는 매일 볼 수는 없겠지.

"매일 해."

대신 목소리라도 매일 듣고 싶었다. 한데 고운은 재희의 그 말이 그렇게 의외였던 모양이었다.

"네?"

"삐삐, 매일 해도 된다고."

"······진짜요?"

고운의 눈이 동그래진다.

"그래."

고운이 두 손을 꼭 쥐고서 안도의 한숨을 길게 뱉더니 '다행이다' 하며 예쁘게 웃었다. 다시 걸음을 떼며 재희가 고운을 힐끔 보았다.

"연락하지 말라 그럼 정말 안 하려고 했어?"

재희의 물음에 고운이 고개를 끄덕였다.

"선배, 이제 대학생이잖아요."

"근데?"

"그럼 이제 엄청 바쁠 거고…… 그런데 제가 전화하면 많이 귀찮아하실까 싶어서요. 그리고……."

그리고 또 무슨 이유가 있을까. 재희가 눈썹을 치켜떴다.

"전학 가고 나면 이젠 정말 선후배도 아닌 게 되잖아요."

고운이 말끝을 흐렸다. 생각만 하다 입 밖에 내고 보니 간신히 그쳤던 눈물이 또다시 울컥 나올 것만 같았다. 입술을 꾹 깨물고 눈에 잔뜩 힘을 주고 있을 때였다. 갑자기 이마 위에 손가락이 와 닿았다.

"아야."

고운은 이마를 감싸며 재희를 올려다보았다. 고운의 이마를 가볍게 손가락으로 튕긴 재희가 예의 그 무뚝뚝한 얼굴로 고운을 내려다보고 있었다.

"선배 아니면, 뭐, 그냥 '야, 고재희' 그럴래? 나랑 친구 먹고 싶어?"

잠시 정적이 흘렀다. 이마를 감싼 채 재희를 보던 고운이 치이, 하며 입을 비죽거렸다. 하지만 그것도 잠시, 이내 고요한 가운데 웃음소리가 쿡쿡 새어 나왔다. 덕분에 그렁그렁하던 눈물이 거짓말처럼 쏙 들어갔다.

"뭐야, 이고운. 하늘 같은 선배님 말씀하시는데 웃어, 어?"

예전 같으면 당장에 겁부터 집어먹었겠지만 지금은 아무렇지도 않았다. 오히려 더 가깝게만 느껴졌다. 그리고 그건 재희도 마찬가지인 듯했다. 무뚝뚝하고 무섭게 말은 했지만 얼굴은 전혀 그렇지가 못했다. 고운과 시선이 마주치자 그 역시 웃고 말았으니까.

"전화하고 싶을 때 언제든 해. 공부하다 어려운 거 있음 물어보고."

"네."

얼마 지나지 않아 조용한 골목길을 울리던 발자국 소리가 멈추었다.

"벌써 다 왔네."

고운이 혼잣말처럼 하는 소리에 재희는 비로소 고개를 들었다. 불빛이 새어 나오는 고운의 집을 물끄러미 건너다보던 시선이 이윽고 고운에게로 움직였다.

한참 울었던 탓에 눈이 퉁퉁 부어 있었다. 그런 얼굴로 고운이 싱긋이 웃어 보였다. 평소대로라면 '울다가 웃으면 어찌 된다더라'는 식의 농담 섞인 한 소리를 했겠지만 지금은 그럴 수가 없었다.

"내일 학교에 와? 아님……."

오늘 밤, 지금 이 순간이 마지막인걸까.

"갈 거예요, 아마."

고운의 대답이 떨어지자마자 재희는 저도 모르게 안도의 한숨을 지었다.

"그래, 그럼."

재희는 말을 하다 말고 입을 다물었다. 들어가라는 말을 해야 하는데 도무지 입이 떨어지지가 않았다. 고운이 말간 눈으로 재희를 올려다보고 있었다. 재희는 애써 입꼬리를 끌어 올렸다.

"데려다주셔서 고맙습니다."

"그래."

"선배."

고운이 재희를 부르더니 별안간 두 손을 내밀었다.

"왜?"

재희가 묻는 말에 대답은 않고 고운은 손바닥을 쫙 편 채 재희를 향해 살짝 흔들었다. 마치 손을 달란 듯한 행동이었다. 아니나 다를까.

"아이참, 손 달라는데."

답답했던지 고운이 먼저 재희의 양손을 덥석 잡았다.

"……무, 뭐하는."

"잠깐만요."

당황한 재희와 달리 고운은 두 손으로 재희의 손을 맞잡고 눈을 꼭 감았다. 마치 무언가를 간절히 소망하는 얼굴이었다. 그리고 잠시 후, '아자!' 짧은 기합 소리와 함께 고운이 잡고 있던 재희의 손을 놓았다. 영문도 모른 채 재희는 멀뚱히 고운을 쳐다보았다. 그런 그를 향해 고운이 씩 웃으며 아주 자신있게 말했다.

"이제 분명히 선배가 가고 싶은 학교, 가고 싶은 과에 꼭 합격하게 될 거예요. 내가 방금 기합을 잔뜩 넣어 놨거든요."

"……."

"진짠데."

생각지도 못한 말에 그만 웃음이 터지고 말았다. 황당하기도 하고 어이없기도 하고, 한데 이상하게도 기분이 나쁘진 않았다. 다른 사람 같았으면 헛소리하지 말라며 평소처럼 시큰둥하니 핀잔을 주고 말았겠지만 고운에게는 그러고 싶지가 않았다.

"전학 가면 못 볼 테니까 미리 응원해 주는 거라구요."

그 마음이 고맙고 예뻤다. 재희는 피식 웃으며 손을 들어 고운의 머리를 가볍게 쓱쓱 쓰다듬어 주었다.

"고맙다."

사위가 온통 고요한 가운데 세상에 단둘만 있는 기분이었다. 아마 그래서였을 것이다.

"이고운."

"네."

왠지 꼭 오늘이어야만 할 것 같았다. 아마 듣고 많이 놀라겠지만 그래도 어쩔 수 없었다. 지금이 아니면 기회가 두 번 다시 없을 것만 같았다.

재희는 나직이 심호흡을 하고 숨을 가다듬었다. 수능시험장에서도 이렇게 떨리진 않았던 것 같은데 도대체 지금은 왜 이런 걸까. 고운이 눈도 깜빡 않고 그를 빤히 보고 있었다.

"아무래도 내가 너……."

간신히 입을 뗐을 때였다. 집 안에서 반짝, 하고 불빛이 새어 나왔다. 현관문 센서등이 켜진 것이었다. 이어 안에서 목소리가 들려왔다. 뒤를 힐끔 돌아보더니 고운이 멋쩍은 미소를 지으며 재희에게 서둘러 작별을 고했다.

"선배, 저 그만 들어가 봐야 할 것 같아요."

"……어, 그래."

"그럼 조심해서 가세요."

재희에게 꾸벅 인사를 하고서 고운이 이윽고 열쇠를 꺼내 대문을 열었다. 한데 들어가려다 말고 멈칫하더니 이내 다시 뒤를 돌아보았다.

"참, 선배. 아까 무슨 할 말 있지 않았어요?"

잠시 머뭇거리다 재희는 미소 지으며 말을 이었다.

"다음에 하자. 들어가라."

"네. 선배, 조심해서 가세요! 내일 학교에 가면 선배님한테도 인사하러 갈게요."

고운이 씩씩하게 인사하고는 안으로 들어갔다. 그리고 기다렸다는 듯 중년 남자의 목소리가 들려왔다.

"어디 갔다 왔어? 잠깐 나갔다 온다 해놓고. 아빠가 얼마나 걱정했는지 알아?"

"볼일이 있어서요."

두 사람의 목소리가 도란도란 들려왔다. 현관 센서등이 다시 켜지고, 문이 열렸다 닫히고, 그리고 다시 현관 센서등이 꺼질 때까지도 재희는 그 자리에 가만히 서 있었다.

버스 정류장에 도착해 습관처럼 워크맨을 꺼내다 말고 재희는 멈칫했다. 자신의 것이 아니었다.

"선배, 이걸로 들으세요."

채점하는 데 사용하라며 고운이 자신의 것을 건네줬었다. 깜빡하고 돌려주지 않고 시험지와 함께 그대로 자신의 가방에 넣었나 보다. 지금 다시 가져다줘야 하는 걸까.

몇 걸음 뗐다 재희는 다시 자리에 멈춰 섰다. 내일 학교로 온다던 고운의 말이 떠올랐다. 어쩌면 내일, 워크맨을 가져가기 위해서라도 재희를 찾아올지도 몰랐다. 그래, 차라리 그편이 나을 것 같았다.

재희는 워크맨을 만지작거렸다. 작고 투명한 유리 너머로 테이프가 끼워져 있는 게 보였다. 열어보니 공테이프가 들어 있었나. 아마도 좋아하는 노래를 한데 모아 녹음해 놓은 것인 듯했다. 재희는 이어폰을 귀에 꽂고 플레이 버튼을 눌렀다.

딸깍하는 소리와 함께 노랫소리가 흘러나왔다. 한데 익숙한, 아니, 낯선 목소리가 흘러나왔다.

재희의 시선이 워크맨으로 향했다. 자신의 목소리였다. 고운의 목소리도 함께였다.

Something stupid.

축제 때 자신들이 불렀던 노래였다. 방송제 전체 녹음본에서 그 부분만 따로 녹음한 듯했다. 1, 2학년들은 따로 모니터를 했겠지만 3학년들은 예외였다. 아무래도 공부하느라 바쁘다 보니 깜빡 잊고 있었고, 재희 역시 축제 후에 몇 달 만에 처음 들어본 것이었다. 피식, 재희의 입술이 저도 모르게 허물어져 버렸다.

테이프를 앞으로 돌려 처음부터 들어 보았다. 사람들의 열렬한 함성과 박수 소리에 이어 기타 선율이 흘러나왔다. 그리고 고운의 목소리가 이어져 나왔다.

처음에는 조금 긴장했는지 목소리가 살짝 떨리는가 싶더니 점차 괜찮아졌다. 고운의 목소리와 함께 자신의 목소리가 흘러나왔고 재희는 인상을 살짝 찡그리며 웃고 말았다.

2학년 때도 방송제 때 노래를 불렀고, 분명 모니터를 하긴 했었지만 지금과 같은 기분은 아니었다. 뭐랄까. 그땐 그저 자신이 맡은 바 책임을 다하기 위해서였고, 그래서인지 무대에 설 때에도, 모니터를 할 때에도 평소처럼 담담할 수 있었다. 지금처럼 부끄럽고, 민망하고, 가슴이 두근거리고, 간질거리고…… 또 설레고, 이런 웃음도 결코 나진 않았었다.

노래가 어느새 끝이 났고, 재희는 다시 테이프를 앞으로 돌렸다. 플레이 버튼을 누르자 고운의 노랫소리가 다시 시작이 되었다.

"나 1반 반장 고운이야. 이고운. 반갑다."

새벽에 너무 일찍 깨어 학교에 왔던 날이었다. 아무래도 한 시간 정도는 자둬야 할 것 같아 평소처럼 조용한 학생회실에서 부족한 잠을 청하던 중이었다.

한데 난데없이 공중에서 우유갑이 떨어졌었다. 뭔가 싶어 고개를 들었더니 웬 단발머리의 1학년 여자애가 안절부절못하며 그의 앞에 서 있었다. 미안해서 어쩔 줄을 몰라 하다 갑자기 언제 그랬냐는 듯이 그를 보고 반갑게 웃으며 먼저 인사를 하기에 얼마나 어이가 없고 황당했던가.

"내가 충고 하나 하겠는데, 너 한 번만 더 내 앞에 나타나면 내 손에 죽는다. 알았냐?"

그 후, 또다시 학생회실에서 우연히 마주쳤던 날도 마찬가지였다. '방송반'이란 말에 흥미가 생기기도 했지만 지금 생각해 보면 그건 다른 누구도 아닌 그 아이여서였다.

"내 말이. 진짜 어이가 없어서! 우리가 맨날 아침에 청소하듯이 그 인간은 매일 아침에 장 청소나 해서 폭풍 설사나 해버렸음 좋겠어! 아주 그냥 평생 폭풍 설사하라고 내가 매일 정화수 떠놓고 빌고 싶은 심정이라니까?"

처음에는 서로 약간의 오해가 있기도 했었다. 물론 얼마 가지 않아 그 오해는 모두 풀렸다.

"제 입으로 나가겠다고 말해놓고 이런 말 하는 거, 그러니까 한 입으로 두말하는 거…… 양심 없는 행동이라는 거 아는데요. 하지 만…… 그래도 만약 선배님께서 괜찮다고 하시면 지난번에 말씀 드렸던 거, 없었던 일로 하고 방송반 생활하고 싶어요."

커피 우유와 카스텔라를 사 와서 환하게 웃으며 화해를 청하던 녀석의 모습이 떠올랐다. 그때의 커피 우유가 얼마나 맛있었는지 도 말이다.

그러고 보니…… 언제부터였을까.

하늘색이 너무 예뻤던 어느 봄날. 햇살도, 바람도 무척이나 좋 았던 바로 그날. 아마 그때부터였을까. 그 아이를 보면 이유도 없 이 가슴이 두근거리고 바보처럼 피식피식, 웃음이 새고 했던 것 이.

"선배님, 허리 좀만 굽혀보세요. 좀만 더요. 다 됐다. 아까 타이 가 비뚤어졌었거든요."

그 아이한테서 귤 향기가 난다는 걸 처음 알았던 그날도,

"죄송한데 저, 선배님 손 붙잡고 뛰어도 돼요?"

그 아이의 손이 얼마나 작고 보드라운지 알았던 그날도,

"아까 오빠가 좋아한다던 사람. 혹시 지은 선배야?"

그 아이가 좋아하는 사람이 누구인지 알았던 그날도,

"죽은 줄 알았던 엄마가 살아 있대요."

아이처럼 자신의 가슴에 얼굴을 묻고 서럽게 울음을 터뜨리던 그날도.

마치 어제 있었던 일처럼 생생하게 모두 기억이 났다.

끼이익.

버스 한 대가 정류장 앞으로 미끄러져 오더니 멈춰 섰다. 문이 열리고 대학생 하나와 정장 차림의 남자가 내렸다. 버스 기사가 재희를 한번 힐끔 보더니 다시 고개를 돌렸다. 그와 동시에 문이 닫히고 차가 천천히 출발했다.

"저 일주일에 한 번씩 삐삐 쳐도 돼요? 전학 가고 나면 이젠 정말 선후배도 아닌 게 되잖아요."

무표정한 얼굴로 도로 건너편을 바라보다 재희는 주머니에서 삐삐를 꺼내 보았다. 뚜뚜뚜. 수신목록을 눌러봤지만 그 아이의

전화번호는 없었다. 한참을 보다 귀에 꽂고 있던 이어폰을 뺐다. 갑자기 마음이 급해졌다. 재희는 주변을 두리번거리며 공중전화 박스를 찾았다.

간신히 공중전화 박스를 찾아 떨리는 마음으로 고운에게 바로 삐삐를 쳤다.

지금 너희 집 앞으로 가겠노라고, 꼭 할 말이 있다고.

그렇게 정신없이 고운의 집으로 뛰어갔다. 가슴이 터질 것만 같았다. 오늘 밤에 꼭 말해야만 했다. 아무래도 내가 널 좋아하는 것 같다고.

가쁜 숨을 몰아쉬며 골목에 도착하자마자 재희는 고운의 집 앞을 살폈다. 누군가 이미 나와 있었다. 처음에는 고운인가 싶어 반가운 마음에 이름을 부르려 했다.

"······이고."

한데 한 사람이 아니었다.

"왜 진작 말 안 했어!"

이환이 고운과 함께 있었다. 아니, 조금 더 정확히 말하면 이환이 고운을 꽉 끌어안고 있었다.

"엄마한테 말했어. 난 두 분 재혼 찬성 못 하겠다고!"

평소와 다르게 이환은 무척이나 흥분한 듯 보였다. 그럴 만도 할 것이다. 아마 저 입장이 되었더라면 재희도 똑같았을 테니까.

"엄마, 재혼 안 하신대. 내가 반대하는 한, 절대 안 하신댔어. 그러니까 네가 전학 갈 필요가 없어. 고운아, 어?"

상처 입어 울먹이는 두 아이의 모습 위로 여름 밤, 파도 소리가 들리던 바닷가 풍경이 떠올랐다.

……바보처럼 이미 알고 있었으면서, 대체 무슨 말이 하고 싶었던 걸까. 뭘 바라고 있었던 걸까.

찬바람이 불던 골목에서 재희는 그대로 뒤돌아섰다. 헛된 기대는 여기서 버리는 것이 맞았다. 그래, 이렇게 끝맺는 게 맞을 것이다.

❋

교실은 시끌벅적 시장통이 따로 없었다. 시험 결과에 따라 신이 난 녀석들이 있는가 하면 침통한 녀석들도 있었다.

"시험도 잘 쳤다는 녀석이 얼굴이 왜 그래. 교무실 갔더니 담임이 너 시험 엄청 잘 봤다고 자랑을 막 해대던데."

현석이 툭 치며 옆에 앉았다. 대답하기도 성가셨다. 습관처럼 가방에서 워크맨을 꺼내려 재희는 멈칫했다. 어제 미처 돌려주지 못한 고운의 워크맨이었다.

"뭐야, 처음 보는 거네. 새로 샀어?"

현석이 묻는 말에 대답도 않고 재희는 워크맨을 만지작거렸다.

"야, 재희야."

현석이 갑자기 재희를 툭툭 쳤다. 뭔가 싶어 봤더니 현석이 운동장을 내다보며 누군가를 가리키고 있었다.

"저기 쟤, 1학년 고운이 맞지? 쟤, 왜 학교 왔다 다시 가나? 뭐야, 아버지랑 같이 왔나 보네? 무슨 사고 쳤나?"

현석의 말에 재희는 서둘러 창밖을 내다보았다. 학교를 등지고 천천히 운동장을 걸어가는 고운이 보였다. 한데 거짓말처럼 고운이 갑자기 자리에 멈춰 서더니 학교를 뒤돌아보았다. 현석이 창문을 활짝 열며 고운을 불렀다.

"어이! 이고운!"

가만히 서 있던 고운이 위를 올려다보았다. 멀리서도 고운의 시선이 느껴졌고, 재희는 그대로 자리에서 일어나 서둘러 교실을 뛰쳐나갔다.

"재희야! 고재희!"

현석의 목소리가 따라왔지만 재희는 뒤도 돌아보지 않고 계단 쪽으로 내달렸다. 고운의 워크맨을 꽉 쥔 채.

정신없이 계단을 뛰어 내려갔다.

3층, 2층, 1층. 그리고 교무실 옆으로 난, 햇살이 가득한 중앙 현관이 보였다.

그리고 그 너머, 운동장에 우두커니 서 있는 고운의 모습이 보였다. 재희는 고운이 서 있는 그곳으로 뛰어갔다.

"이고운!"

숨이 가빠 말이 잘 나오지가 않았다. 고운이 눈을 동그랗게 뜬 채 재희를 보았다.

"……선배님."

드디어 고운과 마주 보고 섰다. 재희는 숨을 고르며 허리를 꼿

꽂하게 세웠다. 그리고 손에 쥐고 있던 워크맨을 고운에게 내밀었다.

"이거 주러 오셨어요?"

고운이 싱긋 웃으며 재희를 올려다보았다.

"네가 어제 말했지, 노스트라다무스."

"네."

고운이 어리둥절한 얼굴로 고개를 끄덕였다.

"그럼 우리 내기할까. 노스트라다무스의 예언이 틀릴지, 아닐지."

"……네?"

"아마 그거, 틀릴 거야. 1999년 9월 9일에 지구가 멸망하는 일은 없을 테고, 그리고 너도, 나도 지금처럼 멀쩡하게 지내고 있겠지."

아침 공기는 찼지만 하늘은 맑았고 햇살은 따뜻했다. 재희를 말끄러미 올려다보는 고운의 얼굴이 하얗게 빛났다. 그리고 마법처럼 세상에 존재하는 소리는 일순간 모두 사라졌다. 온전히 고운의 숨소리만 들려왔다.

"그래서 난, 우리가 무슨 일이 있어도 언젠가 꼭 다시 만날 거라 믿어."

재희의 단언에 문득 고운이 고개를 숙이더니 손등으로 눈가를 쓱 훔쳤다.

"어른이 되면 나중에 꼭 다시 만나자, 이고운."

숨을 한껏 들이마시며 고운이 다시 고개를 들었다. 재희를 가만히 바라보는 고운의 얼굴에는 어느새 따뜻한 미소가 스며 있었다.

빨개진 눈시울을 하고서 고운이 씩씩하게 대답했다.

"네, 선배."

〈2권에 계속〉